江苏省品牌专业汉语言文学专业建设经费资助
江苏省重点建设学科中国语言文学学科经费资助
江苏省"十三五"教育规划课题经费资助
江苏省研究生教育教学改革项目经费资助
淮阴师范学院高级别科研项目培育基金资助
江苏高等教育教改研究"重中之重"立项课题经费资助
江苏高校"青蓝工程"资助

通往经典之路

——中国现代文学经典的重读与建构

李相银　陈树萍　著

南京大学出版社

目 录
CONTENTS

中编：新世纪文学批评

下编:文学史写作

中国现代文学史写作的新进路（代序）

　　作为一个学科，中国现代文学在 20 世纪 50 年代以后的大学中文系课程中的重要性是不言而喻的。历史维度的巧合使得它在新政权的确立过程中要担当起解释、说明其合法性的重任。20 世纪 80 年代以后，随着"重写文学史"讨论的逐渐深入，中国现代文学的经典经历了确立与解构的反复。前人有言，一代有一代之文学，那么谁能代表时代？哪部作品堪称经典？现代文学的批评家们不断地为读者开书单，但是差异却越来越大。在不断的解构与颠覆中，中国现代文学史的写作呈现出多元性。王瑶、唐弢、钱理群等人的文学史各有建树，但是在可预见的将来，中国现代文学史的写作仍然处于变革之中。那么，中国现代文学史写作的新进路何在？变革何以成为可能？

一

　　为了回答上面的问题，我以为应当明白已有的中国现代文学史写作的进路。无论是 50 年代还是八九十年代的文学史写作，都可以看作意识形态的回声。50 年代新文学经典的形成过程直接印证了福柯的论断："在人文学科里，所有门类的知识的发展都与权力的实施密不可分……总的来说，当社会变成科学研究大对象，人类行为变成供人分析和解决的问题，我认为，这一切都与权力的机制有关……"①徐志摩、梁实秋、周作人、张爱玲、钱锺书甚至是沈从文都从文学史上消失了,这些作家作品大都在 80 年代至 90 年代经历了文物出土般的过程,重新"浮出历史地表",成为当下重新认定的经典。也许,90 年代以后的经典选择反映出知识权力的某种独立性。但是,从来就没有纯粹的独立性。对于这批作家的刻意强调正是对 50 年代经典标准的颠覆。文学经典之所以能够"日新月异",其关键在于游移不定的中国现代文学的文学评价标准。从总体评价上来说,文学评价的标准从文学外部转向文学内部,我以为这些改变都与意识形态相关。文学评价对意识形态的重视容易导致两个极端倾向:"一是理想主义地认为艺术具有语义和美学上的自由性;二是就历史延续性(从历史哲学的角度看它通常被视为是有结构性的)而言对艺术进行一种社会批评性的评价。"②20 世纪的现代文学评价标准正是在这两个极端倾向中游移。从重视文学的社会功用转向对文学审美特性的强调是 80 年代以来的一大进步,这个评价标准的改变不仅是对现代文学史的写作发生作用,对于创作亦同样产生潜移默化的影响:传统现实主义的创作方法面临危机,并且被作家们进行较为成功的改造,而现代主义则成为众多年轻作家们青睐的创作方法,从 80 年代中期开始,各种先锋试验层出不穷。文学评价"向内转"的结果是文学史研究重视文本的细读,注重字里行间的"言外之意"。这应当说是一种进步。但是在文学场域之中,意识形态始终是文学无法忽略的外部因素,对于意识形态的一味抵制是否也是一种非理性的态度?抵制的背后是意识形态忽隐忽现的身影。诚如约·舒尔特-萨斯在《文学评价》中所做出的判断:"两种倾向的共同点要比初看上去的多……两者都相信存在一种表现美学价值并能够组织意义的艺术。两者都认为,意义和美学价值之间存在一种根本的、必不可少的联系,即使它们中的一个和另一个相比更趋向于把意义和意义的背景分开……"③正是在这一点上,文学史的写作酝酿着新

---

① [法]福柯:《权力的眼睛——福柯访谈录》,严锋译,上海人民出版社 1997 年版,第 31 页。

② [美]约·舒尔特-萨斯:《文学评价》,见[加]马克·昂热诺等主编《问题与观点——20世纪文学理论综论》,史忠义等译,百花文艺出版社 2000 年版,第 384 页。

③ [美]约·舒尔特-萨斯:《文学评价》,见[加]马克·昂热诺等主编《问题与观点——20世纪文学理论综论》,史忠义等译,百花文艺出版社 2000 年版,第 384 页。

的突破。在完成了第一个层面的反拨之后，文学史的写作可以进入第二个层面的黏合。

虽然王瑶、唐弢等先生感叹"当代不宜写史"，认为缺少时间的距离难以做出冷静的判断，但我以为文学评价标准的不确定才是中国现代文学史写作的真正难题。虽然同时代人有着相似的社会经验与认知，也许能形成某种共识，但由于创作是一种创造性的精神活动，不同的人在不同的年代对这种创造性的解读差别很大，因而评价标准的改变也是意料之中，关键在于这改变的动力来自何处。即使是一部历来被认为是经典的作品，也会由于不同标准的解读而呈现出不同意蕴。更何况，经典的魅力即在于多义的可能。在外部因素极为强大的时代里，文学评价自然会偏向于外部的考察。萧红的《生死场》即是著名的例子。在 1935 年初版时鲁迅与胡风不约而同地从民族国家的立场进行评价。鲁迅说它表现了"北方人民对于生的坚强，对于死的挣扎"①。胡风则肯定了中国农民爱国意识的觉醒："这些蚁子一样的愚夫愚妇们就悲壮地站上了神圣的民族战争的前线。"②在 20 世纪 80 年代以后的解读中，评论家们则站在女性立场上进行女性主义的评价，孟悦、戴锦华、刘禾都是其中的佼佼者。刘禾并且做出这样的评价："鲁迅根本未曾考虑这样一种可能性，即《生死场》表现的也许还是女性的身体体验，特别是与农村妇女生活密切相关的两种体验——生育以及由疾病、虐待和自残导致的死亡。民族兴亡的眼镜造成了鲁迅对萧红作品的阅读盲点。"③鲁迅并非没有意识到萧红作为女性作者的特别——"女性作者的细致的观察和越轨的笔致"④，但是鲁迅仍然从更为宏大的叙事背景上来考察作品的有意义，这也许是文学无法脱离社会的一个例证吧。因此，意识形态是无法忽略的，与其做非此即彼的选择，不如给它恰如其分的地位。

---

① 鲁迅：《序言》，《生死场》，黑龙江人民出版社 1980 年版，第 7 页。
② 胡风：《读后记》，《生死场》，黑龙江人民出版社 1980 年版，第 121 页。
③ 刘禾：《文本、批评与民族国家文学》，见王晓明主编《批评空间的开创——二十世纪中国文学研究》，东方出版中心 1998 年版，第 301 页。
④ 鲁迅：《序言》，《生死场》，黑龙江人民出版社 1980 年版，第 7 页。

二

文学评价标准的游移不定对于文学史的写作而言增加了许多不确定的因素,但是它并不仅仅意味着文学史写作的困惑,从另一层面上来说,它使得文学史写作呈现出开放性。赫尔穆特·绍伊尔曾经这样概括两者的关系:"新型文学史与以往文学史的区别恰恰体现在价值标准的变化上。现在,不仅文学被看作一种社会产物,文学史被视为社会史的一部分,而且文学的审美评价也发生了根本变化。审美特质被理解为一种历史产物,于是,那种宣称艺术是与一切非艺术因素无关的独立物的观点被抛弃了,价值判断不再遵循过去大多从'古典'文学中推导出来的标准,美学本身也成为一种受历史条件制约的艺术观。判断'美'的标准不再是绝对的,而是相对的,即在历史进程中不断变化运动的。艺术作品不再是在风格形式上具有不变价值的实体,而必须以历史的观点重新被评价。只有在历史这面镜子中,一种审美现象才能获得其价值。"[①]价值标准的改变使得文学经典的确认存在新的可能,而文学史写作维度的改变则极大地伸展了文学史的阐述空间。

(一)"文学场"维度的确立

文学史应当成为社会史的一部分,但不是简单地以意识形态作为准则。布迪厄认为"文学场和权力场或社会场在整体上的同源性规则,大部分文学策略是由多种条件决定的,很多'选择'都是双重行为,既是美学的,又是政治的,既是内部的,又是外部的"[②]。在文学场中显然包含了比意识形态更多的影响文学的因素,尤其是文学生产的诸多问题。中国现代文学之所以"现代",一个不容忽视的方面是文学与现代生产方式相关联,文学不再仅仅是个人写作,更要面对潜在的读者市场。科举的废弃与现代出版业的兴盛为职业文人的出现奠定基础。从生产、流通到消费,中国现代文学逐渐形成了自己的场域,这个场域包括作家、出版机构、读者、现代稿费制度、现代图书审查制

---

① [德]赫尔穆特·绍伊尔:《文学史写作问题》,见[英]贝塞尔等《重解伟大传统》,黄伟等译,社会科学文献出版社1999年版,第108页。

② [法]布迪厄:《艺术的法则》,刘晖译,中央编译出版社2001年版,第248页。

度,甚至现代教育制度,等等。意识形态并非抽象地发挥作用,而是隐含在整个生产消费过程中。在考察中国古代文学史的写作过程时,戴燕说:"中国文学史的与历史结盟,使它拥有了科学的强大背景,通过教育,又使它成为普遍的共识和集体的记忆,正统论的辨析,使它与国家意识形态及政府权力彻底联系在一起,而一套经典及经典性阐释的确定,则使它获得了永久的权威性和规范性。"①中国现代文学史的编撰与传播历程也大致如此。

有必要强调的是,由于现代"文学场"的正在建构性,它还有许多不规范的地方。事实上,在现代作家中,只有鲁迅、林语堂能够依靠稿费生活。而即使是鲁迅,也必须与出版者锱铢必较,否则难免吃亏。郭沫若对于书商的苛刻则有深刻感受,他在《从典型说起》一文中说:"国内的出版家中,有一些不良之徒,竟直可以称之为'文化强盗',他们榨取作家的血汗,把作者的著作权,版权,任意蹂躏,私相授受,甚至连作者的原稿都霸占着既不出版,又不退还……"屡次吃亏的郭沫若后来与出版商都是现金交易。有鉴于此,许多作家还有着其他职业,如报刊编辑、教师,等等。周作人、徐志摩、叶圣陶、沈从文等皆是如此。编辑与教师的社会身份显然影响了作家们的写作。

（二）现代文学史写作的开放性

一切历史都是当代史。每一次哲学观、历史观的改变都可能导致现代文学史写作的新变动。简单说来,当现代学者进行文学史的写作时,首先遭遇的是强大的进化论历史观。在抛弃了古老中国的历史循环论后,进化论几乎成为各个学科的奠基理论。"从'史'的观念考察,在具体论述中国文学的历史发展进程时,20 至 40 年代的大多数中国文学史著作都程度不同地受到进化论的影响,也可以说进化论的文学史观是这一时期文学史观的主流。"②而实证主义、唯物主义也渐渐发生影响。不过,令人难以预料的是唯物主义将在 50 年代至 70 年代一统大陆。这种文学史写作本来只是多种思路中的一种,但是一旦这种思路落实在具体的中国语境中,因为与意识形态的结合,而具有权威性的力量。于是,文学史家们常常会以一种乐观的期许将"伟大"之

---

① 戴燕:《文学史的权力》,北京大学出版社 2002 年版,第 11 页。
② 魏崇新、王同坤:《观念的演进——20 世纪中国文学史观》,西苑出版社 2000 年版,第 74 页。

类的大词奉献给一些作家，事实却未必如此。沈从文、张爱玲等在此岸被遮蔽却又在彼岸大放光彩就是极明显的例证。

中国现代文学史的起点与终点的考察也许更能说明现代文学史写作的开放性。1985年黄子平、陈平原与钱理群提出"二十世纪中国文学"的概念，陈思和则以"新文学整体观"作答。新意迭出的各家论述着实让现代文学的面貌大为改观。这些论述不仅在改变着细节上的表述，而且带来了始料未及的后果：中国现代文学学科的合法性受到了质疑。当我们将远古至明清一股脑儿地叫作"中国古代文学"的时候，我们怎能不怀疑1917年之后三十年文学的分量能否成为一门与之相对的学科？于是现代文学的研究者对于现代文学的起点与终点开始重新打量，关于中国现代文学学科命名的合法性的讨论也日趋公开。经过这些年的热闹讨论之后，学界的最强音其实是大同小异的，尤以2001年、2002年的《复旦学报》连续两年组织的专栏"中国文学史分期"与"中国文学古今演变"为代表。各家之说理由各异，但结果大抵相似：大多数参与者赞成将现代文学的起点向前推移，虽然具体时间有所不同，但是大致在19世纪末、20世纪初。以伟大作家作品的出现作为一个时期文学的起点是中外文学史编撰中的通常做法，但是1949年之后的中国现代文学史家常常困惑于文学革命与五四运动之间的关系，作为新中国的第一部中国现代文学史，王瑶的《中国新文学史稿》采用了五四文学的概念以解决困惑并影响了以后的文学史写作。很显然，文学史的撰述并没有完全在文学的系统里进行。这也许是众多学者主张将中国现代文学的起点不断向前追溯的一个重要原因。

文学史观的多变导致文学史写作的多变，甚至是一次次的颠覆，结果并不一定是期待中的完美，因为我们所构建起来的现代文学史，也许只是我们愿意看见的文学史。从现在的中国现代文学研究的格局思路看来，对文学外部关系的研究已经开始引起重视，并且逐渐有转向文化研究的趋势，也许，中国现当代文学史的写作又将面临新的转折。但是，无论怎样改变，文学场的维度是应当坚持的，唯有如此，文学史的写作才会更有根基。

（原刊于《晋阳学刊》2015年第5期）

上编

经典重读与作家新论

现代知识分子的归乡心路

——《故乡》新论

　　几千年乡土中国的文化传统孕育了中国古代文人难以割舍的思乡之情，一旦身在异地，他们常有"归梦如春水，悠悠绕故乡"（刘眘虚《句》）、"露从今夜白，月是故乡明"（杜甫）、"无奈归心，暗随流水到天涯"（秦观）之感。单纯而深厚的思乡情感往往会造就故乡的魅力幻境。对于鲁迅这一代的现代知识分子而言，他们也很难放下这一份古老而悠远的心情，但他们大都经受了西方现代文明的熏染，当他们站在现代文明的立场上审视传统的农业文明时，优美的田园风光已然不复存在，破落黯淡的乡村图景让他们不胜感慨，敏感自尊的他们在发现乡村的凋敝时不禁怀疑"这不是我二十年来时时记得的故乡"。在回忆与现实之间，现代知识分子的回乡之旅将会遭遇怎样的尴尬？作为中国现代小说的开创者，鲁迅在用现代白话叙述归乡故事时，不仅成功地挑动了读者的思乡情结，而且传达出了现代知识分子归乡时复杂的心路历程。

尴尬：在脆弱的自我期许与顽固的世俗评判之间

　　1927年5月鲁迅在广州写下了《〈朝花夕拾〉小引》，文中谈及远走异地的他对于故乡的心情："我有一时，曾经屡次忆起儿时在故乡所吃的蔬果：菱角、罗汉豆、茭白、香瓜。凡这些，都是极其鲜美可口的；都曾是使我思乡的蛊惑。后来，我在久别之后尝到了，也不过如此；惟独在记忆上，还有旧来的意味存留。他们也许要哄骗我一生，使我时时反顾。"这段文字写于小说《故乡》发表六年之后，此时的鲁迅已经凭借《呐喊》与一系列论战杂感睥睨文坛，东奔西走的生活越发蛊惑着思乡的情绪。然而，他已是无乡可归的永远的异乡人了。不得归去的现实限制让鲁迅明明知道这种情绪是一种"哄骗"，还是会"时时反顾"。对于故土的留恋在失去故乡之后更显得悲哀，由此反观《故乡》则别有一番滋味。

《故乡》中的"我"是一个久别故乡的现代知识分子，多年来在外地辛勤辗转，此次回乡也是逼不得已："我这次是专为了别他而来的。我们多年聚族而居的老屋，已经公同卖给别姓了，交屋的期限，只在本年，所以必须赶在正月初一以前，永别了熟识的老屋，而且远离了熟识的故乡，搬家到我在谋食的异地去。"寥寥数语交代了此次归乡"没有什么好心绪"的原因。毫无疑问，家道败落不得不到异地谋食的凄凉让"我"难掩归乡时的尴尬。

尴尬原因之一：此趟回乡并非乡邻猜测中的衣锦还乡、荣归故里之行。

在乡邻眼中，"我"这样的读书人早就应当是成功人士了，就像口没遮拦的杨二嫂所说的那样：放了道台，有三房姨太太；出门便是八抬大轿。刘邦当年"大风起兮云飞扬，威加海内兮归故乡"的豪言壮举可说是一个成功的样板，对于刘邦来说，如果没有这样一趟衣锦还乡之行，再大的成功似乎也只是锦衣夜行，不够圆满，有着遗憾的。但在《故乡》中，"我"并没有这样的好运，不但没有做官，没有姨太太，没有八抬大轿，甚至连寓所也是租来的。"荣归故里"不仅是一般在外谋生者的梦想，也是其他旁观者的心理期待。此次的回乡逼使"我"直接面对这个以前无须多虑的问题。"近乡情更怯"，越是接近故乡，心情越复杂，脚步越沉重。作为一个现代知识分子，"我"的生存目标当然不是"道台"、"姨太太"之类，也无须借助八抬大轿抬出自己的威风。但是，乡邻们认为"我"此番归来应当是荣归故里，杨二嫂所代表的乡邻的审视目光让"我"遁形无地。在与乡邻面对面的接触中，"我"产生了有负"厚望"的惭愧之情。他们的猜测与"我"的实际物质情况形成了巨大反差，现实中的"我"并不阔，不仅不能将"破烂木器"送给"小户人家"，还需要斤斤计较于财物。面对杨二嫂的气愤，"我"只好躲躲闪闪乃至"无话可说了，便闭了口，默默的站着"。在世俗眼光的打量中，"我"不得不承认自己确实没有任何世俗的成功标志。现代知识分子的自我期许在世俗评判标准面前显得无比脆弱，尚存的一点自信也无处存身了。

尴尬原因之二：卖老屋，扶老携幼漂流异乡的举措让"我"产生了挥之不去的负疚感。

卖掉聚族而居的老屋，对于安土重迁、极具家族荣誉感的中国人来说，是一件很令人羞惭的事情。浓厚的乡土观念让中国人无论贫困或发达，都愿意在家乡有一栖息之地，因此历来达官贵人多有告老还乡、颐养天年之举。家族观念则让中国人极为重视祖先的遗留。若不是情非得已，实在无法支撑，断然不会轻易处理先人留下的家产。即使是现代知识分子的"我"，也未必能轻易与传统乡土、家族观念脱离干系，自然也就无法轻易舍弃祖先留下的这片老屋。愧对先人的心情就像暗夜中的梦魇，隐隐约约。在寒风中颤抖的瓦楞上的枯草昭示着曾经的钟鸣鼎食的兴盛场景的逝去，虽则是无可奈何花落去，"我"的归来不过是为了永远别它而去的实质还是显得有点"冷酷"。回到自家门口的"我"受到母亲与侄儿的欢迎："我的母亲很高兴，但也藏着许多凄凉的神情，教我坐下，歇息，喝茶，且不谈搬家的事。宏儿没有见过我，远远的对面站着只是看。但我们终于谈到搬家的事。我说外间的寓所已经租定了，又买了几件家具，此外须将家里所有的木器卖去，再去增添。母亲也说好，而且行李也略已齐集，木器不便搬运的，也小半卖去了，只是收不起钱来。""我"发现母亲的高兴中藏着"凄凉"的神情，同时这凄凉也在感染"我"，所以我们"且不谈搬家的事"，母子关于搬家的谈话是需要时间停顿的，需要其他话题来做缓冲，最终却又不得不谈起这个令人沮丧的话题。为什么会造成这样一个母子重逢的凄恻情景？

对于步入人生暮年的母亲来说，儿子是一生的依靠与最后的守护者，当然是跟随儿子才对。倘若儿子真的发达了，自然不必出售老屋，更不必费心于这些小物件，老母亲的心情必当愉悦不少，但她深知儿子的艰辛处境，出售老屋是万般无奈之举，而此举也是断了一家老小的归路。传统观念浸染下的母亲自然是念念于乡土的，俗话说"树高千尺，叶落归根"，应当归根的母亲却要跟随儿子去远方度过余生，明明知道这一去便是千里烟波，再不得归来的她又如何能够满心欢喜？然而，母亲隐忍而坚强，她将"凄凉"藏起，事已至此，悲戚又有何用，不如干脆一点，趁早做个了断。所以母亲与"我"以极简练的语言相互交流彼此的搬家准备。母亲知道"我"的困窘，已将不便搬运的木器卖了小半，"只是收不起钱来"。这原因或是由于买主太穷，或是由于买主不愿意爽快付账。大概第二种原因更为重要。毕竟，有谁不愿意讨点便宜呢？即便是在与儿子谈话之时，母亲也不得不时时照应那些贪图便宜的乡邻了。

"我"又怎能不知道母亲的心思呢？因为懂得，所以负疚。母亲的"凄凉"其实是对"我"无言的责备，"我"不仅不能让她畅享人间富贵，还要在年终岁末，人们纷纷归乡以期欢聚的时刻，带着她永别故土，从此而为天涯孤客。

幻灭：摔碎的童年之镜与不忍的现实境况

"我"对故乡的美好记忆是与闰土紧紧勾连在一起的。在"我"的记忆中，故乡远比现在要美丽，"但要我记起他的美丽，说出他的佳处来，却又没有影像，没有言辞了"。朦胧模糊的影像因为母亲提起闰土而一下子变得明亮清晰起来。月圆之夜西瓜地中勇敢的少年连接着"我"童年生活中最美好的一段时光："那时我的父亲还在世，家景也好，我正是一个少爷。"与闰土初识之时，"我"家尚属小康之家，身为少爷，在父亲的荫蔽之下，"我"尽情享受着童年的欢乐，闰土就是这欢乐记忆的聚焦点。因为祭祀的原因，闰土走进了"我"的家，带来了迥异于书本与"我"的小城生活经验的海边乡村经验，打开了通往另一个欢快、明亮世界的窗口。因为闰土，"我"的童年记忆生动明丽，这也导致了记忆中的故乡被美化与理想化。"现在我的母亲提起了他，我这儿时的记忆，忽而全都闪电似的苏生过来，似乎看到了我的美丽的故乡了。"其实，昔日未必有多美好，但是少年不识愁滋味，其后又经历了三十年的辛苦，"我"更是觉得昔日甜蜜了。鲁迅因此而不吝惜他的笔墨，细细描摹闰土口中的新天地：从冬天到夏天有那样多的趣事！当优美的乡村世界随着闰土的讲述徐徐展开的时候，又有谁能不为之陶醉呢？闰土这个乡村少年激起了"我"无限的想象与好奇，甚至让"我"佩服得五体投地。

仅仅一个月的时间就让两个孩子难分难舍，有了非同一般的深厚情谊。即使是以后天各一方，彼此的牵挂也未改变过。闰土时常向母亲殷勤询问"我"的消息，母亲也很为"我"珍视这份友情，已将"我"回家的大约日期通知他了。而"我"对母亲谈及闰土的反应又是怎样呢？"我应声说：'这好极！

他，——怎样？……'"对于昔日好友的关爱就在"应声"之时表露无遗。此前"我"对于搬家话题的凝重之感被此时的由衷喜悦所代替。但"我"到底是一个有阅历的人，在"好极"的欢喜之后立刻就要询问故友的现状如何。隔了三十年的时空，在不同轨道上生活的闰土又会有怎样的人生呢？短短三个字"他，——怎样？……"的复杂断句与标点显示出了"我"的犹疑，"我"又怎能乐观想象一个农民的情形呢？迫切的欲求知悉真相的心情与害怕知道不妙真相的矛盾造成了"我"的停顿和转折。果不其然，母亲娓娓而言："他？……他景况也很不如意……"母亲对于闰土只来得及用这一句话做概括，便被乡邻吸引出去了。简简单单的一句话浓缩的是一个农民甚至是一代农民的辛酸。这为后文的闰土境况埋下了足够长的伏笔。"我"与宏儿破除陌生的对话以及遭遇杨二嫂的困窘拉长了"我"美梦破灭的时间，行文的从容为昔日梦幻的破灭留下了足够的蕴积余地。

不愿面对却又不得不面对的一刻终于到来了，在"我"似乎已经不再热盼的时刻。

> 一日是天气很冷的午后，我吃过午饭，坐着喝茶，觉得外面有人进来了，便回头去看。我看时，不由的非常出惊，慌忙站起身，迎着走去。
>
> 这来的便是闰土。虽然我一见便知道是闰土，但又不是我这记忆上的闰土了……
>
> 我这时很兴奋，但不知道怎么说才好，只是说：
>
> "阿！闰土哥，——你来了？……"
>
> 我接着便有许多话，想要连珠一般涌出：角鸡、跳鱼儿，贝壳，猹，……但又总觉得被什么挡着似的，单在脑里面回旋，吐不出口外去。
>
> 他站住了，脸上现出欢喜和凄凉的神情；动着嘴唇，却没有作声。他的态度终于恭敬起来了，分明的叫道：
>
> "老爷……"
>
> 我似乎打了一个寒噤；我就知道，我们之间已经隔了一层可悲的厚障壁了。我也说不出话。

"我"由少年闰土引发的故乡优美亲切之影像就这样被成年闰土所破坏。

闰土带着辛苦生活的印记站在"我"面前,"我"知道这就是闰土,然而已经不是"记忆上的闰土了",这不仅是由于闰土的成年,更重要的是少年孩童之间的趣事已经不再是成人之间交流的兴奋点,但是除了那些可爱的、使人欢快的角鸡、贝壳,等等,成年后的"我"与闰土之间又能有怎样共同感兴趣的话题呢,在隔绝了那样久之后?"我"因为闰土到来而浮泛起的儿童天真之心就这样被现实压抑了,出不了口。闰土又何尝没有感受到两个人之间的巨大差异呢?"欢喜"与"凄凉"实在是道出了闰土和故人重逢的喜悦及悲伤。闰土的凄凉不仅是来自个人辛苦生活的痛苦,更有着面对故人为自己重新定位的悲哀:曾经的儿时好友到底不能仅仅以朋友之礼待之,"迅哥儿"已是一位不折不扣的"老爷"了。"我"显然感受到了闰土与少年时期天壤之别的生分,顿生无法消弭的隔膜感。站在"我"面前的闰土以他的凄凉与恭敬毁灭了"我"的故乡幻象,然而,他的破坏似乎还没有结束。儿时挚友并未因为一朝重逢而喜悦万分,我们很快就陷入了沉默中。在闰土去厨房做饭之后,母亲补叙他的不幸,母亲甚至提出要将自家剩下的东西尽数送与闰土。九天之后,在离乡的船中,母亲向我讲述了杨二嫂的发现:闰土将十多个碗碟藏在了灰堆之中。母亲对杨二嫂极为不屑,对闰土抱着无限同情,但闰土究竟难逃嫌疑:他并不知道母亲慷慨赠与的打算,而他又指定要那灰堆。母亲与"我"都没有就此事做出明确的判断,也许我们都害怕这个猜想的确定性。不说也罢,但是"我"对正在远离的故乡"却并不感到怎样留恋"。在那西瓜地上的银项圈的小英雄的影像"忽地模糊"之后,还有什么值得留恋呢?被记忆召唤的关于童年美好往事的欢欣雀跃之情就这样被严酷不已的现实击碎。

幻灭的消解:希望之有无与"路"的想象

有了这次归乡的经历,再度离乡后的"我"和闰土大约不会再有后续故事了,然而"我"与故乡并不会从此再无关联,因为还有水生与宏儿,他们正在重演"我"与闰土的故事。"我"与闰土相处了一个月,他们只相处了一天。"我"和闰土在三十年之后还有在家乡再次相见的机会,对于宏儿与水生来说,再见又在何时何地呢?"我"此趟回乡斩断了一家人的故土之根,宏儿已经没有故乡了。小小年纪的他得适应在异乡的生活,并将他乡当故乡。然而,宏儿并不明白这一切,他还在追问"我们什么时候回来?",还在担忧着与水生的约定。孩子们会不会重蹈上代人之间的覆辙呢?也许在宏儿的睡梦中,一切都是快乐的。

如果说少年闰土连接着"我"过去的美好记忆,成年闰土则呈现出严酷的乡村现实,那么水生(又一个童年闰土)则通向未知的将来。就此而言,水生与宏儿之间的友谊绝非闲笔。因为他们的存在,"我"的视线不得不从过去、现在延伸向未来。文末的三段议论由此显得非常重要,而非朱湘等人所说的"蛇足"。这些文字意在消解"我"此前的幻灭情绪,引出更深的关于"未来之路"的思考。

"我"可以因为归乡而生幻灭,但没有理由让宏儿在多年之后像"我"一样幻灭。"我"不满意于自己的辛苦辗转,不满意于闰土的辛苦麻木,也不满意于别人的辛苦恣睢,因此"我"希望"他们应该有新的生活,为我们所未经生活过的"。可是,"新的生活"又在哪里呢?怎样才能找到通往"新的生活"的路呢?茫然的"我"心中并无答案,所以"我想到希望,忽然害怕起来了"。在"我"怀着希望的时刻,也正是虚妄出现的时刻,但"我"不能因此否认"路"存在的可能性:"希望是本无所谓有,无所谓无的。这正如地上的路;其实地上本没有路,走的人多了,也便成了路。"

"我"搁置下"希望有无"的思考,放下单纯的乐观,接受无路的现实,又在几分无奈之中举步向前,做一个永远前行的过客。而这正是鲁迅式的人生态度。

对于"路"的怀疑是鲁迅的特别之处。就鲁迅自身经验而言:"走'人生'的长途,最易遇到的有两大难关。其一是'歧途',倘是墨翟先生,相传是恸哭而返的。但我不哭也不返,先在歧路头坐下,歇一会,或者睡一觉,于是选一条似乎可走的路再走,倘遇见老实人,也许夺他的食物来充饥,但是不问路,因为我料定他并不知道的……其二,便是'穷途'了,听说阮籍先生也大哭而回。我却也像在歧路上的办法一样,还是跨进去,在刺丛里姑且走走。"(《两地书·北京二》)由此可见,文中"我"所说的"走的人多了"的"人",显然不是像闰土那样的庸众,而是有着担当意识的、披荆斩棘的志同道合的朋友,正如鲁迅在另一篇文章《导师》中所说的那样:"不如寻朋友,联合起来,同向着似乎可以生存的方向走。你们所多的是生力,遇见森林,可以辟成平地的,遇见旷野,可以栽种树木的,遇见沙漠,可以掘井泉的。"

　　显然,在鲁迅看来,希望是不能预设的,唯一能做的事情是努力前行,即使在看似无路的所在,也决不妥协绝望放弃,纵然是刺丛也姑且试试。充满抗争精神的鲁迅让"我"成了一个永远"在路上"的现代知识分子。

女性的国族体验与生存之困
——重返《生死场》

一

萧红的《生死场》于 1935 年出版，至今已近七十年了。作者固已早逝，即使在生前，也没有对自己的小说多说什么。倒是热心的评论界一直在解释着这部并不长的小说。然而诚如刘禾所言，鲁迅和胡风的解读为评价《生死场》定下了"民族寓言"的基调。当刘禾以女权主义的视角"重返《生死场》"时，她却发现"民族兴亡的眼镜造成了鲁迅对萧红作品的阅读盲点"①。在这个著名篇章里，刘禾通过"重返《生死场》"揭示了民族国家话语如何遮蔽了《生死场》的女性话语，进而说明现代文学中的批评霸权。这个意旨是深远的，并且是极有创见的。毋庸否认，用女权主义解读《生死场》是刘禾的新发现，也是全文的华彩之处，更是全文最有力的支撑。甚至可以说，对于《生死场》的新解已经部分掩盖了作者更深远的指涉。虽然对《生死场》的再解读不是刘禾的终极目标，但刘禾的分析却使我们对萧红的理解进入一个新的维度空间。

刘禾是少有的具有丰厚理论素养的评论家之一，尤其是对于当代西方文艺理论颇为精通，这使她可以做到"踏东西文化，做宇宙文章"，在想象的自由

---

① 刘禾：《文本、批评与民族国家文学》，见王晓明主编《批评空间的开创——二十世纪中国文学研究》，东方出版中心 1998 年版，第 301 页。

批评空间里娴熟地使用西方的批评方法对现代文学进行解读。因此,她独具慧眼地发现了女权主义是多么适合解读《生死场》,我也相当认同她的解读角度,从女性经验出发也许更接近萧红的本意和文本的传达。否则,文本的结构是第一道要回答的难题,为什么萧红用十章的篇幅描摹东北农村的死寂一般的生活,尤其是妇女的生与死的种种辛苦? 而后七章中妇女仍是描摹的重点,虽然妇女对于国土的沦丧有着各自特别的反应,然而作为群体来说,妇女并没有置身事外,在英勇抗争方面也并不逊色于男子。

刘禾的《文本、批评与民族国家文学》最初被收入唐小兵主编的《再解读:大众文艺与意识形态》[牛津大学出版社(香港)1993年版]一书,后又被王晓明收进《批评空间的开创——二十世纪中国文学研究》(东方出版中心1998年版)。此外,刘禾在1999年由上海三联书店出版的《语际书写》中再次收录该篇,可见该文不仅为作者自己所重视,更为学界所瞩目。而刘禾在开篇即醒目地表明自己"重写文学史"的意图。从历次出版后的效应来看,这个意图应该是成功实现了的。诚如洪子诚所言"论文的撰写与编集,不仅为着具体文本的重新阐释,而且更与现代文学史的重构的目的息息相关"[①]。

"重写文学史"的意图在文本中被贯彻为"讨论中国现代文学批评实践与民族国家的关系问题"[②],刘禾极为聪明地采取"大题小做"的办法:以萧红的《生死场》为例,用民族国家与女性意识作为解读《生死场》的双重维度。她发现在过去的解读中存在着严重的偏差,而这个偏差正是由于民族国家曾经是解读的唯一法则造成的,于是她沿着孟悦、戴锦华的女性主义诠释再推进一步:她认为萧红不仅具有女性意识,而且自觉地处于女性意识与民族国家意识对立的状态,于是刘禾开始指陈"男批评家的盲区"、发现"民族兴亡与女性的身体"的关系,最后她认为"八十年代文学的最大功劳就是对民族国家文学的反动之中"[③],汉语文学的再生在于突破民族国家文学的圈子。行文至此,

---

① 洪子诚:《问题与方法:中国当代文学史研究讲稿》,生活·读书·新知三联书店2002年版,第10—11页。

② 刘禾:《文本、批评与民族国家文学》,见王晓明主编《批评空间的开创——二十世纪中国文学研究》,东方出版中心1998年版,第299页。

③ 刘禾:《文本、批评与民族国家文学》,见王晓明主编《批评空间的开创——二十世纪中国文学研究》,东方出版中心1998年版,第315页。

刘禾这篇文章的前因后果交代得明明白白,似乎可以告一段落。

然而,《跨语际实践》(生活·读书·新知三联书店 2002 年版)之第七章《作为合法性话语的文学批评》(以下简称《第七章》)的出现,为理解《文本、批评与民族国家文学》提供了更详细的参照。在仔细阅读萧红的《生死场》和刘禾的这两篇文章之后我决定追究这样的问题:究竟是萧红如刘禾所说的那样以女性意识抗拒民族国家意识,还是萧红被刘禾进行了某种程度的"重写"?

二

从《文本、批评与民族国家文学》到《第七章》,刘禾一直强调萧红的女性抗拒立场。这是因为她深受西方女权主义影响。从西方女权主义批评的发展来说,女权主义文论"主要是一种政治性的文学理论……尤其是其中的英美学派,特别注重对文学进行社会历史分析,致力于从文学文本中揭示出性别压迫的历史真相,即便是更注重对文学创作的语言本体进行研究的法国学派,也是将女性写作当作一种颠覆性的、抗拒旧有文化和性政治秩序的力量来看待的"[1]。刘禾对于萧红在《生死场》中表现出的女性对父权制的抗拒做了精彩的分析,并且她认为民族国家是父权制的延伸,于是她说萧红对民族国家采取了暧昧的态度。刘禾举例说:

> 耐人寻味的是,小说中参军的农妇无一例外都是寡妇,她们必须在以某种自戕方式拒绝其女性身份之后,才能成为中国人并为国家而战。……寡妇在响应这一号召的同时丧失了自己的性别,加入了弟兄们的行列。[2]

如果我们不对"女性身份"、"自己的性别"产生疑问,我们就会完全接受刘禾的判断。问题是,刘禾所说的寡妇们拒绝的"女性身份"究竟是什么样的

---

① 张岩冰:《女权主义文论》,山东教育出版社 1998 年版,第 4 页。
② 刘禾:《文本、批评与民族国家文学》,见王晓明主编《批评空间的开创——二十世纪中国文学研究》,东方出版中心 1998 年版,第 310—311 页。

身份？丧失的又是什么样的性别？从萧红的小说来看这样的身份与性别意味着：男人的妻子与孩子的母亲，是父权制下男人相互交换的货品。由于丈夫的死亡，寡妇至少获得某种自由：她不必获得丈夫的同意方能参军。那么寡妇失去的身份只是传统中国礼教制度下的女性身份，弃之有何可惜？也许在这样的拒绝与丧失之后，寡妇可能获得另一种新的女性身份：不再是妻子、母亲，而是一个新的人。此外，参军的除去寡妇外，还有"亡家的独身汉"①（这是被刘禾所忽略的一群人），由于刘禾的启示，我发现"亡家的独身汉"意味丰富，二里半参加"人民革命军"是在家破人亡之后：男人在家庭中是父权制的直接代表，妻子、孩子是他们的一种货品，为了守卫自己的货品，有家的男子会在参军的事情上犹豫，而亡家的独身汉则失去了一切，他们与寡妇一样被抛出了父权制的常轨。所以尽管二里半是跛脚，仍然追随李青山而去。

刘禾强调萧红对于民族国家话语的抗拒，这种强调与法国女权主义者更为接近，"在法国女权主义者看来，妇女只是一种存在和话语方式，代表一种社会之内的反社会的力量。妇女是一种父权制社会内部的他者"②。但是萧红的抗拒并没有达到刘禾所设想的截然对立。西方的女权主义批评可能会采取这样的对立，因为西方的女权运动是独立的运动。但是中国从未有过真正的独立的女权运动，妇女的独立总是与民族国家的独立相连，投射到文学上，就会呈现出这样的局面：主流的民族国家文学以及民族国家文学的主流批评并非仅仅是站在女性文学和女性主义批评的对立面上，在一定程度上它们是同构同谋的。所以与其说萧红抗拒民族国家话语，不如说萧红在这两者之间犹豫摇摆。从女性体验来说萧红是抗拒父权制的，但是民族国家话语在现代中国、在萧红的理解中并不等于父权制（当然有交叉的成分），否则萧红也不会在香港写出《给流亡异地的东北同胞书》以及其他反映抗日战争的小说（《黄河》、《北中国》、《旷野的呼唤》）了。在《生死场》中萧红给予女性生活体验最重要的地位，但是她并没有对民族国家采取消极的态度。且以《生死场》第十五章《失败的黄色药包》为例，李青山的队伍被打散，受伤而活着的小伙子回到村庄：

① 萧红：《生死场》，黑龙江人民出版社1980年版，第92页。
② 张岩冰：《女权主义文论》，山东教育出版社1998年版，第22页。

　　有人从庙后爬出，金枝她们吓着跑。⋯⋯

　　往日美丽的年青的小伙子，和死蛇一般爬回来。五姑姑出来看见自己的男人，她想到往日受伤的马，五姑姑问他："'义勇军'全散了吗？"

　　"全散啦！全死啦！就连我也死啦！"他用一只胳臂打着草梢轮回：

　　"养汉老婆，我弄得这个样子，你就一句亲热的话也没有吗？"

　　五姑姑垂下头，和睡了的向日葵一般。⋯⋯

　　从上文可以看出，五姑姑作为女人见到受伤的丈夫，第一句话是"'义勇军'全散了吗？"，她对义勇军的关注超越了对丈夫的关心，如果用女权主义来分析，五姑姑对丈夫显然具有畏惧抗拒心理，因为在父权制下夫妻间几无爱情可言，在《生死场》中几乎所有的女人都惧怕丈夫（王婆是唯一的例外）、诅咒丈夫，但是同时五姑姑对义勇军充满关切，这应该是出于自然的民族观念。而第十三章《你要死灭吗？》是萧红从沉浸于女性悲哀体验到发现民族悲哀的集中体现。我注意到这样的一个删减：在《文本、批评与民族国家文学》中刘禾用弗吉尼亚·伍尔芙与萧红对比，她得出的结论是："弗吉尼亚·伍尔芙和萧红生活写作在全然不同的环境中，但在需要与自己的祖国认同时却不约而同地作出了反抗，这决不是偶然的。除了种族和文化差异，他们作为父权社会里的女性这一共同身份确实造成了她们在国家观念上不寻常的相似。"[①]而在《第七章》中则删除了这样的对比，从这里入手，我们可以追问：萧红在《生死场》中体现出的是对祖国的反抗还是对父权制的反抗？而萧红和弗吉尼亚·伍尔芙的国家观念也未必相似。美国女权主义者安妮特·科洛德对女权主义文论曾经发出这样的忠告：

　　读文学作品要小心点，因为它是多义的⋯⋯当我们运用文学材料来说明一个基本的政治观点时，我们会发现自己实际上在重写文本，或者忽视了情节或性格的某些方面，或者使行为过分简单化以适应我们的政

① 刘禾：《文本、批评与民族国家文学》，见王晓明主编《批评空间的开创——二十世纪中国文学研究》，东方出版中心 1998 年版，第 304 页。

治主题,如果这样,我们就不是一个诚实的批评家,也没有对艺术的本质说出任何有用的东西。①

刘禾在批评萧红时表现出了比较典型的西方语境,这是否又可以视为西方的文化霸权在现代文学批评中的某种体现呢?

因而,由解读《生死场》而论证的现代中国文学的性质也就成了问题。因为她设想的是民族国家话语与女性话语的对立,这实际上是一种简单化的描述,而现代文学的多元化特征使得任何一种试图对之进行单一化的描述和简约的概括的理论都会显得空疏与乏力。这是刘禾以"民族国家文学"为现代文学命名并以之概括现代文学性质时必然遭遇的尴尬。

为了弥补这个缺陷,刘禾采用了另一个概念:汉语文学。这又引出了一个问题:民族国家文学和汉语文学之间的关系与优劣问题。刘禾在《文本》的最后部分提出"汉语文学的再生",这就将"民族国家文学"置于她所说的"汉语文学"的对立面。从她的相关论述可以发现:民族国家文学是主流意识形态文学,所以是不自主的文学,汉语文学则是"民族国家文学以外的文学实践"②。

首先,在现代文学生成过程中,它不是一个文学内部自生自长的封闭的过程,而是充满了开放性,与民族、国家、社会这些话语紧密相连,怎样将民族国家文学与汉语文学截然分开呢? 其次,在承认汉语文学存在的前提下,文学具有了民族国家意识之时是否就意味着对文学独立性的妨碍的开始? 在旷新年看来,"中国现代文学所隐含的一个最基本想象,就是对于民族国家的想象"③。现代文学如果回避这个想象,才是真正的怪事。

(原刊于《河北大学学报》2004 年第 2 期)

---

① 张岩冰:《女权主义文论》,山东教育出版社 1998 年版,第 8 页。
② 洪子诚:《问题与方法:中国当代文学史研究讲稿》,生活·读书·新知三联书店 2002 年版,第 316 页。
③ 旷新年:《民族国家想象与中国现代文学》,《文学评论》2003 年第 1 期。

市民空间的发现
——《茶馆》新论

1957 年，老舍的《茶馆》创作完毕，并发表于巴金主办的《收获》创刊号上。以个人名义初创的《收获》成为《茶馆》的问世之地，这似乎是一个相当隐晦的暗示：这部有别于老舍其他明亮乐观的剧作的新作将有着难以预料的未来。在经历了 50 年代至 70 年代的政治冷遇之后，《茶馆》才最终于新时期在当代文学史上获得一席之地。多年来的指责或是赞扬多与它深沉的政治主题相关。就《茶馆》而言，它不仅要为旧时代唱一曲挽歌，还意在呈现旧时代的"市民公共空间"。当老舍试图"叙述三个时代的茶馆生活"①时，茶馆便被赋予了"市民公共空间"的气质。茶馆的没落既是旧派市民逐渐离开公共空间的过程，又是现代与传统对垒的过程。而《茶馆》"不合时宜"的低沉忧郁的风格与它所构建的市民公共空间表现出了对 20 世纪 50 年代主流文学话语的一次疏离。

一、茶馆之要义：市民公共空间的营造

市民阶层在古老的中国似乎是个力量极为单薄的阶层，这在与庞大的农民阶层的对比中显得尤为强烈。与此相应的是，中国的市民阶层似乎很少能够有自己独立的政治与经济主张。直到时间的列车将中国拖进了现代化进

---

① 老舍：《谈〈茶馆〉》，《老舍文集》（第 16 卷），人民文学出版社 1991 年版，第 470 页。

程,市民阶层方才日益显示出自己的力量。现代文学中以市民为表现对象与接受群体的文学作品开始丰富起来,老舍便是以对北京市民生活的表现而蜚声于现代文坛。在进入当代中国后,文学对于市民的关注程度有所削弱,且无一例外地受制于当时的主流意识。

受益于"双百"方针的宽松,当老舍再次将目光投射到他最熟悉的旧时代的北京市民时,历史巨变所带来的沧桑感就如低沉的挽歌一样笼罩了他。怎样表现出这种巨变之后的沧桑感呢?老舍放弃了自己极为娴熟的人物故事的表达方式,选择茶馆作为整部戏剧中不出声的灵魂,在流水般逝去的时间中进行无言的诉说。

哈贝马斯在他的杰作《公共领域的结构转型》中曾经提到一个概念——平民公共领域:"在居统治地位的公共领域之外,还有一种平民公共领域,和它唇齿相依。""民众构成了衬托统治阶级、贵族、教会显贵以及国王等展示自身及其地位的背景。民众被代表型统治排挤在外,因此,民众属于建构这一代表型公共领域的前提条件之一。"①

尽管平民被排除在政治权利之外,平民还是会有议论政治的冲动。据此而言,当北京市民以茶馆作为人际交往的重要场地时,茶馆也就具有了特别功能。对于这点,老舍自然是深谙其味。为了凸显茶馆当日的重要性,老舍在舞台说明中不惜三番四次地"饶舌"。

> 这种大茶馆现在已经不见了。在几十年前,每城都起码有一处。这里卖茶,也卖简单的点心与菜饭……总之,**这是当日非常重要的地方,有事无事都可以来坐半天。**
>
> 在这里,可以听到最荒唐的新闻,如某处的大蜘蛛怎么成了精,受到雷击。奇怪的意见也在这里可以听到,像把海边上都修上大墙,就足以挡住洋兵上岸。这里还可以听到某京戏演员新近创造了什么腔儿,和煎熬鸦片烟的最好的方法。这里也可以看到某人新得到的奇珍——一个出土的玉扇坠儿,或三彩的鼻烟壶。**这真是个重要的地方,简直可以算作文化交流的所在。**

---

① [德]哈贝马斯:《公共领域的结构转型》,曹卫东等译,学林出版社1999年版,第6页。

老舍一再强调"这是当日非常重要的地方"、"这真是个重要的地方",这自然不是简单的同义反复。老舍一再强调的"重要"就在于茶馆的公共性。第一节的舞台说明交代茶馆是一个休闲、议事的场所,并特别指出这是解决群架纠纷的好地方。大茶馆既有休闲之用同时又绝非仅是休闲,所以,"有事无事都可以来坐半天"。这里有着天天见面却未必热乎的熟人,更有着平和悠然的恬淡气氛。虽然这些茶客既无政治的野心也无政治的权力,但他们依然要对整个社会的各种现象做出合乎自己身份的反应。茶馆中随处可见的"莫谈国事"的小纸条既是对各位茶客的警示,也是一种暗示:作为国家民族的一分子,市民们对国家政治有着天然的关切。这些小纸条恰好宣告了沉寂的火山随时有爆发的可能。茶客们的窃窃私语就如沸腾的水珠一样透露着政治的紧张。于是,老舍进一步细化身处茶馆的人们的言行谈吐,这些言论充满了 19 世纪末的中国所特有的末世浮华与危机:荒诞不经的蜘蛛精传说可以是市民热衷谈论的对象(对鬼怪的热衷是中国传统文化中的一个重要现象),京戏演员的新唱腔与鸦片、玉扇坠儿、鼻烟壶是 19 世纪末的流行色,而奇怪的"在海边修墙"的意见一方面表达出市民百姓对国家忧患的朴素关注,另一方面又显示出"民智尚未开化"的悲哀,遥远异族的侵略由海上而至,无法在海上抗击的民族只好借鉴老祖宗修长城的宝典了。

很显然,老舍在设计茶馆这个公共空间的时候便已经放弃了对大起大落的戏剧情节的追求,否则,他可以用小说家的才情构思一个强烈的故事主线。在老舍看来,市民的日常生活应当是像河流那样,没有大的波澜,但是漩涡与浪花还是存在的。通过茶馆这个市民公共空间的衰微表现中国现代社会的变迁,从日常生活的流水般逝去传达出历史的信息,这构成了《茶馆》的特殊视角。《茶馆》的戏剧推动力是历史,而不是故事,历史的推进又依靠人物的变换而完成。为了在茶馆中尽可能广泛地展现旧日北京市民的日常生活,老舍选择了人像展览式的戏剧结构。《茶馆》的上场人物达到七十多个,有名有姓的就有五十人。如此多的人上下场对演出形成了巨大挑战。为了妥帖安排这些人物,老舍采用了一些方法①。各色市民来到茶馆,也就展示出各自

---

① 老舍在《答复有关〈茶馆〉的几个问题》一文中详细列举了自己处理人物上下场的三个办法。

"公共性"的一面。无论是有名有姓的松二爷、常四爷还是无名无姓的茶客甲乙丙等人，无不在此公共空间中有着存在的必要性。而特殊人物的出现必然会带来强烈的穿插效果，成为众茶客的注目中心（如庞总管、康顺子等）。

就整部戏剧来说，为众多人物寻找连接与平衡点是关键所在。茶馆掌柜王利发就是为此而存在的。他既是茶馆的经营者又是茶馆众生相的观察者，所有的人物都需要与他进行交流并且向他展示自己的某一人生片段。这样的双重身份使他在作为戏剧中的主要人物存在的同时也自然多了一份叙事功能。在老舍将茶馆当作"一个小社会"来处理的时候，他便是通过王利发站在市民的立场来观察历史变迁，而茶馆的"公共性"又符合了老舍的市民立场："这出戏虽只有三幕，可是写了五十来年的变迁。在这些变迁里，没法子躲开政治问题。可是，我不熟悉政治舞台上的高官大人，没法子正面描写他们的促进与促退。我也不十分懂政治。我只认识一些小人物，这些人物是经常下茶馆的。那么，我要是把他们集合到一个茶馆里，用他们生活上的变迁反映社会的变迁，不就侧面地透露出一些政治消息么？"①在以往的解读中，偏重于"侧面透露出的政治消息"即"埋葬三个旧时代"，从而在严肃宏大的层面上高度肯定《茶馆》。细读《茶馆》，我们更应该重视《茶馆》的市民立场。老舍努力避开的正是宏大历史叙事所带来的困扰，回到小市民的层面上传达普通人尤其是平民百姓的欢乐悲哀。进出茶馆的人虽来自三教九流，但绝大多数都是市民，尤其是本分善良的小市民。《茶馆》充分显示了来自社会下层的老舍对小市民的认同与体察，即使是写裕泰大茶馆，也是将其定位在小生意、小买卖上。因此，掌柜王利发不是豪商巨贾，更不是豪门贵族，只是小生意人，连店面也是租来的。王利发可以算是旧式生意人的完美典范。他的经营之道就是"多说好话，多请安，讨人的喜欢"。未曾想过一夜暴富只求安稳度日的王利发将本分人的人情体贴深深渲染进自己的经营活动中。他以温情为茶客们搭建了一个小小的精神交流与休息的场所。就此而言，《茶馆》延续了老舍的《骆驼祥子》、《离婚》等小说创作的精神，由《龙须沟》等作品的乐观变得深沉。老舍终于以明净的创作心态为50年代文学贡献了一部杰作。

---

① 老舍:《答复有关〈茶馆〉的几个问题》,《老舍文集》(第16卷),人民文学出版社1991年版,第472页。

二、茶馆之象征：传统与现代的对垒

由于 19 世纪中晚期的殖民危机，中国开始与世界接轨。现代化将中国拖进了快速航道，这一过程自然充满了耻辱与失落。不擅长政治的老舍却很有信心地"用他们生活上的变迁反映社会的变迁"，"侧面地透露出一些政治消息"。由于他的真诚与侧面透露，老舍在《茶馆》中不仅透露了一些政治消息，而且发现了传统文化的危机，于是眷念之感顿生。只是"无可奈何花落去"，无论是多么美丽的花儿总有着凋谢的时刻。茶馆之象征便在于茶馆没落的过程也是传统文化逐步失却的过程，这没落与失却又是在现代文化和传统文化的对垒中完成的。曾有人言《茶馆》是"旧时代的民间生活浮世绘"[1]，这个基于"民间"视角的评判也许可以给我们的文化考察带来新意义。就文化传统而言，即便是贵族的文化娱乐也会由于在民间的普及而获得更大的生存空间，最终成为整个民族生活的一部分。众多优美的传统文化样式在茶馆中构成了市民生活的休闲与寄托。但在从未有过的时代巨变面前，无论是遛鸟、斗蟋蟀还是评书、美食等都在《茶馆》中经历着最后的时刻，即便是茶馆自身的生存都出现了问题，曾经热闹的三教九流汇聚之地变得门庭冷落，生意也难以维系。老舍以沉静而又悠远的态度表现了茶馆主顾的变迁，而趋时就新的老茶馆则在历史的风尘中辗转，试图避开倒闭的命运。

经过从清朝到民国的变局，清王朝的支柱——八旗子弟显然不再是社会的中坚力量，他们也就从茶馆的主顾变成了茶馆的怀想者。对旗人命运的关注让老舍在《茶馆》中颇费笔墨。而茶馆似乎也正步着旗人的后尘，不可避免的失败正在历史的暗处招手。在第一幕中，老舍特地设计了挂鸟笼的地方，这显然是考虑到北京人的遛鸟传统，遛鸟人又以八旗子弟为甚。因此，松二爷与常四爷这两位旗人便是提着鸟笼出场的。完全失去了祖先彪悍气概的松二爷柔弱善良，对鸟儿的溺爱几乎超越了对自身生命的关注。性格刚强的常四爷则在玩鸟之余不忘忧国，颇有为国慷慨赴死之心。进入民国之后，挂鸟笼的地方被取消了，旗人松二爷、常四爷显然已经失去了相应的经济能力，

---

① 陈思和：《中国当代文学史教程》，复旦大学出版社 1999 年版，第 83 页。

不能随意进入茶馆休闲聊天了。随着旗人地位的变化,鸟儿似乎也失去了登堂入室的机会。曾经的惬意失去了,代之而起的是生活的窘迫。爽快的常四爷在贺喜的同时道出了自身的衰落:"象我这样的人算是坐不起这样的茶馆喽!"①与常四爷辛勤劳动努力生存相比,松二爷毫无应对能力,善良本分的他只能等着落叶般的命运了。

如果说旗人由于政治经济地位的丧失而不能继续悠然自得地在茶馆小憩,那么刘麻子、唐铁嘴之流则成为掌柜王利发明确唾弃的人物,在唐铁嘴有了几个小钱试图租住公寓时,他也找借口推辞了。只是碍于街坊邻居的旧日人情,刘麻子等人还能在茶馆中偶尔出没。为了茶馆的生存,王利发改变了多年的经营格局,"烂肉面"在成为历史名词的同时也在传递着茶馆对流氓混混的拒绝。经过王利发的改良,茶馆分为前后两部分,前面是茶馆,不过服务对象改变了:从招待三教九流变成"专招待文明人"②;后面是公寓,公寓主要租给大学生,这改良措施表明老字号的裕泰大茶馆也开始了现代化的进程。王利发这位"圣之时者"敏锐地捕捉到茶馆的潜在消费者,虽然他不一定对"文明人"有多少的亲近感,但是他知道这类人是新兴的社会中坚,也是茶馆最主要的光顾者。因此,投其所好是茶馆改良的关键。"茶座也大加改良:一律是小桌与藤椅,桌上铺着浅绿桌布。墙上的'醉八仙'大画,连财神龛,均已撤去,代以时装美人——外国香烟公司的广告画。"③西化情调让老裕泰度过了民国之初的混乱年代。

由于王利发的精明、勤劳与善良,茶馆又度过了北京沦陷的一段时光。清醒的老舍却无法就此给予裕泰茶馆光明的前程,就在裕泰初次改良成功的同时,其他茶馆都已经纷纷倒闭了。屡经雨打风吹的茶馆在第三幕中处处显露出败落的气息。迫于无奈的老掌柜王利发不得不考虑聘请女招待招揽生意,茶馆昔日的古朴与温馨向粗俗的色相让了步。尽管如此,茶馆也未能实现从末路到中兴的转变,相反,这让步加剧了茶馆的末路进程。其实,茶馆和评书、满汉全席一样都走在传统与现代对垒的夹缝中,旧日的传统文化在战

---

① 老舍:《茶馆》,《老舍文集》(第 11 卷),人民文学出版社 1991 年版,第 382 页。
② 老舍:《茶馆》,《老舍文集》(第 11 卷),人民文学出版社 1991 年版,第 376 页。
③ 老舍:《茶馆》,《老舍文集》(第 11 卷),人民文学出版社 1991 年版,第 375 页。

争的漩涡中基本上都无法抵挡住现代物质欲望的侵袭。赤裸裸的欲望不再需要优雅的外衣做掩饰,缓慢的节奏不能适应现代社会的急速转换。传统文化在夕阳黄金般光线的照耀下显得分外迷人,就像童年时的美梦一样令人追怀。只可惜这些都是最后一瞥的风致了。在此层面上,我们方才可以理解老舍的文化关怀。老舍对传统文化的温情脉脉让《茶馆》可以称得上是一部怀想北京旧日文化的作品。喝茶、遛鸟、斗蟋蟀与满汉全席、评书、国画一起构成了《茶馆》的文化世界。但这文化世界已经开始倒塌:

> **邹福远** 唉!福喜,咱们哪,全叫流行歌曲跟《纺棉花》给顶垮喽!我是这么看,咱们死,咱们活着,还是其次,顶伤心的是咱们这点玩艺儿,再过几年都得失传!咱们对不起祖师爷!常言道:邪不侵正。这年头就是邪年头,正经东西全得连根儿烂!
>
> **王利发** 唉!(转至明师傅处)明师傅,可老没来啦!
>
> **明师傅** 出不来喽!包监狱里的伙食呢!
>
> **王利发** 您!就凭您,办一、二百桌满汉全席的手儿,去给他们蒸窝窝头?
>
> **明师傅** 那有什么办法呢,现而今就是狱里人多呀!满汉全席?我连家伙都卖喽!①

流行歌曲与《纺棉花》之类的庸俗小调让评书艺人失去了市场,满汉全席的厨师沦落到为监狱犯人蒸窝窝头的境地。抗战胜利之后的北京在极短的时间里走到了政治集权与经济崩溃的尽头,附着在稳定而古老的经济基础之上的传统文化也就如沙砾一般散失而去。在这个旧世界崩溃的关口,不仅是评书、美食失去了生存的根基,甚至是茶馆这个市民空间也将成为记忆中的景象。王利发的精明与善良并不能为他带来劫后余生的幸运,正是小刘麻子无耻而恶毒的计划直接断送了茶馆与王利发的性命。北京市民生活标志之一的茶馆终于未能得到幸存的机会,这个传统文化中既寻常又温情的休息之地就此退出了市民的生活。

---

① 老舍:《茶馆》,《老舍文集》(第11卷),人民文学出版社1991年版,第406页。

三、沉郁的《茶馆》与 50 年代的文学

周作人曾经说过"单纯的信仰使人幸福",用这句话来形容老舍中华人民共和国成立后的创作是相当贴切的。1949 年 12 月老舍回到北京,开始了中华人民共和国成立后十七年的生活与创作。20 世纪 50 年代的老舍成为一个相当引人注目的高产作家。对于中华人民共和国成立后的心情与写作状态,老舍曾经说道:"我勤,因为我心里高兴。中国人民站起来了,我怎能默默地低着头,不和昂首阔步前进的人民一同工作呢?虽然我不会生产一斤铁,或一升小米,我可是会写一点,多供给人民一点精神食粮。我不甘落后,也要增产。"①老舍以多年北京市民的身份与思维习惯感受着新中国的朝气和日新月异的变化,与众多的市民一起为新中国尽情欢呼,这种喜悦是毫无保留的。同时,老舍明确意识到自己作为文人与知识分子的职责:创造精神粮食,就像其他的劳动者一样尽到自己的本分,并且以增产为重要目标。为了实现这个目标,老舍将创作力量集中在话剧这一样式上:"以一部分劳动人民现有的文化水平来讲,阅读小说也许多少还有困难,可是看戏就不那么麻烦。这就是我近来不大写小说,而爱写剧本的另一原因。人民喜爱戏曲,可是也越来越多地喜爱话剧。话剧的作者与话剧剧院,在这个形势下,就不大够用了。因此,虽然有些朋友劝我仍去写小说,我还不敢马上点头。"②在对新中国新社会的无保留的信仰与赞颂中,老舍剧作的绝大部分都是以新社会的人与事作为取材对象,比较好的是《龙须沟》。这种创作努力正好与 50 年代的政治要求是相一致的。

1949 年中华人民共和国的成立在 20 世纪中国文学的发展历程上留下了深刻的指示方向的意义,延安文学随着胜利的秧歌在新中国开花结果了。50 年代的文学在"工农兵"方向的指引下,呈现出了同前三十年新文学不一样的美学风尚与话语。明朗、昂扬、乐观取代了苦难、沉重、忧郁等,成为一时之美学风尚。五四以来的知识分子话语渐渐为工农兵话语所代替。知识分子的

---

① 老舍:《毛主席给了我新的文艺生命》,《老舍的话剧艺术》,文化艺术出版社 1982 年版。
② 老舍:《〈老舍剧作选〉自序》,《老舍剧作选》,人民文学出版社 1978 年版。

启蒙大众的精英意识逐渐消隐，代之而起的是向工农兵学习的谦逊。作家们在主流意识形态的引导下以歌颂新中国为主调，歌颂生活其中的工农兵。对市民阶层的文学表现也发生了政治上的变化：对之进行阶级划分，大部分市民在拥有了工人、营业员等劳动人民的标签之后获得了文学的尊重，而体制之外的小商小贩等未能纳入正规行业的小市民则遭遇了文学的冷眼。中华人民共和国成立后的老舍也在对市民阶层尝试阶级划分的方法。无论是方珍珠（《方珍珠》）、陈疯子（《龙须沟》）这样的艺人，还是宋玉娥、余志芳、齐凌云（《女店员》）等售货员的基本定位都是劳动人民。于是老舍以喜悦与乐观的心态表现人物正直善良的品质，通过人物命运的今昔对比，传达出对新社会的喜爱之情，作品因此闪耀着新时代的理想光辉。但是老舍很快便发现自己的创作出现了问题，在1961年的《题材与生活》一文中对此就有了很清醒的认识：

> 我过去写新题材没有写好。这与生活有关。我从题材本身考虑是否政治性强，而没想到自己对题材的适应程度，因此当自己的生活准备不够，而又想写这个题材的时候，就只好东拼西凑，深受题材与生活不一致之苦。题材如与生活经验一致，就能写成好作品；题材与生活不一致，就写不好。①

虽然在"反右"政治形势的影响下《茶馆》并未能获得交口一致的赞誉，1961年的老舍还是低调而坚定地表明对旧时代的重视："新的题材我不愿意放弃……不过以后我也许要写旧的，如历史题材和反映旧社会生活的作品。新的旧的都写，也是两条腿走路。这样我就更从容了，不至于因为写不出现代题材的东西而焦急了。"②

这些话可以视作老舍回顾自己50年代创作时恳切之语，毕竟，老舍在中华人民共和国成立后是颇受政府礼遇的，对新时代、新生活的全力赞颂自然

---

① 老舍《题材与生活》，见张桂兴编注《老舍文艺论集》，山东大学出版社1999年版，第172页。
② 老舍《题材与生活》，见张桂兴编注《老舍文艺论集》，山东大学出版社1999年版，第172页。

成为作家回报知遇之恩的最佳方式。而身为作家,又有着追求优美之作的天性。昔日熟悉的市民世界总是在远远地召唤着他,这不能不让老舍若有所失。《茶馆》为老舍从容地"两条腿走路"提供了一次宝贵的实践。回到旧日熟悉的市民世界对他而言是一次精神复苏的旅程。老舍通过"新的"题材的写作获得主流意识形态的认可,而对"旧的"题材的坚持则是一种更为愉悦自身的写作。一旦回到旧日的生活场景,老舍的笔调就显得舒展别致了:

> 在《茶馆》的第一幕里,我一下子介绍出二十几个人。这一幕并不长,不许每个人说很多的话。可是据说在上演时,这一幕的效果相当好。相反地,在我最失败的戏《青年突击队》里,我叫男女工人都说了不少话,可是似乎一共没有几句足以感动观众的。人物都说了不少话,听众可是没见到一个工人。原因所在,就是我的确认识《茶馆》里的那些人,好象我给他们都批过"八字儿"与婚书,还知道他们的家谱。因此,他们在《茶馆》那几十分钟里所说的那几句话都是从生命与生活的根源流出来的。①

《茶馆》在不经意之间激活了老舍的童年记忆,他对于旧北京的熟悉以及进入新时代后的审视眼光就有了特别的明净。重新回到市民世界让老舍暂时避开了阶级、革命等50年代文艺的关键词,就此而克服了50年代文学作品常见的局限。在偶然的回顾中发现了自己一度疏远的往日生活,这让老舍多少有点失而复得的喜悦,这也就难怪他在1961年还会创作《正红旗下》了。

(原刊于《戏剧文学》2007年第6期)

---

① 老舍:《戏剧语言》,《老舍文集》(第16卷),人民文学出版社1991年版,第76页。

混淆的"怀旧"主体与时代缝隙

——《长恨歌》新论

不经意间,王安忆的《长恨歌》问世近二十年了。借着上海的重新崛起之势与众多文学奖项的青睐,《长恨歌》成了众说纷纭的对象。即便是王安忆自己也不曾料到这部小说将会经历一个慢热—大热—持久畅销的过程。现而今,《长恨歌》已经成为她的标志性作品了。这对于一个勤奋的不断突破与创新的小说家来说,自有其幸与不幸之两面。有关《长恨歌》的热闹纷扰的评论与感叹多半纠结在其"怀旧"变形与否以及王安忆对张爱玲的传承问题上。我以为,仅是这些关节不能让王安忆服膺外界普遍存在的"怀旧"解读,更不能窥视《长恨歌》的虚弱暧昧。而这些问题恰是重读《长恨歌》的起点。

一、混淆的"怀旧"主体与误读的诞生

《长恨歌》甫一问世,王德威的《张爱玲后又一人》《海派作家又见传人》就将王安忆与张爱玲紧紧联系在一起,也将王安忆纳入了海派文学的传统。"王安忆的努力,注定要面向前辈如张爱玲者的挑战。张的精警尖消、华丽苍凉,早早成了三四十年代海派风格的注册商标。《长恨歌》的第一部叙述早年女主人公王琦瑶的得意失意,其实不能脱出张爱玲的阴影。"①对于王德威的判断与嘉许,王安忆自是心生感激,却未曾料想到王德威的文章成了此后众

---

① 王德威:《海派作家又见传人》,《读书》1996 年第 6 期。

多批评者的指南:王安忆与上海的关系,王安忆与张爱玲的关系。与之相适应的是越来越多的人为《长恨歌》贴上"怀旧"的标签:"新旧上海不同的风情韵致徐徐展出,半个世纪的沧桑,满纸低回的凭吊。"①"《长恨歌》是一曲繁华旧上海的挽歌,是一部对四十年来上海由沉潜趋于浮躁、由精致滑向粗糙、由优雅坠入粗俗的怀旧伤感史。"②

对《长恨歌》的"怀旧"解读显然与王安忆的创作初衷距离越来越远,这令王安忆很沮丧。在众多"怀旧论"者中,陈思和敏锐地觉察到了《长恨歌》的反讽:"既然大家都喜欢看关于上海的陈年往事,既然她苦心经营的精神之途难以得到大家的认可和回应,那么她也就索性用迎合社会大众口味的方法,编造出一个世俗的、应景的故事给人看。这次创作在王安忆一贯坚持的精神批判的指引下,恰恰是通过对上海历史细节的真实可信的发掘和叙述,来讽刺当时弥漫在人们周围的上海的怀旧风气。"③这应该是比较接近于作者王安忆创作本意的一种判断与评价。但这意见似乎不足以弥补已有之定见,因此,王安忆不得不在文字与各种场合中解释这些问题,有点与众多论者拔河的意思。在将《长恨歌》收入"白玉兰丛书"再次出版之时,她详细回顾了《长恨歌》的创作初衷:

> 本人写于一九九五年的长篇《长恨歌》,可说迎头赶上风潮,但又带来另一种不幸,它被安在潮流的规限里,完全离开小说的本意……重要的情节是发生在第三部……是第三部里的情节决定我写这个小说。女主角的结局十分不堪,损害了她的优雅,也损害了上海的优雅,可是倘没有这结局,故事就将落入伤感主义,要靠结局来拯救,却又力量单薄,所以,略一偏,就偏入浪漫爱情小说,与时尚合流。我选它入丛书,期待的是新一轮的阅读,能归回我的初衷。④

① 郜元宝:《豪语微吟各识帜——漫议一九九五年的几部长篇小说》,《当代作家评论》1996年第3期。
② 周明鹃:《论〈长恨歌〉的怀旧情结》,《中国文学研究》2003年第2期。
③ 陈思和:《怀旧传奇与左翼叙事:〈长恨歌〉》,《中国现当代文学名篇十五讲》,北京大学出版社2003年版,第379页。
④ 王安忆:《七月在野 八月在宇(之九)》,《文汇报》2008年3月3日。

　　作品的误读本是稀松寻常。不过,面对热闹而又隔靴搔痒甚至搔错方向的评论,王安忆终于忍不住现身说法,似乎为文本解读提供了隐秘的路径,但是这样做是否能令《长恨歌》的批评与阅读走上"拨乱反正"之路倒是令人怀疑。如果说多数读者争相将《长恨歌》放在"怀旧"的旗帜下,无论确切与否,都在表明一点:《长恨歌》是脱不了与"怀旧"的干系的。那么,作家的否认又是源于何处呢?我以为,在这过程中,作家与众多读者都忽略了"怀旧"主体的不同。将对"怀旧"主体不同的情感指向混为一谈的后果就是王安忆要同读者进行一场持续的话语权与接受力毫不对等的拔河。

　　为了更好地说明这一点,我们有必要对"怀旧"主体进行细化:走进开放鲜活新时代的王琦瑶与新世代老克腊等人显然是两个不同辈分同时也是具有不同立场的"怀旧"者。各自的"怀旧"动机有别,自然心生之像不同。

　　王琦瑶历经风雨,从青春妙龄到韶华已逝,面对失而复得的旧时光,"她心里的欢喜其实是要胜过薇薇的,因为她比薇薇晓得这一些的价值和含义"[1]。但是,时光可以倒流,人却是回不去了,于是曾拥有昙花一现的1946繁盛时代的王琦瑶觉得上海走样了。越是觉得当前的走样,就越是要心生"怀旧"之情。正是因为对"旧"的念念不忘才会对今日世界"横挑鼻子竖挑眼",这是无可奈何而又真实的怀旧心理,是无须用"变形、走样"来概括的。若是从王琦瑶的视角来看《长恨歌》,"怀旧"是真实的,且是容易被读者触摸到的。

　　但王安忆不是一个简单的作家,"怀旧"不是她想要的情感,她不愿意张扬甚至要扭转王琦瑶的自然"怀旧"之心,因为这更容易让文本走向美人迟暮、年华不再的伤感从而落入俗套。于是另一怀旧主体出现了:以老克腊为代表的新生代。王安忆渴望作品的结尾能够有力量扫除怀旧伤感之俗套并走上讽刺之途,于是她勇敢地冒险,让女主人公遭遇一场荒唐的老少恋,就此真正毁灭了优雅神话。年轻的老克腊"总是无端地怀想四十年前的上海,要说那和他有什么关系? 有时他走在马路上,恍惚间就好像回到了过去……"[2]。青春年少的老克腊对20世纪40年代充满了莫名的亲切与回归之想。但问题是

---

① 王安忆:《长恨歌》,作家出版社2000年版,第264页。
② 王安忆:《长恨歌》,作家出版社2000年版,第326页。

新世代的老克腊并不具备王琦瑶那样的"怀旧"资历,他为何会产生这种无根的幻觉呢?王安忆的匠心便在于此:就年龄阅历而言,老克腊与王琦瑶的女儿属于一个时代。因此老克腊所拥有的是与薇薇同样粗糙的成长经验。但老克腊与薇薇的不同之处在于:薇薇脱胎于母亲,反而对母亲的旧日繁华胜景不屑一顾。老克腊却因为对眼前粗鄙世界的不满而要在那个时代里寻觅现实中所不曾拥有的优雅与荣光,因此他对旧上海风情充满了想象。但这显然是过于浅薄,很久以前的穆时英就在文中屡屡提及上海是一朵"恶之花",具有"天堂与地狱同在"的"一体两面"之气质。因此,浅薄的老克腊、张永红等便成了王安忆要着力讽刺的对象,"这是一帮最没有文化、精神上最粗鄙的人,反而在那里故作时尚地怀旧"①。

两个不同类型的怀旧者不仅同时存在而且发生关联,但双方的交集点并不多:王琦瑶要么不怀旧,一旦怀旧就会有人生况味,讽刺也就难以扎根;而新生代的怀旧更多的集中于对怀旧代码的想象上,就像老克腊对洋行绅士、贤良主妇的自我设计一样,这是用好莱坞的电影手段恢复上海1946年的年华倒影,免不得被作者讥为是"制造梦境"②。正是由于这两种笔调与情怀的并存,让《长恨歌》的"怀旧"呈现暧昧之感,《长恨歌》的多数读者的理解与作者之间才会出现如此明显的误差。从这个意义上说,《长恨歌》并非完美之作,"不完美"与歧义丛生互为因果。

二、时代缝隙:虚弱与暧昧的增生点

在分析了《长恨歌》"怀旧"主体的不同之后,我们更有必要进一步追究《长恨歌》的结构问题。如果说读者更容易从王琦瑶的视角获得"怀旧"之感成立的话,那么小说在用80年代以后的上海呼应昔日情境时,又进行了怎样的裁剪呢?回到文本,我们可以发现《长恨歌》为王琦瑶的人生做了一番剪辑:回避了诡谲多变的"文革"十年。正是这一回避,为"怀旧"心情的酝酿留

---

① 陈思和:《怀旧传奇与左翼叙事:〈长恨歌〉》,《中国现当代文学名篇十五讲》,北京大学出版社2003年版,第396页。

② 王安忆:《长恨歌》,作家出版社2000年版,第336页。

下足够的时代缝隙,也为"误读"留下了足够的余地。其后果就是小说卸下了第二部分慢慢堆积起来的沉重,从而丧失了尖锐的拷问,就像一条大路横生出枝节,通向了另一路径,"怀旧"就在那里弥散出诱惑力。

无论是真诚的"怀旧",还是对此进行反讽,都建立在新时期的第三部分的写作上。王安忆显然意识到了这一点,因此说是"第三部里的情节决定我写这个小说",并解释说要用结局拯救小说的"伤感主义",让不堪的结局损坏此前的女主人公与上海的优雅。因为是"不堪"损坏"优雅",所以能够产生讽刺之意。这是王安忆创作时的用心之处,但问题是她完美实现了这个初衷没有?就《长恨歌》而言,文字自身的意味与作家初衷之间的差距造成了反讽力量的不足,力量到底单薄了一些,偏入了"浪漫爱情"一路。这番自我表述倒未必全是谦虚之词,倘若结尾的力量更强一些,读者也不至于只在"浪漫爱情"的层面上来看王琦瑶的怀旧悲情而不去理会隐约的讽刺。这正是《长恨歌》的虚弱、暧昧之处:对王琦瑶"文革"年代的回避让小说面临时代断层的危机与怀疑。如果《长恨歌》不是一部时空线索比较清晰的文本,我们自然也不会去要求这个时空里的王琦瑶故事。但它是这样的清晰! 王安忆用简练而有概括力的语言带过了这个将"城市的隐私袒露在大街上"的十年:

> 一九六六年这场大革命在上海弄堂里的景象,就是这样。它确是有扫荡一切的气势,还有触及灵魂的特征。它穿透了这城市最隐秘的内心,从此再也无藏无躲,无遮无蔽。……好了,现在全撕开了帷幕,这心便死了一半。别看这心是晦涩,阴霾,却也有羞怯知廉耻的一面,经得起折磨,却经不起揭底的。这也是称得上尊严的那一点东西。①

这么清醒而深刻的体察,更让人揣摩王琦瑶的境遇。上海不是穷乡僻壤,不是"山高皇帝远"从而可以隐姓埋名的所在,而是"文革"时期的"革命"中心城市,是一个要对所有居民进行逐一排查甚至清除出去的城市,王琦瑶怎样才可以逃脱"文革"的梳篦安然度日呢? 她的保护神——程先生在1966年纵身一跃告别红尘,那么王琦瑶呢? 王安忆显然有意回避了对于王琦瑶

---

① 王安忆:《长恨歌》,作家出版社2000年版,第251—252页。

"文革"岁月各种可能的书写,就像电影镜头一下子拉到了十年后。那么我们就必须追问她为什么要回避?回避的后果是什么?

如果王安忆让王琦瑶正面遭遇"文革",那么,《长恨歌》的第三部分就将改观。肉体也许不会消灭,但心灵一定会有一番惊心动魄的体验,一如王琦瑶在"文革"之后对昔日衣衫"恍如隔世"的观感。令人意外的是,一些具有怀旧意味的物品被刻意保留下来,穿越了荒唐年代。在其他人经历"抄家"噩梦的时候,很难想象,自身问题多多的王琦瑶是如何保存这些东西的。或许,存留这些物品只是出于一种象征与文本呼应的需要,它们不仅是证明王琦瑶前世的最后物证,而且是她老境荒唐的见证与推动力。可见,空缺的"文革"十年彻底分隔开王琦瑶的前世与今生。

就写作策略而言,王安忆显然是一个极有掌控能力而又非常聪明的作家,为了故事的"好看","文革"十年是必须留下的空白,这让《长恨歌》避过了最艰难沉重的时刻,从可能的严肃悲剧变成了略带伤感的讽刺剧。而这又非常合乎王安忆的一贯手法:在每每接近精神绝境之际就侧身而过,从层层堆积的艰难中转向较为和悦轻松的路径。本应承载厚重历史的王琦瑶的生命突然奔向了新时期的荒谬怪相之路。差一步就可以登临艰难顶峰的文本于是成为一个真正"好看"的故事。

当另一个故作姿态的怀旧者长脚因为金条的诱惑而将王琦瑶逼向死亡时,王安忆分明是在用粗俗的物质欲望强力消解怀旧,但是有一点鲁莽了,对老克腊等人的讽刺未能臻于极致,于是造成了反讽的暧昧。这是不是《长恨歌》的不幸呢?倒也未必。缺了一点力量的《长恨歌》在留下遗憾的同时又留下了意义的歧路,否则又怎能"常谈"、"长恨"不已呢?

是处红消翠减，苒苒物华休
——韩邦庆与《海上花列传》

自古以来的作家留给后世的资料多半是两种情形：一是留下相当多的记载，甚至包含无数的趣闻逸事，如苏东坡、李白、鲁迅等人；一是几乎接近于无的状态，如张若虚、兰陵笑笑生等人。前一种状态自然有益于后世的人们对之进行深入的了解，但是过多的故事也许会产生真伪之分，让人莫衷一是。后一种状态则让人在丧气之余有了揣测的空间，在作者模糊的身影背后是读者追根究底的兴趣。韩邦庆便属于第二种状态。

韩邦庆，字子云，别号太仙，又自署大一山人，即太仙二字之拆字格。父亲韩宗文，字六一，清咸丰戊午（1858年）科顺天榜举人，素负文誉，官刑部主事。韩邦庆自幼随父宦游京师，资质聪颖，曾经应童试为诸生，其后屡试不第。后曾应父执之招，到河南官府做过几年幕僚。1891年，也就是韩邦庆去世前三年，他再赴考场，却一无所获。家世极好且又风流倜傥的才子终与功名富贵失之交臂，上海这个新崛起的十里洋场成了韩邦庆最后的栖息地。韩邦庆常年旅居沪上，与《申报》主笔钱忻伯、何桂笙诸人以及沪上诸名士互相唱酬，染有阿芙蓉癖。韩邦庆曾经做过报馆编辑，但所得笔墨之资全挥霍于花丛间，"阅历既深，此中狐媚伎俩，洞烛无遗"①，于是而有《海上花列传》。然而，天妒其才，在《海上花列传》出版后不久，韩邦庆便赴了玉楼之召，年三十九。这部被认为是狭邪小说代表作的《海上花列传》便成了这位才子落拓生涯的最后纪念。

---

① 胡适：《〈海上花列传〉序》，《胡适文存》（三集），黄山书社1996年版，第352页。

一

　　韩邦庆虽然在仕途上没有什么值得夸耀的地方,但在文学之路上却留下了具有标志性意义的《海上花列传》。这也是"有心栽花花不活,无意插柳柳成荫"了。就小说的表现对象而言,韩邦庆拿捏得恰到好处:《海上花列传》不仅破除了封建时代才子佳人的幻想,没有认为"只有妓女才是才子的知己"①,而且不曾堕入到《九尾龟》之类的色情文字上去。身处晚清时代的他不一定有着大人物的深远眼光,但他分明感应到了时代的潮汐。《海上花列传》似乎在预示着海派文学的都市特质。

　　危机的社会常常会伴随反常的繁华,晚清时代上海等地的烟花繁盛可视为一个表征。因为西方资本主义的入侵,上海从一个民风俭朴的海边县城变成重要的通商口岸。租界中的妓业日益兴盛,以至于有人将"堂子"当作上海最令人流连忘返的事情之一。② 根据史料记载,自1862年之后上海的妓业之繁荣远远超出了宁波、苏州等地。③ 作为中国近现代商业中心的上海开始显现出都市消费娱乐的特质,其兴起必然伴随着古老道德体系的坍塌,对于物质利益与感官娱乐的追求成为多数人的共识,古老的妓女制度在这个都市里大行其道。妓院这个原本充满罪恶的地方成为社会各界人物交际的重要场所,候补的官员、世家子弟与商人莫不成群结队而来,寻找放纵的对象,在日日笙歌中醉度流年。彼此打听消息与宴请均在妓院进行,甥舅、兄弟同进同出已是寻常事。比较惧内的姚季莼亦是以妓院为生活据点,导致老婆寻人不着,只好寻至卫霞仙处,不料反遭霞仙羞辱。封建礼教传统的崩溃与世纪末的情欲放纵构成了晚清都市的生活基调。《海上花列传》中有齐韵叟邀集一群公子才子撰写《海上群芳谱》,竟成一时之盛事。这大概不仅仅是作者的想象,而是有真正的生活借鉴。在1879年前后,品评花榜已经是上海的巨富、名流、文人共同参与的一件风雅之事了。④

---

① 张爱玲:《国语本〈海上花〉译后记》,《海上花落》,上海古籍出版社1995年版,第636页。
② 熊月之:《上海通史》(第5卷),上海人民出版社1999年版,第106页。
③ 邵雍:《中国近代妓女史》,上海人民出版社2005年版,第88页。
④ 邵雍:《中国近代妓女史》,上海人民出版社2005年版,第96页。

以妓女作为描写对象自然不是从《海上花列传》始。在唐传奇与宋元以来的话本小说、明清的戏剧中常常可见各具丰姿的妓女，如霍小玉、李师师、杜十娘、陈圆圆、柳如是、李香君、董小宛等。这些女子因了文人的生花妙笔而在历史上留下了或艳丽或哀婉的传说。然而，她们多半被相当程度地美化，呈现"出污泥而不染"的理想佳人气质，缺乏一些普通人生的真相。相对而言，《海上花列传》则平淡真切了许多。这大概是后世的评论者之所以称赞它的重要理由吧。就像张爱玲所说的那样："《海上花》第一个专写妓院，主题其实是禁果的果园，填写了百年前人生的一个重要的空白。"①

剥离了理想性与传奇性的《海上花列传》通过对妓院生活的描写呈现出一个立体的晚清末年的上海交际世界。对于自己身处的风月场，流连不已的韩邦庆俨然是个清醒的观察者。他在表白写作意图时毫不含糊："此书为劝戒而作，其形容尽致处，如见其人，如闻其声。阅者深味其言，更返观风月场中，自当厌弃嫉恶之不暇矣。"②怎样才能达到这劝诫的效果呢？整个小说便从一个梦开始，又以一个噩梦结束，这大概是借用"黄粱一梦"之意吧，只不过这梦中不全是快乐，更掺杂着许多人的伤痛。

黑甜乡主人花也怜侬做了一场梦，梦见自己到了花海之地：

> 只因这海本来没有什么水，只有无数花朵，连枝带叶，漂在海面上，又平匀，又绵软，浑如绣茵锦簇一般，竟把海水都盖住了。
>
> 花也怜侬只见花，不见水，喜得手舞足蹈起来，并不去理会这海的阔若干顷，深若干寻，还当在平地上似的，踯躅留连，不忍舍去。不料那花虽然枝叶扶疏，却都是没有根蒂的。花底下即是海水，被海水冲激起来，那花也只得随波逐流，听其所止。若不是遇着了蝶浪蜂狂，莺欺燕妒，就为那蚱蜢、蜣螂、虾蟆、蝼蚁之属，一味的披猖折屏，狼藉蹂躏。惟夭如桃，秾如李，富贵如牡丹，犹能砥柱中流，为群芳吐气；至于菊之秀逸，梅

---

① 张爱玲：《国语本〈海上花〉译后记》，《海上花落》，上海古籍出版社 1995 年版，第 636 页。
② 韩邦庆：《例言》，《海上花列传》，人民文学出版社 1982 年版。

之孤高，兰之空山自芳，莲之出水不染，那里禁得起一些委屈，早已沉沦汩没于其间。①

花也怜侬看至此处心有所感不禁怆然悲之。他的梦境与贾宝玉梦游幻境相类似，海上群芳的命运与《红楼梦》中的女子们一样已经被预言了。既是为海上群芳作传，少不得勾勒群芳之艳，因此小说的上半部称得上是烂漫至极的春日胜景。

与《红楼梦》中诸多女子的死亡相比，《海上花列传》中只描写了淑芳的死亡。淑芳的亲妈开了堂子，淑芳自然成了妈妈手中的王牌。因此，淑芳比其他妓女要自由自主得多。其他妓女好像一入娼门，死亡也是由不得自己的。与《红楼梦》相比，《海上花列传》几乎是没有什么大事件，但是群芳辗转于风尘慢慢凋零的经过另有一种日常的无奈感。所以小说的结束也是颇为日常的。在横遭无赖摧残之后的深夜里，赵二宝做了一个噩梦，此梦就此成了小说的结局。这是个很不寻常的结局。按照中国传统小说的习惯，务必为每个人物安排一个周到的结束，以平服读者兴奋激动的心。《海上花列传》却在没有结束征兆的情形下突然结束，留下许多悬念。张爱玲就此言道"此书结得现代化，戛然而止"②。现代化的结局也许更符合生活自身的规律：群芳的命运又怎么能就此结束呢？

二

由乡村到上海的年轻后生赵朴斋开始了洋场漫游，成了小说中的牵线之人。这一举措又与刘姥姥进了大观园一样，误打误撞，自然是要闹出很多笑话，出乖露丑一番的。只是刘姥姥在被众位夫人小姐取笑鄙薄之后获得了恩赐，从此在乡间衣食无忧，也算衣锦还乡了。宅心仁厚的曹雪芹给了这个乡下妇人一个平和的晚年。赵朴斋显然没有这样的幸运，海上的波浪很快将他倾覆，将之沉到了生活的底层：在迷上了妓女陆秀宝之后，为之所骗，花去了

① 韩邦庆：《海上花列传》，人民文学出版社1982年版，第2页。
② 张爱玲：《国语本〈海上花〉译后记》，《海上花落》，上海古籍出版社1995年版，第639页。

不多的钱财。舅舅洪善卿急忙打发他从速还乡。但是已经见识了花花世界的年轻人再也不愿离开这个令人目眩神迷之所，于是赵朴斋悄悄留在了上海，以拉车为生。在短短的时间里，乡村青年赵朴斋完成了从嫖客到车夫的转变。这也就难怪他还会进一步蜕变为妓院老板：妹妹就是他的招牌，老婆则是大姐（妓院女仆）。

作为牵线之人，赵朴斋不是小说的主角，他在拉开《海上花》的大幕之后，最大的贡献便是引来了两个健康的乡村女子（妹妹赵二宝与邻居张秀英）加盟"海上群芳谱"。真正的主角是这些妓女们，她们共同演绎了一出海上繁花录。就这样的表现对象而言，这部小说可能会走向香艳之途。然而，就像张爱玲所发现的那样，"微妙的平淡无奇的《海上花》自然使人嘴里淡出鸟来……《海上花》把传统发展到极端，比任何古典小说都更不像西方长篇小说——更散漫，更简略，只有个姓名的人物更多。而通俗小说读者看惯了《九尾龟》与后来无数的连载妓院小说，觉得《海上花》挂羊头卖狗肉，也有受骗的感觉。"①《海上花列传》却以"平淡无奇"与香艳无关。《海上花列传》与被称为"嫖界指南"的《九尾龟》的不同处正是它的优秀处。韩邦庆在最可能香艳的地方奉献给读者的却是真切的生活，难怪追求绮丽艳遇的读者有失望之感了。

《海上花》既然是列传，其特征一是"传"，且是群芳之传，平视客观与隐藏其后的悲悯之心让作者既不隐恶也不扬善，他以《清明上河图》式的诚恳与坦白描摹出妓女们的日常性。在没有才子佳人也没有英雄传奇的层面上描画出晚清末年的海上烟花地。其特征二是在于"列"，这必然是众多人物的合传。在这部小说中有各色妓女三十余人，再加上有名有姓的老鸨、大姐、嫖客、仆人，等等，穿插于小说中的人物百余人。怎样让如此多的人物各得其所是韩邦庆费尽心思的地方。韩邦庆最为得意的便是在小说中运用了"穿插藏闪"之法。

> 一波未平，一波又起，或竟接连起十余波，忽东忽西，忽南忽北，随手叙来并无一事完，全部并无一丝挂漏；阅者觉其背面无文字处尚有许多文字，虽未明明叙出，而可以意会得之。此穿插之法也。劈空而来，使阅

① 张爱玲：《国语本〈海上花〉译后记》,《海上花落》,上海古籍出版社 1995 年版,第 648 页。

者茫然不解其如何缘故,急欲观后文,而后文又舍而叙他事矣;及他事叙毕,再叙明其缘故,而其缘故仍未尽明,直至全体尽露,乃知前文所叙并无半个闲字。此藏闪之法也。①

通过穿插藏闪,韩邦庆妥帖安置了各色人物,尤其是妓女们,在不同的场合里她们互为宾主。围绕这些女子,《海上花》大致出现了五个主要线索:一是罗子富与黄翠凤、蒋月琴之间的聚散;二是王莲生与沈小红、张蕙贞之间的风波故事;三是陶玉甫与李淑芳之间的悲剧爱情;四是周双玉与朱淑人之间爱情的变调;五是赵二宝对史三公子(史天然)的一往情深。

细腻的韩邦庆虽说是出于劝诫而作《海上花》,但对妓女们的同情与理解也时时弥漫于字里行间。如果说,《海上花》上半部是"姹紫嫣红开遍"的胜景,那么下半部就是"付与断井残垣"的萧瑟之境。无巧不成书的是,三位当红妓女李淑芳、周双玉、赵二宝都有着相似的对爱情与婚姻的渴望,同样有着"大老婆"情结,又同样的梦想破灭。但在归于破灭的路途上,各自的举措与天性却迥然不同。常言道:"戏子无义,婊子无情。"这"无情"也多半是生活历练的结果。以身体为赚钱资本的女子又能在生意场上付出多少真心呢?无须太多,这一点点的真心都是要交了职业学费的,从此而成长为真正的妓女。

周双玉与朱淑人是一对情窦初开的小儿女,初涉欢场的两个人几乎是一见钟情。在没有了封建道德礼教束缚的地方是能够培育一点点的爱情的,只是不能完全当真。在其他人看来,为这两个人做媒是一件风流趣事,于是他们的爱情似乎有了成功的希望。但就在二人畅饮爱情美酒的同时,朱淑人的哥哥已经开始为他议亲了。即使是自诩为"风流广大教主"的齐韵叟也无意成人之美,觉得双玉欲嫁朱淑人为大妻的想法过于天真。毕竟,少爷与妓女的爱情在当时只算是礼教生活的一个风雅点缀而已。无意与哥哥对抗的朱淑人在深感抱歉之余接受了命运的安排。然而,自认清白、渴望与爱人双宿双飞的双玉一定要个最终的说法,策划了一幕轰轰烈烈的殉情之戏。明明知道这个男人的不可靠,还是忍不住要试一试。(在这一点上,双玉显然不像同行孙素兰那样通脱。素兰虽与华铁眉情投意合,却深知此人懦弱不可信托,

---

① 韩邦庆:《例言》,《海上花列传》,人民文学出版社 1982 年版。

因此从不做嫁娶之想。）双玉亲手调制了看上去相当逼真的假的鸦片酒，强迫淑人与自己一同饮下，懦弱的淑人拼尽全力求生。看着当日与自己密誓的男人终于露出真面目，双玉的纯真爱情也随风而逝。既然妓女身份是如此的不可脱离，那么双玉也只好"在商言商"了，一万块钱做了这场爱情的最后了断。

与双玉的刚烈相比，来自乡村的赵二宝却显得淳朴简单，相信了史三公子的迎娶诺言，不仅不要他多日来的消费之资，甚至放下生意不做，守起了良家女子的妇道，一心一意等待心上人。然而，这个心上人却是立意在欺骗！即使是在真相大白之后，二宝依然心存痴念。在昏睡中梦见史三公子派人来接她，于是她对母亲说："无姆，倪到仔三公子屋里，先起头事体覅去说起。"①难怪胡适就此而言道："这十九个字，字字是血，是泪，真有古人说的'温柔敦厚，怨而不怒'的风格！"②

相对而言，早逝的李淑芳则算是幸运的，有幸结识了陶玉甫。玉甫的正妻已经死了，认真的他决定娶淑芳为填房而不是做姨太太，这是嫖客中的有心人了。殊不料陶氏家人群起攻之，事情就这样僵了。体质柔弱而敏感的淑芳于是有了心病，终至于一病不起。自古道"红颜多薄命"，淑芳就是这样的薄命女子吧，不过，心上人始终是珍视她，不愿辱没她的。相较于其他受到狼藉蹂躏的女子，一缕香魂也该有所安慰了。

情义二字对妓女来说是奢侈的，如果《海上花》只是展示妓女的情义，显然便会追随中国自古以来的此类文学的传统，做了才子佳人美梦的延续了。《海上花》的可贵便在于真实镂刻了妓女们复杂的生存状态。久在欢场的女子也会练就一身的混世本领，而不仅仅是上嫖客的当，精心织就的罗网总会让许多男人付出代价。沈小红与王莲生之间不能说没有感情，但是沈小红始终牢记王莲生是自己的客人，"千金博美人一笑"一直是王莲生讨好沈小红的法宝。王莲生刚刚开始包养张蕙贞时，沈小红是何等的凶悍，带上女仆，冲到宴会之所，当着众人的面痛揍张蕙贞，最后还是王莲生的钱财派上了用场，结束了这一争风吃醋的烦心事。以大老爷自居的王莲生并不认为自己脚踏两只船有何不妥，但却未想到沈小红还以颜色，也以一个风流事件相回报。等

---

① 韩邦庆：《海上花列传》，人民文学出版社 1982 年版，第 552 页。
② 胡适：《〈海上花列传〉序》，《胡适文存》（三集），黄山书社 1996 年版，第 359 页。

到小红与戏子相好的事情被王莲生发现,小红拿出无数的温柔本领试图让他回头,继续供养自己。王莲生却以迎娶张蕙贞的举措来羞辱小红。结束了风流债的两个人似乎又恢复了一点点的感情,因此当张蕙贞快意于小红的桃色故事时,"莲生终究多情,置诸不睬"①。小红逐渐走上了没落之路,莲生得知后不禁为之掉下了眼泪。张爱玲认为:"他对她彻底幻灭后,也还余情未了。写他这样令人不齿的懦夫,能提升到这样凄清的境界,在爱情故事上是个重大的突破。"②

针对沈小红的凶悍与没落,另一名妓黄翠凤却不以为然,她的看法与手腕显然高人一筹:"沈小红故末是无用人,王老爷做仔张蕙贞末,最好哉啘;耐覅去说穿俚,暗底下拿个王老爷挤,故末凶哉。"③黄翠凤毕竟是久经沙场,一语道破了妓院的生存法则:情义并不重要,重要的是钱财。脸面上的委屈正好可以用来挤兑男人的钱。黄翠凤不仅是有如此的眼光,更是有如此行动的能力。深谙生存之道的她在老鸨、嫖客之间游刃有余。在以吞鸦片的求死方式制服了老鸨之后,黄翠凤的职业生涯变得比较具有主动性。她对付老鸨的刚烈手段引起了罗子富的爱慕。对于罗子富灵肉并重的爱,黄翠凤没有像周双玉、赵二宝那样以生命相托付,而是好好地敲起了罗子富的竹杠。不仅在调头(自己赎身换地方)之时狠狠敲了一次,而且与老鸨合作上演了连环计,让罗子富大为破费了一笔。她算是妓女中的成功者了,其精明强悍可与王熙凤一比。其手段令人咋舌,而唯其如此方能在情色之所立足,妓女的生存也可谓之不易了。

三

一部小说在出版之后的接受史是很值得去注意的。就如这部《海上花列传》,尽管得到了一些文学者的赞赏,却始终未能畅销起来,甚至面临被淹没的可能。也许首先是因为读者最初渴望看到的是艳情,然而却没有,干净简

---

① 韩邦庆:《海上花列传》,人民文学出版社1982年版,第343页。
② 张爱玲:《国语本〈海上花〉译后记》,《海上花落》,上海古籍出版社1995年版,第637—638页。
③ 韩邦庆:《海上花列传》,人民文学出版社1982年版,第2页。

练的文笔让人时时疑惑作者似乎叙述的不是妓院故事，而是上海弄堂中的日常生活。另一个原因则与语言有关。

韩邦庆的朋友孙家振（笔名海上漱石生，《海上繁花梦》的作者）曾经在笔记中留下了二人关于小说语言的不同看法：

> 惟韩谓《花国春秋》之名不甚惬意，拟改为《海上花》。而余则谓此书通体皆操吴语，恐阅者不甚了了；且吴语中有音无字之字甚多，下笔时殊费研考，不如改易通俗白话为佳。乃韩言："曹雪芹撰《石头记》皆操京语，我书安见不可以操吴语。"并指稿中有音无字之"曾勿""要勿"诸字，谓"虽出自臆造，然当日仓颉造字，度亦以意为之。文人游戏三昧，更何妨自我作古，得以生面别开？"余知其不可谏，斯勿复语。
>
> 逮至两书相继出版，韩书已易名曰《海上花列传》，而吴语则悉仍其旧，致客省人几难卒读，遂令绝好笔墨竟不获风行于时。而《繁华梦》则年必再版，所销已不知几十万册。于以慨韩君之欲以吴语著书，独树一帜，当日实为大误。盖吴语限于一隅，非若京语之到处流行，人人畅晓，故不可与《石头记》并论也。①

诚如孙家振所言，选择吴语写作在当时确实是相当冒险的事。韩邦庆虽不能明白自己的举措在文学史上的意义，却有着坚持的决心。胡适称之为"开路先锋"，则是以文学革命者的眼光判断了《海上花列传》的价值："苏州土白的文学的正式成立，要从海上花算起。"②文学革命以推翻文言推行白话为己任，方言土语则被视为"活的"语言，受到革命者的重视。因为这部《海上花》，胡适还乐观预言了吴语文学的未来。（关于这点，百年来的事实证明并不像胡适想象的那样乐观，吴语文学依然是零星片断。）

就《海上花列传》而言，地道的吴语加强了小说的市井气息，扑面而来的温柔之语化解了脆弱的防备之心。男人和女人在无尽的吴侬软语中完成了金钱与身体的交易。吴语成了小说不可或缺的重要表达方式。张爱玲在用

---

① 海上漱石生：《退醒庐笔记》，《海上花列传》，人民文学出版社 1982 年版，第 614 页。
② 胡适：《〈海上花列传〉序》，《胡适文存》（三集），黄山书社 1996 年版，第 352 页。

国语翻译《海上花》时,面对生动传神的吴语,也不得不谦虚地指出"难免有些地方失去语气的神韵"①。试举一例:

> 小红正要回嘴,阿珠赶着伐说道:"洪老爷说得勿差,'倌人末勿是靠一个客人'。倪先生也有好几户客人哚,为啥要耐王老爷一干仔来撑场面? 耐就一干仔撑仔场面,勿来搭倪先生还债,倪先生就欠仔一万债,阿好搭耐王老爷说,要耐王老爷来还嗄? 耐王老爷自家搭倪先生说,要搭倪先生还债。只要王老爷真真还清仔,倪先生阿有啥枝枝节节? 耐就去做仔张蕙贞,'客人也勿是做一个倌人',倪先生阿好说耐啥? 故歇耐王老爷原勿曾搭倪先生还歇一点点债,倒先去做仔张蕙贞哉。耐王老爷想想看,阿是倪先生来里枝枝节节呢? 阿是耐王老爷自家来哚枝枝节节?"说罢,目夷了王莲生半日。②

沈小红拳翻张蕙贞之后,王莲生带着一帮朋友来到沈小红住处解决此事。娘姨阿珠代主人小红唇枪舌剑了一番,堵住了王莲生的嘴,并且帮助小红得到了丰厚的补偿。娘姨的特殊地位就在于她是一个中间人,她可以代替主人说出不便出口的话(尤其是要钱要物)。其他老爷看不上小红的撒泼,自然帮助王莲生。而失去王莲生这个大主顾对于小红来说是个莫大的损失。因此小红在撒泼之后还是要妥善收拾残局的。阿珠的重要性便显示出来了:她必须以伶牙俐齿说得莲生心中愧疚,甘心付钱才行。阿珠抓住捐客洪善卿帮助莲生的理由生发开去,批评莲生未能实践诺言,反而私下偷偷另交其他妓女。说得莲生左右不是,无话可对。一连串的反问句句在理,读来真有"大珠小珠落玉盘"之感。

干净的文笔与地道的方言妨碍了其通俗层面上的流传,作者显然是不能因此而暴得大名了,幸好,韩邦庆也无意改变自己。他的努力终于赢得了后世文学者的敬意。

---

① 张爱玲:《译者识》,《译注:海上花开》,哈尔滨出版社2003年版,第14页。
② 韩邦庆:《海上花列传》,人民文学出版社1982年版,第81页。

边缘处的关注
——滕固小说论

在新文学早期作家中滕固应该算是比较特殊的一位。他曾加入文研会与创造社这两个社团,理所当然地受到了现实主义和浪漫主义的影响,但他并不只遵循其中的一种创作方法。而他对于这两个社团的不即不离似乎也在表明他的创作态度:既学习它们的长处,又力图有自己的个性。其作品中所流露的唯美颓废倾向使人们认为他是唯美主义作家。其实,他的创作要复杂得多。

一

滕固的小说创作从其 1921 年赴日以后正式开始,到 1930 年再次出国为止,贯穿了整个 20 年代。在 1930 年以后他专心于艺术理论、美术等方面的研究,仿佛与小说创作绝了缘。20 世纪 20 年代可以说是现代中国最生机勃勃的年代,各种思想涌入中国影响各色各样的人们。新文学也在 20 年代形成了自己活泼、生动的新风貌。众多留学生站在近、现代历史之交与中西文学交融的关口,为现代文学奠基,如鲁迅、郭沫若等。滕固也有这样的机遇,但他没有那样深邃高远的思想,他仿佛也无意去追求那样深邃高远的思想,只是冷冷地站在文学的边缘一味地表现他所理解的人生。

与创造社的郁达夫等人一样,滕固首先着力描写了他所熟悉的青年知识分子,主要是留日学生。滕固笔下的留日学生有着大致相似的经历。少年时娇生惯养,富裕的家庭提供了安乐保证,成年后尤其是出国留学后要求尽情尽性地生活,于是恋爱,为女子而挥霍。回国后仍不改脾性,然而事业无着,女子们也纷纷离去,家庭不再资助,生活越来越贫困。其实将滕固的这部分小说贯穿起来读,正可以看到一个少年成长的心灵历程。这个少年生长于 20世纪初的中国,封建道德礼教全面崩溃,少年感受到社会风气的转变,对自由恋爱等心向往之,优裕的家庭使他的读书生涯物质无忧,对于祖国、民族、阶级这些词只有约略模糊的概念。他的人生目标是"黄金、名誉、妇人"(《迷宫》)。而妇人之欲是最真实切己的。优裕的少年生涯使他不善谋生,妇人之欲使他极度渴望爱情,所以爱情是可以随遇而发的,却又注定随时遭受打击。因此他放浪不羁而又敏感愤激,既自傲又自卑,极为脆弱易伤。这少年归国后性情如故,但生计成了问题:贫困与不佳的声誉结伴而来。少年的自负自傲在现实的打击下支离破碎,爱情也变得更为渺茫。少年敏感偏激的性情使他的心理开始变异,以致连生命也毫不留恋。《葬礼》中的式君、《银杏之果》中的秦舟、《壁画》中的崔太始、《百足虫》中的纪恺等都是如此。《壁画》中的崔太始有绘画的才能,但总是爱上那些不爱他的女子,始终不能完成一幅毕业作品,于是爱情失意的崔太始终于在一次醉酒后以血作画,"约略可以认出一个人,僵卧在地上,一个女子站在他的腹上跳舞。上面有几个'崔太始卒业制作'的字样写着"(《壁画》)。对变态心理的描写是其小说颇有特色的部分。这种变态心理是基于爱情失意尤其是单相思失败而生发的,自残自弃是其基本方式。作者对于这种变态心理的描写看似极不寻常,但它与五四时期的文学作品一样:都关注了刚刚呼吸到自由空气的青年人的恋爱婚姻。非同寻常则在于崔太始式的青年只关心个人恋爱、自由,执着于个人幸福的狭小天地,有了追求爱的勇气,却不能承受失败的结果,常常以极端的行为作为爱情失败的结束。其实这类人的脆弱易折有着很强的传统文人脆弱消沉品质的遗传。中国封建社会的礼教束缚让知识分子渐渐变得柔弱,礼教对爱情婚姻的规范使自由恋爱成为极奢侈的理想。五四精神对礼教的毁灭性打击使知识分子的人性得以复苏。知识分子在面对爱情时就像刚会走路的孩子,新奇广阔的天地与脚下的磕磕绊绊并存。滕固笔下的少年在跌倒之后不是勇敢地爬起来而是坐在那里自伤自悼,失去了前行的勇气与力量,宁愿闭上眼睛不再醒来也不愿意面对现实。滕固对人物心理的挖掘不仅止于爱情失意后的变态表现,爱情失败固然令人不堪忍受,婚姻生活也是颇令人疑惑的。在《眼泪》《诀别》《为小小者》《旧笔尖与新笔尖》等篇中,他描写了身处婚姻中的青年男子的困惑与阴暗痛苦的心理。《眼泪》是最为出色的一篇,妻子的痛苦表情并没有让丈夫产生怜爱之情,相反却是厌烦。在妻子艰难生产的一天里理性让丈夫恪守职责帮助医生,潜意识却活跃起来。妻子可能死于难产这个念头让丈夫自责但更有窃喜:妻子死后自己可以赋悼亡诗,可以名正言顺心安理得地另觅新欢而不必背上薄情的恶名。然而母子平安,丈夫感到了深深的失望:一切计划都失败了,丈夫甚至想弄死熟睡中的妻儿。理性意识使得丈夫的外部行为动作并没有差错,潜意识却暴露了丈夫的阴暗心态。这种阴暗心态的揭示在运用了弗洛伊德泛性论的同时又是真切可信的。

在滕固的小说中有相当一部分表现了对社会现象的关注,革命者与劳动者成为其表现对象。只是这关注比较冷静,描写的角度也比较特殊。所以这部分小说常被人忽略。滕固并不以描写劳动者、革命者见长,对于这两者也显得较为陌生,但这并不妨碍他冷静独特的表现。滕固并不像鲁迅、柔石等人那样以描写劳动者精神的痛苦表现对社会的控诉,他只是如实地表现自己所熟悉的方面。在这部分小说中他对劳动者的理解是勤劳而又保守、愚钝而又精明,对于劳动者困苦的境地深表同情,但他不明白改变困苦的办法是什么。在《独轮车的遭遇》中独轮车车夫阿四妄图与汽车争夺载邻居P先生的权利。P先生只想乘坐汽车,但是精明能干的阿四嫂上门赔礼又诉苦,终于获得了这笔来之不易的生意。阿四在获得这笔生意后"嗤得一笑,跟着他的妻回去"(《独轮车的遭遇》)。然而阿四的车在途中坏了,P先生还是去坐了汽车。阿四夫妻的辛劳、愚昧与农民的算计得到了真切的表现。对于革命者的描写滕固主要是立足在人性的基础上。在《期待》、《丽琳》、《离家》等篇中,他从爱情、家庭等角度表现革命者平凡普通的一面,看重的是革命者身上的知识分子特性。这是滕固熟悉的方面,却是其他作家容易忽略的方面。他没有对革命者的理想、工作等进行正面描写。革命者在忠于信念勇于牺牲的同时也有日常琐事缠身。滕固笔下的革命者具有知识分子精神漂泊的特质。革命对于这些知识分子来说是实现逃离黑暗现实的一种方式与手段。《离家》中的M颇有代表性。短暂的回家经历并没有让M沉浸在团聚的欢乐里,他很快地厌倦了家中令人不快的气氛,母亲的絮叨和对钱的渴望,邻人的羡慕与嫉妒、不怀好意的推测等,在一顿饭之后他就开始了第二次杳无归期的离家之旅。M 对于家与故乡的厌倦表现了追求理想的知识分子对落后、守旧氛围的不满。M 的离家有着精神逃离的味道。

二

滕固被人视为唯美派的作家,因为他对英国唯美主义有着明确的偏好,他的《唯美派的文学》是现代中国文坛上出现的第一部较为系统地介绍西文唯美主义(尤其是英国唯美主义)的专著。他与邵洵美、章克标等人组织的狮吼—金屋社团是 20 年代唯美主义在中国的代表之一。但滕固所处的时代与个人经历使他不可能完全沉醉于唯美的艺术追求。国家的内忧外患、积贫积弱的现状令无数爱国之士扼腕叹息,尽诉笔端,滕固对此当然不会无动于衷;优越的少年生活与独立谋生的艰辛的对比让他能够正视现实。同时代人顾麟生曾说:"但他的为人,却没有 Wilde 的那样的装疯,戈提的那样立异,实不过想借 decadent,来表现他的反抗时代的精神。"所以严格说来他的小说不能只归结为唯美主义的作品,应该说是"交织着浪漫的情调,现实的关怀和唯美—颓废倾向"①。

首先,毋庸置疑的是唯美主义对其创作有深刻的影响。这种影响表现在:

(一)冷峻的创作态度

英国唯美主义理论家佩特认为"创造美的艺术家总是对客观世界保持着一种超然独立的态度……因为艺术家对于所描写的对象充满了冷漠和超脱时他们的这种宁静的态度也就非常感人,从而会使他们的作品非常有表现力"②。唯美主义所提倡的超脱的写作态度使滕固在创作时冷静细致,注意创作技巧、语言的圆熟,善于营造情境氛围。《一条狗》、《摩托车的鬼》甚至有阴冷、鬼气森森之感。冷峻的态度与技巧的圆熟使其小说中的讽刺隽永而富有深意。《新漆的偶像》、《做寿》、《Post obit(死后应验)》显示了滕固在讽刺方面

① 解志熙:《美的偏至》,上海文艺出版社 1997 年版,第 231 页。
② 张玉能、陆扬、张德兴:《西方美学通史》(5),上海文艺出版社 1999 年版,第 629—630 页。

的才华。《新漆的偶像》中谭昧青因在国内爱情事业无着再次东渡日本,在日本又困窘不堪。原打算帮石井博士翻译文章,但文章中的侵略中国的野心策略让谭昧青深切自责。半个月后他因被查获许多关于过激党的书与文件而被押送归国,一时被日本的留学界、上海学界、社团视为民族英雄。上海各大学、各公团忙着开会欢迎他。他却因为无钱付房租与客店老板发生纠纷进了捕房。在欢迎大会上谭昧青有一丝自得但更心虚,面对拥挤的人群心神昏乱供状般地说明自己是因为无钱归国而想出上述办法让日本警察送回国的。英雄般的经历与并不高尚的动机相对照,照出了各色人等的真面目。在静静的叙述中传达了讽刺的力量。滕固在表现这个事件时显然是以唯美主义的冷峻态度低调处理了人物的爱国情感,着意于表现谭昧青归国后社会的反应。社会各界的盲从、虚荣在这个偶像面前清楚地展示出来。

(二)以主观意识作为表现的重要目的

王尔德认为,"艺术家的自我意识仿佛完全与特定的时代、与现实的社会生活没有联系,自我意识似乎是从天上掉下来"①。唯美主义对现实的冷漠严峻甚至发展为对客观自然界的厌恶,只提倡表现艺术家的主观意识。滕固则说:"我相信丰富的艺术品,从丰富的内在生活而产出。"②滕固在创作时注重对人物主观意识、主观情感的表现,其作品有很强的抒情成分。《旧笔尖与新笔尖》、《迷宫》等篇近于心灵独白。他常淡化甚至有意忽略时代、民族、阶级对人物产生的重要影响。在其早期表现留日学生的作品里,他撇开祖国、民族的因素单纯描摹人物的个性心理,尤其是单相思失败后的变态心理,单纯得让人怀疑郁达夫笔下人物弱国子民的屈辱感受是否太激烈。其实,这是观念的不同导致作家关注点不同的缘故。滕固和他的人物又何尝没有祖国、民族的感受,谭昧青看到日本人关于侵略中国的论文痛苦得像"蛆虫啮蚀腐肉般的难受"(《新漆的偶像》)就是明证。所以无论滕固如何努力地淡化和忽略,时代的气息还是隐隐约约地弥漫在作品里,因为滕固始终不能完全忘怀现实而只执着于唯美的追求。

① 张玉能、陆扬、张德兴:《西方美学通史》(5),上海文艺出版社1999年版,第642页。

② 滕固:《滕固小说全编》,学林出版社1997年版,第329页。

　　其次,让我们正确地评价其小说中变态心理的描写和流露出来的享乐主义思想。滕固显然是受到了西文唯美主义文学、弗洛伊德学说与日本唯美—颓废派文学的影响。变态心理的描写和享乐主义思想是很具有唯美主义特色的,但若是以为这是滕固描写的终极目标,那便错了。西方唯美主义盛行于 19 世纪末,极反感于欧洲资本主义社会中的功利主义和市侩习气,对于物质文明的失望使唯美主义有很强的叛逆性,反对传统道德规范与社会准则、鼓吹性变态与及时行乐等思想。滕固领会了唯美主义的精义但并不是一味地照搬、生硬地模仿。这在他与邵洵美等人的区别中就可以感受到。邵洵美与滕固同是金屋—狮吼社团的中坚,邵洵美的创作则是彻底地宣扬感官享乐思想,鼓励人们及时行乐。诗集《花一般的罪恶》所表现出的香艳狂放是其他作家所不能及的。滕固在同邵洵美等的对比中显示出了他的严肃与冷峻。《迷宫》可视作其小说的总结之作,作者以内心独白的方式细腻地刻画了“我”以往的放纵、今日的反省,在绝望中等待最后的审判。《摩托车的鬼》中子英见弃于章女士,转而与中年弃妇相交,原是想以眼前的纵欲享乐忘却以前爱情的痛苦,但是弃妇的好意温情又让他悔恨不已。子英终于不能忘情于纵欲享乐中。其实,无论是子英、“我”(《迷宫》)还是秦舟(《银杏之果》)等人,享乐主义只是人物掩盖爱情创伤的外衣,悔恨悲哀与迷惘才是思想实质。所以他们才会走向极端,不吝惜生命。在滕固笔下,变态心理与享乐主义思想常是相纠葛的,奉行享乐主义是作者让人物逃避现实的唯一办法,变态心理则成为人物必须面对无情现实时的唯一解脱。滕固在深受唯美主义影响的同时并没有做到唯美主义所要求的那样纯然忘却外界甚至自然界,他明白现实中的种种阴暗与不公平,因此他笔下的年轻善感的人物只能在狭仄的个人世界里生存直至失败、自轻自弃,在自轻自弃中显示一点点绝望的力量。

　　其三,浪漫情调与现实关怀的相交融是其有别于其他唯美主义作品的主要因素,尤其是其后期现实关怀越来越强。郑伯奇说“滕固也有比较写实的作风,他的题材却只限于自己周围的知识阶级”①,这个评价不很确切。滕固

---

① 郑伯奇:《中国新文学大系·小说三集导言》,《二十世纪中国小说理论资料》(3),北京大学出版社 1997 年版,第 371 页。

早期的作品写实作风并不很强,倒是流露出了浪漫的情调。《银杏之果》中的象征、《一条狗》中的变形夸张以及部分作品中人物的言行举止都显示出了浪漫的色彩。至其后期滕固的创作视野变得开阔一些,更讲究创作的技巧与选材的特殊。这使他关注到社会上各式各样的人们,这些小说的悬念与情节的急转,语言的洗练含蓄更符合优秀现实主义小说的标准。《Post obit(死后应验)》中四娘与秀丁(已死丈夫的叔叔)偷偷相恋并且怀孕了,面对即将到来的暴露与他人死刑般的判决,两人商议对策,四娘提议由秀丁去告发自己怀孕的事实,她则准备守口如瓶不供出秀丁。事情就如此暴露了,并且如他们所想,四娘被逐出了家。这以后秀丁一直留意着四娘的消息。最终确实的消息是四娘死在了荷塘里。秀丁也日渐萎靡,临终前说是去还四娘的债。在含蓄简洁的叙述中四娘的死成为一个颇有深意的悬念。四娘是自杀呢还是他杀?秀丁是四娘的情人,他的死只是去还四娘的情债还是更有命债?邻居对秀丁的赞扬与秀丁的真实内心形成极大的反差。丰富的内涵与讽刺的效果由此隐约可见。在小说创作中滕固一直坚持站在人性的立场表现人的生活。唯美主义使他冷漠超脱,也使他更能看到人性中恶的一面。所以他在写实倾向加强的同时注重对于人性恶的批判。冷峻的批判甚至呈现出某种悲哀虚无的色彩。《做寿》中的兄弟俩为赚礼钱假借父亲大寿之名摆筵席,从乡下来的父亲并不知这筵席是为自己摆的,父亲在筵席上成为众宾客取笑的对象,儿子还装作不相识在旁边看了一回。父子亲情在这里完全蜕变,遑论其他?滕固对现实的关怀不是表现百姓的痛苦生活,而是立意揭示现实中的丑陋。正如他所说的那样:"于是我想起整理旧稿,在这名著如林的出版界上偷眈眈地挨进一脚,凑个热闹。一样是脚,人家是套上丝光袜,穿上漆皮鞋,我是疮痍斑剥、红肿不堪,残疾者的赤脚。"①滕固在现代文学里插了一脚,既与众不同又令人颇不舒服:残疾破烂、丑陋不堪。滕固从小说创作开始就采取了严肃认真的态度,而不是把文学当成快乐与失意的表现方式。"那末我硬要挨进去的原因,究竟何在?一层是寻那和我同患恶毒的病人来怜悯,一层寻那天

---

① 滕固:《滕固小说全编》,学林出版社 1997 年版,第 327 页。

医国手来诊治。"①展示人性与社会现实中各式各样的丑陋与痼疾，寻求诊治改造的良方成为滕固小说创作的主旨。滕固的严正创作使他不同于邵洵美、章克标等唯美主义作家，尽管他们曾有着相同的偏好，又同是狮吼—金屋社团的成员；滕固的唯美—颓废的倾向又使他不同于文研会、创造社的作家，真的做到了别致。

（原刊于《淮阴师范学院学报》2000 年第 6 期）

①　滕固：《滕固小说全编》，学林出版社 1997 年版，第 328 页。

中西诗艺的成功整合
——徐志摩诗歌论

　　五四文学革命以后胡适率先尝试白话新诗,立意打破旧体诗的束缚创造完全新质新式的现代诗歌。然而正如闻一多所说的那样:不幸的诗神啊! 他们争道替你解放,"把从前一切束缚'你的'自由的枷锁镣铐……打破";谁知在打破枷锁镣铐时,他们竟连你的灵魂也一齐打破了呢! 不论有意无意,他们总是罪大恶极啊![①] 诗歌用白话来写了,却失去了"灵魂"。作为五四以来新诗的创作者与评论者的闻一多敏锐地发现了白话诗的弊端。其实,不仅是闻一多,朱自清、周作人等人也都发现了这个问题:白话诗缺乏意味,"太晶莹透澈了,缺少一种余香与回味"[②]。怎样使白话新诗尽快成熟起来成为迫在眉睫的问题。郭沫若、徐志摩、闻一多等一批诗人以自己全新的创作奠定了白话新诗的风貌。徐志摩无疑是其中的佼佼者。本文试图从其诗歌策略考察徐志摩诗歌在中国现代新诗史上的特殊性:徐志摩诗歌是中西诗艺的第一次成功的整合。这次的整合主要涉及中国古典诗歌与英国浪漫派诗歌。

一

　　徐志摩的诗歌创作源于其生命中的偶然。"说起我自己的写诗,那是再

---

① 闻一多:《闻一多全集》(第二卷),湖北人民出版社 1994 年版,第 69—70 页。
② 朱自清:《导言》,见赵家璧主编《中国新文学大系·诗集》,良友公司 1935 年版。

没有更意外的事了。……在二十四岁以前,诗不论新旧,于我是完全没有相干。"①"只有一个时期我的诗情真有些像是山洪暴发,不分方向的乱冲。那就是我最早写诗那半年,生命受了一种伟大力量的震撼,什么半成熟的未成熟的意念都在指顾间散作缤纷的花雨。我那时是绝无依傍,也不知顾虑心头有什么郁积,就托付腕底胡乱给爬梳了去,救命似的迫切,那还顾得了什么美丑!"②在这段表述的背后是徐志摩对林徽因的爱恋触发了他创作的欲望。这些"缤纷的花雨"就是他的第一部诗集《志摩的诗》。在这个诗集中,徐志摩以跑野马的浪漫热情抒发了爱情的快乐与勇气、失望与怀疑,以及对一切不幸者的泛爱心胸。而到了第二个诗集《翡冷翠的一夜》,其热烈的情感受到了有意识的节制,与前一时期的诗歌创作有了差别。"他(徐志摩)向我说过,《翡冷翠的一夜》中《偶然》、《丁当》、《清新》几首诗划开了他前后两期诗的鸿沟。他抹去了以前的火气,用整齐柔丽的诗句,来写出那微妙的灵魂的秘密。"③在这个提高改进的过程中,徐志摩对于诗歌创作有着怎样的观念,又是怎样地指导了他的创作?他的诗歌观念有变化吗?这是本文接下来要探讨的问题。

朱自清说"徐志摩氏虽在努力于'体制的输入与实验',却只顾了自家,没有想到用理论来领导别人"④。这句话在评价徐志摩诗歌创作上是贴切的,但认为徐志摩在理论上有所欠缺却不尽然。因为综合徐志摩对文学的有关论述,我们会发现徐志摩的文学观念与诗歌创作理论相当清晰,并且有着较为明显的发展轨迹。

徐志摩的文学观念包含三个方面:(1)"性灵"观,这是其文学观的基础。他说"文学上表现的性灵应该是我们'纯真的个性'的流露,而真纯的个性是心灵的权力能够统治与调和身体、理智、情感、精神,种种造成人格的机能以后自然流露的状态"⑤。徐志摩写诗为文就如朱自清所言"是跳着溅着不舍昼

---

① 徐志摩:《猛虎集·序》,《徐志摩全集》(第四卷),上海书店 1995 年版,第 139 页。
② 徐志摩:《猛虎集·序》,《徐志摩全集》(第四卷),上海书店 1995 年版,第 141 页。
③ 陈梦家:《纪念志摩》,见赵遐秋编《新月诗魂——名人笔下的徐志摩、徐志摩笔下的名人》,东方出版中心 1998 年版,第 118 页。
④ 朱自清:《导言》,见赵家璧主编《中国新文学大系·诗集》,上海良友公司 1935 年版。
⑤ 徐志摩:《"话"》,《徐志摩全集》(第三卷),上海书店 1995 年版,第 117 页。

夜的生命水"①。他认为"诗人是天生的而非人为的"②。（2）"健康"与"尊
严"③的原则。徐志摩是信奉自由观念的人,但他认为言论自由须在"健康"与
"尊严"的原则下。这两个原则其实来自西方的人文观念。1926年1月,他对
陈源与周作人的笔战发表看法,从其文章《"闲话"引出来的闲话》、《再添几句
闲话的闲话乘便妄想解围》、《结束闲话,结束废话》中可以看出他力图公允地
发表看法,但仍有所偏向。对于陈源他有朋友之谊,且同为欧美留学生,观点
颇多相近,对于周作人,这位五四文学革命的一位主将,他也是充满尊重的。
而在这场笔战里,徐志摩最后指出"以后大家应分引为前鉴,临到意气冲动时
不要因为发表方便就此造下笔孽。这不仅是绅士不绅士问题,这是像受教育
人不像的问题"④。显然,徐志摩对于双方有失身份、有失尊严有所不满。这
与他的观念是相违背的。（3）适度与均衡中庸原则。"我们要把人生看作一
个整的。支离的,偏激的看法,不论怎样的巧妙,怎样的生动,不是我们看法。
我们要走大路。我们要走正路。我们要从根本上做功夫。我们只求平庸,不
出奇。"所以徐志摩明确表示"不敢附和唯美与颓废"、"不敢赞许伤感与热狂"
等极端性文学倾向。对于这些倾向要用"德性的永恒"、"人道的清商"与"理
性的鞍索"⑤等来校正。徐志摩的这个文学观念主要是受到了新月同人尤其
是梁实秋的影响。梁实秋在《文学的纪律》中提出了"节制"观念,这对新月诗
人们的创作实践起了指导作用。

　　徐志摩的诗歌理论主要表现为对"完美的形体"与"完美的精神"⑥的注
重。其创作初期比较注重诗的"完美的形体"。在《诗人与诗》中他强调"诗的
灵魂是音乐的,所以诗最重音节"⑦,这与闻一多对新格律诗形式美的提倡是
相通的。但由于诗歌创作中情绪的不能自控,有着野性的成分,其早期的诗
作遭到了新月同人的批评。在编辑《诗刊》前后,徐志摩很快地吸收了其他人

---

① 朱自清:《导言》,见赵家璧主编《中国新文学大系·诗集》,上海良友公司1935年版。
② 徐志摩:《诗人与诗》,《徐志摩全集》(第八卷),上海书店1995年版。
③ 徐志摩:《新月的态度》,《新月月刊》第1卷第1期,1928年。
④ 徐志摩:《结束闲话,结束废话!》,《徐志摩全集》(第四卷),上海书店1995年版,第
　　72页。
⑤ 徐志摩:《新月的态度》,《新月月刊》第1卷第1期,1928年。
⑥ 徐志摩:《诗刊弁言》,《徐志摩全集》(第四卷),上海书店1995年版。
⑦ 徐志摩:《诗人与诗》,《徐志摩全集》(第八卷),上海书店1995年版。

的理论,并且将之作为自己的创作标准。从最初只是对音节的重视,转为对"完美的形体"的其他要素以及"完美的精神"的探讨,如诗的结构、诗的格律与"诗感"等。对"完美"的追求使徐志摩直面五四白话诗创作过于散漫、没有意蕴的不良倾向:"我们讨论过新诗的音节与格律。我们干脆承认我们是'旧派'——假如'新'的意义不能与'安那其'的意义分离的话。想是我们天资低,想是我们'犯贱',分明有了时代解放给我们的充分自由不来享受,却甘心来自造镣铐给自己套上;放着随口曲的真新诗不做,却来试验什么画方豆腐干式一类的体例! ……一首诗的秘密也就是它的内含的音节的匀整与流动。……诗的生命是在它内在的音节(internal rhythm)……"①从上面我们可以看出徐志摩对诗歌理论的把握越来越趋于诗歌本质。他从外部的形式开始关注到"内在的音节",并且认为外在的音节美"还得起源于真纯的'诗感'","'诗感'或原动的诗意是心脏的跳动,有它才有血脉的流转"。② 于是,我们明白徐志摩所谓的"完美的精神"就是"真纯的诗感"或"原动的诗意"。至此,他的诗歌理论已经成熟,而在这成熟的同时他又"发现了我们所标榜的'格律'的可怕的流弊!"③。此后,他又开始纠正"格律"的"流弊",促进了自己诗歌创作的成熟。

二

在上述对徐志摩的文学观念与诗歌理论分析之后,我们可以发现徐志摩在理论上做到了对诗歌"精神"与"形体"和谐统一的精确把握。下面我们则应该探讨徐志摩是怎样实践他的心得妙悟的,即徐志摩的诗歌策略是怎样的。

第一,"完美的精神"的实现。"完美的精神"徐志摩自己又称为"真纯的诗感"或"原动的诗意"。这个词若换一个中国古代诗歌的术语"意境"即王国维所谓"境界"则更为世人所熟悉。"意境"说在中国诗学发展史上流传颇久。《易·系辞上》中提出"子曰:圣人立象以尽意"。此时"象"与"意"还不具备后

---

① 徐志摩:《诗刊放假》,《徐志摩全集》(第四卷),上海书店 1995 年版。
② 徐志摩:《诗刊放假》,《徐志摩全集》(第四卷),上海书店 1995 年版。
③ 徐志摩:《诗刊放假》,《徐志摩全集》(第四卷),上海书店 1995 年版。

世的"意象"概念内涵,但这两个概念经由刘勰在《文心雕龙·神思》里阐述后开始成为文艺理论术语。到唐代则开始有"意境"一词,而在经历唐宋元明的发展后,"清人以'境界'或'意境'谈诗者甚多"①。至王国维则"有意识地拿'境界'或'意境'(作为诗的独创性与典型性的审美意象)当作诗的一根枢轴……以至境界作为艺术鉴赏的标准,等等,作出比较严密的分析,构成一个相当完整的诗论体系"②。王国维在《人间词话》中云:"有造境,有写景,此理想与写实二派之所由分。然二者颇难分别,因大诗人所造之境必合乎自然,所写之境亦必邻于理想故也。"王国维提出"合乎自然"与"邻于理想"作为境界的基本特征,徐志摩的"完美的精神"正具有这样的特征。在中国古代诗歌里"境界"意蕴由意象的组合产生。在徐志摩的现代白话新诗中也不例外。徐志摩对于白话新诗的一个重要贡献就是诗歌意象的成功产生。前文已经说过五四白话新诗初起时期连诗的"灵魂"即"意境"都被打破丢掉了。平白如话,无意味是当时的通病。而徐志摩则在精通中西文化的基础上,营造了极为圆融优美的意境。这首先要归功于意象的选择与化合。

在徐志摩诗中出现频率较高的意象有:①月亮:《秋月》、《两个月亮》、《客中》、《望月》、《月夜听琴》等;②云彩:《爱的灵感》、《云游》、《偶然》等;③莲花意象:《爱的灵感一奉适之》、《残破·四》、《沙扬娜拉》、《她在那里》等;④黑夜:《为要寻一个明星》、《深夜》、《夜》、《问谁》、《残破》等;⑤秋:《私语》、《为谁》、《天国的消息》等;⑥坟墓:《家中的岁月》、《一星弱火》、《一块晦色的路碑》、《苏苏》等;⑦安琪儿(天真儿童):《我是个无依无伴的小孩》、《车上》、《他眼里有你》等;⑧黄金(寓含温暖):《八月的太阳》、《她是睡着了》等。以上列举的是徐志摩诗歌中有代表性、普遍性的意象。从上面举出的意象可以看出除去"坟墓"与"安琪儿"、"黄金"有较强西方色彩外,其他几例的中国风味比较浓。无论是哪种意象,必须承认这些意象并不新奇怪异,像现代派诗人那样。然而徐志摩的诗歌意象组合起来却别有魅力。那么他是怎样使这些平凡普通的意象经过化合后具有新气息的?首先,徐志摩的单纯、至真是化合意象的心理基础。王国维《人间词话》中说:"词人者,不失其赤子之心者也,

———————————

① 佛雏:《王国维诗学研究》,北京大学出版社1987年版,第156页。

② 佛雏:《王国维诗学研究》,北京大学出版社1987年版,第157页。

故生于深宫之中,长于妇人之手,是后主为人君所短处,亦即为词人所长处。……主观之诗人不必多阅世,阅世愈浅则性情愈真,李后主是也。"王国维在此提出"主观之诗人"要性情真,有"赤子之心",将李后主看作一位"天才——大孩子",有着儿童般的"天真与崇高的单纯"。① 无独有偶,徐志摩在朋友的眼里也始终是个孩子。郁达夫说:"志摩真是一个淘气、讨爱、能使你永久不会忘怀的顽皮孩子!"②徐志摩在散文《海滩上种花》中认为"因为它告诉我们单纯的信心是创作的泉源——这单纯的烂漫的天真是最永久最有力量的东西……'真'却有的是永久的生命"。可见,徐志摩以单纯、至真作为自己创作的心理基础,这为他在意象化合时能以单纯、乐观、向上的情绪融入其中提供了条件。这与他的少年经历是分不开的。优越的物质生活与祖母、母亲两代女性的宠爱,"不仅使他多年难忘,而且自幼便养成了纵情放任的秉性,这对徐志摩日后人格气质的形成产生了深远的影响"③。其次,徐志摩将英国绅士文化的持中均衡、自然和谐的精神作为化合意象的原则。"真好人是人格和谐了自然流露的品性;真好诗是情绪和谐了(经过冲突以后)自然流露的产物"④,徐志摩在化合意象时有意识地做到适度而不偏执。他也曾接触并欣赏波德莱尔的诗歌,并曾翻译波氏的《死尸》。哈代也是他所喜爱的,但他并没有接受波德莱尔的"恶之花"的作风,也不想担负起哈代的思想重负。所以他以英国浪漫派诗人华兹华斯、雪莱、拜伦、济慈等的诗歌为其诗艺的主要营养源,把英国诗歌的古典浪漫与中国诗歌的典雅结合起来,寻找相通的雅洁轻灵的意境,使得自己的诗歌既不纯粹中国式,也不纯粹西洋式。且以《杜鹃》为例:"杜鹃,多情的鸟,他终宵唱;/在夏荫深处,仰望着流云/飞蛾似围绕亮月的明灯,/星光疏散如海滨的渔火,/甜美的夜在露湛里休憩,/他唱,他唱一声'割麦插禾'——农夫们在天放晓时惊起。//多情的鹃鸟,他终宵声诉,/是怨,是慕,他心头满是爱,/满是苦,化成缠绵的新歌,/柔情在静夜的怀中颤动;/他唱,口滴着鲜血,斑斑的,/染红露盈盈的草尖,晨光/轻摇着园林

---

① 佛雏:《王国维诗学研究》,北京大学出版社 1987 年版,第 286 页。
② 郁达夫:《怀念四十岁的志摩》,见赵遐秋编《新月诗魂——名人笔下的徐志摩、徐志摩笔下的名人》,东方出版中心 1998 年版,第 73 页。
③ 宋炳辉:《新月下的夜莺——徐志摩传》,上海文艺出版社 1993 年版,第 13 页。
④ 徐志摩:《杂记·二》,《徐志摩全集》(第四卷),上海书店 1995 年版,第 7 页。

的迷梦;他叫,/他叫,他叫一声'我爱哥哥'!""杜鹃"意象出自《太平御览·蜀王本纪》,相传古蜀国国君杜宇在失国之后伤于亡国之痛,死后化为杜鹃鸟,杜鹃鸟鸣声凄厉,能动旅人归思。且杜鹃鸟啼出的血泪又染红了杜鹃花。"杜鹃"意象在中国诗词中被广泛使用,成为凄绝苦情的象征。唐诗人杜甫、杜牧、贾岛与宋词人苏轼、欧阳修、秦观等都有诗词抒发此意。如秦观"可堪孤馆闭春寒,杜鹃声里斜阳暮"(《踏莎行·雾失楼台》)、李商隐"庄生晓梦迷蝴蝶,望帝春心托杜鹃"(《锦瑟》)等,寄寓诗人的乡愁归思与悲哀心境。徐志摩在本首诗里吸取杜鹃终宵不倦歌唱的特征,但他的歌声唱出的却不是中国古诗里的家国之思,而是缠绵与柔情。在这里他显然吸收了西方诗歌中以夜莺、云雀等鸟儿喻诗人的传统,如济慈、雪莱、华兹华斯等就集中表现了夜莺与云雀的率真、执着、热情的气质。例如雪莱赞云雀"以酣畅淋漓的乐音,/不事雕琢的艺术,倾吐你的衷心"(《致云雀》)。华兹华斯则说:"噢,夜莺啊,你这个生灵/的确是长着颗'火样的心'。你的歌呀钻进我心里——/和谐中带着热情的奋激!"(《"噢,夜莺啊,你这个生灵"!》)徐志摩在《猛虎集·序》里说:"诗人也是一种痴鸟,他把他的柔软的心窝紧抵着蔷薇的花刺,口里不住地唱着星月的光辉与人类的希望,非到他的心血滴出来把白花染成大红他不住口,他的痛苦与快乐是浑成的一片。"[1]徐志摩在《杜鹃》一诗中将中西的意象传统化合起来,抓住了共通的精神——痴情不悔作为化合点,所以《杜鹃》诗少了中国古诗中凄绝冤苦的家国之痛苦,而增添了一份柔情,将冤苦化为缠绵与执着,诗因此显得是有适度的意境的。

在实现对"完美的精神"的追求过程中,徐志摩不仅对诗歌意象进行成功的化合,此外,他创作中的"蕴积"作风是不容忽视的。徐志摩早期作诗顾不得美丑,"在短期内写了很多,但几乎全部都是见不得人面的。这是一个教训"[2]。在结识新月的同人们以后,他开始反省自己的跑野马式的创作风格,对于诗歌进行有意识的情感节制。在1923年的《诗人与诗》中他就此进行了论述:"外来的感觉不能刺激我们的灵性怎样深。……天赋我们的心,我们要运用他能想的本能去思想;此外还要依赖一种潜识——想象化,把深刻的感

---

① 徐志摩:《猛虎集·序》,《徐志摩全集》(第四卷),上海书店1995年版,第144页。
② 徐志摩:《猛虎集·序》,《徐志摩全集》(第四卷),上海书店1995年版,第141页。

动让他在潜识内融化,等他自己结晶,一首诗这才能够算成功。所以写诗单靠 Inspiration 是不行的。"①他的诗歌之所以能够有一些比较频繁的意象,也是因为他在对这些意象进行着不断的蕴积与提炼。王国维的"三境界"说也表明了"渐"与"顿"的关系,说明一种完美的获取必得经历艰辛的磨炼。徐志摩在创作中不仅是蕴积意象,也在蕴积情感,从而达到洒脱的境界。这里以他著名的康桥系列为例。在徐志摩诗中吟咏康桥之作较多,计有《春》(1922)、《康桥西野暮色》(1923)、《康桥再会吧》(1922.8.10)、《再别康桥》(1928.11.6),而在散文中亦有名篇《我所知道的康桥》与《吸烟与文化》对康桥进行了深情的诉说。康桥是徐志摩的精神故乡,人生最美妙的时光在康桥度过,徐志摩对它充满深情毫不奇怪。在他诗中以《再别康桥》最负盛名。轻柔的曼妙的意境,不舍而又潇洒地"不带走一片云彩"的风度,使《再别康桥》成为现代诗歌中的经典。中国自古就有"赋别离"的传统,从《诗经》"昔我往矣,杨柳依依"到江淹的"黯然销魂者,唯别而已"(《别赋》),柳永的"多情自古伤离别,更哪堪,冷落清秋节!"(《雨霖铃》),离别被罩上了极浓厚的伤感氛围,而至徐志摩却变得这般轻柔洒脱!其实从《康桥再会吧》里我们可以发现《康桥再会吧》里已经有了"桥影藻密"、"云彩"、"金色"、"垂柳"、"榆荫"、"黄昏"意象,而这些意象都是《再别康桥》中的闪光意象。在时隔六年之后诗人重写离别康桥,用的却是六年前已经写到的物景意象。但两首诗的高下之分却清晰可见。我们便可以推论徐志摩在心灵深处对康桥系列意象的积淀与蕴积。《康桥再会吧》在情感上处于宣泄状态。诗人风华正茂,对精神故乡难离难舍,所以是以直接的宣泄表现"难别去"的情怀。诗人不仅是运用了以上的意象,更运用了其他的意象与大量的想象比喻造成华美情深的效果,所以上述意象的情感传达功能反而不很突出。到《再别康桥》诗人则对康桥意象进行了仔细筛选,只挑选最富含情感而又比较柔美的意象,以少写多,营造轻柔的意境。而对于难舍的情感则进行了成功解脱。对于康桥的爱已不是难舍可以表达,而是将之视为不忍心打破的甜美梦境,尽可能潇洒地来去,让康桥成为一个永远的梦。经过诗人六年的蕴积,《再别康桥》终成完美之作。

第二,对"完美的形体"的追求。徐志摩是努力于"体制的输入与试验"的

---

① 徐志摩:《诗人与诗》,《徐志摩全集》(第八卷),上海书店 1995 年版,第 464 页。

诗人。徐志摩有着深厚的国学根底,又在康桥浸染许久,对英国诗歌情有独钟。所以他很自然地将西方的诗歌体制引入自己的诗歌创作,后来又因机缘与泰戈尔相识,泰戈尔的玄思与小诗样式也给了他很大启发。在他创作《志摩的诗》时我们可以发现受西方影响比较重,如朱自清所言:"在艺术上大半模仿近代英国诗。梁实秋氏说他们要试验的是用中文来创造外国诗的格律,装进外国式的诗意。这也许不是他们的本心,他们要创造中国的新诗,但不知不觉写成西洋诗了。"①徐志摩将英国诗歌中的歌谣风味、对话与独白、增强叙事、戏剧性突转、抽象哲理的直接抒发、方言口语入诗等特长纳入自己的诗中,并且注重音节。此外,在中西诗艺的整合过程中他还极聪明、极勇敢地将中国的文言融入诗歌锻造的范围,有些诗甚至有唐人绝句之神韵,如《沙扬娜拉》中"象一朵水莲花不似凉风的娇羞"。

徐志摩在《诗刊弁言》中这样表态:"我们信完美的形体是完美的精神唯一的表现;我们信文艺的生命是无形的灵感加上有意识的耐心与勤力的成绩。"②"完美的精神"与"完美的形体"的和谐是他努力的方向。而诗人余光中则认为"徐志摩并不怎么欧化,即使真有欧化,也有时欧化的相当高明。他的诗在格律上,句法上,取材上,是相当欧化的,但是在辞藻和情调上,仍深具中国的风味"③。余光中以后人的眼光精当地评价了徐志摩的"欧化"。从这里我们也可以看出徐志摩所作的终于是中国风味的诗了。西洋色彩只是外在色泽。徐志摩对于"完美的精神"与"完美的形体"的追求使他"在当时新诗人中可说是总其大成(他对于中国新诗运动贡献尤大)"④。

三

出生于江南名门的新月诗人徐志摩,同五四时期其他中国知识分子一

---

① 朱自清:《导言》,见赵家璧主编《中国新文学大系·诗集》,上海良友公司1935年版。
② 徐志摩:《诗刊弁言》,《徐志摩全集》(第四卷),上海书店1995年版。
③ 余光中:《徐志摩诗小论》,《余光中选集三·文学评论集》,安徽教育出版社1999年版,第208页。
④ 沈从文:《新诗的旧帐——并介绍〈诗刊〉》,见刘洪涛编《沈从文批评文集》,珠海出版社1998年版,第112页。

样,既深受中国传统文化和古典诗歌精湛诗艺的影响,又出过洋,留过学,在英美接受过系统的西方文化和诗歌艺术的熏陶。从所处的时代背景及社会因素来看,徐志摩是在动荡转型期的大中国背景下,以开放性的文化心态接受了中西文化的教育与影响的。他在少年时期学习兴趣广泛,古今中外天文地理样样都使他发生兴味,而国学自然也是很好。这些为他以后对东西文化的学习作了铺垫。1918年,徐志摩赴美留学,开始经历欧风美雨,眼界大开。1920年为追随思想家罗素而赴英国,至1922年秋回国,两年的康桥(即剑桥大学)留学生活,徐志摩广交社会名流,充分感受着康桥精英文化的气息,其独特的人生观及文化观逐渐形成。康桥是徐志摩创作灵感的源泉,是诗人徐志摩的诞生之地,也是其一生珍爱的精神故乡,日后诗文中对康桥深深的怀念与回想,足以说明这一点。

徐志摩的诗歌意境圆融、语言优美,是中西诗艺的第一次成功整合,其整合主要涉及中国古典诗歌与英国浪漫派诗歌。至于其诗歌的文化内蕴,关联到中西文化的诸多方面,如:华兹华斯抒情诗的神韵,济慈诗歌的情致;拜伦式的倨傲张狂,哈代式的忧郁颓靡;儒家的中庸平和、道家的淡泊宁静,湖畔诗人的清雅超俗,泰戈尔的冥思闲适,等等。本文主要讨论梁启超政治文化观念和英国绅士文化对徐志摩的影响和浸染。

第一,梁启超政治文化观念对徐志摩的影响。梁启超是清朝末年民国初年政治界、学术界颇有影响的人物。在戊戌变法前,由于国家的危亡梁启超也与严复等人一样将求学的目光转向西方。戊戌变法失败后梁启超逃往日本,在日本对西方的社会政治学说钻研颇深。他用西方民主制度作为参照来批判中国的专制制度,提倡"君主立宪制"始终以改良而非发动革命为解决中国社会问题的良方,赞赏自由的观念。在语言方面他认为"西方是'言文合'而中国却是'言文分'。'言文分'导致了文化的封锁和束缚"。"语言文字这一文化文明的载体,便成为社会进步的基础性工程。'五四'时代倡导文学革命,对中国思想解放作用非小,而梁启超开先河之功是不应忘却的。"①1918年6月徐志摩拜梁启超为师。这在徐志摩的思想历史上是一个重要事件。在拜

---

① 曹锡仁:《中西文化比较导论——关于中国文化选择的再检讨》,中国青年出版社1992年版,第236—237页。

师以前,徐志摩就极为崇拜梁启超,当时梁启超的文章立论新颖、生动活泼、明白晓畅、别开生面使人耳目为之一新。徐志摩就曾仿梁启超的文章做论文《论小说与社会之关系》,可见徐志摩对之神往已久。在拜师以后,他首先听从老师的建议出国留学。梁启超于同年 12 月 28 日与蒋百里等人开始了欧洲游历之行。梁启超本是带着求学与开阔眼界的目的,但事实却是梁启超发现自己倾慕已久的西洋文明竟然已经破产,而以前自己批判的东方文明仍有其价值,所以他重构"新文化系统"。在有了相当的比较分析后,梁启超认为"中国人既不能'固步自封;说什么西学都是中国所固有',也不能'沉醉西风,把中国什么东西都说得一钱不值',应该借助于西洋人研究学问的精密的方法和途径,'拿西洋的文明来扩充我的文明,又拿我的文明去补助西方的文明,叫他化合成一种新的文明'"①。这次欧游使梁启超对中国文化有了新的认识,对儒家文化进行高度肯定。他的对传统文化重新肯定的态度对徐志摩评价传统诗文有很大影响。所以徐志摩一开始写诗就没有完全放弃旧诗歌的某些特征,甚至公开承认是"旧派",这就与胡适乃至郭沫若有了分别。徐志摩对于传统文化没有采取决绝的态度,所以也不必像胡适、郭沫若那样很醒目地去做旧学问。梁启超在晚年有十多年的时间,远离政治,致力于学术研究与教育事业,既保持儒家的积极入世的精神,又有道家的宁静冲和味道,这一点颇似于英国的绅士。梁启超的人生取舍对徐志摩自然有影响。按照当时徐家的地位与人际关系,他完全可以出去为官,但徐志摩没有,却是在坚持人格独立的同时又保有热心世事的精神,以文字作为发表主张的最佳工具。对世事政治既不过分热衷又不冷漠,采取中庸守衡的态度。这种人生态度成全了诗人的徐志摩。

第二,英国的绅士文化对徐志摩的影响。徐志摩接受梁启超的劝告出国留学,但在美国两年后即赴英国,目的是要跟从罗素。到英国后,几经曲折终于如愿以偿。对于罗素的思想,"志摩差不多全部接受了这种尊崇人道和平,提倡创造反对抑塞天性的思想,并恪守其一生"②。徐志摩除了跟从罗素,还

---

① 李华兴:《梁启超与近代中国社会的转型》,《中国文化的现代转型》,湖北教育出版社
   1996 年版,第 457—459 页。
② 宋炳辉:《新月下的夜莺——徐志摩传》,上海文艺出版社 1993 年版,第 40 页。

结交了狄更生、伍尔芙、曼殊斐儿、嘉本特等一批英国文坛的才俊之士,再加上康桥本身的文化氛围很快就让徐志摩浸染在英国绅士文化中,这对徐志摩的文学趣味起了决定性的作用。在散文《吸烟与文化》中他深情地写道:"我的眼是康桥教我睁的,我的求知欲是康桥给我拨动的,我的自我意识是康桥给我胚胎的。"徐志摩在康桥主要是接受了以人道主义个性自由为基本准则的绅士文化教育。"gentil"一词在 16 世纪,"这句法语在英格兰已具有新含义,变为'既不激烈又不严厉,稳重端庄'意思的英语单词'gentle'。……而与实际感情、亲切和蔼的举止连在一起了"。绅士文化历经希腊、罗马直至 19 世纪的发展,有了这样几种精神:①均衡。"均衡是英国绅士概念中的绝对基本点。以均衡合理的精神全面观察事态的发展。"②强调自制与抑制感情。③勇敢、诚信。④幽默感。⑤在世欲生活中追求理想,保护弱小,热心公益。①徐志摩正是在接受康桥的培育后形成了自己的单纯信仰,即"一个是爱,一个是自由,一个是美"②。康桥的文化不仅培育了这种"单纯信仰",而且培育了徐志摩的人格气质与文学观念。康桥给予徐志摩的是一次人性的洗礼,从此知道自由、个性的可贵。而自由与个性又是他的中国导师梁启超所认同的,与徐志摩的少年经历颇相符合的,所以这几者融在一起便形成了徐志摩现代意义上的人格:坦诚、热情、博爱。绅士文化是积极入世的,但绝不偏激。绅士文化是极"富有同情心的文化,宽容与自律的心态都能使这种文化主体保持着与平民文化倾向的联系……但在对待平民问题上他们会不时地流露出某种贵族气息"③。徐志摩在人生观念上与文学观念上都吸取了绅士文化的精髓。为了"爱、自由、美"他的婚变为当时道德所不容,而在今天成为一段佳话。在文学观念上他坚持均衡原则,守持有度,因此他的诗文虽有许多对劳苦百姓表同情的篇章,但终于没有成为激越的呼喊,而是"真挚而自然地把平民的呼喊转化为对普遍生存状态的轻柔关怀,终于还是做了绅士"④。在诗歌

---

① [英]丽月塔:《绅士道与武士道——日英文化比较论》,王晓霞等译,浙江人民出版社 1990 年版,第 132—146 页。

② 胡适:《追悼志摩》,见赵遐秋编《新月诗魂——名人笔下的徐志摩、徐志摩笔下的名人》,东方出版中心 1998 年版,第 14 页。

③ 朱寿桐:《新月派的绅士风情》,江苏文艺出版社 1995 年版,第 35—36 页。

④ 朱寿桐:《新月派的绅士风情》,江苏文艺出版社 1995 年版,第 264 页。

的表现手法上还是以古典的浪漫的诗歌手法为主,不排斥现代主义诗艺,但又没有对现代主义诗艺亦步亦趋。茅盾说"志摩是中国布尔乔亚'开山'的同时又是'末代'的诗人"①。茅盾从社会学角度分析其价值,在不满意于他的诗歌没有深厚思想内涵的同时,也不得不承认他艺术个性鲜明,而且在诗艺上"以后的继起者未见能并驾齐驱"②。徐志摩就这样成了中国现代诗歌史上的一个古典诗艺的翻新者与终结者。

(原刊于《贵州师范大学学报》2002 年第 4 期)

① 茅盾:《徐志摩论》,见顾永棣编《徐志摩诗全编》,浙江文艺出版社 1987 年版,第 526 页。
② 茅盾:《徐志摩论》,见顾永棣编《徐志摩诗全编》,浙江文艺出版社 1987 年版,第 526 页。

在海风的吹拂下
——叶灵凤论

　　就像韩邦庆、包天笑等先辈一样，上海这座现代都市在叶灵凤的身上留下了深深的印痕，阵阵的海风熏陶着、改变着这个从浪漫感伤起步的青年文人。在他身上，我们分明可以看见一个纯情的少年在十里洋场的成长，而他的小说将成为上海文坛中一朵炫奇的花。

一

　　叶灵凤原名韫璞，1904 年出生于南京，随着家人度过了并不安分的童年时代，先后在九江、昆山、镇江等地读书并对绘画如痴如醉。在这一段时间里叶灵凤曾读过《新青年》与周瘦鹃等编的《香艳丛话》，这是他博览群书的开始。1924 年三叔的出现对于二十岁的叶灵凤来说意义非凡：由于三叔的接引，叶灵凤从江南城市的一间小楼，走进了十里洋场的亭子间。[①] 随三叔到达上海的叶灵凤进入上海美术专科学校学习西洋画。就在此时多感的天性显现了出来，他开始了小说创作，并且向创造社投稿。作为中国新文学最重要的社团之一，创造社的自由浪漫倾向与叶氏极为相投。而绘画的特长则给他带来了投身文坛的便利。1925 年创造社出版部由于缺乏人手，于是吸收叶灵

---

① 　关于叶灵凤早期生活情形，可以参见李广宇《叶灵凤传》，河北教育出版社 2003 年版，第 1—6 页。

凤加入。这对于他来说是一件极为幸运的事,从此免却四处投稿无门之苦,而可以安心地做起文艺的侍者。但事情常常是利弊并存,从另一方面来说,加入创造社又埋下了他与鲁迅交恶的伏笔。也就是从这一年开始,叶灵凤的小说创作日甚一日。作为创造社的后起之秀,他走在张资平、郁达夫所开辟的文学之路上,显得驾轻就熟、游刃有余。绮丽而别样的爱情故事、大胆而真挚的情欲心理成了他的标识。而散文小品的创作也就此起步,文笔自然是以清丽为上。

1926年8月7日,由于政治立场的激进,叶灵凤与柯仲平等四人遭到淞沪警察厅拘捕并被关进监狱,五日后被营救出狱。这次的监狱历险给予他的不是紧张与恐惧,而是兴奋与光荣之感。出狱之后不久,叶灵凤与潘汉年合作编辑《幻洲》半月刊。这份奇特的半月刊分为"象牙之塔"与"十字街头"上下两部分,叶灵凤负责上半部分,这多是些象牙塔里的美丽文字。潘汉年则在"十字街头"推行他的"新流氓主义"。与革命或革命者的这种千丝万缕的关联大概是他后来能够追随革命文学脚步的一个重要原因。

1928年1月,创造社、太阳社等社团发起了有关"革命文学"的论争。在以鲁迅等人为对手的这场论争中,叶灵凤虽然未能像成仿吾等人那样洋洋洒洒数万言,但是作为创作社的"小伙计"之一,他的画笔与随意的贬损还是让鲁迅感到了愤怒。

叶灵凤在《戈壁》第二期(1928年5月)上发表了一幅讽刺鲁迅的漫画,为了帮助读者理解其未来派作风,他特地进行文字解释:"鲁迅先生,阴阳脸的老人,挂着他已往的战绩,躲在酒缸的后面,挥着他'艺术的武器',在抵御着纷然而来的外侮。"综合当时创造社同人的猛烈文字,这幅漫画可以视作叶氏配合同人论战的一个举措。在此前的4月份就曾有人讥讽过鲁迅的"满口黄牙",将这些革命文学青年的言论与漫画综合在一起的鲁迅感到了反击的必要。他在1928年8月的《语丝》里便开始了对叶灵凤等人的反击:"这样的乐园,我是不敢上去的,革命文学家,要年青貌美,齿白唇红,如潘汉年叶灵凤辈,这才是天生的文豪,乐园的材料;如我者,在《战线》上就宣布过一条'满口黄牙'的罪状,到那里去高谈,岂不亵渎了'无产阶级文学'么?"①

---

① 鲁迅:《革命咖啡店》,《鲁迅全集》(第4卷),人民文学出版社1981年版,第117页。

也许是人多势众吧,叶灵凤对鲁迅这样的捎带一笔并不在意,仍然一如既往地保持着不恭敬的态度。在 1929 年 11 月发表的小说《穷愁的自传》中,叶灵凤以第一人称进行叙事,其中有这样一句:"照着老例,起身后我便将十二枚铜元从旧货摊上买来的一册《呐喊》撕下三页到露台上去大便。"①这篇并不出色的小说因为这一个小小的细节深深刺痛了鲁迅,从此常常在论战之中不忘捎带上他,挖苦讥讽一番。叶灵凤成了鲁迅口中的"才子+流氓"型作家。叶氏对英国画家毕亚兹莱以及日本画家路谷虹儿的热爱与模仿也成了鲁迅讽刺的对象。在 1928 年还只是"齿白唇红"的叶灵凤到了 1931 年便戴上了"流氓画家"的"桂冠"。鲁迅在《上海文艺之一瞥》中两次提到了叶灵凤。一是赠与他"桂冠"。"新的流氓画家出现了叶灵凤先生,叶先生的画是从英国的毕亚兹莱(Aubrey Beardsley)剥来的,毕亚兹莱是'为艺术的艺术'派,他的画极受日本的'浮世绘'(Uliyoe)的影响。浮世绘虽是民间艺术,但所画的多是妓女和戏子,胖胖的身体,斜视的眼睛——Erotic(色情的)眼睛……但他也并不只画流氓的,有一个时期也画过普罗列塔里亚,不过所画的工人也还是斜视眼,伸着特别大的拳头。"②二是讽刺他的革命态度:"还有最彻底的革命文学家叶灵凤先生,他描写革命家,彻底到每次上茅厕时候都用我的《呐喊》去揩屁股,现在却竟会莫名其妙的跟在所谓民族主义文学家屁股后面了。"③

鲁迅的文字常常如窖藏的老酒,在时间的流逝中显现出不可思议的力量。随着鲁迅在后来岁月中地位的不断提升,叶灵凤的形象也越来越糟糕,一度在《鲁迅全集》的注释中被斥为"汉奸文人"④,当然,这已是后话。

论战的硝烟逐渐散去,论战的对手结成了"左翼作家联盟"。叶灵凤也成为其中的一员。但不知何故,这位曾因"赤化"坐过五天牢的青年作家却与左翼革命渐行渐远,终于还是退到了文字的象牙塔之内。1931 年 4 月 28 日,左联发出《开除周全平,叶灵凤,周毓英的通告》,认为叶灵凤"已屈服了反动势力,向国民党写悔过书,并且实际的为国民党民族主义文艺运动奔跑,道地的

① 叶灵凤:《穷愁的自传》,《叶灵凤小说全编》(上),学林出版社 1997 年版,第 303 页。
② 鲁迅:《上海文艺之一瞥》,《鲁迅全集》(第 4 卷),人民文学出版社 1981 年版,第 293 页。
③ 鲁迅:《上海文艺之一瞥》,《鲁迅全集》(第 4 卷),人民文学出版社 1981 年版,第 298 页。
④ 鲁迅:《文坛的掌故》,《鲁迅全集》(第 4 卷),人民文学出版社 1981 年版,第 59 页。

做走狗"。不过,据后来的分析,左联的判断是欠准确的,总算是还了他一个公道。①

1931 年,正值青春年华的叶灵凤已经显出一点中年人的神色。也许,与郭林凤的感情波折又增加了些许疲惫之心,于是更有"结束铅华归少作,屏除丝竹入中年"之感。当日志趣相投的潘汉年成了职业革命党人,而叶灵凤则渐渐地与施蛰存、穆时英、邵洵美等人熟悉起来,并常常在《现代》杂志上露脸。《现代》诸人对现代派的热衷让叶灵凤受益不浅,他也陆续发表了具有此类创作倾向的小说若干,跻身 20 世纪 30 年代现代派小说家的行列。

消散了少年狂放之情的叶灵凤开始成为一个地地道道的海上文人。他与各种商业报刊之间的关系开始密切起来,这密切的后果就是长篇小说的连载。从 1932 年到 1936 年,他先后连载了《时代姑娘》、《未完的忏悔录》、《永久的女性》三部长篇小说。对于都市女性的观察与同情是处处可见的,而他也试图写出"浓重的忧郁和欢乐交织的气氛"②,但连载的方式与读者趣味的考虑显然掣肘了他的写作,通俗是这类小说的主色调。都市、美貌女子、开放的爱情三者调和的结果便是一个个灯红酒绿之下的风流故事。其中也有悲哀,但这悲哀敌不过消费与娱乐的眼光,终于淡漠得很。这些小说在让叶灵凤获得稿酬的同时却并未为他所看重:"我自己从来不喜欢自己所写下的这类小说,因此几乎漠然没有好恶之感。"③他在崇高的象牙之塔与平实生活之间的尴尬亦可窥见一二。

1937 年爆发的中日战争自然会影响到这位海上文人,他一路颠沛流离,直到香港方才安顿下来。1941 年 12 月香港又为日军所占领,叶灵凤似乎只得在侵略者的淫威下做个顺民。然而世事沧桑变化也是一块试金石,这位秉

---

① 据施蛰存先生分析,是因为他有一个姐夫在潘公展手下出任上海市教育局督学,有可能"自以为消息灵通,在两边说话,失于检点。但他毕竟没有出卖或陷害革命同志。潘汉年每次化装来沪,总是到编辑部来找他,也许他还为潘汉年做过一些事"(《我和现代书局》,《出版史料》第 4 辑)。转引自陈漱渝《叶灵凤的三顶帽子》,《人民政协报》2006 年 8 月 24 日。

② 叶灵凤:《未完的忏悔录·前记》,《叶灵凤小说全编》(下),学林出版社 1997 年版,第 581 页。

③ 叶灵凤:《〈永久的女性〉题记》,《叶灵凤小说全编》(下),学林出版社 1997 年版,第 695 页。

受海风吹拂的海上文人保有的是一颗正直的传统文人的爱国之心,他不期然地在自己的随笔中写下了对苏武的向往。而在做顺民的日子里他又利用工作之便帮助国民政府进行情报收集工作,这大概可以洗脱"汉奸"的嫌疑了。进入中年之境的叶灵凤似乎已经不在意别人的眼光,所以从不去辩白。倒是其他忠厚之人看不过,时时提起他的这段壮举。

相较于 1930 年前后在上海滩的张扬时光,叶灵凤在香港的后半生是相当安静的,安静地读书,安静地写随笔掌故,但也不是毫无主张:虽然远离了政治,却又一直被人目为红色人士。一切无须多说,真是不说也罢。1975 年叶灵凤病逝于香港善和医院。

二

就叶灵凤的一生创作来看,最富有海派气息的自然是他的小说,尤其巧合的是,他现存的小说都是在 1937 年抗战爆发之前在上海发表的[①],而这些小说清晰地印染了 20 年代中后期到 30 年代上海现代小说的各种风尚。因此,我们有足够的理由说叶灵凤是最具海派特色的小说家之一。综观其小说创作,既有性心理分析与非常态的爱情小说,如《姊嫁之夜》、《女娲氏之遗孽》、《昙华庵的春风》、《鸠绿媚》、《摩伽的试探》、《落雁》等,又有沾染了"革命十恋爱"风尚的作品,如《红的天使》、《神迹》等,还有现代派的小说,如《第七号女性》、《流行性感冒》等。而他的长篇小说《未完的忏悔录》、《永久的女性》等篇则有着明显的通俗文学的痕迹。叶氏的小说世界可以说是复杂而又包罗万象的。在这个小说世界里,第一类作品显然最具突破性。

五四文学革命高扬个性解放的结果是催生了一大批爱情小说,而且集中表现为反对父母之命、媒妁之言的传统婚姻制度,如冯沅君、庐隐等人的作品。这类小说的一个共通之处就是"精神之爱",而对于男女的性心理常常采取回避的态度。这也就难怪郁达夫的小说会在守旧的中国招来一片讨伐之

---

① 叶灵凤在香港沦陷时期曾经在《香岛月报》连载一部名为《南荒泣天录》的小说,但是只登载两期,日本便宣告投降,杂志停刊,而叶氏也未再写下去。见《叶灵凤小说全编·编辑说明》与柳苏《凤兮凤兮叶灵凤》一文。

声。而多数人止步的地方就是少数大胆者创新的开始。只是这些"胆大妄为"者未必都能顺利抵达艺术的新高峰。不过,尝试者的勇气总是值得嘉许的。叶灵凤寻求非常态的爱情也自然在情理之中了。

从 1925 年开始叶灵凤很快就向文坛正式奉献了《姊嫁之夜》、《女娲氏之遗孽》、《昙华庵的春风》、《浪淘沙》、《菊子夫人》、《口红》、《禁地》等一批爱情或性心理分析小说。就是这批小说给初登文坛的叶灵凤染上了绮丽与变态的色彩。

作为初登文坛的处女作,《姊嫁之夜》中的舜华有着非同一般的苦恼。姊姊出嫁了,弟弟舜华感受到的不是快乐,而是嫉妒。三年前哥哥的婚礼与今天姊姊的婚礼都给了舜华极大的刺激,蒙昧的性开始觉醒。而在姊姊出嫁的这个夜晚,舜华在梦中与姊姊发生了纠缠不清的爱情。借着梦的掩护,舜华冲破了日常的伦理道德,不仅爱上了姊姊,而且破坏了姊姊的婚礼。这恰恰是白天的他郁闷而又不能做到的事情。很显然,叶灵凤熟悉蔼里斯、弗洛伊德等人的心理学说,于是大胆地窥测少年人的不可告人的潜意识。因此叶灵凤被认为是中国心理分析小说最早的先行者之一。[①]

与郁达夫的自我抒写不太一样的是,叶灵凤似乎更善于揣摩女性心理,这是他的拿手好戏。这情形与京剧中的男性旦角演员相仿,常能道他人所不能道,尤其是女性自身羞于启齿的话语。《浴》、《昙华庵的春风》等就是这方面的代表。无论是富贵之家的千金小姐露莎,还是昙华庵的女尼月谛,都因为性的苏醒而不由自主地展示了另一面。露莎(《浴》)由新小说得到启示,站在镜子前于心慌意乱中打量自己的曼妙胴体。在恼人的春天里月谛(《昙华庵的春风》)受到了寡妇金娘的影响,在无法入睡之时夜奔工人陈四,但陈四正与金娘共度春宵。大受刺激的月谛脑部溢血倒地而亡。

与对性心理探究的热情相类似,出于对传统婚姻观念、男女关系的颠覆,叶灵凤偏好选择非常态的情爱故事作为自己唯美追求的最佳载体,大胆而充满诱惑力的女性是他情之所钟的对象。这大概与他学习西洋画有关,西洋画中丰满而富有生命力的女子化作了叶灵凤小说中的出轨女性。《内疚》、《女娲氏之遗孽》与《禁地》都在演绎"女大男小"的婚外恋情模式。而且,在这些

---

① 钱理群等:《中国现代文学三十年》,北京大学出版社 1999 年版,第 323 页。

爱情发生的过程中,女性都是那最初的起意者。这倒也暗合了40年代张爱玲的一个观点:"没有一件桃色不是由女人先起意的"。这三部不同时期的作品,长度由短而长,笔法也由稚嫩走向老练。在一定程度上,我们可以将《女娲氏之遗孽》与《禁地》视作《内疚》的扩充版。

1924年11月30日叶灵凤完成了自己的第一篇小说《内疚》(但是它未能成为叶氏第一篇发表出来的小说)。这篇出自二十岁青年人之手的小说在今天看来也是有点别致的。没有一般青年作者所擅长的青年男女的相思幽怨,有的却是偷情胜利之后的欢喜与倾诉。一个已婚女子在数年前爱上了比自己小了许多的螟蛉之子(当时这孩子只有十一二岁)。经过漫长的等待,长大成人的男孩终于明白了女子的心意,双双陷入了爱河。女子如愿以偿之后,又迫不及待地给自己的情人写下了这封书信。这篇小说的长处是细腻的心理描写,女主人公的为情所困、得偿夙愿的欢喜、欺骗丈夫的心理等,无不丝丝入微。这是承继了郁达夫、张资平小说的浪漫抒情特长的。不过,叶灵凤显然又前进了一步。由这篇小说可以看出他的"唯美"倾向了。倘若让叶灵凤在艺术与道德之间进行选择,他一定会选择艺术。

《女娲氏之遗孽》(1925年3月)显然比《内疚》成熟了一些:不再注目于偷情的欢喜,而是将女主人公暴露在大庭广众之下,在众人的纷纭谣诼中怀想爱情。这时,爱情不仅仅是甜蜜的忧伤,还是苦涩人生的肇事者,孩子的出生又加重了这苦涩。传统道德的严威对女性来说是加倍的冷漠与禁锢,这个敢于去爱的女性也不得不生吞下冷漠与鄙视。

用"姐弟恋"甚至是辈分悬殊的爱恋来继续挑战传统道德是《女娲氏之遗孽》应有之道德意义。它因此被认为是叶氏早期的代表之作,郑伯奇在编选《新文学大系 小说三集》时便收录了它。

时隔六年之后,叶灵凤的《禁地》出版。六年之中,文学的风尚改变了许多,叶灵凤也练达了许多。在《内疚》与《女娲氏之遗孽》中,我们能够感受到羞涩与纯纯的青春,《禁地》则不然,纯情消逝了,代之而起的是浮华世故的心情。成熟的妇人佩珍故作无意,以裸体相对的方式勾引了单纯的十八岁青年菊璇。菊璇在这个先生的教育下迅速成熟起来,两个人尽情品尝情爱美酒。不久菊璇去上海读书了,佩珍与他鸿雁往返,维持着彼此的热情。在上海的菊璇渐渐感觉到了这份爱情的虚幻甚至是厌恶,转而将精神集中在写作上,慢慢地疏远了佩珍。叶灵凤在《禁地》中表现出了激情的消亡,呈现出明显的人性思考。但这种思考又是比较单薄的,叶灵凤似乎不愿意将之引向深处,而更满足于浅层的情爱展示,一种并不极端的颓废心情在文中缓缓弥散开来。而主人公菊璇则成了一个都市中的空虚的"浮纨"。①

三

在叶灵凤的别致爱情故事中,《鸠绿媚》、《摩伽的试探》、《落雁》这三篇小说则具有明显的虚幻特质。借助虚幻,叶灵凤实现了古今、人神、人鬼世界的贯通。这种创作方式在施蛰存等的小说中也可找到,这三篇最为作者所看重的小说似乎也在暗示出叶氏加盟现代派的可能性。②

这三篇小说讲述了三个诡异的故事。《鸠绿媚》以一个磁制的骷髅鸠绿媚开始了古今莫辨的香艳爱情。鸠绿媚原是波斯国公主,与自己的老师白灵斯相恋了。但是国王将她许配给一个亲王之子。迫于无奈的鸠绿媚在成亲前一天的晚上自尽身亡。此后,白灵斯想尽办法盗取了公主的尸骨,并带着她回到祖国,度过了与白骨相伴的寂寞余生。磁制骷髅便是其缩微仿制品。经过多次辗转,现在青年小说家春野得到了它。奇怪的事情发生了:在春野将这个骷髅带上床睡觉之后,他就梦到了鸠绿媚。在梦中,他成了白灵斯。通过一夜一夜的交往与熟悉,春野完整地重复了一遍那个古老的爱情故事。而春野的心都被这个夜晚爱情占据了,甚至置现实中的恋人于不顾。在梦见白灵斯抱着鸠绿媚跳楼之际,春野和磁制骷髅都从床上摔到了地上,骷髅碎了。《鸠绿媚》将传说与现实交融,将古代异域的感伤爱情又在夜晚的梦境中重新演绎一番,既具有明显的伤感浪漫主义的痕迹,又呈现出非理性的玄思妙想。

---

① 李欧梵:《上海摩登——一种新都市文化在中国(1930—1945)》,北京大学出版社 2001 年版,第 278 页。

② 叶灵凤在 1931 年曾经说道:"这三篇,都是以异怪反常、不科学的事作题材——颇类于近日流行的以历史或旧小说中的人物来重行描写的小说……仅是这一类的故事和这一种手法的运用,我觉得已经是值得向读者推荐。"见《灵凤小说集·前记》,《叶灵凤小说全编》(上),学林出版社 1997 年版。

《落雁》是一则简短的人鬼相遇片断。新诗人"我"——冯弱苇在戏院偶遇落雁姑娘,彼此有一点淡淡的好感。好奇的"我"接受了落雁的邀请,深夜前去拜访她家。却不知落雁等人皆是阴间之鬼,其父还是偏好男色之鬼。落雁的任务便是为他物色少年男子。落雁不忍"我"为之所害,所以放"我"逃跑。整个故事充满诡秘之气,悬疑与紧张让小说的情节不断地跳转。在这里我们可以看到一个小说家驾驭故事的能力。而小说的鬼怪特征又让人想到了《聊斋志异》。可以说,叶灵凤的这类故事是在新文学的范围内延续了《聊斋志异》的鬼怪传统。

《摩伽的试探》则与施蛰存的《鸠摩罗什》有些相像:都是写高僧遭遇欲望的故事。摩伽因为妻子向邻人调笑而顿悟,从此开始修行。经过七年的苦修,已经到达高僧的境地。但神秘的不受控制的欲望偶尔还是会折磨他。静姑的出现让摩伽的七年苦功毁于一旦。于是摩伽深深懊悔:"懊悔自己不该这样太不量力,以一个没有根器的俗人想去求道,反倒耽误了许多现世的享乐。"①当摩伽发现静姑长着尾巴时,便为她挥刀割治。然而,就在这挥刀的一瞬间,摩伽发现静姑不见了,刀锋所至竟是自己的下体。看来,叶灵凤到底还是弗洛伊德的信徒,摩伽的痛苦与失败说到底还是欲望的胜利。

四

在与左翼政治渐渐分离之后,革命文学的时尚自然还会影响到他,《红的天使》、《神迹》便是明证。这些只是叶灵凤小说创作中极少的部分,也是特色并不明显的部分。而上海的都市生活与对西方现代文学的熟悉显然对他的创作发生了更深刻的影响②。叶灵凤很快掌握了都市的观察角度与表现方法,《紫丁香》、《第七号女性》、《流行性感冒》、《忧郁解剖学》、《丽丽斯》、《燕子姑娘》等篇便是其结果。

自从二十岁那年一脚踏进上海,叶灵凤对这座城市由陌生到熟悉,甚至

---

① 叶灵凤:《穷愁的自传》,《叶灵凤小说全编》(上),学林出版社1997年版,第184页。

② 叶灵凤是一位西方现代文学的狂热读者和西文书籍的收藏家。他甚至收有巴黎版《尤利西斯》。参见李欧梵《上海摩登——一种新都市文化在中国(1930—1945)》,北京大学出版社2001年版,第273页。

是迷恋。即使有世外桃源，叶灵凤仍能感到"有些时候，都市的一切又是多么的迷人，多么的令人留恋哟"①。因为这份迷恋，叶灵凤在上海感到了沁入心脾的忧郁与孤独。这与穆时英、刘呐鸥等人光怪陆离的都市有了区别。

一旦开始尝试现代派的各种观念与技巧，叶灵凤就挣脱了性心理分析与爱情小说的视线束缚，他用忧郁的而非享乐的眼光打量这个世界，在舞场、百货公司、咖啡馆、旅馆、戏院、电影院、林荫道、医院等构成的都市情境中吹出了低沉悠扬的萨克斯："五月的街，在逐渐昏茫的空气里，用着每一只街灯的眼，在散布着哀愁的菌子。"②

在并不成系列的短篇小说中，依稀可见一个忧郁的都市漂泊者（而他竟与叶氏本人有一点相通）：V 的紫丁香般的轻愁源于妻子的离家出走（《紫丁香》）；燕子姑娘追随三心二意的情人的脚步，希望他能重回怀抱，而"我"则在等待出走妻子的归来，"同是天涯沦落人"的我们似乎能互相安慰漂泊的灵魂（《燕子姑娘》）；"我"试图忘却已走的"她"而努力地要去俘获蓁子，却在蓁子的脸上看见了"她"，眼角有了一点润湿（《流行性感冒》）。

其实，何止是男人们成了这个都市中灵魂没有皈依的漂泊者呢？那些燕子一样来去的女子也有着难言的忧伤。这些外表现代的女子有着善良淳朴的底子，而这善良淳朴构成了忧伤的根源。20 世纪 30 年代的流行时尚与古老的幽怨恰到好处地融合在一起。燕子姑娘六次被恋人丢弃，每一次又与恋人重归于好，在燕子般的迁徙中耐心等待恋人（《燕子姑娘》）；在千万女性之中占有着一个孤独流泪的灵魂的丽丽斯拖曳着疯狂乐声中的沉重舞步（《丽丽斯》）；在灰色沉寂中安静生活的吴静娴悲哀地等待情人对繁华的厌倦，却又不敢奢望这恋人能够给自己带来幸福，于是在分别四年之后的约会中享受着"瞬息的绝望的幸福"（《忧郁解剖学》）；马戏团演员苏菲亚在如潮的观众与掌声中感到了寂寞，渴望能与一个故国的懂得自己寂寞的青年人相爱。一个未署名的送花者似乎就是这个理想恋人，为了寻找那孤单的知己的掌声，她从高空飞向了观众席……

经过了前期浪漫感伤的爱情抒写的叶灵凤在 30 年代的现代派小说中仍

---

① 叶灵凤：《丽丽斯》，《叶灵凤小说全编》（下），学林出版社 1997 年版，第 356 页。

② 叶灵凤：《流行性感冒》，《叶灵凤小说全编》（下），学林出版社 1997 年版，第 348 页。

保留了忧伤一脉。但区别也是显而易见的：他克制着自己前期擅长的心理描写与心理分析，改为描写行走在都市现代背景下的一个孤独身影，文字也从缠绵倾诉变为剧本式的简洁，场景描写也具有电影的镜头感（甚至是直接以镜头方式呈现），通过画面传递出的信息超过了千言万语的文字。且来看《流行性感冒》的片段：

> 从第四档换到第五档的变速机。迎着风，雕出了一九三三型的健美姿态：V 型水箱，半球形的两只车灯，爱莎多娜·邓肯式的向后飞扬的短发。①

将一个漂亮女人比作汽车是新感觉派穆时英、刘呐鸥的发明，叶灵凤显然对这个比喻欣赏至极，不惜效仿一番。② 而在《第七号女性》中，叶灵凤多次强调了这个被观察的第七号女性的外貌：Reynolds 型的圆脸，大眼睛，不加修饰的眉毛和嘴唇，坚实的小腿等。叶灵凤通过对女性美的感觉流露出了 1933 年的时尚：健美而自由开朗是女性的新风尚。同时，我们还可以发现西方的审美趣味也在有力地改变着国人，"爱莎多娜·邓肯式的向后飞扬的短发"取代了中国传统的长长的直直的黑发，"Reynolds 型的圆脸"而不是中国古典式的瓜子脸获得了作者的青睐。

偶然的，在《忧郁解剖学》等篇章中还有一些直接的心理刻写，但不再是泛滥的洪水，而是充满了节制之美。这时的叶灵凤已经达到一个优秀小说家的水准。节制的忧伤情感不再是一个人的，而是人类普遍共有的心情：

> 虽然过着难言的寂静的生活，她却并不绝望。因为她深信只有她知道，在那一颗流动的都市的心里，却隐藏着一种中世纪的不灭的深情。几时从花一样的世俗的繁华中厌倦了的时候，就是她可以永远的把握着他的时候。
>
> 她走过去，望了天空，想到在这同一样的不可测的命运罗网之下，自

---

① 叶灵凤：《流行性感冒》，《叶灵凤小说全编》（下），学林出版社 1997 年版，第 345 页。

② 李欧梵：《上海摩登——一种新都市文化在中国（1930—1945）》，北京大学出版社 2001 年版，第 281 页。

己是要用没有春天的,寂寞的度过一生了,可是同时在这星一样森严的人海里,自己是将永远的被一个人记在心里,而在自己的心里也永远的记念着一个人,她不觉默默的流下了眼泪,流下了凄凉的同时却又是温暖的眼泪。①

曾经被鲁迅视为"才子＋流氓"的叶灵凤在进入现代派作家行列的时候,放弃了早期的艳丽作风,成了一个忧郁的都市流浪者。

(原刊于专著《海派文学》,文汇出版社 2008 年版)

---

① 叶灵凤:《忧郁解剖学》,《叶灵凤小说全编》(下),学林出版社 1997 年版,第 360—361、365 页。

往返于都市与小镇之间
——施蛰存论

    2003 年 11 月 19 日施蛰存与世长辞,百年人生化作了青烟一缕,似乎再无痕迹。然而,身体的消失并不意味着被遗忘,文字正在成为后来者亲近他的重要凭借。与昔日的密友刘呐鸥、穆时英等人一样,施蛰存也经历了尘封的日子,可是,一旦历史开始呼吸,吐出"新感觉"派的名字时,谁又能无视他们当日的努力? 如果说,从日本回到上海的望族之子刘呐鸥引领了"新感觉"的风尚,一派少爷作风的穆时英是当之无愧的"鬼才",那么施蛰存则是一个优秀的"新感觉"的调和者。当穆时英、刘呐鸥运用新感觉的技巧任意涂抹现代上海印象时,施蛰存则时时顾及上海周边的城镇,往返于摩登上海与朴实松江之间,作品因此而少了几分夸张与放纵,多了几分自然安详之感。难怪他被时人目为"海派作家中最近于京派者"。

一

    1905 年,施蛰存出生于杭州的一个清贫的书香门第,八岁时全家搬往松江,遂成松江人。这个靠近上海的小镇为施蛰存日后的写作提供了难得的乡土经验,从而让他与其他新感觉作家有了区别。与穆时英所遭遇的家变不一样,施蛰存的少年时代正好是家庭逐步从温饱走向安康富裕的时期。这种越来越好的感觉大概冲洗了少年人常有的叛逆郁闷之心,他开始了文学创作。有意思的是,他的投稿目标包括了鸳鸯蝴蝶派期刊,这让一些人将他认作鸳蝴派。实际上,这只是一个有着文学才情的少年无奈的选择。①

1922年,施蛰存到杭州之江大学读书,不久就被迫退学了。短暂的之江生涯如果不是因为戴望舒的出现将毫无意义。就在这里,施蛰存与戴望舒成了挚友。1923年,施蛰存进入上海大学读书,从此走进了都市上海。1925年,在革命风潮的激荡之下,施蛰存和戴望舒、杜衡一起参加了共青团,投入实际的革命活动中。在此过程中,施蛰存还不忘写作,奉献了《上元灯》、《周夫人》两个短篇,当然,它们真正发生影响是在以后出版小说集之时。

1927年的政治变迁让这几位热血青年意识到了自己的真正使命并不在革命,而在文学。在避居松江的日子里三人志同道合办起了"文学工场",为日后出击文坛做了准备。施蛰存仿佛也安定了许多,重新有了一种感怀往昔的心情,以乡村为背景又写了几个短篇,与《上元灯》、《周夫人》一起构成了小说集《上元灯》(1928年8月编定,1929年8月出版)。这是施蛰存本人认可的"正式的第一个短篇集"②,就是这部小说集标示了作者最初的田园风格,让他声名鹊起。

童年奇特的经验与少年隐秘的心事总是盘桓在记忆深处,让"我"不由得生出了一些淡淡悠远的追忆与忧伤(《扇》、《上元灯》);"我"记住了那个对"我"怀有别样心思的太太(《周夫人》),记住了那个永远点着路灯的和尚(《宏智法师的出家》);"我"企慕别人家的温馨却又无奈它的破灭(《栗·芋》);由于"我"的好奇与谎言,惊扰了美丽女子的贩毒生涯,这让"我"心存内疚(《闵行秋日纪事》);可尊敬的渔人何长庆不计前嫌,娶了心爱的女子为妻,为自己挣得了幸福生活(《渔人何长庆》)……在经过了最初的暗中摸索与混乱庞杂后,施蛰存终以温情而诗意的乡村写作宣示了自己的存在,似乎做了鲁迅甚至废名的追随者。

有必要指出的是,《上元灯》1929年的初版本与1931年的再版本之间存

① 在《我的创作生活之历程》一文中,可以见到施蛰存当时投稿的艰难。文见《十年创作集》,华东师范大学出版社1996年版,第800页。
② 在此之前,施蛰存已经出版过《江干集》(1923,自费)、《娟子姑娘》(上海亚西亚书店,1928)、《追》(水沫书店,1929)。但在施蛰存本人看来,这些小说显然不成熟,多是模仿之作。因此他"很不愿意再提起它们"。见《〈上元灯〉改编再版自序》与《我的创作生活之历程》二文,《十年创作集》,华东师范大学出版社1996年版,第791、803页。

在着篇目的差异。由此也可以发现作者对这个小说集田园风情的基本定位。初版本包括《牧歌》、《妻之生辰》、《梅雨之夕》、《上元灯》、《周夫人》、《扇》、《渔人何长庆》、《宏智法师的出家》、《栗·芋》、《闵行秋日纪事》等十篇小说。再版时则删除了《牧歌》、《妻之生辰》、《梅雨之夕》三篇,而增加了《旧梦》、《桃园》、《诗人》三篇。对此,施蛰存认为"今改编一过,则就全书各篇风格言,只有并不距离得很远的两组,似乎整洁得多"①。《牧歌》相对来说比较幼稚,属于作者自己都要"失笑"的作品,因此这篇作品再也没有收进其他小说集。而《梅雨之夕》则是上海都市普通男子的心理描摹,与其后的《在巴黎大戏院》等篇相近,因此组成了另一小说集《梅雨之夕》。《妻之生辰》表现了一对贫贱夫妻相濡以沫的困窘与温情,则被作者收进了小说集《善女人行品》中。经过这番调整之后的《上元灯》的田园之风与追忆心情则更为明显和协调。

在《上元灯》再版本十个短篇中,只有《渔人何长庆》采取了纯粹的第三人称的叙述。在其他诸篇中,"我"的记忆成了不可或缺的力量,它增强了作品的抒情性与优美品格,《扇》、《上元灯》、《周夫人》、《宏智法师的出家》、《栗·芋》、《闵行秋日纪事》因此而有着一致的纤细与娟秀。《上元灯》细腻入微地传达了青春恋情的青涩滋味:

> 她红着脸送我到门边,我也不记得如何与她分别。我走热闹的大街回家,提着青纱彩画的灯儿,很光荣的回家。在路上,我以为我已是一个受人称颂的胜利者了。
>
> 但是,低下头去,一眼看见了我这件旧衣服,又不觉地轻轻地太息。②

几经周折,"我"终于得到了她亲手绘制的最精美的灯儿,也得到了她的爱,但贫寒的"我"与她的富裕表哥之间的反差,给这段纯洁的恋情带来了无法预知的变数。

增补的《旧梦》、《桃园》、《诗人》则染上了幻灭感。《旧梦》"残忍"地描绘

---

① 施蛰存:《〈上元灯〉改编再版自序》,《十年创作集》,华东师范大学出版社 1996 年版,第791 页。

② 施蛰存:《上元灯》,《十年创作集》,华东师范大学出版社 1996 年版,第 20 页。

了少年时期的初恋女孩成年后的落魄与潦倒,打破了昔日美妙的梦境。《桃园》有了几分鲁迅《故乡》的情致。"我"与桃园主人本是少年同学,现在却有了跨不过的鸿沟,"少爷"的称呼让"我"再也不敢进桃园一步,尽管"我"眷念黄桃的滋味。与《故乡》所不同的是,施蛰存远远没有鲁迅对衰败故乡的绝望,"桃园"还是美丽故乡的一部分,而桃园主人也绝不是闰土一般的麻木无知。《诗人》得了鲁迅《孔乙己》的无名的悲哀心情。"疯诗人死了以后,社会上并不感到什么损失,松苑里也仍然照旧每天高朋满座。人家也都忘了他。但我却不知怎的,每当一想到生活和思想的矛盾这问题来,总会怀念起他来,深深地感受到他所曾秘密地受过的悲哀。"[①]

这部优美的田园风情的小说集让沈从文念念不忘,在很多地方不吝赞美之词,似乎将之视为同道中人:卸去了鲁迅的深沉与哀痛,注目于乡村的平静与优美。"于江南风物,农村静穆和平,作抒情的幻想,写了如《故乡》、《社戏》诸篇表现的亲切,许钦文等没有做到,施蛰存君,却也用与鲁迅风格各异的文章,补充了鲁迅的说明。"[②]这与沈从文对穆时英的不满正好是两样态度。

二

《上元灯》的成功似乎为施蛰存指明了一条乡村写作的道路,但如果施蛰存仅仅止步于此,那么他就辜负了都市上海的滋养了。1928年9月他与刘呐鸥、戴望舒筹办了第一线书店,又创办了《无轨列车》这个激进的期刊。每周六到上海,周一返回松江(此时,他还接受了松江县中的聘请)。这让施蛰存结束了蛰居生活,再次成为都市客。显而易见,激进的态度不利于《无轨列车》的存活,而惹眼的店名又导致了书店的夭亡。书店只得更名为水沫。繁忙的书店业务终于让施蛰存放弃了松江的教职,将家搬往上海,成为一个职业文人。

1932年"一·二八"淞沪抗战让上海遭受了巨大损失,施蛰存也一度离开

① 施蛰存:《诗人》,《十年创作集》,华东师范大学出版社1996年版,第99—100页。
② 沈从文:《论施蛰存与罗黑芷》,《沈从文文集》(第11卷),花城出版社1984年版,第108页。

上海回到松江。4 月他接受了张静庐、洪雪帆的邀请,进入现代书局筹办《现代》杂志。5 月《现代》创刊号面世。在施蛰存的精心打理下,这个以"中间"面目示人的杂志成了一代名刊。由于刘呐鸥、穆时英、戴望舒等人的鼎力相助,《现代》杂志纠集起了 30 年代中国的现代派,成了他们的基本阵地,虽然施蛰存在创办之初并没有将之办成"同人"杂志的企图。而杜衡等人的加入又让《现代》蒙上了"第三种人"的色彩,从而卷入了有关"第三种人"的论争。平心而论,施蛰存是包容且表同情于左翼人士的。在其他杂志不敢发表鲁迅《为了忘却的记念》时,是施蛰存与张静庐冒着停刊的危险将之发表的。

可惜的是世事多变常让人措手不及。1933 年 10 月,施蛰存陷入了与鲁迅的有关"《庄子》与《文选》"的论争之中,被鲁迅奉送了一顶"洋场恶少"的帽子。事情起因是给青年人开推荐书目。在施蛰存开出了《庄子》与《文选》之后,鲁迅就在《申报·自由谈》上撰文《感旧》,批评施蛰存的主张。施蛰存不遑多让,起而应战,一场论争就此开场。事隔多年,再回首这场论争,施蛰存将之归之于"年轻气盛"①。好像任性使气便足以解释这个问题,当年的施蛰存也没有把鲁迅当作不可侵犯的对象。然而,这顶"洋场恶少"的帽子将追随他多年。

与其他 30 年代的文人一样,施蛰存也是"身兼数职"的:教师、作家、出版者、编辑、翻译家。从他后来的回忆来看,这段生活给了他相当愉悦的感觉:"每天上午,大家都耽在屋里,聊天,看书,各人写文章,译书。午饭后,睡一觉。三点钟,到虹口游泳池游泳。在四川路底一家日本人开的店里饮冰。回家晚餐。晚饭后,到北四川路一带看电影,或跳舞。一般总是先看七点钟一场的电影,看过电影,再进舞场,玩到半夜才回家。"②在这种典型的小资生活中,施蛰存开始了文学创作上的新尝试,《将军底头》(1932)、《梅雨之夕》(1933)、《善女人行品》(1933)三个小说集昭示了施蛰存小说创作的新变动。

由于《上元灯》的成功,施蛰存下定决心"在创作上独自去走一条新的路径"③。从 1929 年 9 月发表的《鸠摩罗什》开始,施蛰存有意识地进行了历史

---

① 张芙鸣:《执着的中间派——施蛰存访谈》,《新文学史料》2006 年第 4 期。
② 施蛰存:《我们经营过三个书店》,《沙上的脚迹》,辽宁教育出版社 1995 年版,第 12 页。
③ 施蛰存:《我的创作生活之历程》,《十年创作集》,华东师范大学出版社 1996 年版,第 803 页。

小说的叙述实验。事实证明,这种历史叙述实验极为成功,他"创造了一种小说的亚类型,使他能够追溯爱欲的主题而不必受现实主义或道德检查的牵制"①。

弗洛伊德的学说在五四时期已经颇负影响力,鲁迅、郁达夫、郭沫若等在创作中都会借助弗洛伊德的援手,写出出人意料而又合乎情理的片断。但是,五四时期的启蒙意识常常会让爱欲湮没在民族话语中。张资平算是五四作家中的例外,是一个真正的弗洛伊德的信徒。他创作了大量的性爱小说,却日见低俗,滥情与重复导致了鲁迅等人的鄙薄。就此看来,施蛰存将弗洛伊德的新风吹拂进古老的历史中,实在是一个聪明的举措。这举措又与鲁迅《故事新编》(1936 年出版)"庄谐并举"的历史叙述两样。

施蛰存的历史小说以小说集《将军的头》最负盛名。它由发表于 1929—1931 年间的《鸠摩罗什》、《将军的头》、《石秀》、《阿褴公主》四篇小说构成。出于对批评界"误读"的担忧,施蛰存在小说集自序中主动坦白了创作意旨:

> 《鸠摩罗什》是写道和爱的冲突,《将军的头》却写种族和爱的冲突了。至于《石秀》一篇,我是只用力在描写一种性欲心理,而最后的《阿褴公主》,则目的只简单地在乎把一个美丽的故事复活在我们眼前。②

恰如作者所说,《阿褴公主》的动机在于复活一个美丽的故事,所以女主人公阿褴公主的性心理被忽略过去了,作者始终不忍揭开公主高贵的面纱,而对段平章、驴儿丞相的心理分析也让人觉得淡漠。古典的故事自然是美的,却只是平面构图,缺少了生动气息,比起其他三篇来逊色许多。《鸠摩罗什》、《将军的头》、《石秀》则篇篇都有其突破与可观之处,称得上是精品之作。

鸠摩罗什(《鸠摩罗什》)的修炼从一开始就注定了是非常艰难的,这困难就在于自身的欲望。在与天女一般美丽的表妹因为偶然的意外结为夫妻之后,罗什的心里就一直为此而苦恼。每每看着妻子,心中便会如凡人一般升

---

① 李欧梵:《上海摩登——一种新都市文化在中国(1930—1945)》,北京大学出版社 2001 年版,第 170 页。
② 施蛰存:《〈将军的头〉自序》,《十年创作集》,华东师范大学出版社 1996 年版,第 793 页。

起爱恋,而这是妨碍他修成正果的。妻子陪伴他前往大秦宣传佛教,却死在了路上。罗什自以为从此可以四大皆空了。然而,长安妓女轻而易举地让他的内心慌乱起来,貌似亡妻的宫女让他彻底放弃了对性欲的控制。悲哀的罗什始终徘徊在"道"与"爱"之间,对于"道"的向往总是被"爱"紧紧牵扯,终于失去了抗拒的力量。更诡异的是,在圆寂之后,他所能遗留下的不是舍利子,而是三寸不烂之舌。

骁勇善战的花惊定将军(《将军的头》)在率部征讨吐蕃、党项诸国军队时发生了民族归属感的危机。作为大唐的将军,身上却流淌着吐蕃人的血。"战还是不战"的疑问让他有点踌躇,而手下士兵对财物与女子的贪得无厌也是让将军头痛的事情。在到达边镇之后,一个士兵蓄意侵犯女子。为了安抚当地百姓严肃军纪,将军将之正法。但处于两难境地的将军却不由自主地被那女子的美貌吸引了。民族、爱、战争的缠绕让一向果敢的将军在战场上也迷糊了。将军在被砍下头颅的同时也砍下了对手的头颅。由于担忧那女子的安全,将军那失去了头颅的躯体仍骑在马背上寻找她,不料却遭到了女子的调侃。醒悟过来的躯体倒在了地上,远处的头颅流下了眼泪。民族归属与爱的冲突让花将军的精神世界严重错乱,也许只有死亡才能解决他"何去何从"的难题。

《石秀》则是对《水浒》中杨雄杀妻故事的成功改写。封建时代的女人地位卑微,刘备曾言"妻子如衣服,兄弟如手足",兄弟之情远甚于夫妻之情。梁山好汉多是刘备的追随者。杨雄为了兄弟石秀杀死了红杏出墙的妻子潘巧云更被认为是义气之举。施蛰存则用弗洛伊德的眼光看那故事中纠葛的三方,探询其中不为人所知的幽深灵魂,尤其是石秀的心理。施蛰存发现石秀之所以要向杨雄告发潘巧云的外遇,实是源于爱的冲动。渴慕潘巧云的石秀囿于兄弟之义而痛苦万分,因此一旦发现潘巧云移情于和尚,不由得怒上心头,立刻告知杨雄。不料杨雄偏信了潘巧云的花言巧语,这让石秀尴尬不已,力图证明自身清白,对潘巧云也由爱生恨,索性杀了和尚,逼杨雄下手。"杀妻"是整个小说的高潮。对潘巧云身体的爱让石秀充满了对杀戮的向往,他几乎是急不可耐地催促着杨雄动手,看着那些被肢解的躯体,石秀获得了满足。这篇小说以血淋淋的场景做了最后的收尾,就作者自身来说是到达了历史叙事试验的最高潮,同时铸成了中国现代文学中难得一见的暴力美学奇观。

三

历史叙事试验虽然可以让施蛰存毫无顾忌地一试身手,尽展才情,甚至可以成长为一个大作家,但事实上却是相当艰难的。《鸠摩罗什》曾经历了半年以上的预备,易稿七次才得完成。在此之后,施蛰存难以维系他的"高僧新解",终无所获。

作为一个锐意进取的作家,施蛰存显然不满意此种状况。恰在此时,左翼文学在上海文坛兴起。施蛰存自然感受到了这股潮流的蓬勃生机,也开始了此类题材的创作。不过,他很快就发现自己根本就不适合写此类作品,"我的生活,我的笔,恐怕连写实的小说都不容易做出来,倘若全中国的文艺读者只要求着一种文艺,那时我惟有搁笔不写,否则,我只能写我的。"①这让人想到了穆时英对普罗小说的浅尝辄止。在一定层面上,可以说左翼文学与新感觉派文学在 30 年代都具有先锋性。它们在文学观念与技巧上都呈现了与五四文学不一样的新质。作为当时的文学先锋,新感觉派作家学习模仿左翼文学也是意料中的事,只是他们很快就明白了自己与左翼文学之间的本质区别:左翼文学需要革命的精神与勇气,而他们却没有。1927 年施蛰存发现自己不适合参加革命,这一次他又发现自己同样不适合左翼文学。

在历史试验遇到了痛苦的瓶颈状态之后,施蛰存重新思量现实生活,对心理世界的探究是他介入现实的新视点。《在巴黎大戏院》(1931 年 8 月《小说月报》22 卷 8 号)与《魔道》(1931 年 9 月《小说月报》22 卷 8 号)顺利地衔接了《梅雨之夕》(1929 年曾收入《上元灯》初版本)的心理分析。1931 年 10 月历史小说《阿褴公主》发表。此后,施蛰存的兴趣完全转移到了对普通男女的心理分析上来。心性温婉的施蛰存始终没有走向穆时英的放浪形骸,小说中的饮食男女只是在纷纷的"梅雨之夕"做了一些不合情理的梦,女人们到底还是"善女人"。

除了《梅雨之夕》外,其他心理分析小说多半创作于 1931—1933 年间。作为小说集的主打篇目,《梅雨之夕》显示了作者细腻曲折的心理分析的才能与

---

① 施蛰存:《我的创作生活之历程》,《十年创作集》,华东师范大学出版社 1996 年版,第 803 页。

优美的天性。行走在淙淙的梅雨之中的公司职员——"我"下意识中期待着一个美丽的意外。一个没有带伞的姑娘引起了"我"的注意。经过反复的考虑,已婚的"我"红着脸请这位姑娘共享"我"的伞。在同行的路上"我"的思绪翻飞,想着这是不是往日初恋的女伴,而妻子的气息与面容又会偶尔地混淆我的感觉。在胡思乱想中雨停了,姑娘谢绝了"我"的护送,消失在黄昏里。带着一点失落心情回到了家的"我"又犯了一点糊涂,将妻子的声音听成了那女子的声音,而妻子又仿佛是路上偶然瞥见的另一个心怀妒意的女人。"我"的梅雨之梦在雨中展开,又在雨停时结束,一切都是"春梦了无痕",而对平淡生活的些微不满就在这梦中呈现。20 世纪 40 年代张爱玲以《封锁》为题,写了一个在封锁状态下电车上突然发生的爱情旋即消失的故事,二者有异曲同工之妙。

对于男子心理的分析是《梅雨之夕》的一个引人注目的长处。这些男子不同于穆时英、刘呐鸥笔下的颓废都市荡子,多半有着受压抑的心灵,这是城市现代化进程中的一个后果。施蛰存似乎无意于多作批判性的分析,而是以精工雕琢取胜。《在巴黎大戏院》与《魔道》则一改《梅雨之夕》的"恬静中思想"的优美作风,变得紧张、焦虑,因此引起了楼适夷与钱杏邨的激烈批评。其实,这两篇小说在以上海为背景的时候,重点在于分析现代都市人的压抑心理。《在巴黎大戏院》中的男子与女子同去看电影,在观看过程中一直忙于揣测女子是否爱自己。因此在接过女子的手帕后情难自禁,竟然偷偷地吮吸手帕并有了麻颤的感觉。电影结束了,男子还处于"她爱不爱我"的困惑以及渴望一亲芳泽的矛盾中。《魔道》则与《旅舍》、《夜叉》一起构成了都市中紧张心灵逐渐崩溃的三部曲。《魔道》中的"我"为黑衣妇人所鬼魅,原想放松休息一下身心的愿望不仅未能实现,反而变得更加紧张,完全被恐怖所压倒。《夜叉》中的卞士明则因为对白衣女子的可怕幻觉而发了疯。《旅舍》中的丁先生想到乡村呼吸一下新鲜空气,调理一下紧张的神经,却在乡村旅舍被自己的猜测吓坏了。三篇小说构成了施蛰存的都市"狂人日记"。而行走在南京路上的人力车夫四喜子的故事(《四喜子的生意》)则以一种很大胆的方式涉及了下层人遭受殖民压迫的主题。①

---

① 李欧梵:《上海摩登——一种新都市文化在中国(1930—1945)》,北京大学出版社 2001 年版,第 196 页。

《薄暮的舞女》也许是《梅雨之夕》小说集中比较特别的一篇。大概因为是舞女，所以作者没有将之归进"善女人"的行列，就像《李师师》也被收入《梅雨之夕》一样。其实，《薄暮的舞女》很有它别致的地方。虽然没有《海上花列传》、《上海春秋》的繁复细腻，也不似后来者白先勇《永远的尹雪艳》那般冷艳，《薄暮的舞女》以自己特有的简练勾连了舞女素雯简单的愿望与无奈之后的振作。素雯交上了有妇之夫子平，于是决定放弃舞女生涯做他的外室，也算是告别舞坛从良了。只可惜从良的第一天她就意外得知子平破产的消息，梦想随之破碎了。这个并无太多野心只想寻找一个休息驿站的女子只得重出江湖寻找新的依靠对象。施蛰存对于女性的爱惜就在对素雯的描写中呈现出来，他不忍心将之看作无情的女子，而更愿意表现她的无奈。这与穆时英笔下纵横十里洋场的都市女子有了区别。

与刘呐鸥、穆时英对都市现代尤物的兴趣不同，施蛰存显然更关注处于半新半旧之间的家居女性，也就是"善女人"。这些女性都是正经人家的小姐或者太太，她们灵魂的触角感受着外界的春光，却又多半辜负了这春光。对于善女人，上海似乎有着奇妙的唤醒情感的力量。美丽贞洁的素贞小姐（《雾》）错过了青春妙龄，依然待字闺中。偶然的上海之旅给了她一个意外的惊喜：在火车上邂逅了一位风度翩翩的青年绅士。这位绅士似乎有意于素贞小姐，殷勤询问住址，这让她感到了秘密的欢喜与矜持。然而在得知这位绅士竟是一位电影明星时，素贞小姐的美梦就破碎了。她对所谓戏子的鄙薄驱散了刚刚升腾起的梦想。素贞小姐站在了古老中国的阴暗角落里，又一次错过了浪漫故事。到上海办事的婵阿姨（《春阳》）走在春日和煦的南京路上，突然有了"一阵很骚动的对自己的反抗心"①，三十五岁的婵阿姨春意萌动，不愿意再如入定老尼一般，牺牲青春过着枯井生活，对于青年男子有了心思。短短的半天里婵阿姨的思虑千回百转，几乎不能自拔。然而，年轻的银行职员对于另一个年轻妇人更亲切的问候惊醒了婵阿姨的春梦。收回了野马一般奔腾思绪的婵阿姨又开始了对于钱财的算计。

《残秋的下弦月》、《妻之生辰》、《莼羹》则以对寻常人家夫妇心理的镂刻取胜，处处弥散着普通人家的爱与哀愁，而相濡以沫的深情也常常与小小的

---

① 施蛰存：《春阳》，《十年创作集》，华东师范大学出版社1996年版，第143页。

口角相伴而生。夫妻间的负气就像是茶杯里的风波，来得快去得也快，而生活依然不依不饶地自顾自地向前。妻子要求"我"做一次莼羹，这个并不高的要求却被"我"一再拖延直至拒绝，在赌气与泪水之后，"我"才恍然明白，妻子将之视作了"爱的证明"（《莼羹》）。在施蛰存的心里，普通夫妻间的感情也许就像缕缕青烟："消失了，又重新升起。"①《散步》一篇则可以视作拘谨乏味的夫妻感情的偶然"散步"。妻子对于丈夫渴望重温浪漫心情的懈怠导致了丈夫的独自散步，丈夫因此得以意外地与寡妇一道共赴浪漫晚宴。

《特吕姑娘》是少见的以百货商店售货员为主角的短篇。施蛰存依然保持了他的心理分析特色，观察着秦贞娥由兴奋到忧郁的感情变化。这个很想做出业绩的姑娘经不住可畏的人言，从此失去了她的好兴致。

在《善女人行品》集中唯一真正"出格"的女人是李约翰教授的太太（《蝴蝶夫人》）。李太太因为蝴蝶而嫁给了先生，先生为了保住饭碗不得不与蝴蝶为伍，太太则成了飞来飞去的蝴蝶，与另一位体育教授亲亲热热地出入各种场所，大谈特谈她也精通的蝴蝶。施蛰存对女性多分析少讽刺，而在这里他似乎也忍不住要露出几分讥讽的神色。

就像施蛰存常常回到松江一样，施蛰存的眼光也会注意到乡村女子，《雄鸡》、《阿秀》是比较有代表性的篇目。相对来说，《雄鸡》对于婆媳关系的描写以及乡下妇人多疑重利心理的揭示是比较成功的。而《阿秀》则是普罗小说，力图表现乡村女子的反抗，不过，作者施蛰存对于这些乡村女子有点"隔"，因此戏剧性比较强。这也难怪他很快就感觉到自己与普罗文艺之间的差异。

1937 年抗日战争爆发，施蛰存的长篇小说创作计划被打断了，从此再也没有续接上。1937 年下半年开始担任大学教席，直至 1986 年退休。耄耋之年的施蛰存终于醒悟："我的创作生命早已在 1937 年结束了。"②

（原刊于专著《海派文学》，文汇出版社 2008 年版）

---

① 施蛰存：《莼羹》，《十年创作集》，华东师范大学出版社 1996 年版，第 431 页。
② 施蛰存：《十年创作集·引言》，华东师范大学出版社 1996 年版。

都市中恣意烂漫的印象画者
——穆时英论

    上海是个传奇的诞生地,更是可以肆意放飞青春的处所。在这个现代都市里,如过江之鲫的文学膜拜者不远千里来到这陌生的异乡,蜗居在亭子间,试图一展身手。相对而言,穆时英似乎较为幸运些。上海就是他的出生地,甫登文坛便受到了缪斯女神的垂青,一切好像水到渠成,可他本人却似乎不甘如此顺遂,硬是将自己的写作人生变作了流星一样的耀眼与倏忽。他的升起与陨落恰好贯穿了上海黄金一般的梦幻 30 年代,而他的小说创作则可以说是对这个东方巴黎的印象速写。既是印象速写,自然是免不了有些夸张的,这让沈从文觉得有些做作,不真实,因此而言道:"'都市'成就了作者,同时也限制了作者。"①不过,这个优美的乡村歌者大概还算客气的。其实,他们的美学风尚相差得何止十万八千里呢!正是在巨大的反差中,穆时英年轻的生命在文学史上占了一席之地了。

一

    穆时英 1912 年出生于上海,家境相当优越。父亲是浙江鄞县人,很早就在上海做起了生意。在父亲财富的担保下,十六岁之前的穆时英不知人生的苦味。别墅、仆人、汽车似乎是生活的基本水平线。十六岁这一年,家道突然

---

①   沈从文:《论穆时英》,《沈从文文集》(第 11 卷),花城出版社 1984 年版,第 203—205 页。

中落,虽不至于困窘不堪,但从富裕之境跌至温饱状态,足以给这个少年相当的刺激。鲁迅曾经悲愤地设问"有谁从小康人家坠入困顿的么,我以为在这途路中,大概可以看见世人的真面目"①,其实,在此过程中,看见的不仅是别人的冷眼,还有自己的心灵。作为家中的长子,穆时英与鲁迅一样感受着这个巨变。所不同的是,鲁迅在中年以后方才开始的新文学创作中进行了淋漓的国民性解剖,多年前的家庭变故做了沉郁文字的底子。穆时英则很快开始了写作,十八岁便登上文坛一举成名了。家变的郁闷与青春期的叛逆化作了文字上的狂野之气,这个并不熟悉劳工大众的青年于是能够在《咱们的世界》(1930)、《南北极》(1931)、《生活在海上的人们》(1931)等小说中生动描摹出地道的大众神气与口语,一时之间让左翼文坛大为震惊,认为出现了左翼文学的新秀。

然而,穆时英正处于信马由缰的年岁,哪里能够受一点约束呢? 他的人生刚刚起步,文学事业更是如此,渴望尝试与改变的激情很快便在他的文字中显现了出来。在发表《南北极》、《手指》这些具有普罗风味的小说之后几个月,穆时英就发表了一篇名为《被当作消遣品的男子》的短篇小说,这篇小说引起了左翼批评家的激烈反弹。正是这一篇小说,标志着新感觉作家穆时英对都市青年男女关系的新认知,而悠闲散漫的大学生活渐渐进入了他的小说。

无论是友人施蛰存的回忆还是穆时英的闲谈都表明了一点:他绝不是一个勤奋好学的学生。在《我的生活》(1933 年 2 月发表于《现代出版界》)一文中穆时英描述了他的大学生生活:每天上午上课,下午没有课,大概是骑马,打篮球,郊外散步,参加学生会,或是坐在校园里吃栗子……星期六便到上海来看朋友,那是男朋友,看了男朋友,便去找个女朋友偷偷地去看电影、吃饭、茶舞。在校期间他便爱上了"月宫"舞女仇佩佩(这位女士年长他六岁),只是一直瞒着家长。看来,从巨富变为温饱的家庭变故带给他的刺激逐渐散去,他依然是这个温饱之家的大少爷。②

就学业而言,他的国学之薄弱尤其令人吃惊,不仅在校时考试不及格,即使是在写作中也会搞不清先考与先妣的区别。据说,大学毕业也极为勉强,

① 鲁迅:《〈呐喊〉自序》,《鲁迅全集》(第 1 卷),人民文学出版社 2005 年版,第 415 页。
② 李今:《穆时英年谱简编》,《中国现代文学研究丛刊》2005 年第 6 期。

那还是托了写作的福,学校看在他已是新锐作家的面子上,让他含混过关,获得了毕业文凭。对本国传统文化的隔膜也许倒是他能够自如进入西方现代派文学的一个重要因子。大学时代的穆时英虽对国学不够精心,对日本以及西方现代作品却很痴迷。这些异域的现代派文字与电影等现代娱乐一起对这个都市成长起来的作家产生了巨大影响。而这一切只有在上海才能奇妙组合在一起,造就了作家穆时英的横空出世。类似的情形在其他新感觉派作家身上也可以看到。再过十年,才女张爱玲亦是背靠了上海这座城,遗世而独立。

1932 年 5 月《现代》杂志的创刊为穆时英提供了绝佳的文学空间,与刘呐鸥、施蛰存等人的"同声相应、同气相求"的知己之感也在促使着二十岁的穆时英走上文学创作的高峰。在施蛰存主编《现代》期间,穆时英几乎每期一篇,而且都是佳作,更有《公墓》、《上海的狐步舞》、《夜总会里的五个人》、《PIERROT———寄呈望舒》这样的新感觉派名篇。

1933 年,在穆时英即将从大学毕业的时候,父亲病逝了。在回眸父亲与故园的时候,真挚的忧伤爬上了笔端,小说《父亲》与《旧宅》便是这种心情的纪念。通过细读,我们还可以发现年轻的穆时英是有振兴家业之想的,大学毕业的他进入一家洋行的举措就是明证。只是堕落向来比较容易。父亲的死一方面让他失去了人生的庇护,另一方面又给了他始料未及的自由:这位大少爷成了一家之主,他可以如愿以偿地娶心上人了。1934 年穆时英在花费了大笔钱财后终于娶仇佩佩为妻。此时的穆时英似乎到达了幸福的人生顶峰,可惜幸福又是那样容易失去!施蛰存在回忆穆时英时说:"他的日子就是夜生活,上午睡觉,下午和晚饭才忙他的文学,接下来就出入舞厅、电影院、赌场。"夜夜笙歌、纵情娱乐的穆时英不仅将家业败光,与妻子的感情又出了问题。1935 年 8 月夫妻分居,仇佩佩甚至远走香港。1936 年 4 月为了弥合夫妻感情,穆时英追至香港,以剃发自毁形象的方式获得了妻子的宽容。不过,这一段浪子生涯似乎无损于他的创作,小说集《白金的女体塑像》、《圣处女的感情》陆续出版,散文写得更多。

1935 年 2 月穆时英开始担任《晨报》副刊《晨曦》主编。这在穆时英的创作生涯中应当被视作一个重要事件。自此以后,他的小说创作越来越少(直至其去世只创作了四篇小说,即《第二恋》、G No.Ⅷ、《上海的季节梦》①、《我们这一代》。其中《我们这一代》是长篇未完之作),更多的精力则放在了散文创作,尤其是电影批评方面。密集的发表态势大概也不容他仔细揣想小说了。他因此介入了"软性电影"与"硬性电影"之争,站在了左翼影坛的对立面,为此花费了相当的笔墨。作为新感觉小说家的穆时英似乎正在逐渐远去,散文家、影评人的穆时英的面目越来越清晰。

穆时英在港期间的生活是清苦的,战争又阻碍着归途。对上海的思念有增无减,这个自称度过了"二十二年少爷,两年浪荡子,一年贫士,两年异乡客"②生涯的青年人患上了思乡病。1938 年底胡兰成到达香港,与穆时英做了邻居,彼此过从甚多。可以猜测,胡兰成是影响了穆时英后来政治选择的重要因素。1939 年 10 月底穆时英带着家人回到了朝思暮想的上海,但其政治身份却变得暧昧起来:11 月他随汪伪宣传部长林柏生到日本访问。这是用行动表明了他的"附逆"。1940 年 3 月,穆时英担任《国民新闻》社社长,这是一份典型的汉奸报刊,专为汪伪政府服务。1940 年 6 月 28 日傍晚穆时英被国民党"军统"特务暗杀。这位"新感觉派的圣手"以一种迥异于其他文人的死亡方式向万丈红尘告别。

生前的绚烂似乎随着死亡一并逝去了。然而,1972 年,一位名为康裔的先生在香港《掌故》月刊发表文章对穆时英的"汉奸"身份进行辩白,说明穆时英原是打进汪伪内部的"中统"情报人员,死于"军统"的误杀。果真如此,对于爱护穆时英的人来说也是一种安慰了。毕竟,中国是个重视民族气节的国度,无论是谁,没几个愿意戴上"汉奸"帽子的。即使是汪精卫等人,也一直为自己寻找合法的理由与借口。历史的真相到底如何呢?这个孤证真能确证吗?也许,穆时英在做出了这一选择的同时也选择了沉默。

---

① 参见张勇《穆时英的小说佚作〈上海的季节梦〉》(《中国现代文学研究丛刊》2006 年第 6 期)。在文中,张勇认为《上海的季节梦》与《中国一九三一》一起构成了穆时英计划中的长篇小说《中国行进》。

② 穆时英:《中年杂感》,转引自李今《穆时英年谱简编》,《中国现代文学研究丛刊》2005 年第 6 期。

二

由于《被当作消遣品的男子》与《咱们的世界》、《南北极》等普罗风味小说的反差过于显著,穆时英遭到左翼批评家瞿秋白等人的猛烈批判①,虽然杜衡等人为之辩护,年轻的穆时英仍有解释之必要。在事隔半年之后,也就是1933年的1、2月份,他借助短篇小说集《南北极》修订本以及《公墓》的出版,分别写下了一个简短的《题记》与《自序》。这两篇自我表白的文字也就成为解读穆时英小说的最佳入口。

> 这集子里的几篇不成文章的文章,当时写的时候是抱着一种试验及锻炼自己的技巧的目的写的——到现在我写小说的态度还是如此——对于自己所写的是什么东西,我并不知道,也没想知道过,我所关心的只是"应该怎么写"的问题。发表了以后,蒙诸位批评家不弃,把我的意识加以探讨,劝我充实生活,劝我克服意识里的不正确分子,那是我非常地感谢的,可是使我衷心地感激的却是那些指导我技巧上的缺点的人们。②

> 可是,事实上,两种完全不同的小说却是同时写的——同时会有两种完全不同的情绪,写完全不同的文章,是被别人视为不可解的事,就是我自己也是不明白的,也成了许多人非难我的原因。这矛盾的来源,正如杜衡所说,是由于我的二重人格。③

《〈南北极〉改订本题记》的文字看似低调却很坚定,其实是在回击左翼批评家的"多情":他原本就不是服膺左翼思想而追随左翼文学,只是一时兴之所至,染上了普罗风味罢了。这一段文字其实也在说明新文学的成熟:正是由于文学革命在十多年前的开花结果,聪明的穆时英可以放任地徜徉在艺术

---

① 瞿秋白:《财神还是反财神》,《北斗》第2卷3、4期合刊,1932年7月;舒月:《社会渣滓堆的流氓无产者与穆时英君的创作》,《现代出版界》第2期,1932年7月。
② 穆时英:《〈南北极〉改订本题记》,《南北极》,上海书店1988年版,第1—2页。
③ 穆时英:《〈公墓〉自序》,《穆时英小说全编》,学林出版社1997年版,第613页。

的寻求中,而不必去重复五四文学从事者的沉重脚步。在这个文坛新人的眼里,他看重的是"怎么写"的技术话题而不是"写什么"的宏大命题。如与左翼文学相似,那是纯属巧合,不必当真的。因此他把衷心的谢意献给同样有志于叙述试验的施蛰存、高明、叶灵凤等人。

《〈公墓〉自序》则进一步澄清了《公墓》与《南北极》之间的矛盾张力:两部小说集中的短篇是同时写的,只是发表时间稍有先后而已。在此,穆时英借用了杜衡的说法,用"二重人格"解释创作上的"南北极"般的差异。这番话倒是显示出穆时英对左翼批评的再次慎重。毕竟,左翼文学已经成为30年代的一股重要潮流,无论与它是否相容,总不能完全漠视它的存在。而长篇小说《中国一九三一》的创作则更说明了他与左翼文学之间的既抗拒又追随的关系。①

借着这两段文字,再回顾一下穆时英的第一个短篇小说集《南北极》也是比较有意思的事情。这个小说集的初版本(1932年1月)收录了《咱们的世界》、《黑旋风》、《南北极》、《手指》、《生活在海上的人们》五个短篇,一年之后的修订本则增加了《油布》、《偷面包的面包师》、《断了条胳膊的人》三个短篇。这些短篇共同构建了一个底层世界,尤其是上海这个都市中的底层世界。这个由工人、人力车夫、面包师甚至黑道人物组成的底层世界不仅朝不保夕,随时都会面临意外甚至死亡(《油布》、《偷面包的面包师》、《断了条胳膊的人》、《手指》),而且充满了火山一样的愤怒情绪:满脑子《水浒》"义气"的工人黑旋风,为了老大的爱情纠葛大打出手下了牢狱(《黑旋风》);海盗李二爷的生涯从街头报贩开始,终于步入黑道,自得之情溢于言表(《咱们的世界》);由于青梅竹马的恋人移情富有的表哥,小狮子远走上海,做起了车夫,因为愤怒于主人的胡作非为,干脆给了主人一顿拳脚,给了小姐两个耳光,撂挑子不干了(《南北极》)……

出于年轻人的叛逆与渴望突围的野心,穆时英没有用青年作者惯常爱用的婚恋与伤感打开文坛通道,而是以对底层世界躁动不安情绪的传达获得了

① 旷新年:《穆时英的侠作〈中国一九三一〉》,《杭州师范学院学报》(社科版)2003年第4期。

众人的瞩目。① 与同时期的左翼作家蒋光慈、胡也频相比,穆时英的此类小说并没有沾染上无可挽救的知识分子气息,而是显得相当地道,粗野得近乎原生态的表达有点打开底层世界另一扇窗的味道。钱杏邨等人敏锐发现了他的特别:他的小说具有浓厚的"流氓无产阶级的意识"②。

在这些以底层男性为主人公的小说里,穆时英放纵了原始的粗鲁、率直甚至残忍好杀的天性,而前所未有的丰富而粗俗的口语与黑道的暗语成为绝佳的语言载体。像李逵那样不问青红皂白,抡起板斧砍杀过去的作风似乎是他比较欣赏的泄愤类型。穆时英在《咱们的世界》里对海盗李二的"开山"经过进行了浓墨重彩的涂写。这篇卓尔不群的处女作似乎一泄底层的冲天怨气,李二在开山之日感觉到了人生的痛快:

> 啊,先生,杀人真有点儿可怜,可是杀那种人真痛快。他拼命地喊了一声,托地跳起二尺高,又跌下去,刺刀锋从肚皮那儿倒撅了出来,淌了一地的血,眼见得不活了。我给他这撅,跌得多远。我听得舱里娘儿们拼命地喊,还有兄弟们的笑声,吆喝声,就想起那小狐媚子啦。我跳起来就往舱里跑。"今儿可是咱们的世界啦!"我乐极了,只会直着嗓子这么喊。先生,我活了二十年,天天受有钱的欺压,今天可是咱报仇的日子哩!
>
> 哈,现在可是咱们的世界啦! 女人,咱们也能看啦! 头等舱,咱们也能来啦! 从前人家欺咱们,今儿咱们可也能欺人家啦! 啊;哈哈!③

杀人(不管他是否死有余辜),抢夺财物,强奸女子……在"咱们的世界"里,我们仿佛看见阿Q的土谷祠之梦实现了。随意拥有财产和女人的快感让李二矢志不移地继续黑道生活。

---

① 施蛰存显然是第一个被穆时英震撼的文人。在编排其处女作《咱们的世界》时,施蛰存不曾吝惜自己笔墨,为之大事张扬。他不仅将之置于《新文艺》第1卷第6期的头篇,还在《编辑的话》中向读者进行特别推荐:"穆时英先生,一个在读者是生疏的名字,一个能使一般徒然负着虚名的壳子的'老大作家'羞愧的新作家。《咱们的世界》在Ideologie上固然是欠正确,但是在艺术方面是很成功的。这是一位我们可以加以最大的希望的青年作者。"
② 李今:《穆时英年谱简编》,《中国现代文学研究丛刊》2005年第6期。
③ 穆时英:《咱们的世界》,《穆时英小说全编》,学林出版社1997年版,第12—13页。

《咱们的世界》以匪盗式的快意传递出了非常强烈的破坏意识,这在其他几篇小说里得到了继续。对富人以至于对知识分子的仇视随处可见,而对现存社会秩序的愤怒与反抗以至渴望破坏一切的心情在《生活在海上的人们》中达到顶点。《生活在海上的人们》虽不是以都市上海为背景,而是以海边渔民与盐民的暴动为表现对象,但其愤怒以至于失控的群体发难也可能是都市中贫民愤怒的最后发泄方式。在此意义上,穆时英的这类小说大概也可以称之为左翼小说中的"新感觉"之作。

三

就如前文所言,穆时英并不是左翼思想的追随者,他也就称不上是危险的白心"红萝卜"(瞿秋白语)。他在《〈南北极〉改订本题记》中所坦白的文学观念是比较切实可信的:他对写作技巧的尝试超出了对意识形态的关注。就在写出了普罗风味小说的同时,穆时英也开始了对都市另一面的探究。穆时英在并不熟悉劳工大众的状态下能够写出那样生动的文字,其天才已经可见一斑。而一旦他将文笔伸向自己熟悉的世界,他将奉献出怎样特异的篇章!

1930 年的上海已是一个繁忙的、浑身上下充满了现代魅力的大都市,与世界上最先进的都市同步了。① 此时的穆时英作为一个大学生、大少爷已经开始了夜上海的游荡之旅。与其他众多来自乡村作家不一样的是,穆时英对于上海有一种天然的血缘般的亲切感。当茅盾甚至沈从文等人对上海持批判态度的时候,穆时英却是以坠入深井的姿态全身心地投入了上海的都市生活。他自然明白上海这座现代都市的罪恶,所以才会有"上海。造在地狱上的天堂!"②之说,所以才会在《南北极》中有那样一个底层世界的猜想,但这个都市中成长的年轻人更能体会上海的迷人处。在现代声光化电的摩登都市里,夜上海的妖媚、慵懒、颓废而迷人的气息让这个浪子无力自拔,陶醉在无

---

① 关于这一点,可以参见唐振常编《近代上海繁华录》(香港商务印书馆 1993 年版)以及李欧梵《上海摩登——一种新都市文化在中国(1930—1945)》(北京大学出版社 2001 年版)第一章。

② 穆时英:《上海的狐步舞》,《穆时英小说全编》,学林出版社 1997 年版,第 244 页。

边的温柔夜色中,成了根深蒂固的、"堕落"的都市客。① 如果说,《南北极》表现出了令人惊异的狂野与原始的激情的话,那么,《公墓》、《白金的女体塑像》、《圣处女的感情》这三个小说集则是30年代夜上海的印象画,狂欢、孤独、颓废以及骨子里的迷恋印染了每个画面。

1931年10月,穆时英的中篇小说《被当作消遣品的男子》出版。这篇在左翼评论家看来是一个危险标志的小说,恰恰呈现了穆时英其他新感觉小说的主要轮廓。这篇源于自身失恋经历的小说②主要是在呈现一个30年代的爱情方式:Alexy掉进了现代姑娘蓉子的爱情漩涡,明明知道这姑娘的善变,却还是心甘情愿成为她的感情消遣品。对蓉子既爱又怕的心情让人看到了一个聪明而懦弱的男子。而蓉子与其说是一个女学生,不如说她是都市精灵更为恰当。这个出入舞厅,享受众多男子崇拜的女子是这个都市现代化的产物,迷人而不可捉摸:"真是在刺激和速度上生存着的姑娘哪,蓉子! Jazz,机械,速度,都市文化,美国味,时代美……的产物的集合体。"③这个"有着一个蛇的身子,猫的脑袋,温柔和危险的混合物"的都市尤物逢场作戏,尽情享受着放纵的欢乐,真正成为30年代的上海摩登女郎。常常出入舞厅赌场以至于被小报讥讽"舞厅就是丈母家"的浪子生涯让穆时英对这些都市摩登女有了一点亲切感,他对这类女子显然特别"钟情",于是反复地描摹这些都市出产的"贵品":蔡佩佩(《五月》)、墨绿衫小姐(《墨绿衫小姐》)、她(《骆驼·尼采主义者与女人》)……而在余慧娴身上,"我"似乎能够嗅到韶华将逝的气息,于是"为她寂寞着"(Craven A)。

这些都市摩登女郎似乎与《海上花列传》中的众多青楼女子形成了映照:海上群芳身处娱乐消费之所,也是当年的时髦女子,不过到底保留了一点爱情的向往与从良的愿望。而这些30年代的摩登女郎则在酒吧和舞厅炫耀着、自由不羁地挥掷着美貌与光阴,也许会有一些疲惫的神色,却又心甘情愿地

---

① 李欧梵:《上海摩登——一种新都市文化在中国(1930—1945)》,北京大学出版社2001年版,第204页。

② 根据赵家璧的回忆,这篇小说创作的缘由是穆时英被一个女学生甩了,他于是借小说散发一下失恋的苦涩。见赵家璧《我编的第一部成套书———〈一角丛书〉》,《编辑忆旧》,三联书店1984年版,第33页。

③ 穆时英:《被当作消遣品的男子》,《穆时英小说全编》,学林出版社1997年版,第104页。

追随着时生时灭的欲望。爱情不过是欲望的借口："友谊的了解这基础还没造成，而恋爱已经凭空建筑起来啦！"①摩登女郎的追逐异性与都市浪子的恋恋花丛几乎是半斤八两。不管是旧道德还是新道德无不踏在脚下的摩登女郎不仅无视男性的观察与爱恋，而且主动打量、挑选周围的男子。

> "我是一瞧见了你就爱上了你的！"她把可爱的脑袋埋在我怀里，嬉嬉地笑着。"只有你才是我在寻求着的，哪！ 多么可爱的一副男性的脸子，直线的，近代味的……温柔的眼珠子，懂事的嘴……"②

摩登女郎、浪子、酒吧、舞厅、电影院、夜总会与赌场的组合构成了穆时英小说所特有的放荡颓废之气，在放荡颓废中可以瞥见作者向上的愿望与善良的心，只是它们太微弱，就像袅袅的香烟升起又湮灭。就在这短促升起的瞬间，穆时英写下了充满纯真忧伤情感的《公墓》与对上海都市生活片段进行组接的《上海的狐步舞》、《夜总会里的五个人》。

1932 年 5 月，《现代》创刊号头条发表了《公墓》。善变的穆时英在《公墓》中一改或粗野或放荡的作风，以忧伤的笔描绘了一段未能尽情绽放就凝固了的爱情。稚嫩的青年人"我"（克渊）在母亲墓地偶然邂逅玲子姑娘，彼此隐秘地怀着美好的爱情希冀而又总是不露痕迹。然而，无情的疾病打破了这个甜蜜梦想，玲子姑娘追随母亲去了，只留下懂得了姑娘心情的"我"在风中独自沉默。就文本而言，其忧伤之美就在于欲言又止的克制与胆怯。并不健康的玲子有着传统女性的美，她淡淡的哀愁与风姿也是同古老的中国风情合拍的，就像"我"所感受到的那样，玲子是不适合上海都市生活的。正因为如此，公墓成了感情的发生与归宿地，而美丽的玲子必然成为公墓的一分子。这个纯真、忧伤的女性是穆时英小说中不多见的理想女性，与普罗好汉们口中的女子以及摩登女郎形成了强烈对比。而穆时英也借此舒缓了一下以前普罗风味小说中的狂躁情绪，在忧郁的气氛中写了"带着早春的蜜味的一段罗曼史"③。

① 穆时英：《被当作消遣品的男子》，《穆时英小说全编》，学林出版社 1997 年版，第 103 页。
② 穆时英：《被当作消遣品的男子》，《穆时英小说全编》，学林出版社 1997 年版，第 101 页。
③ 穆时英：《〈公墓〉自序》，《穆时英小说全编》，学林出版社 1997 年版，第 614 页。

在《〈公墓〉自序》中,穆时英强调《上海的狐步舞》是长篇小说《中国一九三一》的一个断片,"是一种技巧上试验与锻炼"。《夜总会里的五个人》则是"想表现一些从生活上跌下来的,一些没落的 pierrot"①。无论是出于怎样的创作动机,这两篇小说都可以视作上海都市生活的断片。《夜总会里的五个人》则可以视为从天堂到地狱的人们的生活写照。而上海所具有的"天堂"与"地狱"的双重性又是《上海的狐步舞》所着力传达的。

虽然与茅盾的意识形态很不相同,穆时英在《中国一九三一》的构思方面却表现出了与前者相一致的地方:用城市作为在关键岁月里的国家缩图。②《上海的狐步舞》因此而采用了电影镜头转换的方式,对整个上海进行全景式扫描,镜头所至之处必然有一个鲜明生动的场景:沪西林肯路的暗杀、刘小德与后母的乱伦之情、舞厅中的爱情交换、舞厅外现代化的城市剪影、华东饭店的喧哗、做着街头巡礼的作家与野鸡、颜蓉珠与珠宝客的偷欢、辛勤的车夫、苏醒的城市……更换不迭的场景之间有着秘密的链接,而其飞旋的速度让人有眩晕之感,上海多变的舞步由此立刻呈现。为了完美传达"上海。造在地狱上的天堂!"这个命题,穆时英一方面强调上海的现代节奏,另一方面又努力增强"天堂"与"地狱"的对比:

> 红的交通灯,绿的交通灯,交通灯的柱子和印度巡捕一同地垂直在地上。交通灯一闪,便涌着人的潮,车的潮。这许多人,全象没了脑袋的苍蝇似的……电梯用十五秒钟一次的速度,把人货物似地抛到屋顶花园去。
>
> 街旁,一片空地里,竖起了金字塔似的高木架,粗壮的木飓插在泥里,顶上装了盏弧灯,倒照下来,照到底下每一条横木板上的人。这些人吆喝着:"嗳嗳呀!"……人扛着大木柱在沟里走,拖着悠长的影子。在前面的脚一滑,摔倒了,木柱压到脊梁上。脊梁断了,嘴里哇的一口血……
>
> 死尸给搬了开去。空地里:横一道竖一道的沟,钢骨,瓦砾,还有一

---

① 穆时英:《〈公墓〉自序》,《穆时英小说全编》,学林出版社 1997 年版,第 614 页。
② 李欧梵:《上海摩登——一种新都市文化在中国(1930—1945)》,北京大学出版社 2001 年版,第 237 页。

堆他的血。在血上,铺上了士敏土,造起了钢骨,新的饭店造起来了! 新的舞场造起来了! 新的旅馆造起来了! 把他的力气,把他的血,把他的生命压在底下,正和别的旅馆一样地,和刘有德先生刚在跨进去的华东饭店一样地。①

　　劳工大众的血肉之躯造就了这个现代都市,但他们却在都市的最底层,同样以血肉之躯供养着这个都市。这个魔幻都市将走向何方呢? 沉湎于都市的穆时英似乎也把都市的明天寄托在远处嘹亮的工人的歌声上:

　　　东方的天上,太阳光,金色的眼珠子似地在乌云里睁开了。
　　　在浦东,一声男子的最高音:
　　　"嗳……呀……嗳……"
　　　直飞上半天,和第一线的太阳光碰在一起。接着便来了雄伟的合唱……
　　　醒回来了,上海!
　　　上海,造在地狱上的天堂!②

　　一个曹禺《日出》式的结局。

(原刊于专著《海派文学》,文汇出版社 2008 年版)

---

① 穆时英:《上海的狐步舞》,《穆时英小说全编》,学林出版社 1997 年版,第 239—240 页。
② 穆时英:《上海的狐步舞》,《穆时英小说全编》,学林出版社 1997 年版,第 244 页。

从迷乱灰色中发现人生的微光
——茅盾论

　　现代作家在文学史上的地位常常因时而异。作为左翼文学的代表，茅盾一度备受尊崇，尤其是在左翼文学的批评体制之内。此后虽有所沉寂，却也不至于可以让人小视。毕竟，他留下了别人无法泯灭的东西——那些出自心灵的创作。如果只将"海派"理解为鲁迅所概括的"近商"、"帮忙"的层面，那么将茅盾纳进"海派"显然不适合。然而，"海派"的真精神应是海纳百川，既然能够消化、吸收西方的现代派，让穆时英、施蛰存等人显示才情，又为何不能容下左翼文学的出现？有理由认为，左翼文学为"海派"带来了严峻的神色，构成了它深邃的另一面。事实上，左翼文学就像当年的工人运动一样，同样要依靠都市提供的土壤，与都市发生密切的关联。由于大革命的失败，众多文人聚集上海，这才有了1928年的"革命文学"的论争，这才形成了20世纪30年代的左翼文学潮流。茅盾则是这股潮流中的佼佼者，从大革命洪流中撤退下来的他隐居在上海的居所，不仅通过《蚀》三部曲完成了从批评者到创作者的蜕变，而且用《子夜》弥补了此前新文学面对都市时的无能为力之感。

一

　　1916年8月从北京大学预科毕业的沈雁冰进入商务印书馆。对于一个二十岁的年轻人来说，这是一个很好的事业开端。此时的商务印书馆已是中国最具影响力的出版机构，集中了诸多学科的优秀人才。年轻的沈雁冰身处其中,自然是受益良多。不过,仅仅是受益显然不够。1921年1月,商务印书馆便要这个年轻人担起重任,而不再是"学徒"。促成商务不拘一格提拔这个年轻人的力量是新文化运动,新文化运动骁将罗家伦等人的批评让商务感到了追随新潮流的必要。《小说月报》就这样交到了沈雁冰的手中,他与郑振铎等人一起为《小说月报》注入了全新的思想,将刊载鸳鸯蝴蝶类文字的旧杂志彻底改造成新文学的天地,催促了20年代新文学第一名刊的诞生。① 有趣的是,这时的沈雁冰似乎对"新文学保姆"的身份倍感愉快,他不仅尽心尽力地编辑着新的《小说月报》,而且在文学理论与翻译上用力甚勤。

这个勤奋的年轻人此时并没有成为作家的规划,倒是对社会活动充满了热情。"我的职业使我接近文学,而我的内心的趣味和别的许多朋友——祝福这些朋友的灵魂——则引我接近社会运动。"②1920年8月上海共产主义小组成立,接受了陈独秀邀请的沈雁冰就此成为其中一员,并因此有幸成为中国共产党最早的党员之一。渐渐地,政治活动开始成为沈雁冰的生活重心,而编辑工作则成了政治的掩护。1926年1月7日沈雁冰与恽代英等人一起到达广州,参加了国民党第二次全国代表大会。这次旅程将沈雁冰推进了政治的怀抱,会后他留在了广州,担任了国民党中央宣传部秘书一职,成了毛泽东的助手。倘若不是中山舰事件,沈雁冰也许将就此追随稍后的北伐了。然而,中山舰事件的爆发改变了沈雁冰的人生轨迹:他离开广州回到上海。暴露的政治身份让沈雁冰与老东家商务印书馆解除了聘用关系。1926年秋季的沈雁冰可以说是一个职业革命家,但文学女神还在远处牵引着他:"这年的秋季,我白天开会忙,晚上则阅希腊、北欧神话及中国古典诗词。德沚笑我白天和晚上是两个人。"③文学似乎是此时沈雁冰白天紧张生活的调剂品,但问题也在隐隐浮现:难道他真的需要弃文学而献身政治吗? 这样的"双重"生活又将持续到何时呢?

1926年底北伐军到达武汉,成立了国民政府。沈雁冰也在1927年1月

---

① 此中详细情形可以参见茅盾《商务印书馆编辑所和革新〈小说月报〉前后》一文,见商务印书馆编辑编《商务印书馆九十年》,商务印书馆1987年版。

② 茅盾:《从牯岭到东京》,见北京大学、北京师范大学等主编《文学运动史料选》(第二册),上海教育出版社1979年版,第137页。

③ 茅盾:《中山舰事件前后》,《我走过的道路》(上),人民文学出版社1981年版,第351页。

到达武汉,担任了汉口《民国日报》主编。奔赴革命的沈雁冰在自己熟悉的编辑工作上做起了革命的事情。1927 年注定是多事之秋,"四·一二"政变、7月宁汉合流……沈雁冰辞去主编之职离开武汉取道去南昌。这时的沈雁冰并不知道他这段被阻碍的路程又一次改变了他的革命人生:他不仅未能赶去南昌参加那场著名的起义,而且因病被阻在牯岭多日。再等他 8 月中旬下了牯岭回到上海,真有物是人非之感。身为南京政府的通缉对象,沈雁冰只好开始了隐居生活。在这段日子里,他不仅失去了组织联系,也失去了生活凭借。这困窘的局面倒是解决了"双重"生活的矛盾。被政治漩涡抛出来的沈雁冰在关上了人生的一扇窗的同时,打开了另一扇窗子。为了生活,也为了给这段历史留下印记,沈雁冰开始了小说创作。《蚀》三部曲——《幻灭》(1927)、《动摇》(1928)、《追求》(1928)的问世标志着一流小说家茅盾的诞生。由此而一发不可收的茅盾先后向文坛贡献了《虹》(1929)、《林家铺子》(1932)、《春蚕》(1932)、《子夜》(1933)、《秋收》(1933)、《残冬》(1933)等多部长短篇小说。

文学家茅盾后来虽然与政治重新接上了头,却不似之前那般紧密。在加入"左联"之后,茅盾一度担任"左联"的行政书记。但不必否认,文学逐渐占据了他生活的主导地位,创作、翻译、批评、理论研究并重的茅盾成为左翼文学的巨匠,此后多年他一直以进步民主人士的身份出现在人们的视野中。1981 年 3 月在茅盾逝世之后,中共中央决定恢复他的党籍,党龄从 1921 年算起。倘若地下有知,茅盾也该欣慰了吧,为了曾经的激情青春。

二

茅盾的一生可以看作在"革命"与"文学"之间左右突围的一生。小说创作就是他在无法继续革命之时转而向文学挺进的结果,《蚀》三部曲就是茅盾的文学之树上结出的第一批果实。在《从牯岭到东京》一文中,茅盾表露了写作时的真实心态:不是为了写作小说而去经验人生,恰恰相反,是因为经历了动乱中国最复杂的人生一幕,产生了挥之不去的幻灭之感,从而开始了创作。就此而言,小说家茅盾实在是大革命的产物。如果没有这场轰轰烈烈而又半途夭折的革命,没有阻于牯岭的意外,革命者沈雁冰的路会越走越坚实,而小说家茅盾也许就没有了面世机会。如此诡谲的人生似乎就是要将革命者沈雁冰锻造成小说家。

革命与青春似乎是不可分割的孪生子。众多"革命＋恋爱"小说皆源于此种原因。茅盾自然也不例外,《蚀》三部曲称得上是革命与青春的变奏曲,其中恋爱自然是不可或缺的因子,但茅盾到底不再是狂热的革命理想者,革命与恋爱只是构成了小说的故事框架,对于时代的忠实描写让《蚀》超越了一般说教主义的陈腔滥调,真正洞察了社会的实况①,而"过来人"的追忆心态平添了忧郁悲伤的气息。茅盾实在是一个有大格局的小说家,因为不能忘怀大革命而创作《蚀》,为这段历史留下了难得的一页存真。由于曾经厕身其中,茅盾个人对革命的感受也是弥漫在整个小说里,从第一页到最后一页。《蚀》的成功还要归功于那一群令人难忘的女性。无论是静女士还是慧女士、孙舞阳、章秋柳,她们的幻灭与痛苦是女性的,也是革命的。正是这一群风姿各异的女子构成了《蚀》历史叙事中生动的一幕幕。

静女士(《幻灭》)理智上是向往光明、向往革命的,却常常遭遇幻灭的心情。中学时代热心于社会活动的静女士出于幻灭而来到上海求学,以静心读书作为人生箴言。可是又难耐寂寞跌入了恋爱之中,不料恋人抱素不仅喜新厌旧而且是政府密探。由于恋爱的幻灭,静女士逃离了抱素,转身投入了革命。悲壮的誓师场面引起了静女士强烈的共鸣,但身在革命阵营中的静女士不久又被"无聊"所侵袭:"她也说不出为什么无聊,哪些事无聊,她只感觉得这也是一种敷衍应付装幌子的生活,不是她理想中的热烈的新生活。"②静女士终于觅到一份自己很有兴趣的工作,但又被周围同事的"恋爱狂热症"吓坏了:"'要恋爱'成了流行病,人们疯狂地寻觅肉的享乐,新奇的性欲的刺激……所谓'恋爱'遂成了神圣的解嘲。"③洁身自好、温婉多愁的静女士幸好得到了慧女士与王女士两位好友的安慰,否则真不知该如何是好。在革命的洪流中,个人的感受又能有什么分量呢? 聪慧能干的慧女士与王女士终于为静女士找到了理想的工作:伤兵医院的看护。在看护伤兵的过程中,静女士

① 夏志清:《中国现代小说史》,复旦大学出版社 2005 年版,第 104 页。
② 茅盾:《幻灭》,《茅盾选集》(第二卷),四川人民出版社 1982 年版,第 64 页。
③ 茅盾:《幻灭》,《茅盾选集》(第二卷),四川人民出版社 1982 年版,第 66 页。

爱上了强连长。这位英勇善战的军人之所以参加北伐不是出于国家民族的责任而是为了寻求刺激。静女士并不怀疑强连长的爱,但战场才是强连长的第一恋人。片刻的欢愉之后是不能预估的寂寞。刚刚用爱情疗治了幻灭心情的静女士不得不面对强连长的离去。

在静女士的革命之旅中插进了爱情,不仅是为了故事的动人,更重要的是传递出当时人们普遍的幻灭心情。在革命未到之前,一般人对革命都有点黄金国的想象:革命会带来全新的理想世界。可是革命来了,"一切理想中的幸福都成了废票,而新的痛苦却一点一点加上来了"①。静女士就是这普通人中的一个:因为要报效祖国,所以她参加革命;因为对美满爱情的期待,所以格外苛责自己的恋人。然而,革命却不能像她所设想的那样单纯神圣,而爱情总是掺杂了特殊的味道。黄金的理想在革命的风雨中七零八落,就像誓师时人们挥舞的纸旗遭遇了一场突如其来的大雨:

> 誓师典礼按顺序慢慢地过去。不知从什么时候下起头的雨,此时忽然变大了。天上象开了大窟窿,尽情地倾泻。许多小纸旗都被雨打坏了,只剩得一根光芦柴杆儿,依旧高举在人们手中,一动也不动。②

剩下的这根"光芦柴杆儿"就是人生残余的一点星光,悲壮中有点滑稽。幻灭于是产生了,并且无处不在。

《幻灭》以静女士的幻灭做了《蚀》三部曲的开篇,而茅盾并未驻足于此,而循着幻灭去探究革命斗争剧烈时革命者的动摇。《动摇》就在长江边上的一个县城里开始了革命者动摇心路的叙述。相对于投机分子胡国光的步步为营、精心计算,县党部的方罗兰则是步步退让、束手无策。胡国光从土豪劣绅先摇身一变为革命店主,再变为县党部委员。成为党国要人的胡国光以激进派自居,借革命的名义谋取女人与财物。而方罗兰这位忠厚有余的绅士原本不缺乏办事的才干,却在飘来的一片桃色云彩下糊涂了身心。方罗兰自认

---

① 茅盾:《从牯岭到东京》,《文学运动史料选》(第二册),上海教育出版社1979年版,第141页。
② 茅盾:《幻灭》,《茅盾选集》(第二卷),四川人民出版社1982年版,第58页。

忠于妻子,又不由自主地被孙舞阳所吸引。妻子的保守与孙舞阳的开放形成了强烈的反差。妻子的怀疑与猜忌让方罗兰痛苦不堪,而他对于孙舞阳的好感却在与日俱增。情感问题让方罗兰"一叶障目,不见森林",无心顾及纷繁莫测的革命事业。身处革命内部必须对革命负责的方罗兰虽然暗自批评妻子的保守,却与妻子一样在革命浪潮中听天由命:"我不知道应该怎样做,才算是对的。……这世界变得太快,太复杂,太古怪,太矛盾,我真真地迷失在那里头了!"①更可怕的是,这种惘然不知的心情在革命群体内部蔓延着,方罗兰的同事们大都有着相似的苦闷之情。在革命剧烈的紧张时刻,方罗兰与他的朋友却游离了革命状态。正是这种迷惑与茫然才给了胡国光机会,以至于革命失败,许多革命者遭到了极残忍的杀戮。如果再回过头来仔细推敲小说,可以发现茅盾对于变质的"革命"早已给出了自己的判断,之所以会出现如此恐怖的后果,显然与此前革命中的过激行为大有关系。

革命的变味实际上从南乡农民分配妇女就已经开始了。土豪黄老虎的十八岁的小老婆,在恐惧中被一个癞头男人以抽签的方式获得。看着如此丑陋的男人,小老婆怎能愿意呢? 但她的意愿在革命的名义下是多么的微不足道! 如此荒诞的分配事件并未引起县党部的足够重视。妇女部长张小姐认为这是农民的群众运动,被分配的女子又不来告状,所以听其自然。县党部在这个关键时刻放弃了对群众运动的正确引导,任由群众运动盲目向前,终于使得革命偏离了方向,直至完全失控。胡国光正是利用了县党部方罗兰、张小姐等人的软弱得寸进尺,为自己获取最大利益。在胡国光等人发动暴动、革命危在旦夕之时,方罗兰终于意识到过激的革命方式种下的可怕后果:

你们剥夺了别人的生存,掀动了人间的仇恨,现在正是自食其报呀!你们逼得人家走投无路,不得不下死劲来反抗你们,你忘记了困兽犹斗么? 你们把土豪劣绅四个字造成了无数新的敌人;你们赶走了旧式的土豪;却代以新式的插革命旗的地痞;你们要自由,结果仍得了专制。所谓更严厉的镇压,即使成功,亦不过你自己造成了你所不能驾驭的另一方

① 茅盾:《动摇》,《茅盾选集》(第二卷),四川人民出版社1982年版,第153页。

面的专制。①

方罗兰善良而软弱的性情让他对革命的血腥一面有所批评,但革命向来就是充满暴力的,也是容不下软弱的。身为党部负责人,方罗兰对革命的反省是意味深长的:当革命以决绝的态度塑造了自己的敌人时,是否也在无意之中将革命之路变得狭窄起来?正确的革命方向又在哪里?茅盾通过《动摇》意在表现"中国革命史上最严重的一期,革命观念革命政策之动摇,——由左倾以至发生左稚病,由救济左稚病以至右倾思想的渐抬头,终于为大反动"②。

从字面意义上来看,《追求》应是有点乐观的一部。不过,这部小说最终呈现出来的却是更多的悲观绝望。这首先与大革命的失败有关,其次则与作者茅盾此时的苦闷心情有关。③大革命的失败不仅让热情的青年人失去了方向,甚至失去了幻灭与动摇的可能,出路何在呢?这些年轻人大都有着一颗焦灼的向上的心:"如果政治清明些,社会健全些,自然他们会纳入正轨,可是在这混乱黑暗的时代,象他们这样愤激而脆弱的青年大概只能成为自暴自弃的颓废者了。"④这些热血青年茫然颓废的情绪远甚于穆时英笔下的沉溺于灯红酒绿之间的都市浪子,而且无药可解。

《追求》没有唯一的主人公,有的是群体的挣扎奋斗与失落。张曼青偶然参加旧日同学的聚会,惊觉人事沧桑。衰颓的史循与明艳丰腴的章秋柳并坐在一处,让人顿生无常之感。此时史循的怀疑论已经深入骨髓,正在考虑自杀。聚会之后不久,史循就进了一家医院实施他的自杀计划。他"不愿冒充忧世愤时的志士,他也不愿朋友们知道他的结局,他只愿悄悄地离开这个世界,象失踪似的,给人家一个永远的不明白"⑤。史循希望获得一个尘埃般的

① 茅盾:《动摇》,《茅盾选集》(第二卷),四川人民出版社 1982 年版,第 232 页。
② 茅盾:《从牯岭到东京》,《文学运动史料选》(第二册),上海教育出版社 1979 年版,第142 页。
③ 茅盾:《从牯岭到东京》,《文学运动史料选》(第二册),上海教育出版社 1979 年版,第143—144 页。
④ 茅盾:《追求》,《茅盾选集》(第二卷),四川人民出版社 1982 年版,第 252 页。
⑤ 茅盾:《追求》,《茅盾选集》(第二卷),四川人民出版社 1982 年版,第 290 页。

不为人所知的结局,但这点愿望也因为医院的及时发现而不能实现。闻讯而来的章秋柳受到了强烈的震动。章秋柳与孙舞阳有着相似的浪漫不羁,她用走马灯般的爱情充实麻醉自己寂寞痛苦的灵魂。面对深受爱情创伤的史循,她决意用自己的爱来改造这个怀疑论者。爱情是否真的能改造史循的怀疑论呢?而章秋柳在改造史循的同时也受到了他的影响。充满奉献精神的秋柳即使能改造史循的灵魂,也不能挽救他的生命。就在秋柳抱有希望的时刻,史循暴病而亡。章秋柳却因为与他的交往而深处感染梅毒的恐惧中。秋柳的女友王诗陶和赵赤珠当年都是敢做敢当、浪漫活泼的人儿,现在却为生活所迫成了暗娼。

在一群同学之中,张曼青试图走一条平实的路:做一个教员,寻找一个理想中的朴实女子做伴。在放弃了对章秋柳的追求之后,他越来越觉得同事朱女士是理想人选,尽管章秋柳以女性的直觉发现了朱女士的欠缺,而友善地告诫了他。在与朱女士结婚之后不久,曼青就发现一切都被秋柳不幸言中,这位女士的强悍鄙俗是他所始料不及的。王仲昭则与张曼青形成了对比关系,这对比由于二人的意中人极度相似而更为明显。仲昭寄希望于自己编辑的新闻版的改革,同时渴望着与娴静贞淑的陆女士结婚。就在他即将获得完美的幸福时,陆女士却发生了致命的意外。

茅盾在《追求》中似乎故意为难这群年轻人,他们不甘于失败,努力回避可怕的结局,却终于还是失败了。这样颓唐的小说氛围似乎构成了对"追求"积极意义的侵蚀,但在侵蚀的过程中,一代人的绝望呼喊又是力透纸背的。青年人的绝望、痛苦与奋斗、失败因为忠实地承载了革命的时代而具有了历史的厚重感。

三

1928年7月,在《追求》发表之后,茅盾开始了日本之旅,但他并没有脱离当时热闹非凡的中国文坛。"革命文学"的论争也涉及了这位刚刚奉献了《蚀》三部曲的小说家。无法置身事外的茅盾不得不撰文表明自己的文学观念。不过,小说创作的诱惑力显然与日俱增,在日本他又完成了另一部长篇小说《虹》。这本以知识女性梅行素为主角的小说,继承了《蚀》中女性心理分析的长处,将梅行素错综复杂的性格表现得淋漓尽致,因此被看作茅盾所有小说中"最精彩的一本"①。梅行素努力追求人生真谛的过程比静女士等人来得曲折,但她的严肃与韧性的坚持又是超出静女士等人的。《虹》的基调渐渐离开了《蚀》的幻灭、消沉与悲观,出现了昂扬的声音。《虹》意在"为中国近十年之壮剧,留一印痕"②,这使得《虹》与《蚀》一起完成了对中国社会从五四到大革命失败这段历史的记录。"借小说写史"已经成了茅盾的自觉追求。稍后出现的《子夜》更是印证了这一点。茅盾被认为是中国"社会剖析小说"的代表便是源于此。

　　1930年4月茅盾从日本回到上海,不久就加入"左联"。这时,"革命文学"论争的硝烟已经散去,但在论争过程中,茅盾与鲁迅一样,明显增强了马克思主义的理论素养。回到上海的茅盾由于健康原因暂时放下了工作,每天东跑西走,与革命者、企业家、银行家等人物有所交往。③ 就在这一年,关于"中国社会性质"的论战拉开了序幕,一贯对中国社会问题抱有热情的茅盾自然不会忽略这样宏大的议题。生活中的见闻与论战的刺激让他以小说家的方式做出了自己的判断。叶圣陶曾回忆道:"他写《子夜》是兼具文艺家写作品与科学家写论文的精神的。"④

　　茅盾在《子夜》中表现出了相当的"野心",试图将之写成一部"农村与都市的'交响曲'"⑤,为中国社会作全景式的扫描,因此小说以民族资本家吴荪甫作为主角,试图通过他联系起乡村与都市。吴荪甫的家乡双桥镇是中国农村的缩影。农村经济的破产不仅让农民无以为生,而且让安居乡村的地主有岌岌可危之感。与儿子一向对立的吴老太爷不得不任由荪甫的安排,离开故土进入上海。奉《太上感应篇》为"圣经"的吴老太爷刚进入上海便被都市速度与妖媚风情吓坏了,突发脑溢血而亡。在老太爷离开之后不久,双桥镇的农民暴动就发生了,吴荪甫的舅父死于非命,吴荪甫在家乡的产业也蒙受了

① 夏志清:《中国现代小说史》,复旦大学出版社2005年版,第104页。
② 茅盾:《〈虹〉跋》,《茅盾散文》,中国广播电视出版社1995年版,第240页。
③ 茅盾:《〈子夜〉是怎样写成的》,《茅盾选集》(下),人民文学出版社2004年版,第325页。
④ 叶圣陶:《略谈雁冰兄的文学工作》,《叶圣陶散文》,四川人民出版社1983年版,第496页。
⑤ 茅盾:《〈子夜〉是怎样写成的》,《茅盾选集》(下),人民文学出版社2004年版,第326页。

严重损失。吴老太爷之死对全书而言，似乎构成了一个巨大的隐喻：这个封建僵尸在都市的风化预示着中国传统农业文明在与西方工业文明的撞击中不堪一击。

就像茅盾所感觉到的那样，他对农村暴动之后情形的写作有点力不从心，因此放弃了农村，二者的"交响曲"就变成了"都市奏鸣曲"。因为这一放弃，《子夜》成为一部地道的都市小说，为新文学的都市表达补上了一个重要的欠缺。与穆时英、刘呐鸥等"新感觉"派醉心都市旖旎风情不同，茅盾笔下的都市不是夜总会、跳舞场、电影院的聚集地，而是资本家与投机者追逐利润的场所，也是逐渐壮大了的产业工人争取自身权益而斗争的舞台。证券交易所、工厂是此类事件的发生地。因此，上海这座城不再是柔情蜜意的发酵地，相反，它不仅膨胀着吴荪甫等人的工业野心，也催促着工人朱桂英等人的成长。文学上海由此而一扫阴柔之美，充满了阳刚之气。

上海是吴荪甫的名利场，这位20世纪机械工业时代的英雄骑士和"王子"在父亲去世之时正忙于策划事业的新发展。面对其他民族工业的危机与没落，吴荪甫敏锐地意识到这是千载难逢的良机，正可以利用各种手段将之收为己有，而凭着自己的管理才能与决断能力，一定可以让这些危机企业重获新生。然而，吴荪甫并未意识到30年代的中国还缺乏让民族资本充分发展的土壤。民族资本的发展在半殖民地半封建社会中称得上是"内外交困"：一方面要应对外国资本的蚕食，另一方面还要对付日益高涨的工人的不满情绪。尽管他利用精明能干的屠维岳达到了分化工人的目的，但不可遏制的反抗声浪充溢于工厂的每个角落，血腥的镇压变得不可避免。

俗话说，螳螂捕蝉，黄雀在后。就在吴老太爷的丧事上，买办资本家赵伯韬也为吴荪甫设下了"欲取之，必先与之"的圈套，成功劝说野心勃勃的吴荪甫参加多头公司，参与公债买卖。作为帝国资本的代表，赵伯韬试图通过资本合作的方式掌控吴荪甫所掌握的民族工业。然而，一心振作民族工业的吴荪甫又怎能听任摆布？初次合作的成功并不能让吴荪甫放弃对赵伯韬的警惕之心，在随后组建益中信托公司的过程中，他拒绝了赵伯韬的用人建议，实际上就是拒绝帝国资本进入民族企业。吴荪甫与赵伯韬渐行渐远。由于扩张过于迅速，吴荪甫的民族工业计划面临资金短缺的窘境，他再次进入公债市场企图投机获利，不想却被赵伯韬套牢，从而揭开了双方斗法的序幕。然而,这位苦心经营民族工业的资本家又怎么可能是有着帝国财团支持的赵伯韬的对手? 就像另一位走投无路只好向日本资本投降的资本家周仲伟所发现的那样:"中国人的工厂迟早要变成僵尸,要注射一点外国血才能活!"①关键时刻姐夫杜竹斋的叛变彻底断送了吴荪甫的一场好梦。在尔虞我诈的资本市场中哪里还有亲情可言? 有的只是揭开温情面纱之后的利益盘算。顷刻间,吴荪甫的工业王国土崩瓦解。一个 30 年代的民族资本家就此从上海这个都市消失。

对于吴荪甫事业的重笔涂抹常常让人忽略他在家庭中的表现。其实,他的家庭生活也在隐约透露出若干微妙的消息:吴荪甫的威严正在受到挑战,但挑战者却是无意的。在吴氏家庭中,他是当仁不让的一家之主,流露出封建家长式的威严,但他实在是爱着家人的:"虽然他平日对待弟妹很威严,实在心里他是慈爱的,他常常想依照他认为确切不移的原则替弟妹们谋取一生的幸福。"②在看见妻子佩瑶心事重重的样子后,他也会抓住妻子的手,似要将自己的力量传递给她。然而,过于忙碌的吴荪甫却始终不曾认真倾听家人的心声,而他也始终不愿意将自己软弱的一面展示给家人,在最为烦躁沮丧的时刻,他宁愿向女仆发泄。这就造成了貌合神离的家庭氛围。所以,佩瑶不知道丈夫的事业正处在危急时刻,荪甫也不知道妻子正在怀想初恋情人,而他更无从想象老太爷教导出来的古典闺秀四小姐正在酝酿着出走。从乡村来到上海的四小姐与周围的生活始终无法谐调,苦闷至极的她住进了女青年会寄宿舍。在四小姐来说,她不过是渴望得到自由和爱,因为她从小就被老太爷约束着,连父爱都很隔膜,更别说其他人的爱了。因此,吴荪甫偶然的一次慈爱就让四小姐感动至极,试图倾尽胸中郁闷,但吴荪甫到底还是不耐烦的,不能给她最有力的排遣。四小姐的出走又引发了佩瑶的同情之心,她也觉得吴公馆生活的枯燥烦闷了。四小姐的出走只显露了家庭郁结心情的冰山一角,初次暴露出了吴荪甫家庭权威的虚弱性。

吴荪甫的悲剧就此呈现:一个事业上的强者遭遇了生不逢时的悲哀,一个爱家的男人为了维护威严而制造了烦闷的家庭气氛,阻碍了与家人之间的

---

① 茅盾:《子夜》,人民文学出版社 1978 年版,第 494 页。
② 茅盾:《子夜》,人民文学出版社 1978 年版,第 519 页。

爱的交流。失败与恐惧自然就会结伴而来，袭击这位自命不凡的强者。吴荪甫最终隐瞒了破产的消息，带上佩瑶去牯岭避暑了，他能永远回避失败的结局吗？

《子夜》虽然未能实现"大规模地描写中国社会现象的企图"①，茅盾却始终没有放弃这个伟大的设想，而他对于农村问题的关注则在"农村三部曲"中得到了完美表现。在以后的《锻炼》、《霜叶红于二月花》等作中茅盾继续了《子夜》的笔法，追踪着中国社会的发展，为现代中国留下了一部部编年史一般的现实主义小说。

（原刊于专著《海派文学》，文汇出版社 2008 年版）

---

① 茅盾：《〈子夜〉后记》，《子夜》，人民文学出版社 1978 年版，第 571 页。

以洋溢的青春投进乱世的一束灵光

——张爱玲论

> 香港的陷落成全了她。但是在这不可理喻的世界里，谁知道什么是因，什么是果？谁知道呢，也许就因为要成全她，一个大都市倾覆了。成千上万的人死去，成千上万的人痛苦着，跟着是惊天动地的大改革……流苏并不觉得她在历史上的地位有什么微妙之点。她只是笑吟吟地站起身来，将蚊烟香盘踢到桌子底下去。
>
> 传奇里的倾国倾城的人大抵如此。
>
> ——张爱玲《倾城之恋》①

在讲述上海女子白流苏在香港成功觅得第二段婚姻的故事时，张爱玲在小说中突然加上了这样一段尾巴。于是，普通女子的悲欢染上了匆遽乱世的烟尘，而苍凉之感也就四散溢出，充盈在每一段文字的背后。因为战争而中断学业的张爱玲也像白流苏一样，书写了自己的人生传奇，只是，传奇的发生地改成了上海。而张爱玲显然比她的女主人公更具有历史悲剧意识。因为知道还有更大的破坏要来，她紧紧抓住了青春年代，成为照亮沦陷时期上海文坛的一颗耀眼的流星，迅疾地升起，又在 50 年代以后逐渐归于沉寂。然而，她孤傲的身影却随着岁月的流逝而日益丰满起来，渐渐成为一座绕不过去的山。

---

① 张爱玲:《倾城之恋》,《张爱玲文集》(第二卷),安徽文艺出版社 1992 年版,第 84 页。

一

    以二十三岁的青春妙龄而能写出旧式家族的精魂，这需要怎样的历练？而这历练与其说是张爱玲自身的经历，还不如说是衰败家族的最后馈赠。作为这馈赠的接受者，无论悲喜都让张爱玲有些措手不及。祖父母的尊贵、父亲的遗少习气与母亲的新派作风一股脑儿地纠缠着这个无法选择的孩子。然而，到底是一家人。张爱玲纤细敏感的心灵将这些东西一一接受了，化作了永不遗忘的记忆："我没有赶上他们，所以跟他们的关系只是属于彼此，一种沉默的无条件的支持，看似无用，无效，却是我最需要的。他们只静地躺在我的血液里，等我死的时候再死一次。"①1920 年 9 月张爱玲出生时，这个家庭曾经有过的煊赫已是冬日余晖，渐趋于无。即便如此，祖辈的高贵还是给了张爱玲傲然于乱世的理由，这是她遗世而独立的"底子"。沉溺于鸦片、妓女的父亲与具有艺术气质的母亲格格不入，母亲离家出国又归来，还是不能挽救家庭。这对夫妻终于半途分道扬镳。欣赏女儿的父亲曾经为她的习作拟定工整对仗的回目，张爱玲也曾迷恋过父亲周围散发出的颓废气息："属于我父亲这一边的必定是不好的，虽然有时候我也喜欢。我喜欢鸦片的云雾，雾一样的阳光，屋里乱摊的小报，（直到现在，大叠的小报仍然给我一种回家的感觉。）看着小报，和我父亲谈谈亲戚间的笑话——我知道他是寂寞的，在寂寞的时候他喜欢我。父亲的房间里永远是下午，在那里坐久了便觉得沉下去，沉下去。"②但这些温暖片断到底还是抵挡不过父亲粗暴的一面，后母的刁钻狠毒无疑也在加剧父女之情的破裂。十八岁的张爱玲终于逃出了父亲的家，投进了母亲的怀抱。并不富裕的母亲只能提供一份嫁奁或者一份学费，张爱玲选择了后者。1939 年张爱玲考取了伦敦大学，却又因欧战爆发，只好改入香港大学。欧战隔阻了张爱玲的留学之旅，1941 年 12 月的港战则中断了她的大学生涯。

    虽然张爱玲在香港的时间并不长，只有两年多，但这个华美而悲哀的城

---

① 张爱玲：《对照记》，哈尔滨出版社 2003 年版，第 57 页。
② 张爱玲：《私语》，《张爱玲文集》（第四卷），安徽文艺出版社 1992 年版，第 106 页。

给了她想象的空间,成为她诸多名篇的故事发生地,《沉香屑　第一炉香》、《倾城之恋》、《茉莉香片》、《沉香屑　第二炉香》等做了张爱玲香港生活的纪念。

　　1942 年张爱玲回到已被日军占领的上海,试图继续大学年代,却又对圣约翰大学深感失望。生逢乱世的张爱玲就在这个"低气压的时代,水土特别不相宜的地方"①开始了卖文生涯。十九岁时的张爱玲曾经宣称"除了发展我的天才外别无生存的目标"②,现在她要兑现这个不经意间的自我许诺了。倚仗着绝世的才情,一鸣惊人的张爱玲谢绝了柯灵等人的善意提醒,一意实践着"出名要趁早"的主张,在混沌浊世尽情绽放了。与诸多新文学作家的爱惜羽毛、潜伏于上海相比,张爱玲并不顾忌作品的发表地——期刊的背景,只要它们给予她足够的重视便好。无论是有复杂政治背景的《天地》、《古今》、《杂志》,还是鸳蝴派色彩比较浓厚的《紫罗兰》、《万象》等刊,都能经常见到她灵动的文字。在短短时间里,张爱玲便迅速蹿红,成为上海文坛最炙手可热的明星,各大期刊无不以刊载张爱玲的文章为荣。

　　谁又能说张爱玲的坚持就是错呢? 多年以后的柯灵也不得不承认:"偌大的文坛,哪个阶段都放不下一个张爱玲;上海沦陷,才给了她机会……张爱玲的文学生涯,辉煌鼎盛的时期只有两年(一九四三年——一九四五)是命中注定,千载一时,'过了这村,没有那店。'幸与不幸,难说得很。"③恰如柯灵所说,张爱玲的写作鼎盛时期就是在上海沦陷时期,这个倾覆的苦难中的都市因为张爱玲的出现而在文学的长河中再次宣告了自己的特别。上海沦陷为她提供了"千载难逢"的机会,新文学家的撤离或者沉默留下了巨大的文学真空,而沦陷也在逼迫着文学话语的转变,它显然不能接纳新文学的启蒙话语以及30 年代的革命与救亡话语。在张爱玲的"传奇"里,有的只是凡夫俗子,都是负荷着时代的"软弱的凡人",他们虽"不及英雄有力",却"比英雄更能代表这时代的总量"。④ 就像 30 年新感觉派表现了上海的万千风情一样,张爱玲笔

---

①　迅雨(傅雷):《论张爱玲的小说》,见刘绍铭等编《张爱玲的风气——1949 年前张爱玲评说》,山东画报出版社 2004 年版,第 3 页。

②　张爱玲:《天才梦》,《张爱玲文集》(第四卷),安徽文艺出版社 1992 年版,第 16 页。

③　柯灵:《遥寄张爱玲》,《张爱玲文集》(第四卷),安徽文艺出版社 1992 年版,第 428 页。

④　张爱玲:《自己的文章》,《张爱玲文集》(第四卷),安徽文艺出版社 1992 年版,第 175 页。

下的都市男女别有一番人生滋味。

聪明的张爱玲在艰难时世中找到了才情的出路,而她年轻的生命开始闪耀爱情的火花。1944 年 2 月,张爱玲与胡兰成相识。这个同样聪明的男人具有非同一般的悟性,他能在细微之处发现张爱玲的特别:"是这样一种青春的美,读她的作品,如同在一架钢琴上行走,每一步都发出音乐。"也是他最先给了张爱玲很高的地位:"鲁迅之后有她。她是个伟大的寻求者。"①二十年之后,夏志清将张爱玲视为"今日中国最优秀最重要的作家"②,大概不无胡氏的影响。然而,这个爱恋者、赞叹者却是一个不折不扣的汉奸,只是坠入情网的张爱玲此时哪里还管得了许多? 一向骄傲的张爱玲幻想着"岁月静好,现世安稳",似乎胡兰成可以让她停泊特立独行的心,付出了全部激情的张爱玲用爱包容着这个比自己年长许多的男人。无论是在沦陷时期还是在抗战胜利后的岁月里,张爱玲就像旧时代里的大妻,为丈夫牵肠挂肚,不计较他的四处拈花惹草,只要他一如既往地推崇自己就好了。在他风头正健的时候未必与他共享富贵,而在他倒霉之时,却为之忧心不已。不幸的是,胡兰成是她生命中挥之不去的梦魇。到处留情的胡兰成并没有给张爱玲留下特别重要的位置,即使是在逃亡中,他对其他女子的亲切与关爱更显出他对张爱玲的隔膜,这终于刺痛了张爱玲。无限眷念而又决绝的张爱玲不得不沉痛地结束这份千疮百孔的爱情。然而,它所造成的内伤更深远,张爱玲如花的青春也开始迅速地萎谢了:"内外交困的精神综合症,感情上的悲剧,创作繁荣陡地萎缩,大片的空白忽然出现,就像放电影断了片。"③

1949 年政权的更迭让张爱玲面临人生的十字路口。在写出了《小艾》、《十八春》之后,静极思动的张爱玲再次考虑去香港的可能性。1952 年她借重返香港大学继续学业之名离开了上海,又从香港去了美国,从此再也没有回来过。虽然不曾放下手中的笔,但在异国的氛围里,又如何重现昔日的荣光呢? 张爱玲也曾再度走进婚姻之门,但毕竟"曾经沧海难为水,除却巫山不是云",如何再得当年相知相守的喜悦呢? 张爱玲曾经对弟弟表述过自己的做

---

①　胡兰成:《论张爱玲》,《张爱玲的风气——1949 年前张爱玲评说》,山东画报出版社 2004年版,第 19、30 页。

②　夏志清:《中国现代小说史》,复旦大学出版社 2005 年版,第 254 页。

③　柯灵:《遥寄张爱玲》,《张爱玲文集》(第四卷),安徽文艺出版社 1992 年版,第 426 页。

人信念:"一个人假如没有什么特长,最好是做得特别,可以引人注意。我认为与其做一个平庸的人过一辈子清闲生活,终其身,默默无闻,不如做一个特别的人,做点特别的事,大家都晓得有这么一个人,不管他人是好是坏,但名气总归有了。"①这个在短短两年的时间里掀开了上海文坛新的一页的传奇女子,用一种异乎寻常的自我放逐的方式度过了此后的四十余年,用漫长的寂静与自我隔绝继续着人生的传奇。1995 年中秋前夕张爱玲静静地告别人世。然而,她的离去激起的是人们无限探究的热情,张爱玲因为她的文字而得到永生了。

二

1944 年 8 月 15 日张爱玲的第一部小说集《传奇》面世,收入了《金锁记》、《倾城之恋》、《茉莉香片》、《沉香屑 第一炉香》、《沉香屑 第二炉香》、《琉璃瓦》、《心经》、《年轻的时候》、《花凋》、《封锁》十篇小说。这时的张爱玲已是红极一时的作家了,《传奇》出版四天后便销售一空。作为出版者,《杂志》社不仅积极考虑再版,而且成功组织了《传奇》集评茶会。9 月 25 日《传奇》再版了。对于一个作家来说,最幸福的事情莫过于作品的受欢迎了,更何况是这样一个感受着惘惘威胁的女子? 她的耳边似乎一直有个声音在催促着:"快,快,迟了来不及了,来不及了!"②因为身处沦陷的上海,她与其他人一样失去了言说国家民族的自由,而这更让她感到了文明毁灭的悲哀与苍凉,荒原与废墟之感顿生。这感觉为她的文字打上了深深的悲凉底色。在送别苏青之后,张爱玲看着晚霞中的上海,这座沉浮中的都市,虽没有山也像是层峦叠嶂。"我想到许多人的命运,连我在内的;有一种郁郁苍苍的身世之感。'身世之感'普通总是自伤、自怜的意思罢,但我想是可以有更广大的解释的。将来的平安,来到的时候已经不是我们的了,我们只能各人就近求得自己平安。"③她的心胸是阔大的,但她的文字又是极细微的。因为知道自己与"将来

---

① 张子静:《我的姊姊张爱玲》,学林出版社 1997 年版,第 93 页。

② 张爱玲:《〈传奇〉再版序》,《张爱玲文集》(第四卷),安徽文艺出版社 1992 年版,第135 页。

③ 张爱玲:《我看苏青》,《张爱玲文集》(第四卷),安徽文艺出版社 1992 年版,第 239 页。

的平安"的无缘,只能"就近求得自己平安",这样卑微的生命态度让张爱玲失去了飞扬的笔调,她沉下心来表现俗而又俗的普通人的故事,尤其是男女之间的各种小小算计似乎将她拖进了俗不可耐的世界。然而,她是张爱玲,她的苍凉与悲哀挽救了她的俗世沉沦,成就了"骨骼清奇非俗流"的本色。

从香港回到上海的张爱玲首先为上海人奉献了几篇香港传奇。"写它的时候,无时无刻不想到上海人,因为我是试着用上海人的观点来察看香港的。只有上海人能够懂得我的文不达意的地方。"①在她心里,是存了用上海来比照香港的意思的,《沉香屑 第一炉香》与《倾城之恋》更可以称之为"双城记"。两个不同经历的上海女子各自在香港开始了人生的冒险旅程。

葛薇龙(《沉香屑 第一炉香》)是个普通的上海中产之家的女孩子,父母因为躲避战乱而搬家到香港。现在父母决定返回上海,中学女生葛薇龙第一次考虑自己的进退,她去向姑母梁太太求助,希望能够继续待在香港完成学业。这位姑母青年时代由于执意嫁与富人做小,与兄长早就断绝了关系。此番薇龙登门求助自然有冒昧之嫌。虽是寡妇,韶华已逝的姑母却是个有本领的女人,"一手挽住了时代的巨轮,留住了清朝末年的淫逸空气,关起门来做小型慈禧太后"②。姑母答应相助,而薇龙则幻想着秉持高洁的品性。然而,梁太太并不需要贞洁的小姐,她需要的是风情万种的交际花。姑母让薇龙真正领略了香港这个殖民地的荒诞、精巧、滑稽。薇龙在打开衣橱的一瞬间便明白了这一点,她在梁太太的家里开始了交际生涯。明明知道这里面也许有陷阱,也许有火坑,薇龙还是愿意冒险,抱着可能避过危险的一线希望,甚至认为香港上流人家的矜持作风于己有利。天天出入交际场上的薇龙开始崭露头角,吃过、喝过、玩过的她不得不为姑母做出牺牲来笼络姑母的情人们。嫌恶之心使她不时冒出"三十六计走为上"的心理,但她已经对这生活上瘾了,除非她能找到一个富人嫁了。思前想后的薇龙试图通过婚姻摆脱困境,唯一的可能只能是混血儿乔琪了。这位少爷虽有个爵士父亲,却不讨父亲的喜欢,因此只是个徒有身份而没有资产的人。薇龙顾不得这些了,她发现自

---

① 张爱玲:《到底是上海人》,《张爱玲文集》(第四卷),安徽文艺出版社 1992 年版,第 20 页。
② 张爱玲:《沉香屑 第一炉香》,《张爱玲文集》(第二卷),安徽文艺出版社 1992 年版,第 11 页。

已毫无道理地爱上了浪子乔琪,也许就因为乔琪始终不说爱她的缘故。为了乔琪与丫鬟睨儿的偷欢,薇龙对睨儿大打出手。然而,这是犯了交际场上的潜规则的。输了人的薇龙决定一走了之。可是她病倒了,而且从夏天缠绵到秋天。冥冥之中,薇龙是不得安生的。她再次决定留下,而且"洗心革面"、"一心向学",向梁太太学习各种交际秘方。天资聪颖的薇龙在姑母的调教下成就斐然,如愿以偿地与乔琪结了婚。而她更忙了,几乎是卖给了乔琪与梁太太。为了乔琪,她心甘情愿地为梁太太既弄钱又弄人。然而,她也有偶尔的快乐,只是这快乐就像是海市蜃楼一样,不能细想的。在除夕之夜的湾仔新春市场,薇龙升起了一种奇异的感觉:

> 头上是紫魆魆的蓝天,天尽头是紫魆魆的冬天的海,但是海湾里有这么一个地方,有的是密密层层的人,密密层层的灯,密密层层的耀眼的货品——蓝瓷双耳小花瓶;一卷一卷的葱绿堆金丝绒;玻璃纸袋,装着"吧岛虾片";琥珀色的热带产的榴莲糕;拖着大红穗子的佛珠,鹅黄的香袋;乌银小十字架;宝塔顶的大凉帽;然而在这灯与人与货之外,有那凄清的天与海——无边的荒凉,无边的恐怖。她的未来,也是如此——不能想,想起来只有无边的恐怖。她没有天长地久的计划。只有在这眼前的琐碎的小东西里,她的畏缩不安的心,能够得到暂时的休息。①

在整个欢乐世界中,薇龙有点悲从中来,她的未来就像繁华热闹之外的天与海,荒凉而恐怖。但她执意在眼前的小天地中淹没自己,努力遏止恐惧的心。然而,无论她怎样回避,命运之神总是在暗处审视着这个冒险的女孩子。她的一切努力似乎都是徒然的,就像乔琪嘴上开的一朵橙色的花,"花儿立时谢了,又是寒冷与黑暗……"②。尽管眼下的薇龙年轻美丽,出入于繁花似锦的上流交际场所,然而粉白黛绿的姿容怎经得住似水流年的淘洗?那时远远的恐惧就逼到了眼前。

---

① 张爱玲:《沉香屑　第一炉香》,《张爱玲文集》(第二卷),安徽文艺出版社 1992 年版,第 45 页。
② 张爱玲:《沉香屑　第一炉香》,《张爱玲文集》(第二卷),安徽文艺出版社 1992 年版,第 47 页。

如果说年轻漂亮的葛薇龙为了爱而在香港沉沦,那么已是残花败柳的白流苏在香港成功再嫁简直是不可思议的奇迹。流苏生于破落之家,除了淑女的身份之外一无所有。她第一次出嫁遇人不淑,只得离婚回了娘家。然而,这个家岂是容易回的? 在耽搁了七八年,哥哥们又用光了她的钱之后,流苏就成了兄嫂的眼中钉。那位不长进的夫婿死亡的消息传到白家,哥嫂们全不顾及妹妹的幸福,而要流苏去前夫家守寡,实际上就是要将她扫地出门了。流苏虽别无所长,到底是在大家族长大的,这一点算计还是有的,少不得一番口舌与眼泪。可是她能向谁求助呢? 即使是亲生母亲,也与她所祈求的母亲是两个人,不能成为她的靠山的。再嫁是她能够逃离这个冰窖唯一的路。然而,像她这样旧中国的保守女子怎样才能为自己寻觅一个如意、体面而又富裕的丈夫呢? 既没有社交场可以流连又是一个离过婚的将近三十岁的女人? 在上海的白家,青春是不稀罕的,年轻漂亮的女孩子多的是,流苏的希望就更加渺茫。幸亏徐太太热心张罗,她在替流苏的妹妹宝络做媒的同时又为流苏寻找了一个继母的位置。出乎意料的是,陪伴宝络前去相亲的流苏被范柳原看上了,这可真是"歪打正着"。这个从国外归来的单身汉既家财万贯又富有情趣,几乎是完美丈夫的典范,然而他花心又自私。两个同样精明过人的男女成了这场爱情游戏的对手。范柳原通过徐太太邀请流苏到香港去,而流苏就用自己的后半生做了唯一一次的豪赌。毫无退路的她要么身败名裂,要么得到众人垂涎的范柳原。范柳原希望合乎他传统理想的流苏在异地他乡会自动"投降",流苏则希望得到婚姻作为保证,而这恰恰是范柳原最吝啬的东西,于是两个人僵持着。流苏的第一次香港之行无果而终。流苏既没有得到婚姻又担上了不白之名,但柳原也没有讨得什么便宜。流苏回到上海孤注一掷地等待柳原的议和。数月之后,柳原终于请求流苏再次去港,但还是不提婚姻。流苏屈服了,家庭的压力令她别无选择。再次到达香港的流苏除了接受情人的位置还能有什么办法呢? 归根结底,她所要的就是经济上的保障呀。虽然看不到婚姻的保险箱,流苏知道柳原会给她经济上的安全。

也许是流苏的心事让上帝怜悯,也许是作者张爱玲发现了婚姻的可能。总之,就在这对自私的男女确定情人关系之际,战争爆发了。"在这兵荒马乱的年代,个人主义者是无处容身的,可是总有地方容得下一对平凡的夫妻。"①战乱中的相依相偎让他们彼此谅解,他们在报纸上登了结婚启事。流苏想要的婚姻不期而至,在她已经失去幻想的时刻。在成了名正言顺的范太太之后,流苏发现自己失去了一个可爱的情人。原来,世俗眼光中的圆满也有着不可言说的惆怅。流苏在获得一个梦寐以求的丈夫的同时也未必是十分幸福的吧。而她与柳原又何曾做得了自己的主?造化弄人,幸与不幸都在一线之间。城市的倾覆、文明的消逝也许都近在咫尺,改变着芸芸众生的命运。

三

如果说,香港经历刺激了张爱玲的香港故事,那么,上海应当能够给予张爱玲更多的刺激。对于香港来说,张爱玲是个外来者,而上海则是她的"家城"。② 不愉快的童年经验、大家族的生活阅历、上海这座城市的风华都是她可依赖的写作资源。《金锁记》《封锁》《年青的时候》《红玫瑰与白玫瑰》等都着陆于上海的某一个角落,静静上演。

《金锁记》显然是一篇调动了张爱玲家族记忆的小说。旧家族的浪子行径、男女故事、财产争端、婆媳纠纷早就充塞着她的记忆,等待着文字的复活。张爱玲信手拈来,以其特有的灵敏打开了曹七巧的隐秘心灵。张爱玲在这篇被认为是"中国自古以来最伟大的中篇小说"③中尽情抒写了她对人性的感悟,七巧的悲剧在她勇敢地选择姜家时就开始了,而她性情上的转变则是这悲剧的结果。

按照旧中国门当户对的观念,曹七巧(《金锁记》)是没有资格嫁进姜家的,看在她漂亮的面容上,最多可以捞个姨太太做做。但是姜家的二少爷残疾相当严重,门户相般配的人家决不愿意将女儿嫁给他,这才给了麻油店的女孩子七巧做正房太太的机会。麻油店的见识显然不能与官宦之家的诗书礼仪相比,七巧因为门第卑微与言行粗鄙而遭到姜家众人的鄙薄,看似高攀

---

① 张爱玲:《倾城之恋》,《张爱玲文集》(第二卷),安徽文艺出版社 1992 年版,第 82 页。

② 何杏枫:《银灯下,向张爱玲借来的"香港传奇"——论许鞍华〈倾城之恋〉的电影改编》,见刘绍铭编《再读张爱玲》,山东画报出版社 2004 年版,第 107 页。

③ 夏志清:《中国现代小说史》,复旦大学出版社 2005 年版,第 261 页。

了的七巧在姜家陪着丈夫没有生命的肉体,她的心情焦躁不安。为了金钱,她咬紧牙关等待着独立自主的一天。然而,她是一个年轻、漂亮有活力的女人,她也需要爱,且因为丈夫的残疾而显得更加迫切。但在豪门之内,她的视线所及就只有小叔子季泽了。季泽是个结实的小伙子,典型的公子哥儿,喜欢依红偎绿。在季泽新婚燕尔之时,七巧对新娘子兰仙充满了嫉妒,甚至利用间隙挑逗季泽。季泽虽是情场老手,却严守"兔子不食窝边草"的底线。七巧的一番情意算是付之东流了。她在姜家唯一可做的事情就是等待了。

在嫁进姜家十年后,丈夫死了,婆婆死了,七巧熬出了头。分家之后的七巧带着一双儿女独立过活,终于可以随心所欲了,但金钱真正地成了她的枷锁,她失去了爱的能力甚至是以往的一点梦幻。季泽上门叙旧,重提往事,七巧一度被季泽打动了,有着细细的喜悦:

> 这些年了,她跟他捉迷藏似的,只是近不得身,原来还有今天! 可不是,这半辈子已经完了——花一般的年纪已经过去了。人生就是这样的错综复杂,不讲理。当初她为什么嫁到姜家来? 为了钱么? 不是的,为了要遇见季泽,为了命中注定她要和季泽相爱。她微微抬起脸来,季泽立在她跟前,两手合在她扇子上,面颊贴在她扇子上。他也老了十年了,然而人究竟还是那个人呵! 他难道是哄她么? 他想她的钱——她卖掉她的一生换来的几个钱? 仅仅这一转念便使她暴怒起来。就算她错怪了他,他为她吃的苦抵得过她为他吃的苦么? 好容易她死了心了,他又来撩拨她。她恨他。他还在看着她。他的眼睛——虽然隔了十年,人还是那个人呵! 就算他是骗她的,迟一点儿发现不好么? 即使明知是骗人的,他太会演戏了,也跟真的差不多罢?
>
> 不行! 她不能有把柄落在这厮手里。姜家的人是厉害的,她的钱只怕保不住……①

对于金钱的警觉让七巧对这个曾经朝思暮想的男人起了疑心,她用青春

---

① 张爱玲:《金锁记》,《张爱玲文集》(第二卷),安徽文艺出版社1992年版,第103—104页。

年华换来的金钱岂是能轻易撒手的？七巧开始了用金钱试探爱情的游戏，原来季泽真的是来谋划她的钱的！七巧暴怒了，为了她的钱，她一生中唯一的爱破碎了。

寡妇七巧此后一心一意地守着她的钱财，眼中再也不见其他，性情则日见乖戾。儿女长大了，也该谈婚论嫁了。儿子长白又开始逛窑子，七巧只好手忙脚乱地给长白订婚娶妻。媳妇芝寿自从嫁进门来就备受婆婆七巧的奚落与挤兑，而七巧并不满足，盘问儿子关于媳妇的一切隐私，将之公之于众。七巧又用鸦片与姨太太笼络儿子。在七巧不可理喻的蛮横统治下，芝寿除了在抑郁中走向死亡还能怎样呢？这个既不漂亮又不泼辣的普通女子成了七巧黄金枷锁的无辜牺牲品。长白的姨太太绢儿既继承了芝寿的正室身份，也继承了她的死亡。忍无可忍的绢儿吞服了生鸦片自尽身亡。

如果说婆媳之间难免龃龉的话，那么七巧对女儿长安幸福的破坏则十足显现出她的残忍与变态。在母亲的威逼之下，长安放弃了求学的快乐，用一个美丽、苍凉的告别手势做了第一次无谓的牺牲。七巧卑微的出身、不贤惠的声名与猜忌心理对长安的婚事构成了很大的障碍。长安则在母亲的万般挑剔中虚度了青春年华。因为堂妹的热心介绍，长安认识了童世舫。留学生童世舫对长安抱有美丽娴雅的幻想，托人上门提亲了。七巧却以吵闹相应对，搅黄了这门亲事。婚事虽然无望，两个年轻人依然秘密幽会。七巧这次改变了手法，不再大吵大闹了，而是背着长安设下家宴款待世舫，其目的自然是不怀好意的。她信口编造了长安吸食鸦片的谎言亲手断送了女儿最初的也是最后的爱情。长安一步一步地"走进没有光的所在"①。

为了金钱而牺牲了年轻时代该有的爱情与幸福，七巧将这忿恨与遗憾转嫁到她的家人身上，用这沉重的黄金枷锁劈杀了几个人，深深地伤害了其他活着的人。在无人的时候她似乎也有一点点平凡的憧憬，幻想一下年轻时代嫁一个普通的男人，享受应该有的夫妻之情。但她终于还是在周围亲人的怨恨中走完了这反复无常、乖张至极的一生。

半殖民地的上海有着多副面孔且色彩缤纷。如果说张爱玲用旧家族女人曹七巧的一生为十里洋场设定了一层传统底色的话，那么《年青的时候》、

---

① 张爱玲：《金锁记》，《张爱玲文集》（第二卷），安徽文艺出版社 1992 年版，第 123 页。

《花凋》、《红玫瑰与白玫瑰》、《桂花蒸　阿小悲秋》、《封锁》、《色·戒》等则将
30 年代至 40 年代上海的五颜六色呈现出来。萍水相逢的异国青年男女短暂
而秘密的恋情(《年青的时候》)、寻常男子在情人与妻子之间的热与冷(《红玫
瑰与白玫瑰》)、伺候洋人的中国阿妈阿小繁忙恼人的一天(《桂花蒸　阿小悲
秋》)等构成了上海这个都市的奇异神色。

　　在人满为患的家里,沉默的汝良(《年青的时候》)是个冷眼旁观的淡漠
者,沁西亚则是流亡白俄,在异国他乡有如身处荒漠。在华洋杂处的殖民地
上海,偶然相遇的两个人虽然言语不通,还是借助德语的入门教材开始了最
原始质朴的交流。在汝良心里,沁西亚是一个不能清晰去分辨的梦幻,这个
女子和他在书上所画的侧面像有着惊人的相似,俨然就是他的梦中人。随着
交流的深入,汝良渐渐懂得沁西亚了,但是悲哀也出现了:他在这个女子身上
所感觉到的梦幻逐渐破灭了。汝良梦幻中的女子从画像变成了现实,又一步
步地淹没进俗世风尘。她要结婚了,汝良说不清是如释重负还是惊惶。看着
沁西亚在寒碜婚礼上的美丽与神秘,汝良想到了这是沁西亚一生中最值得记
忆的一天,是人生的高潮,不由得一阵心酸,不仅为她,也为自己。沁西亚婚
后的生活是可以预想的贫困,更不幸的是她还身染重疾。看着缠绵病榻的沁
西亚,汝良的梦彻底醒了,从此再也不画侧面像。从表层看来,《年青的时候》
是一个恋爱故事,实则表现的却是梦幻失落的心情。没有本该有的甜蜜爱
情,涌现出的却是孤独者看穿人生真相的悲哀,在他人看不见悲哀的地方,汝
良克制着朦胧的恋情,直到目睹它的毁灭。这样的节制与失落真有着无可奈
何的味道。这个张爱玲自己非常喜欢的短篇却少有人注意喜欢①,也许就是
因为它的节制与淡漠吧。

　　《封锁》与《色·戒》则稍稍夹带上了一丝沦陷时期的动荡之感,张爱玲大
可以借此而写"时代纪念碑"式的作品,但她还是以一以贯之的人性打量代替
了时代书写,在他人认为俗气的男女故事里继续她的悲观绝望。《封锁》是个
禁闭状态下的白日梦。由于封锁,整个城市在阳光里盹着了,寂静突然地光
临让人有点不知如何是好。坐在电车角落里的吕宗桢则在整个城市发昏的
时刻做了一个荒唐的梦。为了躲避同车的可恶亲戚的纠缠,他换了一个座

---

① 吴江枫:《〈传奇〉集评茶会记》,《张爱玲与苏青》,安徽文艺出版社 1994 年版,第 32 页。

儿,坐在了吴翠远旁边。意外的是,吕宗桢竟与这位好人家的女儿开始了封锁期的恋爱!他们是认真的,彼此倾诉着人生的不如意,设想着种种可能与牺牲,仿佛这世界就剩下了他们俩!在翠远的泪水中,吕宗桢询问她的电话号码,渴望美梦成真。封锁结束了,一切恢复了原样。宗桢也回到了原来的座位上,翠远恍然大悟,刚才的一幕不过是场梦罢了!回到家的宗桢分明还记得自己的话语,但那些言语思想就像地板上的乌壳虫终究还是回到了阴暗的巢穴。

就故事而言,《色·戒》可以写成一部歌颂爱国志士的作品,但张爱玲并不要展示飞扬人生,而是要细细思虑诡异的人性。女学生王佳芝偶然介入了刺杀汉奸易先生的计划。业余特务佳芝色诱成功,终于将易先生引到了事先布置好的暗杀地——珠宝店。就在挑选戒指结束之际,佳芝心中涌起了对易先生的爱,她想易先生也是爱她的。一瞬间,佳芝心中最初的设想轰然倒塌了,暗杀汉奸、民族大义这类伟大的词语突然消失了,只有爱占满了她的心。佳芝不由地催促易先生快点离开,她亲手放走了这个原本应当受死的男人。在张爱玲眼里,恋爱中的人更为放恣①。佳芝就放纵了这一次,然而,这一次就要了她的命。佳芝的多情换来的是易先生的屠杀。爱情对于佳芝来说是超越生命的全部,而对于易先生来说,佳芝只不过是个生命中的插曲而已。也许,爱情永远无法用天平来衡量,只是难免不让人替佳芝感到不值罢,就像张爱玲与胡兰成的婚姻一样,张爱玲的付出又岂是胡兰成所能报答的?

在阴霾的低气压的上海沦陷区,张爱玲是划亮这黑暗天空的明星。而战争之后的张爱玲虽然继续着写作,只是其亮度终于不能与早期相比。她的巅峰过去了,迅疾开放的花儿自顾自地萎谢了,不管他人怜爱的叹息。其实,谁又能干涉别人的生命轨迹呢?也许,长长的暗淡就是这片刻明亮的必要衬托。

(原刊于专著《海派文学》,文汇出版社 2008 年版)

---

① 张爱玲:《自己的文章》,《张爱玲文集》(第四卷),安徽文艺出版社 1994 年版,第 175 页。

乱世里的盛世人

——苏青论

　　与张爱玲的自觉实现"我的天才梦"不一样,苏青步入文坛则有着更为实在的生存动机。如果一切能够顺心,苏青不过是要做一个称职而快乐的家庭主妇,但是命运偏偏与她开了一个玩笑。这个"占领区的平民"①不得不走出家庭谋生,由此谋出了一段意外的文字生涯。在沦陷的上海,苏青成为与张爱玲交相辉映的一颗流星。如果说,张爱玲的文字是一抹微带神秘的霞光,那么苏青的文字则是刚刚抽芽的柳树,清新可喜。因为足够的坦白与真切,苏青"完成了对男性世界与男性的女性虚构的重述"②。不过,苏青显然不愿意做一个标新立异的女强人,她的女性书写充满了新观念与旧方式的交织,在平实的现代生活中呈现出女性生活的矛盾处。

一

　　苏青原名冯和仪,1914 年出生于浙江宁波鄞县,家庭的富裕与乡间的青山绿水为她的坦白做了最初的熏陶。八岁的苏青曾随着留学归来的父亲在上海生活过一段时间,只是,父亲很快病故了,苏青又随母亲回到了家乡。童

---

① 孟悦、戴锦华:《浮出历史地表——现代妇女文学研究》,中国人民大学出版社 2004 年版,第 217 页。

② 孟悦、戴锦华:《浮出历史地表——现代妇女文学研究》,中国人民大学出版社 2004 年版,第 217 页。

年时代的上海生活似乎不曾给这个聪慧的女孩子留下更深的印象,她也无从想象自己的命运将和这座城市密切相关。父亲的早逝并没有阻碍她的学业,却对她的婚姻发生了影响。十四岁时苏青便由母亲做主与同乡青年李钦后订婚。正是这个大家庭的少爷让苏青尝遍了少奶奶生活的酸甜苦辣,促成了《结婚十年》的写作。可以说,没有这样一个丈夫,就没有小说家苏青。

1933 年苏青考入了中央大学。转过年头的寒假,李家就迫不及待地催促着举行婚礼。还不到二十周岁的苏青在经过了一系列繁琐的婚礼仪式之后就成了李家的少奶奶。然而,这个由媒妁之言、父母之命决定的婚姻从一开始就含有杂质,敏感的新娘在婚礼上感受到了无来由的威胁,上天派定的新郎似乎也缺少一点情人的浪漫。不管幸福与否,婚姻开始改变女大学生苏青的人生之路。在度过了短短一年的大学时光后,苏青退学了,因为她要做母亲了。1934 年 9 月长女的出生给了苏青最强烈的男女不平等的刺激:公婆在孩子出生之前的热望与尊贵之情,女儿出世之后毫不掩饰的失望与冷寂……甚至是佣人都表现出同样的心情。强烈的反差催促了处女作《生男与生女》(1935 年 6 月发表于《论语》第 67 期)的诞生。这篇出自真情的文字有着寻常女性作家难得一见的泼辣干脆。一千五百余字的短文预告着苏青朴实坦率的女性立场。只是在 1935 年的异彩纷呈的文坛,它只能算是一个文学爱好者的习作罢了,在鲁迅、郭沫若、老舍、巴金、茅盾、沈从文、冰心、丁玲、林徽因等人构成的文学天空里,暂时还没有这个家庭主妇的一席之地。不过,她引起了编辑陶亢德的注意。在《宇宙风》新创之际,陶亢德便向苏青约稿了,恰又正逢苏青夫妻冲突之时。就在 1935 年秋天,苏青跟随丈夫一起到达上海开始小家庭的生活。捉襟见肘的经济状况与丈夫的强横让苏青很受伤害,为了能够有一点经济自主权,她开始有意识地卖文。文章的路数以幽默、俏皮为主,正好与《宇宙风》的风格一致,这也就难怪陶亢德对她赏识有加。直到上海孤岛沦陷之前(1941 年 12 月),苏青一直以家庭主妇的身份从事着幽默散文的创作。倘若不是战争,她也许会就此终其一生。虽然,家庭不是很美满,苏青还是生活得热热闹闹、兴致勃勃的。然而,战争在扩大,孤岛也沦陷了。苏青分明地应验了张爱玲的判断:"乱世里的盛世的人"。

1942 年 1 月儿子的出生并没有让苏青的婚姻转危为安,相反,婚姻在急速地奔向终点。1943 年 3 月苏青开始与丈夫分居。生逢乱世的女子要脱离丈夫独立生活（虽然这丈夫并不能给她足够的经济安全感），其艰难可想而知。然而，她还是走出了家，尽管前途茫茫。就此事而言，张爱玲看得很透彻："她与她丈夫之间，起初或者有负气，到得离婚的一步，却是心平气和，把事情看得非常明白简单。她丈夫并不坏，不过就是个少爷。如果能够一辈子在家里做少爷少奶奶，他们的关系是可以维持下去的。然而背后的社会制度的崩坏，暴露了他的不负责。他不能养家，他的自尊心又限制了她职业上的发展。而苏青的脾气又是这样，即使委曲求全也弄不好的了……这样的出走没有一点慷慨激昂。我们这时代本来不是罗曼蒂克的。"①没有五四时代娜拉的浪漫，苏青却是"欲有所依而不得"的凄凉，这姿态到底还是柔弱的。然而，事情总是具有两面性。失去婚姻的保障固然可叹，另一方面又让自叙传小说《结婚十年》的问世成为可能。既然决意分开了，自然也就可以一吐为快。《结婚十年》可以说是苏青对流逝的十年青春的痛惜与伤悼。

为了谋生，苏青不仅以快人快语的文风引起众人注目，而且不避嫌疑，与陈公博、周佛海夫妇拉上了关系。陈公博甚至为苏青安排了汪伪上海市政府专员的职位（虽然苏青只做了三个月）。在沦陷状态下，苏青似乎顾不上"民族气节"之说，而为陈公博的赏识打动了。随着温饱问题的解决，已是职业女性的苏青复苏了早年的编辑梦想，有了大展拳脚的意图："我想做编辑，可不是一朝一夕的事。远在八九年前，我就热心投稿，但各刊物的编辑却并不一定热心采用。于是我便发了愤，立志将来也要做一个编辑。"②乱世结束了许多人的美梦，又给了其他人意想不到的机会，苏青就是这样的例外者。她和张爱玲一样紧紧抓住了属于自己的时代。在陈公博、周佛海等人的支持下，苏青办起了《天地》杂志。就苏青个人经历而言，早年她曾与丈夫合作办过一个短命期刊，但由于赔钱而结束了。就现代文人来说，几乎每个作家都有这样的尝试与经历，不管是新文学家还是鸳蝴派文人都明白掌握传播媒介的便利与重要。同是在沦陷上海，陈蝶衣、柯灵、陶亢德、柳雨生等都是一时编辑高手。《天地》业绩不俗："《天地》第一期原印三千，十月八日开始发售，两天之内便卖完了。当十月十日早晨报上广告登出来时，书是早已一本没有，于

---

① 张爱玲：《我看苏青》，《张爱玲文集》（第四卷），安徽文艺出版社 1992 年版，第 229 页。
② 苏青：《做编辑的滋味》，《苏青文集》（下册），上海书店出版社 1994 年版，第 391 页。

是赶紧添印两千,也卖完的。"①苏青的编辑管理才干与她的文字一样给人留下了深刻印象。散文集《浣锦集》与小说《结婚十年》便是由天地出版社出版发行了单行本,并且一版再版,让苏青红遍上海滩。达官贵人的垂青、朋友的帮助让苏青在逼仄的上海找到了游刃有余的方式。在压抑而灰暗的沦陷年代,苏青以不懈的热情与努力开拓出自己的一片天地。但她到底还是沾染上了"汉奸"的腥气,这也是战后困扰苏青的一个重要问题。

抗战胜利后社会各界呼吁清算汉奸。且不说陈公博、周佛海等人的必然下场,陶亢德、柳雨生也在一个雨夜被捕,苏青自己则经历了深夜被带走又旋即放回的虚惊。舆论显然对苏青不利,她的有关男女问题的惊世骇俗之语又颇招人口舌,一时之间上海对于苏青来说几乎是座"危城"。好在风浪渐止,苏青还要活下去,只是此一时彼一时,她的时代过去了。1949 年苏青与其他上海市民一样迎来了新生的政权,她也穿上了人民装,成了千百万市民中的一个。后来,苏青终于进入剧团担任编剧,似乎告别了往昔,可以沉静下来了。不过,沦陷时期的历史问题还是在纠缠着她的平民生活。1955 年苏青的平静被打破了,由于"潘杨"案的牵连,她被捕入狱,直至 1957 年方才释放。②此后贫困与病痛就成了她最亲密的友人,一直陪伴她到 1982 年,当年红极一时的苏青在被遗忘中悄然告别人世。等到历史的镜像再次闪现她的面庞时,留给后人的自然就是一份惊异了:"当知道苏青在我们身边直到八十年代初期,真是吃惊得很,总觉得她应当离我们远一些。张爱玲远去了,她避开了穿人民装的时代,成为一个完整的旧人,虽生犹死。苏青为什么不走? 由着时代在她身上划下分界线,隔离着我们的视线。"③

二

与大家族走出来的张爱玲不同,张爱玲的小说是回避自己的、含蓄矜持

① 苏青:《做编辑的滋味》,《苏青文集》(下册),上海书店出版社 1994 年版,第 396 页。

② 王一心:《苏青传》,学林出版社 1999 年版,第 264—266 页。

③ 王安忆:《寻找苏青》,《男人和女人 女人和城市》,云南人民出版社 2000 年版,第 111—112 页。

的,而苏青就多了一分小康之家儿女的天真与挚诚,她的文字是热烈坦率的。无论是小说还是散文,苏青个人的气息都扑面而来,处处闪现着她活泼干练的身影。对于这一点,同时代的胡兰成显然有着清晰的判断:"她的文章和周作人的有共同之点,就是平实。不过周作人的是平实而清淡,她的却是平实而热闹。她的生活就是平实的,做过媳妇,养过孩子,如今是在干着事业。她小时候是淘气的,大了起来是活泼的,干练之中有天真。"①无心做孤独女强人的苏青对现代女性真实境遇的书写自然是从自己开始。

《结婚十年》与《续结婚十年》构成了一个现代女性的连续剧,其中滋味多半来自苏青的个人体验。《结婚十年》更是创下了累计发行36版的出版奇迹。在自叙传性的描摹中,怀青既顾虑着传统的道德礼仪,又迎接着现代欧风美雨的侵袭。在中西合璧的场景中,怀青的婚礼开始了,然而这不是浑然天成的合璧,处处显示出委屈:古老的结婚礼仪不是以自然方便为上,倒是时时刁难这个爽快姑娘。花轿未到时新娘是不能下床的,无论她有什么紧急状况;坐花轿时不仅要做出不忍离开亲人的种种姿态,而且要在封闭的花轿内接受轿神的考验;到了礼堂,新娘发现新郎官竟然遵循旧制,装作不愿成婚的模样躲起来了!新娘就在一群陌生人的注视好奇中等待着"勉强"的新郎,犹如孤舟漂流在海上。筵席、入洞房、闹洞房等程序是一样的令人烦恼,更何况还夹杂着不怀好意的尖刻评价呢!就在新婚之夜,怀青有着不祥的预感,丈夫与那漂亮的少妇之间大概是有些故事的吧。怀青就此步入了乱麻一样的婚姻生活。面对丈夫的暧昧情感,怀青暗自打定离去的主意。她到南京继续读书了,在远离丈夫的地方怀春了。少女时代朦胧美妙的梦想被婚礼打碎了,怀青渴望新的恋人出现。但作为一个"满肚子新理论,而行动却始终受着旧思想支配的人"②,囿于习惯只能被动等待有心人的到来,这又是多么令人沮丧的事情!应其民的出现应当说是适当其时吧,只可惜怀青已非自由身了,腹中的胎儿启发着怀青的母性,两颗樱桃做了这场校园恋情的纪念。

女儿出世了,怀青也辍学了,少奶奶的生活真正开始了。公婆、姑子、佣人拥挤在怀青的天地里,最亲爱的女儿生长在奶妈的怀里,应当亲密的丈夫

---

① 胡兰成:《谈谈苏青》,见静思编《张爱玲与苏青》,安徽文艺出版社1994年版,第219页。
② 苏青:《结婚十年》,《苏青文集》(上册),上海书店出版社1994年版,第57页。

还在上海求学,母亲变得越来越客气,也越来越疏远。少奶奶的生活寂寞而无聊。丈夫的归来让怀青仔细审视自己的心灵,现代女性的自觉就在平庸的婚姻中渐渐产生:"女子是决不希求男子的尊敬,而是很想获得他的爱的! 只要他肯喜欢她,那怕是调戏,是恶谑,是玩弄,是强迫,都能够使她增加自信,自信自己是青春,是美丽的。但要是男子对她很尊敬呢? 那可又不同了,尊敬有什么用呀?"①这一对夫妻在没有狂欢也没有暴怒的状态下琐琐碎碎地同居着,总是有那么一点不能臻于完美的遗憾。

终于可以从大家庭的生活中脱离出来了,怀青与丈夫一起在上海开始独立生活。随着丈夫事业的起起落落,怀青的境遇也沉沉浮浮。为了顾及丈夫的大男子尊严,怀青只得收缩起灵敏的天性,无比热诚地投入到油盐酱醋的计算中去。对于怀青的委屈,丈夫是觉得的,有时也会自责。在事业顺遂的时候,丈夫的面目并不可怕,甚至颇有人情味,尤其是他对小女儿的爱超越了一切。然而,丈夫的婚外情与收入剧减时的不负责任深深刺痛了怀青,他的粗暴与推卸都在提示着怀青的独立自尊意识。在丈夫情人上门表明身份的那一刻,怀青明白该是离开的时候了:

> 我愕然站起身来,觉得一切都改变了,一切都应该结束。请她去做贤的太太吧! 我可与贤从来没有十分快乐地相处过,从最早结婚之日算起,我们就是这样零零碎碎的磨伤了感情。现在大家苦挨着已经过去快十年了,十年的光阴呵! 就是最美丽的花朵也会褪掉颜色,一层层扬上人生的尘埃,灰黯了,陈旧了,渐渐失去以前的鲜明与活力。花儿有开必有谢,惟有果子是真实的。给我带去我的孩子吧,停会我自会对贤说,我情愿离婚。②

怀青离婚了,连赡养费也没有,孤孤单单地走向了不可知的未来。在这放弃里又有着多少的不甘心呵! 个人才能的被压抑与丈夫的拳脚通通可以远去了,然而,到底还是悲凉的。离婚之后的怀青真的可以有一个幸福前景吗? 苏青显然并不乐观,她把离婚当作鱼死网破式的抗争:"真正被虐待被压迫的女人却是什么都没有的,前途满是荆棘,后面一片黑暗。离婚在她们看

---

① 苏青:《结婚十年》,《苏青文集》(上册),上海书店出版社1994年版,第93页。
② 苏青:《结婚十年》,《苏青文集》(上册),上海书店出版社1994年版,第201页。

来决不是所谓光荣的奋斗,而是必不得已的,痛苦的挣扎。不挣扎,便是死亡;挣扎了,也许仍是死亡。人总想死里逃生的呀!"①也许,偶一回顾中也带着一点惋惜吧,在《结婚十年》的《后记》中,苏青表露了心态平复之后的温情:"希望普天下夫妇都能够互相迁就些。可过的还是马马虎虎过下去吧,看在孩子分上,别再像本文中男女这般不幸。"②

<h1 style="text-align:center">三</h1>

就像胡兰成所发现的那样,苏青在本质上是一位有活力的散文作家,活泼而爱热闹的天性让苏青的文字充满妙语甚至是惊人之语,即使是小说也不例外。这也难怪苏青能够在阴沉的沦陷时代令人侧目而视了。她在字里行间所表露的女性观念虽不激进,却是真实之想。若是在寻常时代,她的这些过于"平实"的观感总是要令女性解放的社会理想家们失望罢,然而,她是在沦陷时期,在这个回避宏大社会主题的时代发出了自己清朗的声音:"在异族统治所造成的民族、男权的历史压抑力被阉割、被削弱的时间的停滞处,苏青获得了直白地讲述一个女人的真实的故事的可能。而对女人生存的真实而非想象的状况的陈述,不仅成为历史无意识的释放,而且在新的政治无意识中成了沦陷区平民生存状况的隐喻与发露。"③张爱玲因此说:"低估了苏青的文章的价值,就是低估了现在的文化水准……把我同冰心、白薇她们来比较,我实在不能引以为荣,只有和苏青相提并论我是心甘情愿的。"④如果说,五四时期的冰心、庐隐等人以或温柔或激切的言语表达着女性解放的理想,那么,苏青就是在展示理想的困境:"做惯了十一等人的女人呀!你们现在好像上电梯(其实上去还是由楼梯拾级而登的好),升高得太快了,须提防头昏眼花栽筋斗呀!尤其是在目的地到了,电梯停住的刹那,你们千万要依照牛顿的运动定律做——那是真理!"⑤

① 苏青:《再论离婚》,《苏青文集》(下册),上海书店出版社 1994 年版,第 124 页。

② 苏青:《〈结婚十年〉后记》,《苏青文集》(下册),上海书店出版社 1994 年版,第 435—436 页。

③ 孟悦、戴锦华:《浮出历史地表——现代妇女文学研究》,中国人民大学出版社 2004 年版,第 219 页。

④ 张爱玲:《我看苏青》,《张爱玲文集》(第四卷),安徽文艺出版社 1992 年版,第 226 页。

⑤ 苏青:《第十一等人》,《苏青文集》(下册),上海书店出版社 1994 年版,第 146 页。

苏青的好处首先是在诚实，其次是大胆，她不做作，从不做不切实际的空想。就像张爱玲所看到的那样，苏青不是男性化的女人，"女人的弱点她都有，她很容易就哭了，多心了，也常常不讲理"①。因为生过孩子，做过少奶奶，经过了夫妻反目，苏青的文字多半围绕着自己的进退焕然生色，这在她自己也是觉得不够高尚的："我的文章材料便仅限于家庭学校方面的了，就是偶尔涉及职业圈子，也不外乎报馆，杂志社，电影戏剧界之类。至于人物，自然更非父母孩子丈夫同学等辈莫属，写来写去，老实便觉得腻烦。"②一个对生活充满热爱之情的人即使是在沮丧中也是不失其诚实健康的底色的。这个轻轻移动标点，以"饮食男，女人之大欲存焉"标出几千年中国女性生存真相的女子道出了现代女性的愤激、哀婉、柔弱与妥协。苏青在幽默智慧的感性文字中连缀起的是她对一系列问题的感悟。虽然没有过人的理性，字字却都出于自己的生活经验与常识。这些经验常识经过妙笔点染之后就别有味道了。正因为如此，"她的文章少有警句，但全篇都是充实的。她的文章也不是哪一篇特别好，而是所有她的文章合起来作成了她的整个风格"③。

身为女性，苏青对女性话题的介入却是从不扭捏作态，从来都是直言无忌的。她看到了女性的慧黠（《谈女人》、《真情善意与美容》），对于所谓现代女性（包括自己）带有一种渺渺的讽刺风情（《现代母性》、《科学育儿经验谈》、《小天使》），不满足于男女平等的抽象表达，而更愿意强调男女之区别（《我国的女子教育》、《第十一等人》）。而苏青对于恋爱婚姻以及夫妇之道的分析更是出人意表（《论夫妻吵架》、《好色与吃醋》、《谈男人》、《恋爱结婚养孩子的职业化》、《论离婚》、《再论离婚》）。何谓女人？女子的本性又是如何？女性的现实处境怎样？理想的生活又是怎样的？在此类问题上的放纵直陈都得益于她天真而干净的本性。不失赤子之真的苏青即便是面对众人矜持的"性"也有自己的诚实之想（《谈婚姻及其他》），甚而在小说《蛾》中勇敢地标榜了女性对于"性"的寻求，这比起丁玲的《莎菲女士的日记》来说显然是前进了许多。而苏青对于这问题的关注一直要到 80 年代以后才能获得更多的回响。

这个迫于生计走上文坛的女子是站在现代社会谈论女性问题的，姿态谦

①　张爱玲：《我看苏青》，《张爱玲文集》（第四卷），安徽文艺出版社 1992 年版，第 228 页。
②　苏青：《自己的文章》，《苏青文集》（下册），上海书店出版社 1994 年版，第 430 页。
③　胡兰成：《谈谈苏青》，《张爱玲与苏青》，安徽文艺出版社 1994 年版，第 222 页。

和而不激进,失败的婚姻不曾毁灭她对于亲密爱人与家庭生活的渴望,在与张爱玲的对谈中,她强调着女性被男性保护的快乐,期待着幸运的降临。然而,男人们说她是"自相矛盾,新式女人的自由她也要,旧式女人的权利她也要"①。在男人们看来,她有点贪心了。

"什么地方是我的归宿?湖汇山只是埋葬我的躯壳所在,而我真正的灵魂永远依傍着善良与爱。"②多年以后苏青的骨灰随着亲人远渡重洋,连埋骨湖汇山的机会都没有,更不用说她一直设想的"文人苏青之墓"的墓碑了。不过,在善良与爱的怀抱中,灵魂终于可以安宁了。

(原刊于专著《海派文学》,文汇出版社 2008 年版)

---

① 张爱玲:《我看苏青》,《张爱玲文集》(第四卷),安徽文艺出版社 1992 年版,第 235 页。
② 苏青:《归宿》,《苏青文集》(下册),上海书店出版社 1994 年版,第 428 页。

中编

新世纪文学批评

革命时代的思想漫游
——《启蒙时代》论

在中国当代文坛,批评界显然不能简单以"女性作家"的视角来看待王安忆。她以三十余年的写作实绩显示了与其他女作家不一样的"大气",在谈及张爱玲时,王安忆说:"我认为我的情感范围比张爱玲大一些,我不能在她的作品中得到满足。"①这个心中别有世界的人对于自己的时空坐标有着异常清楚的认知。生逢"文化大革命"的特殊经历让她的写作无法轻松挥别这一段时光。从最早的"雯雯"系列开始,"文革"就成为她小说叙事的一个时间坐标,经过了《流逝》《叔叔的故事》《纪实与虚构》《长恨歌》等的光阴流转,王安忆的小说时空日渐丰富,境界变大,感慨遂深。面对已然逝去的"文革"年代,王安忆自然有一份追忆心绪,但《启蒙时代》在回望1967—1968年时,并未因"追忆"这个容易蛊惑人的视角而有所失真,重返历史现场的企图让《启蒙时代》承担了思想言说的重要意义:在看似精神一统的"文革"年代,身处民间的少年从"革命"的追随者变成了思想者,通过各种途径启蒙自己,虽然不能尽善尽美,却也为另一种"文革"思想史的写作提供了可能。

---

① 周新民、王安忆:《好的故事本身就是好的形式——王安忆访谈录》,《小说评论》2003 年第 3 期。

"革命":思想的淬火器

就王安忆个人的创作历程而言,《启蒙时代》的出现让人觉得"仿佛作家又回到了一九九〇年代初的新诗学的探索时期,《启蒙时代》在叙事上回到了《叔叔的故事》和《乌托邦诗篇》的原点,从细节出发向精神层面突进,而故事的层面被明显的忽略了"①。对于思想层面的追询让《启蒙时代》放弃了许多戏剧性的故事场面,从而呈现出痛苦的精神纠缠。与 80 年代诸多知青题材的小说相比,《启蒙时代》称得上是"知青前传"。整个小说要交代的是 1967 年底到 1969 年初之间的历史时空中所产生的特殊生命纹理。狂热的 1966 年已经过去,知青下乡还没有大规模开始,套句革命的话语来说,正是两个革命高潮的过渡期,在些许平静中,一群中学生思考着国家、革命、人民等神圣的话题,虽然他们已经失去了正常的受教育的轨道,正在经历家庭变故与个人情感困惑。不同于众多知青小说家所特有的"后知后觉者"的心情,王安忆放弃了后来者的审视优势,没有简单地做出是非判断。有什么理由轻易地蔑视年轻人的纯真与热情呢,即使在后来人眼中或许只是一个混乱而盲从的表征?粉碎简单的表象,以青春的名义,为曾经的少年时光留下写真,重新呈现革命裹挟下的懵懂而急切求知的青春年代是王安忆创作《启蒙时代》的应有之义。

在看似威严的"文革"表层之下,有着思想星火的奔突,作为"盲动的人流中清醒的警眼"②,少年思想者南昌们逐渐成长起来,成为急于寻求真相的奔突者,这就注定他们活得很不轻松。在解读《生逢一九六六》时,王安忆对小说中年轻的主人公做出了同情性的基本判断:"在如此暧昧的时代里追求上进和幸福,大约是只有年轻人才会蹈入的陷阱。他们的人生才开头,自然是抱了希望和幻想。时代不是由他们选择的,生逢什么就是什么,可不论是什么,总归是他们的时代,他们总是喜欢的。"③其实,这份判断也是她的《启蒙时代》开始心灵探究的起点。主人公之一的南昌心里有一种感激,"感激在他还

---

① 陈思和:《读〈启蒙时代〉》,《当代作家评论》2007 年第 3 期。
② 王安忆:《启蒙时代》,《收获》2007 年第 2 期。
③ 王安忆:《市井社会时间的性质与精神状态——〈生逢一九六六〉讲稿》,《当代作家评论》2008 年第 1 期。

没有老，还年轻的时候，历史就揭开新的一页"。不甘平庸的少年人在接受了革命理想主义的教育之后，满怀革命英雄的梦想，对革命父辈充满了景仰之情甚至产生了"永远不能超越"的焦虑感，就像徐友渔所说的那样："我们当时因为自己没有能够赶上五四运动、长征、抗日战争、土地改革运动等等而觉得很可能要抱憾终身了……所以'文革'一爆发，大喜过望，以为是千载难逢，天赐良机，于是以十倍的激情、百倍的疯狂去冲锋陷阵，去打倒和捍卫……"①在"革命"状态下，寻常的学生生涯被彻底粉碎了，然而南昌们并不觉得惋惜，也来不及去惋惜，如果能够将自己投身到一场无比神圣的革命中去，那是比任何学业都有价值的。（然而，此时的他们却无法预知这场"革命"的理想原来是建立在一个沙滩神话之上的。这需要他们付出十年的努力。）革命与青春是不可分离的孪生子，一旦紧紧相拥就会爆发出不可思议的力量。虽则具体原因各异，同是红色嫡传子弟的南昌与陈卓然都在封闭状态下渐渐成长，等待着意外从天而降，从而化蛹成蝶。

被政治主流排斥的南昌父亲有着不合时宜的忧郁与虚无，俨然革命政权下的高级隐居者，这让南昌对外边锣鼓喧天的鲜亮世界产生了隔绝之感，而他又是怎样的渴望冲破这层挥之不去的隔绝之网？长于山村老乡之手的陈卓然凭着烈士之子的身份与乡村经验走进都市，书本成为他适应新时空的重要过渡。革命到来了，已是高三学生的陈卓然以其对马列经典的娴熟赢得了众人的尊敬。对于憧憬革命却又没有任何经验的红色后代来说，他们对于革命的全部理解是建立在马列原典与西方浪漫主义传统之上的。当他们急急忙忙地操着这些陌生的武器试图对眼前的革命做出解释与评价时，那份渴求与慌乱甚至错误是并存的，向谁、向何处寻求能够认可的答案？成长格外需要同路人。南昌与陈卓然的相逢，陈卓然与阿明的相遇，南昌与小兔子、七月等人的相识则是同路人群不断扩大的表征。

与其他红卫兵一样，南昌与陈卓然很快投身到大串联的行列中。所不同的是，陈卓然去了北京，南昌却与其他同学一起被火车拖到了韶山，看到了山清水秀的乡村。陈卓然的北京之行因为拘禁而染上了英雄色彩，而南昌则偶然触摸到了他所不知道的家族之根。他之所以得名"南昌"正是源自父亲对

① 徐晓、徐友渔：《求学新历程》，《直面历史》，中国文联出版社2000年版，第47页。

故乡的纪念而非来自革命的意义,这是革命父亲在他身上留下的隐秘记号。偶然错失的"根"也成了南昌继续青春革命之旅的一个注解。他不得不解决"革命"的悖论:与父亲决裂是党的要求,是对党忠贞的标志;同时,与父亲决裂又意味着失去了他曾经骄傲的红色血统。一代又一代的儿子审视、反叛父亲,在反叛中成长的儿子以为自己远离了父亲,却又正是在这一点上与当年的父亲有着相似的精神质地。南昌需要一个成长的引路人,但父亲却没有担当起这样的责任,而是以对立面的形象矗立在南昌面前。

陈卓然的再次出现及时化解了南昌的忧郁,他在南昌的精神史上承担起了路灯的功能:排遣迷茫,指引方向。由着陈卓然的引导,南昌深入马列主义原典,倔强地寻找社会问题的答案,现在陈卓然又带着他走出逼仄的个人空间,走进了小老大的世界。病弱而洁净的小老大提供了另一种完全不同的生命体验:一个长期与病痛为伍的人,不得不游离革命,用病体去琢磨生命。这是小老大的不幸,亦是他聪慧过人的缘由。这个看起来弱不禁风的精神教父让南昌精神之塔的构建出现了新的材质与平衡点。消极的小老大用阴柔、幽暗甚至颓废的思想来冲洗南昌过度困惑不安的思索热情。因为这份和喧嚣革命气息格格不入的阴柔与幽暗,南昌的思想才渐渐有了一些不同于其他同龄人的底色。南昌虽然还称不上是严格意义上的知识分子,但他秉持了知识分子的精英探索意识,在杂乱无章地吸收各种思想,也就是朱学勤所说的"以非知识分子的身份思索知识分子的问题"①。其实,在接受了"文革"前的正统革命教育之后,在"文革"教育真空期里开始学会阅读思索的少年们用来启蒙自己的思想都是比较一致的,这也是朱学勤能够提炼出"六八年人"概念的根本原因。但是仅凭书籍,南昌就能完成思想启蒙吗?这显然是远远不够的,小兔子、七月、女孩子一一出现,点亮了南昌曾经寂寞的求索时光。同路者的扩大与泛化为南昌提供了新的认知途径,而不再仅仅是纸上谈兵了。

蜕变:失落纯真与解构神圣

"文革"时期被普遍地认为是一个禁欲的时代,是一个谈爱情而变色的时

① 朱学勤:《思想史上的失踪者》,见其著《书斋里的革命》,长春出版社1999年版,第68页。

代,但爱情又岂能是可以禁止的? 就像王小波所说的那样:"只有在没有性的时代,性才变成生活的主题,就好像在饥荒年月,吃成为生活的主题一样。"①与王小波的纵横无忌相比,王安忆则显得典雅许多。在《启蒙时代》中,爱情的出现与思想的探索是交叉融合的两个成长动力。从《长恨歌》走过来的王安忆在勾勒革命状态下的都市爱情时驾轻就熟,也让痛苦的思想追问得到一个较为实在可感的调节,不过,爱情本身并不简单轻松。革命与爱情的痴缠似乎是左翼文学常见的幼稚表征之一,之所以常见恰是因为二者的难以分离:从 20 年代至今,"革命和爱情都不是固定的无止境的僵化存在,整个文学实践被两者不断变化的复杂的互动关系所改变"②。

　　也许是对女孩子有着别样的温柔体贴,王安忆更加完善了《长恨歌》、《上种红菱下种藕》中所涉及的女孩世界。《启蒙时代》中的女孩世界既不同于 40 年代的王琦瑶(《长恨歌》)的少女世界,也与秧宝宝(《上种红菱下种藕》)稚真无邪的幼女时空不同。如果说,徜徉于时尚的少女时光是王琦瑶人生中的一个背景,那么《启蒙时代》则将少女时光放大延伸成女孩子们的人生特写,因此介于女童与成年女性之间的少女闺阁即便是在革命的洪流中依然有存身之地。因为是革命时期的闺阁,自然是有着多种类型。舒娅和舒拉姐妹粗疏的、开放式的闺阁源自革命之家所赐,珠珠与丁宜男的严谨闺阁是上海的老市民风范,嘉宝的闺阁则是上海大户人家的遗风。舒娅、舒拉姐妹、叶颖珠(珠珠)、丁宜男、嘉宝这一群女孩子与南昌、小兔子、七月的男生世界进行着青春的比对和交流,这让成长的痛苦有了分担的可能。在南昌拜访小老大之前,小老大与其他肺病女孩们有过暧昧的亲密接触。一群因为健康原因而被革命边缘化的青年人在疾病的阴影中互相寻求情意的慰藉,在生死的关口做一些渺茫的爱梦。这似乎是一个暗示:唯有在革命的边缘处,爱情才能被细细体量。对于南昌们来说,正是由于红色家庭的被冲击,他们成了革命的逍遥派、不愿旁观的旁观者,生命在此刻留下了爱情的空隙。

　　在讳言爱情与身体的年代,纯美的爱情发生了:曾经与外界紧张相持的

① 王小波:《革命时期的爱情》,《王小波文集》(第一卷),中国青年出版社 1999 年版,第 183 页。
② 刘剑梅:《革命与情爱——二十世纪中国小说史中的女性身体与主题重述》,上海三联书店 2009 年版,第 3 页。

南昌在不知不觉中走近了珠珠,而舒娅则与深受市民氛围洇染的小兔子有了爱情的秘密。这似乎是一个意外,却又极度合情合理。在正常生活轨道之外的少男少女有了太多的相聚时光,自然会有些贾宝玉与林黛玉之间"情绵绵而日升香"的意思,不过,到底是在非常的革命时期,这些情感难得能够直线向前,就像七月、舒娅、舒拉等人的名字都与革命有着某种关联一样,他们的爱情中出现了革命的变奏。七月、南昌、小兔子等人在匆促间踏上了逃亡之旅。女孩子们则自觉充当了革命的"贤内助",筹措不多的零钱充作逃亡的旅费,即使是小学生舒拉都自觉成为革命逃亡的赞助者。出于对革命逃亡的神圣解读,他们调动起所有关于革命场景的记忆,舒娅的月夜等待、小兔子的逃亡之吻、南昌与珠珠的街边道别、舒拉的郑重交付零花钱……青春的心灵被革命的梦幻鼓动着,充溢着浪漫激情的少年在青涩岁月里模拟出了红色影片中革命地下党人的神秘与庄严。然而在短短的几天之后,逃亡者归来了。原来,革命的危机与逃亡只是一场浪漫的自我想象。过度紧张的南昌们并未意识到此次逃亡是否充满荒诞意味,而是有一种劫后余生的喜悦之感。对于革命传奇的过度模仿让他们在幻象中完成了一次有惊无险的革命历程。谁会介意这次历程的荒诞性?只有拥有天使之眼的小女生舒拉理直气壮地宣告着自己的蔑视与愤怒。如果说,对逃亡的庄重模仿是出于对革命的神圣向往,那么南昌在街头遭遇"革命"的时刻则清晰表明了他与"革命"之间的距离。南昌、七月、小兔子等二十多人穿着军装,佩戴"红卫兵"袖章,骑着自行车冲进大游行的队伍中,庄严地唱着革命歌曲,很是锐不可当。然而,他们遭到了一伙大汉的袭击,在还没搞清楚是怎么一回事的时候,小将们就已经纷纷倒地,为"革命"洒下热血了。南昌如何应对这一严峻时刻,从而证明他的"革命者"身份呢?

　　其实,此时南昌已经挤出人群,推车走在人行道上。他今天穿的是一件海军军装,灰蓝色上衣,藏蓝裤子。事刚发端,他立即离开队伍,脱下红袖章。走在人行道上,像一个普通的行人。走了几步,看见前面树下停放着几架自行车,他将车推进去,锁上,徒步走去。身后传来叫嚣与惊呼,队伍拥前拥后,严重变形。他头也不回朝相反方向走,离开事发现场越来越远。

　　南昌的这一行为虽未被自己的朋友发现,却未能逃过小女孩舒拉的眼睛。舒拉以自己幼小心灵中的革命影像对这位逃离者立刻做出了一个严峻判断:"胆小鬼"。南昌在这一刻的背离不仅无法洗脱"懦夫"的嫌疑,而且表明其内心对"革命"已经产生了某种犹豫。他离开事发现场的行为果断而利索,是因为他并没有要拼死捍卫某种信念的冲动,既然如此,何不安全脱身呢?然而,舒拉澄澈的双眼让南昌感受到了成长的狼狈。

　　在南昌们体验外部革命之时,嘉宝适时出现了,带着这群年轻的探究者走进资产者的家庭,将以前书本上得来的革命教训一一校验。就像"嘉宝"这个名字本身所具有的好莱坞女星的背景指涉一样,嘉宝是个地地道道的上海都市的产儿,是工业文明的继承者,虽然她已经是生长在新中国了。嘉宝的爷爷用丰富的阅历吸引着年轻的革命者,为这些横冲直撞的男孩子补上了上海资本主义发展的生动一课,而嘉宝却用自己的青春靓丽点燃了南昌心中的欲望。相对于精灵一样的珠珠,女性性感具象化的嘉宝对于南昌而言是个可以抓住的诱惑。南昌与嘉宝共同完成了性的苏醒,就生理层面而言,他们终于明白了男女性别的意义。嘉宝的流产是一个挥别懵懂无知的标志。神秘的两性界限消除的那一刻,也是彼此不再敬畏对方的开始。瓦解了双方的性别、家庭、思想的巨大差异,站在基本的人的立场上,南昌与嘉宝彼此心若明镜,同时也就失去了彼此间的吸引力。南昌在追问思想的同时也有了生命的体验,而这恰是"革命"所不能也不愿意提供的。

　　南昌们对"革命"的模仿与街头的短兵相接很容易让人联想到此时的法国。在法国社会发展良好的情形下,法国的青年学生在 1968 年 5 月走上街头,发起了一场革命。这场革命虽以失败告终,却给此后的法国社会带来了巨大的改革,是一场真正的文化革命。此后的法国后现代思潮的代表人物福柯等人的思想在一定意义上是在与法国的 1968 年对话:"鉴于法国哲学的状况,它的诸多特征,它的历程和它的理论必须有'1968 年思想'才最后达到民主的协调一致,也只在此时,我们暂时地思想相通。"[①]相对而言,南昌的临阵脱逃自然无法与法国青年学生撬起铺路石勇敢袭击警察的壮举相比,而且这

---

① ［法］贝尔纳-亨利·雷威:《自由的冒险历程——法国知识分子之我见》,曼玲、张放译,中央编译出版社 2000 年版,第 336 页。

些法国的革命同行得到了法国知识界的及时反应,萨特的激进支持与阿隆的冷峻批评是一样的迅速。更何况,法国的工人阶层也加入支持学生的行列。南昌们获得了什么呢？当时的中国知识界正处于被批判、流放的状态中,自顾尚且不暇,遑论指导批评青年了。少年南昌们一旦从盲从的迷雾中惊醒,就必须自己摸索前进。从陈卓然到小老大,从书本到亲身体验革命街景,从捅破思想禁忌到突破身体禁忌,南昌总是磕磕绊绊,不断地忍受成长的疼痛。

从上层到民间:"市民"身份的确认

南昌、七月、小兔子穿着旧军装,说着清脆的普通话,骑着自行车穿越城市的时候还无从想象自己与城市的真正关系。对于这群"同志的后代"来说,他们是这城市的红色外来者,表面上是进入了上海,拥有着优越的政治与经济地位,事实上却是相对孤独的:"我们家的小孩子和'同志'家的小孩子在一起玩,我们使用的语言不是上海话,而是一种南腔北调的普通话。这样的语言使我们在各自的学校和里弄变得孤独。"①对于王安忆来说,其个人的移民感/成长感渗透进了多个小说的创作中。外来者与这座城市之间并不是简单的占有/被占有的关系,也不是浮游、飘荡在其间的关系。南昌等人对于自身"市民"身份的体悟与确认标志着这个问题的最终解决。

因为自身的红色渊源,南昌们对于上海市民首先持一种疏离与批评的态度,很有些"世人皆醉我独醒"的优越感。因此,在最初目睹街头革命剧的时候,他们充满了鄙夷的神情,隔岸观火与悬浮状态让南昌们轻易地发现了上海街头革命情景剧的喜剧性,从而做出了"小市民"的判断。不过,南昌们正处于对这座城市缺乏了解的关口,还不能从空中落到地面,看清自己脚下的位置。因此,在启蒙时代里,南昌们要面对的不仅是政治的风云际会与爱情的突然萌发,更要一步步走向具体的实际的日常生活,最终解决"我是谁"的追问。在此过程中,南昌逐渐逼近城市的本质与市民生活的真相,这也是王安忆常常忍不住要去指点的平凡与庸俗。表面上看来,经过了1966年的疯狂之后,城市似乎已经被涤荡一空,事实却是它在微妙细节之处展示自己的精

---

① 王安忆:《纪实与虚构》,《王安忆自选文集之五》,作家出版社1996年版,第151页。

神核心。在不能尽情享受两情相悦的革命年代,这城市并没有舍弃它的风情,只不过更加隐秘,固执而顽强地等待显山露水的一刻。南昌本来很蔑视舒娅、舒拉姐妹的小市民倾向(虽然她们也是红色后代),却又不由自主地受到珠珠这个真正市民之女的吸引。南昌对市民的抽象概括因为真正市民的出现而改变,他开始带着敬畏的神色穿行于真正的上海老市民街区,感受着生活本质的恒常。从珠珠到嘉宝,上海这座城市的底色渐渐披露出来,南昌不得不重新考察自己与这座城的关系。

与南昌的认知经历所不同的是,陈卓然在书本与日常生活之中寻找裂变的时机,当他带着一点前朝遗老的心情闲看世间革命新景象,偶然中与市民之子阿明成了知交。阿明是南昌与陈卓然得以继续蜕变、提升的重要激发者(虽然阿明本人并没有意识到这一点)。阿明不像小老大那样有着先天的思想优势,阿明的优势就在于他的市民身份。小老大的死亡在让南昌痛感失去精神之源的同时也在让南昌寻找新的思想伴侣。土生土长的阿明一样具有革命的理想与素质,他解释了革命也具备着"条条大路通罗马"的可能性。阿明与南昌们的不同之处则在于南昌与陈卓然以红色嫡传革命子弟的身份玄想革命,阿明却是凭着手中的画笔自然地走进了这场革命,而他潜藏的浪漫情怀正一点点地被激发出来。阿明的到来使得由南昌、陈卓然、小老大等人构成的民间思想群落得以完整。虽然历史学家还不能对"文革"做出令人满意的研究,但他们显然已经意识到了"文革"的多层状态与复杂思想意味,意识到了民间思想者的存在:

历史上至少有两个"文革",现在被挤压在一起,难以撕开。前一个"文革",是人们目前正在控诉的"文革",当然是黑暗加血腥,怎么否定都不过分。但在这个"文革"的下面,还有另一个地下"文革",曾在黑暗血腥之下游窜思想的火星,类似鲁迅所言"地火在奔突",或可称"反文革的文革"……所谓第二个"文革",或"反文革的文革",是从当年大民主、大辩论、大字报这些畸形的政治环境中,催发出知识分子尤其是大、中学生的政治思考,尽管这些思考难以彻底挣脱当时的思想牢笼,却有一种最为难得的思想气质在其中艰难生长,即怀疑精神。[1]

---

[1]　朱学勤:《岂有文章觉天下》,见其著《书斋里的革命》,长春出版社 1999 年版,第 82 页。

此时的南昌还不太可能对"革命"产生高度怀疑,但这个从未想过自己是这城市一分子的少年人改变了天然的外来心态,从对"革命"的迷恋转向对自身的追问,这追问是南昌们将来怀疑的一块碑石。阿明提示陈卓然与南昌重新审视所谓的"小市民",对"什么是市民?"与"我们是谁?"的深度拷问让他们飞翔的思想滑向地面。在革命之后的废墟之上,四顾茫然的少年人收获了最可贵的一点认知。陈卓然发现"他们(市民)体现了生活的最正常状态,最人道状态"。"市民社会不是个出英雄的社会,因为不需要,它是愚公移山式的。"从对革命的怀想到发现"人道"与"生活的正常状态",从英雄梦到市民定位,陈卓然与南昌一点一点地放弃了当初空洞的自我期许,这些红色征服者的后代确认了自己是成长中的新市民。当陈卓然与南昌将自身定位为新市民的时刻,他们立脚的根基才是稳当的。从对市民的高高俯瞰下移为平视,陈卓然与南昌才能说是揭下了幼稚的标志,有了一些成熟的神色。在即将离开上海的一刻,南昌对这城市有了一丝难舍与尊重之感。从蔑视到尊重,南昌终于跨过了身份确认的重要思想难关。然而,成长的过程远未结束,就像阿明已经离开上海一样,南昌即将步入"知青下乡"的行列,开始新的历练。

顾城在《一代人》中宣告:"黑夜给了我黑色的眼睛,我却用它寻找光明。""黑夜"让"寻找光明"变得迫切,甚至是慌不择路,每一次转身总是庄严与荒诞并存。随着时光流逝,已是历史过去时的"文革"渐渐成为暗夜中的矿床,吸引着众多作家一试身手。从"伤痕"文学开始,对于"文革"的叙述就从未停止过。然而,也因此形成了"文革"叙事的基本风范与模式。苦难、悲愤、控诉的基调一旦形成,写作的习惯思维也就形成了。在"文革"结束 30 年之后,王安忆的《启蒙时代》以对少年人思想轨迹的探寻为"文革"叙事开掘出了一个新的路向,在看似荒芜的思想表面展示出温润青草般的奇迹。

(原刊于《山西师大学报》2010 年第 5 期)

"德""才"之间：才女主体性的建构
——《天香》论

在三十余年的写作中，王安忆始终保持着变动的力量，在思想与日常之间寻求着突破的可能，一次次地超越自己，以致成为现时代上海文学的代言人。从"三恋"的锐意性爱到《叔叔的故事》营造精神之塔，再到《长恨歌》反观急遽变换的上海史，从《上种红菱下种藕》描摹小女儿的天真到《启蒙时代》精雕一代青年思想漫游者的精神刻痕，再到《天香》对于史前上海的逼真描绘，王安忆的文学世界蓬勃而大气，一个现代都市上海或是一个偏远乡村远远不能承载她的想象。在其上海叙事中，王安忆一步步地以断代书写方式，建构了这座城市的文明史。就此而言，王安忆表现出了与 20 世纪 30 年代茅盾同样的企图，也有别于 40 年代的张爱玲。而与此前文本不同的是，《天香》直接楔入明末清初，成为上海叙事中远远荡开去的一笔：在一片繁花似锦的江南温柔地中呈现上海，从而彻底抹去了百年来上海叙事中挥之不去的殖民阴影。现代视野中的上海总是与因殖民而摩登的景象无法分开，《天香》则在一个完全没有殖民的时空里重新勾勒上海日常印象，还原了长期被忽略的原本富庶而健康的前世上海。更为难得的是，《天香》用反传奇的方式为晚明上海，为昔日闺秀做了一次话本传奇，从而为中国的才女文化传统做了一次了不起的确认，以对"才女"主体性的建构为已然远去的中国传统女性注入生命的灵光。王安忆则借此向一代才女遥遥致意。

一、园:男性的撤退 / 女性的滋养

国色本天香,天香亦倾国。王安忆笔下的"天香"既非名花亦非佳人,却是晚明上海的一座名园。"要写明末文人故事,几乎不能不写其时的名园,因为许多故事本以大小园林为敷演之所,也赖有这一种特殊的背景而展开。陈寅恪的《柳如是别传》就写到了陆氏南园、杞园、三老园、不系园等。"①与曹雪芹的大观园一样,申氏天香园内不仅芳草鲜美落英缤纷,更兼有诸多裙钗粉黛。但与曹雪芹不同的是,王安忆既无意去书写家族盛衰史,亦无意去描摹园内痴男怨女的悲欢离合,却心心念念于私家园林文化意味的探索。

由于商品经济的高度发展,晚明社会风气一变早期的简单质朴而走向奢华之途,拥有一座园林成为彼时诸多上流人物的共同向往。在中国传统文化观念中,私家园林不仅是财富的象征,更是人生志趣、情味的传递。就士大夫阶层的志业而言,"园林"恰好与"朝堂"构成人生天平的两极。朝堂是男性建功立业的公共场域,风险与机遇并存,自然要打起十二分精神。私家园林则是男性从朝堂撤退下来的休养栖息之地。由于儒家文化强调男/女家庭事务分工的内外之别,男性往往在外忙于建功立业,而无暇也无意处理家庭杂务或从事家庭生产。在此意义上,造园既是男性立业成功的标志之一,也是他们对家庭事务的最大贡献之一。关于私家园林的繁华盛景与奢豪气派,清人叶梦珠的一段描述可作参照:

> 汇海豪奢成习,凡服食起居,必多方选胜,务在轶群,不同侪偶。园有佳桃,不减王戎之李;糟蔬佐酒,有逾末下盐豉。家姬刺绣,巧夺天工;座客弹筝,歌令云遏。②

叶氏笔下之园乃指蜚声海内外的上海顾氏露香园,正是《天香》原型之园。据史料记载,露香园主人顾名世,字应夫,上海人,嘉靖三十八年(1559

---

① 赵园:《想象与叙述》,人民文学出版社 2009 年版,第 54—56 页。
② 叶梦珠:《阅世编 卷十 居第二》,来新夏点校,上海古籍出版社 1981 年版,第 216 页。

年)进士。官至尚宝司丞。名世曾筑园于今九亩地露香园路，穿池得一石，有赵文敏手篆露香池三字，因以名园。① 上述引文中所提汇海便是顾绣家族的第二代顾箕英。王安忆原本就是因对顾绣的好奇而激发出写作欲望，所以《天香》以上海顾氏家族为蓝本在在合适不过。凭着对顾绣家族及晚明时代风气的稔熟，那个一度兴盛过的"露香园"逐渐在小说中获得核心地位。惯于在纪实与虚构中穿针引线游龙戏凤的王安忆既按捺不住小说家虚构的天性，又"生怕落入纪实的窠臼"②，忍不住"错接"起来。"错接"恰是阿晥的见识之一："稻粱秫麦，瓜果蔬菜，非要错接才能生良种，然而，一次错接，必要再再错接，一旦停住，即刻返回，比原初还不如，好比那一句话，逆水行舟，不进则退。"(第 302 页)王安忆也借势一路错接下去，通过对顾绣历史与人物的重新设置和叙述，排演出天香园的虚虚实实。于是，叶梦珠的描述不经意间就成了天香园无尽奢华的底本。

与顾绣一样，小说中的天香园绣实乃大家闺秀之绣。大家闺秀缘何刺绣？又如何成就了一种艺术？故事虽然重要，但为天香园绣寻觅、建造一个好处所则至为关键。王安忆拔地而起造出了一座漂亮、雅致而又具有休闲气质的园林，刺绣则附着于此，园、绣因此相得益彰。

王安忆的匠心独具在于以"申"姓代替"顾"姓。本是申家(顾家)在园子中挖出"露香池"石并以之命名园子，王安忆将之错接给彭家，说是彭家在园子挖出了一块刻有"愉"字的石头，因而有"愉园"之称谓。而申家"天香园"却从一片芳香四溢的桃园得来，远远地招引着天香园绣的核心锻造者——杭城希昭抹着龙涎香于归天香园。"天香"之妙便在于"天然"。在隐蔽的层面上，人与物相辅相成，等待着相互贯通的良机。如此偷梁换柱李代桃僵显然意在扩大私家园林的文化品格，也显示出了写作者本人的大境界与大格局：名为写园，意在写城。小说也因而有了城市寓言之意。③

原本造园是为颐养性情，换在申家则是对喜庆排场的热衷，这其中既有着不计利害的一派天真，又有着真正愉悦身心之功用。无论是"一夜莲花"还

---

① 徐蔚南：《顾绣考》，广陵古籍刻印社 1991 年影印版，第 1 页。

② 王安忆、钟红明：《访谈〈天香〉》，《上海文学》2011 年第 3 期。其他未注明者，皆出自王安忆著《天香》，人民文学出版社 2011 年版。

③ 王德威：《虚构 纪实——王安忆的〈天香〉》，《扬子江评论》2011 年第 2 期。

是"三月雪",制桃酱抑或制墨,等等,不过是一家老小的热闹豪奢性情而已。只有在无数的奢华之后,天香园绣这一最为奢侈的艺术才能得以诞生。园子与绣艺之间方才能默契相关,充分演绎进/退、显/隐、速朽/流传的变换。

申明世从仕途隐退居于天香园的举措,成了申家从此无意科举仕途的标志。儿孙虽然聪慧过人,却无一人用心于仕途,完全是一副任性而活的人生态度。一个从官场隐退的家长带着一群完全与仕途无关的青年男性继承人就像钢架结构一般,构建了天香园内的申氏家族谱系。但问题随之而来:在儒家"男主外、女主内"的家庭分工中,男性如果放弃了在外博取仕途,又将何为?以何为生?一直仰仗祖产与申明世为官时的积累吗?显然,这终究会有坐吃山空之时。就小说而言,无意仕途的申家人还很缺乏商业实绩。柯海经常出门远游,与朋友交往甚多,但最值得提起的收获就是纳妾以及为阿潜看好希昭之事。这样说来,柯海最大的成就就是为天香园引进奇女子。

男人从朝堂退隐到天香园中,又娶进各式各样的女子,来自不同人家的妻妾们则借着刺绣述说无限心事。钟灵毓秀的刺绣就不再仅仅是器物,而是跃升为传递心声的艺术样式。它将与诗文、绘画一样具有穿透历史的力量。如果说"天香园"是男人所创的家庭实业,那么,刺绣就是女性提升天香园文化资本的重要方式。天香园的女子奇就奇在:在男人无法再作为依靠之时,女人不是情天恨海枉自嗟叹,而是撑起一片天空,既为整个家族遮挡风雨,也织就了女性的独立人生。

在传统诗文中,"芜城"与"废园"是两个常常并置的意象,但园之废显然更为寻常:"城之芜通常在大破坏中,而园的废,则升平世界也时有发生——因了财产易主,因了人事代谢,因了不那么戏剧性的个人事件。君子之泽,五世而斩……更何况,我们这里谈论的,不是如中世纪欧洲的坚固的城堡,而是古代中国不设防的园林。"[①]一不留神,申家的天香园就显出了破败的神色。而锦心一片的绣品穿越速朽的厅堂、易凋的花草,抵达无尽的后世。

彻底从政治权力结构中撤退的男人栖息于天香园,看似不求上进的举措却滋养了女性的才能。为女性营造艺术世界并催促其蝶变是申家男人的最大贡献。高彦颐发现,明末清初江南才女文化的发展,是与这一地区的城市

---

① 赵园:《想象与叙述》,人民文学出版社 2009 年版,第 75 页。

化和商品化相辅相成的，它发达的先决条件是有相当数量的受教育女性和支
持她们创作的男性。[①] 闲居在天香园的申家男子将自觉地担当起将内闱绣品
推广到艺术市场的媒介责任，在不违背传统儒家文化教义的情势下，完成由
"内"到"外"的双向交流。如果说，柯海先将各式奇女子引进天香园，以至于
她们用家庭结社的方式组成绣艺班底，后又在银两短缺之际以希昭的人物画
绣换得老父珍异寿材，无奈中催促了绣品的商业化，那么，阿潜则是难得的专
业伴侣。碍于儒家男女之别，阿潜去向董其昌学习书画，回家后再转授希昭，
希昭由此悟得真谛，将绣品与松江画派紧密联系起来，成为松江文人画派宗
旨在针黹领域内的延伸。[②]

《天香》的潜在意义就此呈现：正因为男性对宏图大业的忽视，女性的闺
阁事业才格外令人赞叹。但似乎也在证实：只有在男性休闲文化（园林）衰落
的同时，女性文化（刺绣）才有了进一步崛起并为外界承认的空间。不过饶有
兴味的是，男性在家族中形象的弱化并不意味着消失，因女性正是经由男性
引入园林，从而得以构建自身。

二、自持与妥协：才女的基本立场

沐浴着现代光辉的人们在回望前面无数世代的女性时，常常因为历史后
来者的优势地位而情不自禁地产生笼统的悲悯之情，悲叹传统女性不能自主
的命运。对于传统闺秀，张爱玲一言刻骨："绣在屏风上的鸟——悒郁的紫色
缎子屏风上，织金云朵里的一只白鸟。年深日久了，羽毛暗了，霉了，给虫蛀
了，死也还死在屏风上。"[③]用现代的眼光去看封建制自然会产生极为凌厉的
批判冲动，更会启发后来者对女性权利的坚定主张，但亦会产生简单化的倾
向：在用"悒郁"概括了传统女性之后，我们也许会忘记那些生命本身的能动
与变通。

在论及明清之际的才女时，高彦颐发现简单化地将妇女都置于儒家文化

---

① ［美］高彦颐：《闺塾师——明末清初江南的才女文化》，李志生译，江苏人民出版社
2005 年版，第 21—23 页。
② 上海市文化广播影视管理局：《顾绣》，上海文化出版社 2011 年版，第 77 页。
③ 张爱玲：《茉莉香片》，《张爱玲文集》（第一卷），安徽文艺出版社 1992 年版，第 54 页。

的受害者的位置是危险的,高氏认为她们创造了"才女文化":"这一才女文化的产生,固然受阶级及社会性别所局限,无法在大众社会中广泛流传,但它肯定不是隔绝的、单色的或是贫乏的。"才女皆是出身于书香门第、上流阶层,因此才女文化本身是一种特权文化的存在,正彰显了儒家士大夫文化的优势。"她们是在体制之间,灵活运用既有的资源、趣味自己争取更大生存空间。她们不是儒家文化权力运作的受害者,而是有份操纵这一权力的既得利益者。"①

大量史料证明,明清是女诗人辈出的时代:"中国文学史上不乏专擅诗词的扫眉才子,仅以明清两朝而论,刊刻所著者即达三千五百人之多。"②才女从事诗词创作并有意识地结集出版这一行为在明清两代惹来很多议论,毁誉交加。③ 但女性将刺绣变成展示才华的艺术品这一举措却令天下才子折服。天香园众女性并不沉迷于诗词创作,而是巧妙地将纯粹女性化的日常技术升格为艺术,在回避了儒家规范中的对女性"内言不出阃外"的道德要求之时又将刺绣作为自我书写的纯粹的女性方式。这"对构建女子特性有着深远意义。在很大程度上与诗歌才华的提高相似,作为艺术的刺绣的发展,成了上层女子特性中的一个属性,它表现的是一块于儒家妇工原始含义之外的处女地"④。

天香园绣之所以能升华为艺术的关键点是完美技术与卓绝才情在刚刚好的时间和地点相遇相融,"情殇"则是女红从技术向艺术飞升的催化剂。天香园中的第一个值得书写的相遇发生在小绸、闵女儿与镇海媳妇之间。正如柯海暗自惊异的那样,妻妾原本应该是冤家,却在镇海媳妇的穿梭之中渐渐

---

① [美] 高彦颐:《闺塾师——明末清初江南的才女文化》,李志生译,江苏人民出版社 2005 年版,第 17—19 页。

② [美] 孙康宜:《明清诗媛与女子才德观》,李奭学译,见鲍家麟编著《中国妇女史论集七集》,台北稻乡出版社 2006 年版,第 131 页。

③ 这以章学诚与袁枚的争执最具有代表性。章学诚梳理了中国的妇学传统,认为真正女性的声音应该是一种道德之声,如写出了《女诫》的班昭。而袁枚则认为写诗是妇女的最高成就,对谢道韫极为膜拜。参见[美]曼素恩《兰闺宝录——晚明至盛清时的中国妇女》之第四章《书写》,杨雅婷译,台北左岸文化 2005 年版,第 182—241 页。

④ [美] 高彦颐:《闺塾师——明末清初江南的才女文化》,李志生译,江苏人民出版社 2005 年版,第 185 页。

有了交谊,而小绸与镇海媳妇更是有着刎颈之交。因此,我们应该追问的是,寻常世道中不可思议的妻妾情、姊娌谊对于女性自身而言到底意味着什么?

出身世家的小绸对柯海一往情深,岂能容得丈夫纳妾,于是愤然与丈夫决裂。由璇玑图便可知,小绸的热烈相思与刻骨怨恨原本就是一面镜子的两面。她用自我禁锢的方式批判着柯海的负心,闵女儿自然就是罪证。镇海媳妇既无小绸的诗画才情,也无闵女儿精美的绣艺,却以锦心绣口穿梭出这对妻妾的默默之情,而生育之危更将她与小绸之间的姊娌情谊上升至以命相共的义胆忠肠:"她们想起那临危时的一幕,两人互诉自己的乳名,好比是换帖子的结拜兄弟。自后,再没有重提过,是害羞,也是心酸。"(第73页)

如果说,小绸与丈夫绝交是在提出爱情平等忠贞的诉求(这在视纳妾为当然的社会中自然显得出格),那么,与镇海媳妇间的互告乳名就有着临危诉说女性隐秘历史的意思。在儒家礼制中,女性出嫁之后不再是一个独立的个体,其身份地位因丈夫而决定。所以,女性的乳名就与其女儿时光一样都属于女性的私密历史。小绸曾告知丈夫自己的乳名,便是含有将全部秘密托付之意。从对丈夫的高期待与大伤心转到同镇海媳妇的割头刎颈之情,小绸的自主意识得到了充分锻造,在硬生生地拔除夫妻相守的爱情理想之后,她开始接纳外部的女性世界,包括闵女儿。闵女儿则从对天命的信仰中感觉到女性共通的困苦,直觉到女性命运的悲剧性:在由男人做决定的婚姻中,妻、妾都是受伤者。

> 她是在乎姐姐的,大约因为姐姐和她是一样的人。不是说她能和姐姐比,无论家世、身份、人品、才智,她自知都及不上,但隐约中有一桩相仿佛,那就是命。男人纳妾,总归有薄幸的意思,闵女儿虽然是那个被纳的人,但从来没有得到柯海半颗真心。所以,她们其实是一样的。……假如姐姐要来和自己好,她就和姐姐好!(第88页)

一夫多妻制虽是中国传统家庭的常见模式,但并非所有的女性都能安之若素。小绸与闵女儿是两种态度的代表:小绸绝不宽恕丈夫,闵女儿则消极应对丈夫,转而向大妻小绸寻求同病相怜、同声相应的情谊。就此而言,柯海所遭遇的妻妾一心的尴尬是一种原生性、自发性的女性意识。经过种种交锋与解铃之后,小绸把诗书融入闵女儿的绣艺中。正如蚌病成珠一样,三位女性的才与情凝结出艺术品的天香园绣。

天香园绣的另一个值得纪念的节点是沈希昭从杭州嫁入上海申家,将闵女儿和小绸的长处融于一身,以绣作诗书,集天香园绣之大成,让天香园绣更上层楼,成为难得的高档艺术品。有着男子般心气的希昭并不以天香园绣为尊,甚至要求向香光居士学画。希昭对书画的重视以及对刺绣的排斥都在说明一点:她很自觉地接受了儒家对男女事业分工以及高低之别的判断。她已经将这套规则自觉地内化在个人的观念中。这时早已将生命的情感体悟化在了一针一线中的小绸的点拨就尤为重要。

> 小绸不免得意,说:……天香园绣可是以针线比笔墨,其实,与书画同为一理,一是笔锋,一是针尖。说到究竟,就是一个"描"字,笔以墨描,针以线描,有过之而无不及。小绸这话既是说给众人听,更是说给希昭听,知道她一心只在书画上,又将书画看得比绣高,骨子里是男儿的心气。

小绸在经历情殇之后曾经创作璇玑图,但并未到达她设想的读者手中,而她渐渐涉入原本并不擅长的刺绣领域。这意味着小绸从对"男性凝视"的期待中转身并找到了一个女性独立自主的领域,一个自我诉说的最佳方式。这时的小绸并不需要用刺绣去换取金钱,因此其独立意识更为鲜明。冰雪聪明的希昭豁然顿悟。阿潜的离家出走让希昭对于女性历史地位有了清醒的认知,她踏进绣阁,寻求其他女性的慰藉,尤其是蕙兰的真心相伴。而蕙兰对其才情的肯定直指内心隐衷。

希昭的女性个体认知与顾绣代表人物韩希孟有着相似之处。"由于身处上层阶级妇女较具游走空间的晚明,文学、绘画各方面都有众多才女突破既有限制、大放异彩,韩希孟方能以艺术来成就其女性自我意识之追求与肯定。而这也可以说是女性在文学与绘画之外的另类发声途径。"韩希孟曾经绣过一幅《补衮图》,画面中女子端坐绣衣,但并非绣制普通衣裳,而是在补衮。这就具有了非同一般的政治意义:谁说刺绣就是卑微之事? 女性一样从事着极具分量的大事业。董其昌显然领会了她的苦心,因此在对页题赞:"龙衮煌煌,不缺何补。我后之章,天孙是组。璀璨五丝,照耀千古。姿兮彼姝,实姿藻黼。"这幅刺绣更被认为是韩希孟的自画像。①

　　天香园众女性的个体意识多有变化,天香园绣的落款便是一突出表征。落款既是女红独立价值的宣言,亦是女性徘徊在"独立"与"从众"之间的结果。在小绸等人的绣艺轰动上海引起民间模仿之后,生意人阮郎教柯海在绣品上留下落款以免事端。柯海拟名为"天香园绣",因不敢与小绸明言,便曲折过话,小绸明知是柯海的意思,将错就错,于是所有的绣品上皆落下"天香园绣"的署名。小绸对丈夫所拟名字的默认正是她与外界妥协的步骤之一。希昭则更为强调"武陵绣史"的个人身份,初初绣出倪元林的山水小品,落款便是自己拟的名——武陵绣史。但最终出于对众人情意的尊重,在绣品上加署"天香园"。相较于早期小绸的骄傲任性,希昭要含蓄内敛许多,更有韧劲,其个体认知的意义也更为明确。阿潜离家出走,希昭绣人物四开寄寓心中隐痛,第一幅就是《昭君出塞》,负气与心志兼而有之。申家小姐蕙兰则与希昭相反,出嫁之后在绣品上落款"天香园绣"引来丈夫张陛不满,丈夫为她另取一名"沧州仙史",这名字并非要赋予蕙兰独立的意志,而是意在强调她已经不是申家天香园中人了。于是,蕙兰的落款就变成七个字"沧州仙史　天香园"。落款的改变传递出家族归属/个体身份之间的较量与妥协。三个女子是三代人,都有着不凡的资质,但都采取了一样的妥协策略,因为适度的妥协远比完全抗拒要明智得多。

　　对于申家女性而言,刺绣是其生命体验方式。通过刺绣,女性的主体性得以充分展开并得到尊重与承认。毋庸否认,无论是小绸还是希昭都是难得的才女,她们的文化素养和道德水准都相当令人惊奇与满意。明代晚期的上流社会虽已重视女子的教育,将女子的文化素养与娘家的声誉连接起来,但显然没有培养反抗传统妇女规范革命者的意图。因此,一个有才华的女子若要能够得到社会的尊重,就必须遵守相应的道德准则。也就是说,她必须能够在"才"与"德"之间寻找到平衡点,这样才不至于冒犯社会主流意识形态并且让自己身心愉悦。这是一个极为复杂的意识转化过程。毕竟,对于"妇德"的强调一直是社会舆论的重点。同样生活在晚明的女诗人沈宜修显然没有

① 黄逸芬:《女性、艺术、市场——韩希孟与顾绣之研究》,台湾大学艺术史研究所硕士学位论文,2002 年,第 107、68—69 页。

天香园女眷的福气：婆婆担心她写诗会妨碍家务，于是对她管教极严，并让婢女监视她是否会偷偷写诗。① 而希昭呢？"希昭虽是做母亲的人，却还如同在闺中，概不过问家务。人都说这媳妇被宠坏了。"（第185页）相对而言，天香园中的女性却可以尽心尽力于刺绣，因为这既是女人分内之事，又具有娴雅、贞静的道德象征意义，实在是讨巧至极。

不过，这种在"才"与"德"之间两全或者说是两难的才女主体性，并不完全令人满意。正因为要两全，女性首先要能接受、认同男性的文化与道德价值判断。如通过对韩希孟绣品《花溪渔隐》的分析，研究者发问："以韩希孟的女性身份，有何大谈隐居的必要？ 显然，谈男性文人心目中的隐居，所欲引发的是男性文人的共鸣。这也正是当时女性藉由拟同男性价值观以博取认同赞赏的手段。"②这样一来，妥协的策略是否还能清晰地传递女性的个体诉求就成了疑问。在一份关于女画家陈书的研究中，作者对比了陈书与韩希孟不同的艺术命运，并指出韩希孟的女性意识被忽略了。③

三、纯净典雅的诗学

王安忆的小说中常常有类似国画的"留白"之处。在傅抱石看来，这是中国画家以主观的空间意识表现空间感的创造性手法。这种手法利用虚实对比，通过实景与虚景的联想，通过画面和画幅外的联想，创造出主观意识上的空间感觉，从而"虚实相生无画处皆成妙境"④。王安忆小说中的留白不是为了表现空间感，而是以对某一部分的回避得到虚实相生的效果，留白所造成的不是空白，而是在虚与实、显与隐之间营造文本内部的对照。《天香》纯净、典雅的诗学也由此得到充分的展示。

---

① 周叙琪：《明清家政观的发展与性别实践》，台湾大学历史系博士学位论文，2009年，第211页。
② 黄逸芬：《女性、艺术、市场——韩希孟与顾绣之研究》，台湾大学艺术史研究所硕士学位论文，2002年，第48页。
③ 赖毓芝：《前进与保守的两极——陈书绘画研究》，台湾大学艺术史研究所硕士学位论文，1996年，第108—109页。
④ 傅抱石：《中国画的特点》，傅抱石著，山谷编《傅抱石谈国画》，中国青年出版社2011年版，第39页。

有必要指出的是，留白式的写作并非《天香》所独有，但在《天香》中最为显著。且以《长恨歌》为例，王安忆极为用心地回避了王琦瑶在"文革"中的遭遇。忠诚守护者程先生在 1966 年的夏天化作了上海街头的一朵血花，那么，王琦瑶呢？一段空白并不意味着全无事故，只是，"不提也罢！"唯有经历过，才敢省略去这一段不能言的时光。似乎减轻了疼痛感，其实却是催促着王琦瑶赶快抓住最后的艳丽，因为这是再世为人的意思了。否则，她又怎会急忙忙去做一场老少恋的幻梦？那么，当王安忆在进行天香园中的才女叙事时，到底又隐藏了什么？如果真切回到晚明，我们首先会发现王安忆着实回避了女性最为切己的身体经验——缠足。

《天香》中特别强调了两位女性是天足：一是蕙兰的婆婆张夫人，一是张家的女仆李大。由此我们可以推测其他闺秀应是裹脚的。张夫人"是巾帼英雄，家中大小事由她做主"（第 255 页）。张夫人治家直接威慑老中少三代男人。李大"不裹脚，衣袖窄窄地系起，腰带扎紧了，做事走路都很利落"（第 280 页）。主仆二人都很有点强悍之气。李大未裹脚是因劳作需要，自是另当别论。更重要的是这女仆直接秉承女主人的精神气质，成天捉弄比自己年少很多的男仆范小，将夫人威严风范延伸至仆人关系中甚至是将来与范小的夫妻关系中。而在明代，对于一个体面的家庭而言，女性缠足关系到个人与家族名声，更关系到女孩子的婚姻。因为缠足是对女孩子进行身体训导的重要部分，为女性制定的各种闺范通过对脚的束缚落实到身体实处。用现代眼光去看缠足，自然是极为苦痛惨烈之事，亦是很不符合现代人道之事。但是在所谓现代人道主义远未进入中国之时，在男性赏玩女性小脚的时代，女性对自己的小脚大概未必尽如今人所想之可怜可叹。也许在将男性的眼光转化为女性自身的审美观之后，女性也会对小脚产生爱恋之心，而疼痛则被认为是必须付出的代价。[①]《天香》在回避闺秀们的"脚"之时，则创造了一个想象的典雅空间，在不纠缠的状态下将大家闺秀的美丽镜像借助读者的想象建立起来。因此，这一留白恰与书写女性的柔美、婉约气质相连。

《天香》中另外一个重要的留白就是故意隐蔽申家如何将绣品彻底商品

---

① ［美］高彦颐：《闺塾师——明末清初江南的才女文化》，李志生译，江苏人民出版社 2005 年版，第 182—183 页。

化。在申家必须依赖绣品生活之后,商品化便是水到渠成之事,那么,申家与顾客如何议价?男性无疑是在外部世界中的议价者,但是他们的商业运作被隐而不言。除去阮郎这样既渴慕绣品而又豪奢、讲义气的朋友之外,申家如何对付其他买家?原本尊贵、矜持的闺秀艺术一旦走向商品化,其间的生意手段就极为重要。叶梦珠在《阅世编》中就记载了顾绣价格由高到低的走势,以及与之相关的艺术水准下降的问题。① 此外,申家的男性一旦坠入需要靠刺绣生活的境地,又将有何反应?据载,在顾绣成为顾家的经济来源之后,"顾太学醉后尝拍案,曰:'吾奈何一旦寄名汝辈十指间,作冷淡生活'"②。可以想见,这一留白更与《天香》中的男性叙事相关。在这样一部以三代女性为主角的小说中,男性更多以衬托的方式出现,尽管他们是家族之中的权威人士。因为他们到底不能在绣阁上创造出天香园绣!

在谈及《兰闺宝录——晚明至盛清时的中国妇女》的成就时,胡晓真认为"作者不但在史料上采用女性自己的作品,让女性不再只由男性凝视(gaze)来呈现,她更有意识地将妇女置于十八世纪历史的中心地位,揭露男性中心史观的不足之处,由女性角度出发,探索新的历史议题"③。《天香园》所做的亦是相似的工作,将女性置于核心位置,以女性的眼光来看历史,自然就会呈现出不同向度的叙事。《天香》放弃了所谓妻妾之间的妒恨,转而去赞美女性间的深情厚谊并非全是理想化在作怪。

因为要以女性凝视的目光来看天香园以及天香园的落脚地上海,王安忆自觉摒弃了传统家族史以男性为中心的书写方式。她在呈现天香园外的上海史时采用了简略提示的方法,就好像在水面上留下一些标尺那样,提示着外部的大变动。王安忆自承"落笔前,我先列一张年表,一边是人物的年龄推进和情节发展,另一边是同时间里,发生的国家大事,上海城里以及周遭地区发生的事情。看上去似乎只是背景和气氛,但实际上却是和故事有潜在的关系"④。可以说,《天香》的轴心是绣阁与女性,但这一轴心并非封闭,而是像天

① 叶梦珠:《阅世编 卷七 食货六》,来新夏点校,上海古籍出版社 1981 年版,第 163 页。
② 李延昰:《南吴旧话录》(卷二十一),台北广文书局 1971 年版,第 5 页。
③ 胡晓真:《导论》,见[美]曼素恩《兰闺宝录——晚明至盛清时的中国妇女》,杨雅婷译,台北左岸文化 2005 年版,第 7 页。
④ 王安忆、钟红明:《访谈〈天香〉》,《上海文学》2011 年第 3 期。

香园中的竹子那样向外延伸、拓展，整个上海的历史也由这个轴心开始由近到远的叙述。离她们越远的事件、人物也就越简略，但并非就完全无关，这就像是安居园子的女性听讲外边的神奇传说一样。将严肃的正史事件融化在以女性生活为中心的日常记忆中，同时被融化的还有男性/女性、阳刚/阴柔、兴/亡等相对应的序列，于是构成太极般的生生不息。这也是王安忆屡次提及的"生机"，而对于天香园的败落并不十分伤心的理由：在不停的盛/衰、贵族/平民的历史转化中，天香园绣起自民间而又散落民间，终于是处处生机。正是所谓"俱道适往，着手成春。如逢花开，如瞻岁新"①。对文明生命力的信仰让王安忆成了一个不歇不竭的歌者。

（原刊于《南方文坛》2013 年第 6 期）

---

① 司空图：《二十四诗品》，台北金枫出版社 1987 年版，第 71 页。

乡村视域中的"革命"
—— 论贾平凹的《古炉》

  与绝大多数同时代作家不一样的是,贾平凹并不以"文革"叙事而著称,无论是伤痕还是反思,都难觅他的踪迹。相对而言,他更热衷于眼面前的世界,《浮躁》《废都》《高老庄》《秦腔》都是他关注"此时此刻"的结果。这倒不是他有意回避,而是他始终不能确定怎样的叙事才真正有效,直到《古炉》为他打开通向芜杂的"文革"叙事的通道。《古炉》并不是《浮躁》那样白杨树式的主干、枝丫分明,而是与《秦腔》一样用繁复的细节丰富文本,就像榕树,在主干之外又有无数分支,从而造成枝叶繁盛之景。可以确定的是,在贾平凹由《浮躁》《高老庄》《秦腔》等连接起的乡村叙事系列中,《古炉》以博大、厚重呈后来者居上之势,其丰满得近乎琐碎的叙述就像乡村的土路一样令人磕磕绊绊,让阅读不能是悦读。

  正如《古炉》其名一样,中国古老的乡村社会在"革命"的熔炉中被冶炼、锻造,至于是否能烧出一窑好瓷来,那好像不是"革命"所能负责的事情。小说看上去是一个有关"革命"的故事,其实是灾难与承受灾难、乡村日常生活的抵制与还原、乡村精神的破坏与承继的故事。和激越、暴躁的"革命"相比,恒常的日常生活与古老的民间信仰别有安定、抚慰之力量。

乡村政治的失序与"革命"之魅

  从"伤痕"文学开始,"文革"中各种暴力场景屡屡呈现在读者面前。与之相关的问题必然是：为何会这样？人性究竟经历了怎样的变异以至于丧失高贵的理性？中国传统文化是否一直包含着"恶"的因子？与阎连科的"怪诞"叙事不同，贾平凹用"法自然"的现实主义展示了人性中"恶"的生长。①

《古炉》的叙事从1965年的冬天开始，止于1967年的春天。在短短的一年多时间里古炉村真正是换了人间。在"文革"爆发之前，古炉村的当权者是支书朱大柜。朱大柜在土改中的积极作为获得了新生政权的肯定，从而成为村庄的政治领袖。新生代农民霸槽对这一自己不能从中获益的权力秩序非常不满。恰如善人所言，霸槽是古炉村的骐骥、州河岸上的鹰鹞。但是在计划经济体制下，霸槽与城市里的同学之间出现了惊人的差异，乡村青年产生了强烈的失落感与愤怒感。这也是路遥曾在《人生》《平凡的世界》中一再流露的"乡村郁闷"。怨怒让霸槽躁动不安，寻找发泄的机会，他甚至请求善人以神秘手段禳治命运。霸槽挖出太岁的事件可以看作一个清晰的预言。通过神秘的民间宗教信仰解释，凶恶的太岁与霸槽之间建立了命运关联。

长期关注中国乡村的韩丁在调研山西张庄时注意到觊觎权力者的欲望在"造反"状态下得到了释放和满足。②"文革"对于在此前政权秩序中未能获益的人群来说似乎是一个千年难逢的良机，对于充满建功立业渴望的年轻人来说更是如此。那么，普通人又是怎样在"文革"中抓住权力，实现"天翻地覆慨而慷"的冲动呢？掌握与争夺革命话语权、成立与加入各种组织是捷径，也是必经之路。学习毛选、语录、批斗大会、呼喊革命口号以及派性斗争（最激烈的手段是武斗）就成为这场"革命"的典型场景。霸槽在外来红卫兵黄生生的指导、启发之下成立"榔头队"这一造反组织，并积极对外联络。民兵队长天布眼看着霸槽走造反之路异军突起，在村中为所欲为，屡受压制的天布等人终于恍然大悟，于是依靠朱姓族人成立"红大刀"，与"榔头队"针锋相对。在"革命"话语系统中，传统中国乡村常见的家族之争获得了新的动力与解释。两派组织之间的争斗逐渐发展至武力阶段。

就"文革"叙事中的暴力书写而言，贾平凹对于"群体性"暴力更为关注。

① 陈思和：《试论〈秦腔〉的现实主义艺术》，见其著《当代小说阅读五种》，复旦大学出版社2010年版，第93页。

② ［美］韩丁：《深翻——中国一个村庄的继续革命纪实》，《深翻》译校组译，香港中国国际文化出版社2008年版，第470页。

与余华在《兄弟》中描写红袖章围猎不幸的个体不同,贾平凹更着力在群体层面上表现宏大而惊心动魄的武斗场景。古炉村的武斗分为三个阶段:第一阶段是榔头队与红大刀之间局限于村庄内部人员的战斗,由于善人与狗尿苔的搅场,双方未造成伤亡。红大刀占据上风,将榔头队围困在窑场。第二阶段,榔头队获得外部造反派的武力支持,大败红大刀。这一阶段伤亡惨重,当场死一人伤无数,霸槽的导师黄生生被烧成重伤。第三阶段则是榔头队与县联指马部长的人马控制古炉村,红大刀的天布、灶火回村救人、劫人,再次造成武斗,死四人,且死状惨烈狰狞。贾平凹以难得的耐心与细腻、直白的笔墨将三个阶段中武斗双方的心理剧变一一镂刻:从最初对动武的紧张到勇敢的冲杀,直至处处痛下杀手,一定置人于死地,普通的村民就这样蜕变成"革命英雄"。

群氓暴力尤其是群体之间的武斗是中国造反派最为强势与经典的"革命"战斗姿态。无论是在城市还是乡村,也不论是在怎样的行业,无数个造反派群体之间合纵连横,俨然战国时代一般。正是在群体氛围之下,对个人行为充满正义感与合法性的解释冲破了原本善良甚至怯弱的民众心理和道德底线,而以所谓的"革命"行为为荣。此种情形在古今中外的极端事件中都会有所表现。勒庞在分析法国大革命中的群体行为时,认为在革命过程中产生了群体犯罪,但是"群体犯罪的动机是一种强烈的暗示,参与这种犯罪的个人事后坚信他们的行为是在履行责任,这与平常的犯罪大不相同"[1]。在"文革"中,超越了限度的邪恶、凶残的人性被赋予了"革命"的解释。一般说来,中国的国民性是比较温和、保守、善良甚至软弱的。但是在革命风暴中,中国人结集为群体之后所爆发出的破坏能量足以令人瞠目结舌。惨烈的武斗中只有"你死我活"的势不两立,因此,暴力升级,死亡事件迭出。不仅是无辜者会牺牲,甚至革命的热衷者也将成为祭祀品。在众多的"革命性"死亡中,灶火的死亡最为惨烈,也最为挑动普通大众的心灵。灶火原本只是一个性情刚烈的村民,却在"革命"中意外地做了一次黄继光。身为"红大刀"的猛将,他在武斗失败后秘密回村,不仅要救人,还特地准备了一包炸药试图炸死霸槽。不

---

① [法]古斯塔夫·勒庞:《乌合之众——大众心理研究》,戴光年译,新世界出版社 2010 年版,第161页。

幸的是,他被生擒了。马部长(霸槽的顶头女上司)下令就让他背着炸药包上路,这一决定不仅让其他村民震惊,即使是霸槽也有些不忍。而在行刑过程中,出现了一个无名凶手。

> 马部长把火绳扔给了踢灶火的人,那人就吹着火绳,把火头子吹得红红的,说,你不起来,一会儿你就起来了!然后朝众人喊:都闪开,都闪开!人群就呼地往树后跑,那人用火绳点着了炸药包上的导火索。

从狗尿苔的眼睛看出去,他自然不知"那人"是谁。而"那人"高高在上,视他人性命如草芥,毫不犹豫地点燃导火索。这是寻常年代中的善良百姓不敢想更不敢为之事,但是"革命"让他将之当作理所当然之事,因此"那人"如往日杀鸡杀猪甚至戏耍一般执行了这个残暴的死刑令。因此,正是"革命"的暴力性质勾引起人类凶残的本性。贾平凹曾记述本地平定武斗之后,枪毙为首分子,其中有几个是老革命出身:"有些人生来是性硬强悍的,他们如果在蜂里是兵蜂,在鸡里是斗鸡;他们或许参加革命,也坚强、不怕死,但并不是为了信仰和人民的利益,那只是与生俱来的对于白刀子进红刀子出的行为的疯狂。"①

恒久、混沌的乡村日常生活

在武斗停止之后,村民迷惑了:"是白天武斗了吗?一个村里的人抬头不见低头见的,甚至是沾亲带故,就武斗了吗?武斗里自己也就在其中吗?觉得恍恍惚惚地,不真实。"恢复部分理性的村民如在梦中。"革命"蛊惑了普通大众,乡村日常生活就以其自在与天然为"革命"祛魅。

关于日常生活,有学者认为它具有高频的重复性(与偶然突发事件分开)、持久的稳定性(让个别事件具有恒常性质)、个体的琐碎性(也就是平常

---

① 贾平凹:《我是农民》,中国社会出版社 2006 年版,第 86 页。文中未标出处者,皆出于贾平凹《古炉》,人民文学出版社 2011 年版。

人的平常状态)。① 在承继传统文化的世世代代里,中国的乡村日常生活形成了一个超稳定的结构状态,明恩溥在《中国乡村生活》里所描述的乡村情形可以被视为超越时空的一个中国乡村普遍状态的真实写照。当代乡村日常生活虽然受到了主流政治话语的强力介入但并未被消解,并以其自在、混沌的状态缓冲甚至消解政治对普通大众的裹挟。对于中国乡村来说,日常生活的核心便是吃喝拉撒与男欢女爱。

刘恒用"狗日的粮食"一语道尽饥饿年代农民对粮食的爱与怨,真是如怨如慕、百感交集。同样的,吃饭也是困扰古炉村村民的大问题。因此,霸槽才会与水皮打赌,吃了整整二十斤豆腐,满盆之所以被牛肉噎死,也是由于常年不得温饱。过度贫困的后果是强化了农民的务实天性。因为"我们的民族确是和泥土分不开的了。从土里长出过光荣的历史,自然也会受到土的束缚,现在很有些飞不上天的样子"②。过于乌托邦的"革命"自然不能让农民飞上天去,土地才是安身立命之根本。即便是在"革命"过程中,农民也知道种地比"革命"更能保证生存。"天布说:队里的活没人吆喝了,可总得有人去干吧,当农民的不干农活,只革命哩,那吃风屙屁呀?!"务实的土地劳作自然地抵制着不切实际的政治疯狂,听到天布等人要成立新的造反组织时,老农民面鱼儿吓了一跳:"天,再成立个什么队,这地里的料虫就更没人挑了。"这倒是面鱼儿有点多虑了,不同组织的农民还是一起去干农活。即便是积极的造反派看到其他农民下地干活挣工分,心里也着急起来,担忧自己的革命行动毫无收益。"革命"的吸引力取决于"革命"能给农民多少物质利益,因此,霸槽在村庄中"破四旧"招人怨恨,但是提议查古炉村的经济账却很得众人好感,而榔头队成员跟着县联指吃香喝辣更能让红大刀人家既羡且恨。

与吃喝紧紧相连的是拉撒也就是排泄问题。对乡村怀有亲密情怀的贾平凹更明白美化乡村的虚幻性,因此,他不顾所谓优美田园诗的传统,极为原生态地表现乡村居民排泄之难以及村庄的肮脏不堪。对于 20 世纪 60 年代的古炉村村民而言,所谓现代卫生几如闻所未闻的神话。为了排泄与积肥的方

---

① 王海洲:《合法性的争夺——政治记忆的多重刻写》,江苏人民出版社 2008 年版,第 188 页。

② 费孝通:《乡土中国》,北京出版社 2005 年版,第 2 页。

便,村庄中到处是触目惊心的简易厕所。值得玩味的是,肮脏不堪的厕所不单单是污秽的象征,还衍生出其他意想不到的功用。一是发现秘密、揭露丑闻的据点。守灯躲在厕所中发现了半香与天布相好的秘密,并设计将之公之于众。二是救命之所。马勺为了躲避众人追捕,钻进了土根家的厕所。土根老婆正在厕所,马勺转身要走,却被土根老婆拉住了,因此暂时得以躲过一劫。

抗战期间,陈学昭曾赴革命圣地延安访问,深为延安街道上的粪便之多而震惊。① 在美国现代卫生文明下成长起来的韩丁带着革命的热情来记录中国人的土改,首先体会到的是乡村无法想象的肮脏感,而他逐渐"习惯"了。② 在此前小说家有意忽略过去的基本卫生层面,报告文学与社会学分析报告做了真实的记录。贾平凹大肆铺排古炉村的厕所、粪水以及与之相关的人畜排泄问题,也就具有了乡村传真的意义。在其他作家视而不见的盲点上,贾平凹以既不夸张也不鄙薄的态度将乡村真实的"不洁"状态传达出来,这也是在具体的物质层面上展示出乡村藏污纳垢的气质。因为"我是农民",所以村庄就是农民眼中的村庄,不必为它的肮脏感到羞耻、讳言。对于乡村生活作如此逼真呈现,真是有挑战普世趣味之意。

在艰难的吃饭与肮脏的厕所之间,村民对于"不洁"的生存状态熟视无睹,久居其间而不觉其脏,甚至可以为了口腹之欲而完全放弃所谓的干净。用现代卫生文明的眼光来看,这自然有悖于卫生话语的要求,但是中国乡村从来都不忌讳肮脏的事物,因为它是生活中天然而重要的组成部分。惟其不洁,日常生活才会强悍如地母,以粗俗而实用的方式引导村民恢复理性。

"文革"状态下的古炉村虽然物质贫乏,却还能养活村民。在粗劣饮食与鄙陋肮脏的居住环境下,男欢女爱就是古炉村日常生活的另一重要组成。与古炉村藏污纳垢的生活状态相适应的是,贾平凹没有刻意描摹唯美的乡村爱情,而是在浓浓的泥土气息中释放身体的自觉。贾平凹一向对敢作敢为、泼辣大胆、风情的女子情有独钟③,古炉村的女子亦有相似的气质。半香看不上自己的丈夫秃子金,转与天布相好。身体的独立自由也直接决定了她在政治

---

① 陈学昭:《延安访问记》,北极书店 1940 年版,第 104 页。

② [美]韩丁:《翻身——中国一个村庄的革命纪实》,北京出版社 1980 年版,第 330—333 页。

③ 贾平凹:《我是农民》,陕西旅游出版社 2000 年版,第 48 页。

立场上的独立：她拒绝加入任何一派，既不给丈夫面子，也不给情人面子。与俏媳妇半香的泼辣相比，女孩杏开则以执着、勇敢取胜。杏开对霸槽的痴情以及未婚先孕无疑遭到了村民的冷眼、鄙夷。忠于自己内心情感的杏开放弃了对道德习俗的遵循。在走上这条荆棘之路时，她一方面要对抗父命，另一方面还要面对恋人的不忠，因此，杏开其实是腹背受敌的，她用生养孩子表明了独立的勇气。女性真正独立的标志是女性自主支配身体，而不是听命于父权或夫权。让身体做主而不是由男人做主是一般乡村女性很难达到的境界，半香与杏开通过不同的方式表现了对身体体验的尊重，传达出乡村女子朴素的女性意识。

就文学而言，性话语是楔入人性的极佳入口。沈从文在崇尚湘西质朴人性时，从不曾吝惜对乡村男女天然情爱的赞美，这是他所看重的自由人性的重要点。贾平凹却是以朴素、诚实的乡村立场进入"文革"时代，试图呈现的是一个细密、真切的生活场景。因此，他放弃了知识分子惯有的精英意识，将性话语的运用克制在一个较小的范围内，而不是《废都》式的颓废纵欲，以期与乡村日常生活相应。就此而言，这是一次成功的写作。

通灵的动物世界：村民日常生活的理想范本

乡村日常生活中有一个重要的非人类的组成部分，也就是由猪、牛、狗、鸡等家禽家畜与麻雀、燕子、狼等飞鸟走兽构成的动物世界。文学很早就与动物结下了不解之缘，《诗经》中大量的飞禽走兽经过"赋"、"比"、"兴"而分担着人类的喜怒哀乐。可以说，在人类自居文学中心之时，也没忘记身边的动物。"由于其他种种原因而不能放在人间表现的人间问题，却借着动物世界的掩护，不留口舌地得到了确切而透彻的表现，从而了却了作家的一份心愿，完成文学应有的庄严而神圣的使命。"[1]在现当代文学中有许多优秀文本涉及人/畜之间关系，如《生死场》、《邢老汉和狗的故事》、《生死疲劳》、《刺猬歌》、《双驴记》等。如果用王松的《双驴记》来比照《古炉》的动物世界，就能更好地感受到贾平凹在动物身上所寄托的美好心情。《双驴记》中的两只驴与知青

---

① 曹文轩：《动物小说：人间的延伸》，《儿童文学研究》1997 年第 1 期。

马杰之间的陷害、斗争堪称神来之笔。究其实质,《双驴记》中人与畜的紧张其实是现实中人与人关系的投影,是寓言版的"造反"故事。

相对于《双驴记》中令人悚然的驴之心机,古炉村的动物显得毫无志向,只是小国寡民中安分守己、善良宽厚之辈。由于动物世界是对人类世界的映照,因此,《古炉》中的动物沾染了很强的人类伦理道德之痕迹。不懂"革命"的畜类一如既往地安身立命,服从了人类的驯养与自身的生命规则,尽得"天然"之妙趣,实现的却是善人对于"仁爱"与"伦常"的向往。出于对人类世界失落高贵理性的沮丧及其排遣,贾平凹在动物世界中营造出善良、仁义的氛围,以此弥补人世的险恶与荒唐。这主要表现在以下两个方面:一是动物之间的相互关爱,二是动物对人的眷恋之感。

家禽家畜内部的相互关爱以及对尊严秩序的维护同人类世界对造反与"革命"暴力的热衷大相径庭。在《古炉》中,开石老婆与杏开两个女人的生产都不圆满,一个夭折,一个饱受冷眼。动物世界的生育反而有尊贵与大欢喜之感,达到了人类想要而未能得到的境地、葫芦家的母狗一窝生下了六个崽子,全村的猪、狗、鸡、猫都来表达爱心,各献珍爱,鸡蛋、白菜甚至鱼都在考虑之列,一派良善、友爱之风,虽然己之所欲未必是狗妈妈所欲也。轻松、幽默的文笔为古炉村增添了诸多快活因素,而这正是人类世界逐渐丢失的珍宝。

古炉村村民一直畏惧狼群,但是狼群常常是挂着一丝微笑安静地穿过村庄,藐视着村民的大惊小怪。狼群的风度与礼仪竟让人类有了惭愧、猥琐之感。就在大规模武斗的夜晚,狼群为了哀悼一只死去的老狼而经过村庄。在人类生死残杀之后,这支狼群用它们的丧葬礼仪与沉痛哀伤无言地鄙视了人类。

在农家,猪的重要性不言而喻。作为农家孩子,狗尿苔自然爱惜家中的猪。但是为了抵债,婆把小猪给了铁栓家。狗尿苔不仅跑去探望,还要安抚失望生气的小猪。小猪在村中遇到狗尿苔,一定要跟着去看望婆。这哪里还是猪,简直就是一个寄养出去的孩子不忘昔日哺育之恩!狗尿苔被马部长抓到政训班去喂猪。狗尿苔与三头猪以前就相熟,现在更是每天共处一室,彼此关心。看上去肮脏不堪的生存场景中竟有着超越人畜界限的温情。

在古炉村,有效地传递人与动物之间信息的是狗尿苔。狗尿苔几乎集少年不幸之大成:出身不好、没有父母、外形矮小(等同于残疾)。这是一个典型的弃儿。但是弃儿不弃：婆养育并锻造他纯良的天性，教他与万物交流。因此，这个弃儿虽在人群中显得卑微，却能与飞禽走兽培养出信任默契、相濡以沫的深情。《古炉》虽是第三人称叙事，却是有限制的叙事，是叙事者贴着狗尿苔的视角看出去的叙事，叙事者似乎并不比这个十二岁的孩子多知道些什么，其实是狗尿苔知道的东西并不比叙事者少了什么，因为他是通灵者，以儿童至纯之心获得了与万物交流的自由。

未成年人狗尿苔既有一点少年老成的聪明，更多的是孩子未泯的单纯。他沟通人与动物的一个重要方式是将二者相类比，将古炉村视为一个生生世世循环不息的场所，其间的一切生物都在相互轮回转化。在所谓迷信"轮回"的原始思维层面上，狗尿苔发现了人与动物的相通之处。与之相应的是，动物们也深通人之世界的魑魅魍魉，以至于当红大刀队将榔头队成员与动物一一相对时，村里的鸡狗猪牛全不安生，纷纷抗议。混乱的并不符合现代科学意义上的人与动物的比附，将古炉村变成了一个可以随意幻化的镜中世界。

在非人的动物世界里，古炉村获得了安谧与温暖。狗尿苔在人与动物之间的穿插、交流使得古炉村的生活立体、丰富。狗尿苔以闭塞乡村孩子的眼睛来看人间的"革命"，像章、军帽、行走天下搞串联的红卫兵都能激起他的革命浪漫想象，但是孩童的纯良天性以及不佳的出身让他不能完全接受"革命"，而一旦进入动物世界，他更有如鱼得水之感。这种错位感催促了狗尿苔的成长困惑，以至于他不愿意长大成人。此种心情正与君特·格拉斯《铁皮鼓》中的奥斯卡相仿。奥斯卡是一个不愿意长大的侏儒，早慧的他用铁皮鼓和超能量的叫碎玻璃来抗议这个荒诞的世界。狗尿苔没有铁皮鼓，也没有超能量，但是狗尿苔拥有动物世界。狗尿苔的生存之惑是身处弱势地位的幼小者共同的心理困惑，但在与动物的亲热无间中获得了更浑厚的博爱心怀，这份心怀必然反作用于人世中。因此，小小的孩童竟有了一点以德报怨的厚道。

《庄子》外篇《马蹄》有云："故至德之世，其行填填，其视颠颠。当是时也，山无蹊隧，泽无舟梁；万物群生，连属其乡；禽兽成群，草木遂长。是故禽兽可系羁而游，鸟鹊之巢可攀援而窥。夫至德之世，同与禽兽居，族与万物并。恶乎知君子小人哉！同乎无知，其德不离；同乎无欲，是谓素朴。素朴而民性得矣。"[①]庄

---

① 方勇：《庄子鉴赏辞典》，上海辞书出版社 2010 年版，第 73 页。

子理想的世界是一个万物平安相处的世界,人亦不必自视高贵,应与其他动物互不伤害,彼此信任,在摒弃征服、占有欲望的状况下保持素朴之天性。循着庄子的设想来看狗尿苔与动物间的关系,可不就是与万物同游,永结同好之境地?物我相融以至于"天地与我并生,而万物与我为一"(《齐物论》)的结果就是对自然界各种生命的敬畏与尊重。

将动物与人混杂在一个文学世界中,并在人与兽之间进行关联并非贾平凹的创造。在中国民间,神仙鬼怪以及动物神话传说不绝,这正是贾平凹获益匪浅的传统。张炜、莫言也很善于此道。这与其说是作家的求异、炫技,更不如说,作家在寻找更符合本民族审美习惯的表达方式,更切近于民间的道德观念,站在民间而非精英立场观察生活一定会有不一样的感受。泛神论导致大众相信"万物有灵",中国原始初民从自身的生活经验出发,产生了"关于人与动物之间在形体、习性和精神诸方面密切相连、互相融入和转换的想象和信仰"①。随着道教与佛教在中国的兴盛,爱惜万物生命以及生命轮回等观念更是深入人心。在"众生有灵、万物平等"观念的浸润之下,古炉村的动物灵气十足,在人向兽性蜕变之时,动物却伸展出高贵灵性,做了忠实的人性的信徒。

四、自在的乡村信仰:"道"与民间巫术

乡村日常生活并不是一盘散沙,而是自有一套源于生活经验的精神脉络。在整个乡村的精神世界中,不合现代道德伦理的封建礼教亦曾是重要组成,封建社会的纲常秩序以国家意识形态的方式下沉民间并最终为民间接受,转化为自身的一种伦理意识,如三纲五常、男尊女卑等诸多封建观念因其强大的惯性在稳定的乡村世界大行其道。而乡村自然发生的民间信仰尤其是巫术更具有自在性、神秘性,并以其实用性而获得绵绵不绝的生命。因此,乡村的精神世界至少包含两个层面:一是吸收转化为民间自发伦理秩序要求的封建时代的国家意识形态,以仁义道德、三纲五常为主;一是民众在面对自

---

① 莽萍等:《物我相融的世界——中国人的信仰、生活与动物观》,中国政法大学出版社 2009 年版,第 67 页。

然未知时自发产生的各种精神信仰，如对神仙鬼怪的信仰，以及由此产生的种种巫术手段，这正是民间精神世界中最为丰富、活跃的部分。中华人民共和国成立后一直强调要反对封建迷信，"文化大革命"中的"破四旧"将此推向顶峰，但是所谓"四旧"并未能就此彻底绝迹。古炉村村民在收获季节苦于无风，于是就让病重的满盆求风，并挑选狗尿苔做"圣童"。可见，土地不仅能够容纳革命的粗野，也一样能够提供"四旧"的存身之处。混沌正是乡村文明的特质，是其"不洁"的日常生活状态所奠定的，由此产生乡村文明对"革命"的消极态度：服从而不彻底妥协。

乡村居民对于"道"的信仰与对民间巫术的笃信融贯在一起，构成中国农村典型的精神生活。民间信仰一旦成型，历经千年都具有传递下去的能力："中国民众在适应新的文化剧变时，既转而接受外来文化的影响，又努力使固有的民间信仰也能适应新生活方式的需要。中国民众自然也有沿袭古老生活方式的保守倾向和惰性，他们还会以中国民间信仰的直接功利性与新生活方式配合相容，或者还会在相当长的历史时期坚持遵循古老的民间信仰方式继续生活。中国的民间信仰将以它自身的规律向未来走去。"①

古炉村之所以能够以中国传统乡村文明的力量承接"革命"，就在于它基本上维持着中国乡村原生态的生活状况，最为明显的一个表征便是现代医疗的缺失。为此，贾平凹特地安排"疥疮"这一传染性疾病的隐喻，疥疮因"革命"而传播，虽非疑难之病，但在古炉村却无有效解救之法。古炉村不仅没有现代医疗设置，甚至连传统的草头郎中都没有。在贫乏而又必须自足的情况下，善人与婆就是医生。这是尤为值得关注的一次阶级身份置换，在政治上不能信任的人又都是村民在疾病与疑难面前的依靠对象。善人与婆所拥有的天道人性以及乡村智慧就是村民可依赖的基本日常信仰。古炉村村民的信仰是自发、自在而又混乱的，从泥土里生长出的各种信仰就如同泥土里长出来的作物一样庞杂而又同根同源。

陈忠实在《白鹿原》中将朱先生设置为中国儒家文化的化身，贾平凹在《秦腔》中让夏家老兄弟做了传统道德的残影。而在《古炉》中，贾平凹将善人当作传统道德礼义的守望者。在整个民族的灾难面前，在乡村自在文明被摧

① 乌丙安：《中国民间信仰》，上海人民出版社1996年版，第13页。

毁的过程中,善人以执着的一己之身做了最后的堂吉诃德,不断地布人性道德之道,其核心是伦常、孝道、仁爱、逆来顺受、善有善报恶有恶报,以此鼓励众人行善积德,苦中作乐。不难看出,这是融封建伦理道德与善良人性于一体的自创宗教。善人将传统道德伦理进行民间化、实用化,将"道"与他人所求之事联系在一起。跟后一心求子,善人遂趁机教他人伦之道,让他尽孝行善。支书老婆心中苦恼于丈夫的遭遇,于是善人便教她要逆来顺受。

如果说,善人宣传"天道"教育大众要行善积德之心,维系地方道德水准,那么,婆和她所代表的民间巫术就是土生土长的乡村自然生活经验,婆的种种小手法也比善人的传道更为便捷,更有神秘感。对变幻莫测的世界,人类以巫术作为应对之法。"中国文化的特点乃是巫术的神秘主义和实用主义的结合。"①婆的巫术建立在"万物有灵"以及鬼怪信仰之上,而这正是革命一再批判的"迷信"。立筷子、燃柏朵、收魂,婆的巫术既神秘又实用,看上去手段玄妙,却往往能使病患化险为夷,及时地安慰人心。鬼神崇拜是人类共通的文化习俗之一。出于对未知世界的敬畏与求知,鬼神成为人类解释未知的媒介。与传统现实主义作家不一样的是,贾平凹对乡村精神非现代理性的一面保持着高度的兴趣,由此又为文本增添了神秘主义的色彩。

善人与婆相互支持,共同营构圆融、丰富的未知世界。他们之所以能够引导村民的精神世界,其根本即在于他们知道村民精神寄托的所在,而村民对未知世界的敬畏则为他们提供了立足的理由。民间复杂的原始宗教信仰在一个失序的社会里引导社会伦理,看上去芜杂、不成体系,却是古炉村人性不灭的防火墙,为村民缓解了内心焦虑,提供了足够的精神支柱。

结　语

作为一次民族史上的大灾难,"文革"记忆所触发的书写可谓是种类繁多,令人目不暇接。贾平凹曾言:"真正的苦难在乡下,真正的快乐在苦难中。"②《古炉》

---

① 赵仲明:《巫师、巫术、秘境——中国巫术文化追踪》,云南大学出版社 1993 年版,第 12 页。

② 贾平凹:《我是农民》,陕西旅游出版社 2000 年版,第 186 页。

当是他心中最为真切的乡村"文革"镜像。作品以狗尿苔为叙事中心人物,并非因为他的强大,而是因为他的弱小,常言道"木秀于林,风必摧之",弱小方能从暴虐的指缝中漏下来继续存留。善人眼见维护乡村文明无望,不惜以身相殉,而又独独寄文明的希望于狗尿苔,幸耶?非耶?一个还没有上学的孩子就成了文明与现代理性的继承人,在呼应鲁迅"没有吃过人的孩子,或者还有?"的渺渺疑问时,倒是让人看见了善人对疯狂世界的绝望。而狗尿苔并非一只单纯无辜的羔羊,善人的希望岂不又趋于虚无?

(原刊于《文艺争鸣》2011 年第 4 期)

乡村政治生态的体制性与民间性
——毕飞宇"王家庄"叙事之考察

　　对于小说家来说，一旦开始具体时空坐标上的虚构时，就必然处于故事与历史的纠缠中：在虚构的故事中也许有历史存在，但在历史中却不允许有虚构这类东西存在。而马尔克斯等人的成功宣告了一个事实：在一位伟大的小说家手上，完美的虚构可能创造出真正的历史。[①] 对于中国的小说家来说，虚构也许有着另一种自由的力量。作为 20 世纪中国重大历史事件之一的"文革"，从其结束之时起，就成为许多作家所情有独钟的记忆对象，即便是在时过境迁三十年之后依然如故。如果再将之与广袤的乡村世界相连，那么将产生怎样的奇观呢？

　　鲁迅为辛亥革命后的中国乡村创造了"未庄"，废名为记忆中的乡村命名"黄梅"，沈从文则对湘西小城一往情深……与这些乡土写作者拥有自己的乡村世界相似，毕飞宇虚构出了"王家庄"。毕飞宇的《玉米》系列与《平原》共同演绎着王家庄的诸多悲欢离合，可以说，它们传递出了王家庄的日常生活。[②]不过，也许从政治生态的角度对日常生活中的《平原》做一次观察可以发现另一种生存真相。

---

① ［美］彼得·盖伊：《历史学家的三堂小说课》，刘森尧译，北京大学出版社 2006 年版，第148—153 页。

② 汪政：《王家庄日常生活研究——毕飞宇〈平原〉札记》，《南方文坛》2005 年第 6 期。

一

　　"地球上的王家庄"位于平坦的苏北平原,恰逢"文革"之期,自然免不了诸多事件与事变。在此次"革命"过程中,乡村相对于城市而言不是政治中心,其激烈程度与城市相比要温和许多,而且乡村接纳了许多因为各种名义而离开城市扎根乡村的外来新居民。表面看来,乡村生活与国家的革命政治之间干系不大,但事实却是乡村总逃不脱政治生态的两个层面:体制性与民间性。体制性是在指法律意义上建立政权机制,即以市长、县长、乡长等为代表的各级合法政治,而村支书、村长等则构成的中国政权的神经末梢;民间性则是泛政治化的,是基于民间生存法则的政治生态,这里存在着用拳头与计谋获得民间认同的可能空间,且不仅存在于公众生活中,甚至在家庭生活中也有所体现,玉米就明确意识到要在家里树立权威,掌握家政大权。《平原》则表明无论是体制性还是民间性层面,这两者并非始终处于对立状态,在一定条件下会达成同谋关系,从而维系乡村的稳定。就像韦伯所发现的那样:"大部分权力关系都蕴涵在琐碎的社会生活细节当中。况且,采取直接的强制手段,对于官僚机器的稳定性来说也极为不利。"①

　　中华人民共和国成立之初,赵树理对乡村基层政权一直有着比较清醒的判断与定位:乡村基层政权直接联系着农民,而在此政权组织中混杂着流氓无产者一类的人物,这类人就像阿Q的继承人一样,在政权转换过程中获取了权力,同时实现了阿Q的土谷祠梦想。于是而有赵树理风格的问题小说《"锻炼锻炼"》、《登记》、《李有才板话》、《福贵》等,直面这一问题。"记得当时就有人说过,赵树理在作品中描绘了基层党组织的严重不纯,描绘了有些基层干部是化了装的地主恶霸。这是赵树理同志深入生活的发现,表现了一个作家的卓见和勇敢。"②当50年代至60年代的批评者用"化了装的地主恶霸"来总结概括赵树理作品中乡村基层政权不够纯洁的原因时,找到的是解释问

① ［德］马克斯·韦伯:《经济与社会》(下卷),林荣远译,商务印书馆1997年版,第291页。
② 周扬:《赵树理文集序》,工人出版社1980年版。

题的阶级话语。不过,问题显然并不如此简单。赵树理显然也无法在那样的年代里做更深层次的追究。随着中国社会发展至"文革"期间,地主恶霸或者已经被肉体消灭,或者是处于人民民主专政之下,很难钻进人民政权,成为专政机构一员。从阶级角度来看,政权是非常纯洁了,政治生态非常合乎共产主义理想状态。然而,事实并非如此。就此而言,毕飞宇承继了赵树理的乡村政权问题思考这一严肃意旨。并且,毕飞宇更有自己不同的观察视角:如果说赵树理试图从"坏人混进革命队伍"的角度解释基层政权的不够纯洁,那么,毕飞宇就是从传统文化因袭与人性的角度考察"文革"状态下的乡村政治。王家庄则成为这一思考的空间载体。

王家庄的构成具有比较典型的家族聚居的特征,这是中国乡村比较普遍的居住状态:整个村庄只有两个姓,一个王姓,一个张姓。玉米听爷爷说起过一次,王家和张家相互仇恨,打过好几回,都死过人。① 这里暗暗埋下了王连方将来倒台的悲剧必然与张氏有关的引线,这是一种潜意识的牵引。王连方则将两个家族之间的仇恨上升为阶级问题,其实是新政治话语下的旧问题。在1970年前后的中国,家族积怨也得服从于政治的决定。作为合法政治的代表,王连方借着政权的神圣,成为王姓家族的代表,让张姓家族臣服。王连方掌握着政权,及时执行各种自己也未必清楚的政策:"吃不准不要紧,关键是做领导的要敢说。新政策就是做领导的脱口而出。"②王连方甚至可以广泛占有王家庄女人们的身体,并无所畏惧。首先,他的女人施桂芳是个明白人。其次,其他女人即使不愿意也不会损伤到支书。更何况,许多女人心知肚明,半推半就甚至充满感动。有庆家的(柳粉香)是王连方的红颜知己。这女人一眼看出了支书的心思,立刻做出了判断:迟早是要被他睡的。而在一段时间的推挡之后,她已经有点受宠若惊了:"他也不容易了,又不缺女人,惦记着自己这么久,对自己多少有些情意,也难为他了。"③女人们从一开始就将自己放在等待王连方"宠幸"的位置上。因此,王连方的成功不仅因为政权的赋予,更是因为中国政治传统积淀提供了基础。在王家庄的世界里,支书俨然

---

① 毕飞宇:《玉米》,《人民文学》2001年第4期。
② 毕飞宇:《玉米》,《人民文学》2001年第4期。
③ 毕飞宇:《玉米》,《人民文学》2001年第4期。

就是君王,所以支书娘子施桂芳不会因为丈夫在外拈花惹草而暴怒,甚至与那些有染的妇女有说有笑,像是一夫多妻制下的妻妾姊妹,"不妒"的施桂芳很有"大妻"之贤惠。而献身的女人们也从未想过让支书抛弃发妻,颠倒一下家庭秩序。即便是有庆家的在听到高音喇叭传出施桂芳生子的消息时萌发了幽怨之情,还是催促支书归家迎接继承人的诞生。女人们对支书的顺从自然不是女性反抗自身丈夫的表征,男人们对于这位支书有怨恨也有无奈甚至巴结之意,王家庄上的男人们在支书面前似乎集体失语了,这不是对王连方个人的敬畏,而是对政权的敬畏。这样的乡村伦理秩序与其说是新生政权的赐予,不如说是在新生政权内部延续了传统的社会伦理结构。其他男性农民与王连方之间的力量对比过于悬殊,因为王连方借着政治的权威而对农民具有一种"低成本伤害能力"①。这也就是王连方会去触碰高压线的根本原因。

王连方撞上破坏军婚的高压线被"双开"之后,村上的议论似乎还在为王连方惋惜:"怪只怪秦红霞的婆婆不懂事,事后人们都说,秦红霞的婆婆二百五,真是少一窍!你喊什么?喊就喊了,你喊'杀人'做什么?王连方要是碰上一个聪明的女人肯定过了,偏偏碰上了这样一个二百五。"②秦红霞的婆婆一下子改变了王家庄的政治生态:"王连方双开除,张卫军担任新支书。"③公社书记在两姓之间做了平衡,以张姓取代王姓,这是一个双方都能接受的英明决策。政权的交替在两个有积怨的家族间完成。不过,毕飞宇无心追随陈忠实的《白鹿原》,将家族恩怨作为描摹重点,《玉米》很快就走向了村民们对王连方一家的报复。

乡村男人们因为惧怕政权而忍受王连方的侮辱,一旦王连方身上的政治神圣性被剥夺,男人们的报复就显示出卑劣、邪恶的特征:轮奸了他的两个女儿。这是典型的暴民政治场景:

> 电影早就散场了,大草垛的旁边围了一些人,还亮着一盏马灯。玉米大声喊:"玉秀!玉叶!"没有声音回应。草垛旁边的脑袋却一起转了

---

① 吴思:《血酬定律:中国历史中的生存游戏》,语文出版社 2009 年版,第 1 页。
② 毕飞宇:《玉米》,《人民文学》2001 年第 4 期。
③ 毕飞宇:《玉米》,《人民文学》2001 年第 4 期。

过来。四周黑漆漆的,只有转过来的脸被马灯的光芒自下而上照亮了,悬浮在半空,呈现出古怪的明暗关系。他们不说话,几张脸就那么毫无表情地嵌在夜色之中,鬼气森森的。①

政权对父亲的惩罚归属于政治制度,并不足以平民愤,村庄里的男人们只有在对女孩子进行报复性伤害之后才获得了心理补偿。这时,乡村政治生态的"民间性"一面就呈现了出来。在这次的复仇场面中,没有具体的个人,群体施暴而又围观,凭空制造了乡村的鬼魅之夜。怯懦的个体聚集到一起,依靠群体的阵势发泄多年来累积下的屈辱之感。自然,这不是合乎现代文明的做法,却是典型的中国传统式的报复思维:以眼还眼,以牙还牙。你祸害了我们的老婆,我们就要祸害你家的女人(最好是纯洁无辜的女儿)。这种思维习惯应该说是源远流长。每一次的革命暴力事件中总有着受辱女性的身影,不论她是否应该受到惩罚,只要她属于失利者一边。阿Q在革命美梦中也曾思量秀才娘子与假洋鬼子的老婆,茅盾在《蚀》中留下了大革命时期的女性写真。革命烽火烧向乡村,于是地主恶霸的小老婆就必须给穷人做老婆,虽然这女人十分不愿意。一旦革命失败,女革命者又成了反动分子凌辱、诛杀的对象。张翎在《雁过藻溪》中描写了一个名叫信月的女子在土改之时的遭遇。因为家中富裕,因此在分土地之时被穷小子们盯上,以至于失身留下终生伤痛。在《平原》中,高级社员老鱼叉因为娶了差点做了王二虎小老婆的女人而格外亢奋,革命激情不减。从性占有的意义上去实施复仇行为,在群体潜意识中大概是最为恶毒也最为彻底的复仇方式吧。民间的自发的政治伦理为复仇者提供了精神支撑,所以没有男人因此害怕奔逃,反而是受辱的女孩子难以重见天日。而合法的政治对此保持了沉默:不仅是施暴者无惧于政权的威慑,受害者也无意通过政权讨回公道。在狭义的政治权力空缺之所在,民间暴力就获得了畅行无阻的空间。

对于群体施予的暴力,玉米的妹妹们根本无力反抗,而因为这场悲剧,玉米的家庭核心位置得到了强化。王连方家庭中的权力机制发生了变化。此前,父亲是家庭权力的中心,此后,玉米为了振兴家道而无师自通地抓住了以

---

① 毕飞宇:《玉米》,《人民文学》2001年第4期。

政治为中心年代里乡村生活的重点:权力。玉米是乡村女孩子,她熟悉的是传统乡村的伦理秩序,用政治权力保护一家人的体面与尊严是最为直接的选择,婚姻则是实现这一目标的最佳手段。这又是她唯一可以向无名群体进行回击的方法:他们不仅毁了她的妹妹而且毁了她的第一次的婚约,她却不能向任何机构组织去申冤,求得公平,除了谋求普通村民畏惧的政治威慑力之外,还有什么办法呢? 委屈地做了一个老男人的填房这件事本身就是很有些慷慨悲壮的,更何况是为了重振家风?

二

从《玉米》到《平原》,王家庄的政权掌握者发生了变化。王连方下台,在《玉米》中是张氏取而代之,在《平原》中则由吴蔓玲接班。这大概是作者无心之处:他无意将《平原》与《玉米》组成连续的系列。这也暗示了王家庄的故事有 N 种可能,而《平原》只是其中之一。与《玉米》所不同的是,《平原》中的政治生态很有"静水流深"之气度:在制度层面上是由吴蔓玲当政,这位非常合乎革命理想的村支书足以稳固王家庄的政治秩序,受惠于阶级划分的成果,整个王家庄政治秩序极为分明:从吴蔓玲、会计等村委会成员向下依次是贫下中农与地富反坏右分子。每到政治事件到来的时刻,吴蔓玲只要好好掌控地富反坏右分子即可,而在"革命"了这么多年以后,这些敌人早已经气焰全无了。尽管如此,吴蔓玲还是小心谨慎,依靠她所认可的武力,维持正常的"革命"需要。马克斯·韦伯曾将国家的各种制度视为"一种人支配人的关系,而这种关系是由正当的(或被视为正当的)暴力手段来支持的"[①]。吴蔓玲寻找依靠民间暴力的过程实际上是她所代表的国家政治与民间暴力合作的过程,因此,乡村政治生态的"民间性"得到了充分演变的机会。

因为是国家政治神经的末梢,王家庄还不能像公社那样有完备的专政力量(也就是具备合法性的国家暴力机关)。支书吴蔓玲在治理村庄时必须寻找到可以利用的民间暴力。她首先挑中的是佩全。五年级小学生佩全在一次批斗大会上一砍成名,让整个王家庄都怕了他:"谁要是得罪了佩全,那就

---

① ［德］马克斯·韦伯:《学术与政治》,冯克利译,外文出版社 1998 年版,第 41 页。

不只是得罪了佩全,而是得罪了大路、国乐,某种意义上说,得罪了整个王家庄。用不着佩全出面,你家的鸡就会飞,你家的狗就会跳。"①佩全就此成为王家庄青年的帮派领袖,不需要模仿,青年人自发地以他为中心,看他的眼色行事,一个"革命"秩序时代的乡村"王者"出现了。民间自有一套生存机制,"强者为王"的民间生存法则充满了自然气息,也让政权的所有者看到了可资利用之处。因此,凡是村庄上有重大政治活动,需要捉拿看押各类"敌人"时,吴蔓玲就会赋予佩全合法性,让他去履行"专政"的职责。打击孔素贞等人的宗教活动、将"坏人"看管起来以防破坏人民群众的悼念领袖活动,等等,无不显示出乡村政权与民间暴力的亲密合作。更有深意的是在将孔素贞等人进行游街的过程中,一个乡村儿童突然成长起来。九岁的王学兵喝令成年敌人跪在地上,任由小孩子骑跨。而这个孩子不仅拥有了杀气腾腾的童年,更成为同龄人的领袖。"革命"摧毁了正常的社会伦理秩序,小孩子才会有唱着革命歌曲,凌驾于成年人身上的机会。

端方本无意成为民间力量的核心,他一直避让着佩全,但是双方还是有许多纠纷,想躲也躲不过。在佩全侄儿之死的冲突中,佩全一家气势汹汹要端方的小弟弟赔命,端方的智慧就在于他知道怎样化解自身的劣势,赢取大众的同情,通过其他德高望重的乡村长辈处理事端,保全自家人的脸面与性命。在此,值得注意的是,端方没有将解决问题的希望寄托在合法政权上,而是倚重民间评判。而蔓玲这个政权代表也在此事件中缺席。乡村在处理日常事件时有着另一个自发的民间评判体系,端方成功地利用了这个体系。在这起纠纷之后,端方就在继父家中确立了一家之主的地位,并且让傲慢、强悍的继父之女——红粉低下了头。对于恋人三丫死亡事件的处理再一次显示出端方非同凡响之处:他不是揪着赤脚医生要求赔偿,而是将三丫死亡的秘密掩藏,由此让医生终身都是畏惧与感激并存。端方几乎是一个天生的乡村强者:他有着天生的趋利避害的本领,从而不断积累个人的力量与威严。普通大众对他过人力气神话的传播是铸成端方领袖时代到来的关节点。

村支书吴蔓玲与端方同属外来者,却站在《平原》政治生态的两级,形成多方面的对话关系:吴蔓玲虽是女性,南京下放知青,以泯灭其青春女性特征

---

① 毕飞宇:《平原》,江苏文艺出版社 2005 年版,第 36 页。

与城市来历而为王家庄村民所接受,以至于成为王家庄的政权持有者;端方虽是王家庄居民,却是由母亲"拖油瓶"带来的,本身来历有点暧昧,高中毕业只有回乡之路,回的却不是故乡与故家,而他最终依靠自己的武力与智慧获得王家庄年轻人的认同,成为天然领袖。吴蔓玲因为掌握政权而获得威严,端方则在民间得到拥护,本来彼此间井水不犯河水,各行其道即可,却渐渐交叉相遇,产生一幕离奇剧。他们的相遇既是青春的相遇,又是两种政治的相遇。

长久父权制的结果是女性在政治体制中始终处于弱势地位,而女性要想获得权力通常需要经由两种途径:向男人献身或者自我男性化。因此武则天必是狐媚惑主,而花木兰只有女扮男装。比较而言,玉米是献身型的,吴蔓玲则是自我男性化的代表。"两要两不要"(要做乡下人,不要做城里人;要做男人,不要做女人)的主张是吴蔓玲作为城市女性面对乡村政治所能做出的明确体认,只有刻意掩埋自己的性别与来历方能在男性掌握的乡村政权中分得一杯羹。而放弃"城市"与"女性"的自身本源,又常常让这类力图"雄化"的女人遭遇更严峻的婚姻问题。古华在《芙蓉镇》中曾经为美丽的女主人公胡玉音设置了一位天敌:李国香。李国香在《芙蓉镇》中的困境虽是与个人的卑劣有关,而事实上也与封建传统观念的接受程度有关:在男性主导的社会里,有哪一个男人有胆量娶这样强悍的女子为妻呢?所以李国香不得不成为苦恋无果、男女作风甚差的变态女人了。《芙蓉镇》中对李国香的丑化与漫画自有时代风气之遗痕,却也构成了一股容易被读者所接受的"令人厌恶的政治坏女人"叙事模式。吴蔓玲的出现其实是对李国香这位前辈的一次重新审视:未必不美,但是女主人首先放弃了自身的女性气质与美丽;未必无情,却愿意用冷酷的政治装点身份。于是,毕飞宇让吴蔓玲面临性别与爱情意识的苏醒,从而解构了她的政治追求。从拒绝城市女性的身份到艰难地重新确认,这中间有两次非常重要的触发事件,一是好姐妹志英的婚礼。愚蠢而忠心的新郎让蔓玲第一次有了"剩女"的不甘,还从没有一个男人如此对待过自己呢!另一次则是照镜子事件。这次事件发生在大队部前面的空地上,空地上有一片槐树成荫的阴凉之所,因此农民们喜欢聚集在此吃饭聊天,吴蔓玲当然不会放弃与群众打成一片的机会。就在此时,来了一个背着很大玻璃镜匾的过路客,自然有一番闲聊,吴蔓玲忽然好奇心起,打算照一下镜子:

> 吴蔓玲平日里从来不照镜子，吴蔓玲不喜欢。可今天吴蔓玲倒要看看，自己是不是又黑了。镜子里有一个人，把整个镜匣都占满了，吴蔓玲以为是金龙家的，就看了一下旁边，打算叫她让一让。可是，吴蔓玲的身边没有人，只有她自己。回过头来，对着镜子一定神，没错，是自己，千真万确了。吴蔓玲再也没有料到自己居然变成了这种样子，又土又丑不说，还又拉挂又邋遢。最要命的是她的站立姿势，分着腿，叉着腰，腆着肚子，简直就是一个蛮不讲理的女混混！讨债来了。是什么时候变成这种样子的？哪一天？吴蔓玲的心口当即就凉了，拉下了脸来。①

这面突如其来的镜子很有些神谕启示的味道，一下子照出了吴蔓玲来到王家庄之后的整个心路历程。平日不喜欢照镜子并不是因为害怕镜子，而是因为骨子里有一股自信，自己是好看的姑娘啊，所以吴蔓玲对乡村生活的自我设想是"黑了"，却未想到不仅是"黑了"的问题，而是整个人精神气质的改变问题：从漂亮的女孩子变成了一个又土又丑又邋遢的女混混。吴蔓玲虽然刻意回避女性身份，但其心里保存的还是正常的女性审美意识，这镜面自然对她形成了当头棒喝。政治追求与女性意识之间的矛盾显然已经不能再回避下去。因此，这一番照镜子不仅对于吴蔓玲本人有着如五雷轰顶的效果，此后，它又紧接着演化成一出鲁迅《风波》式的乡村小冲突。作为女性干部，吴蔓玲的婚姻困境在 1976 年的王家庄表现得更为明显：放眼周遭，不至于辱没自己的男孩子只有端方了。按照习俗惯例，在婚姻关系中，男性要比女性强一些才算相配。而南京知青只剩下混世魔王，此人以懒馋著称，政治上毫无前途，且大众评价甚低，只剩下给吴蔓玲做负面对比的功能了。其他本地青年更不值一提，唯有端方这个高中毕业的回乡者还有点资格，但是这唯一的候选人根本不敢有如此非分之想。因此，蔓玲几乎如在虚空之中，眼睁睁地看着端方却不知如何是好。老舍先生让又老又丑的虎妞通过诱骗的方法将祥子降服，古华让李国香与运动根子王秋赦（真正的流氓无产者）混到了一起，构成的是令人厌恶的男女关系，毕飞宇则试图让吴蔓玲做一次困兽之斗，

---

① 毕飞宇：《平原》，江苏文艺出版社 2005 年版，第 75—76 页。

寻找一下突破的可能。

与吴蔓玲女性意识的逐渐苏醒相比，端方对吴蔓玲的观感却是走上了一条相背离的路：从性别之感到政治之意。他先是用农村男人的眼光看待蔓玲，此后则无比清晰地意识到这是王家庄政权的代表，所以两个人之间看上去是越来越熟悉，事实上却是越来越远。吴蔓玲初次出现就让端方大吃一惊：她的好听的南京话与好看的模样到哪里去了呢？端方以农民对城市女性的美化意识打量这个已经完全本地化的女支书，自然倍感意外。这时的女支书还无知无觉，一副领导人的亲切神情。事实上两个人是年岁相仿的青年人，但是政治将他们分隔为领导与被领导的关系。毕飞宇一直在为吴蔓玲设置着表达情感的挫折。政治身份与性别对于这个女人来说不再是感情的优势，而是显而易见的劣势了：如果她是个男性支书，那可以像王连方一样随心尽性，不必云遮雾绕，转弯抹角，直接向喜欢的异性表达就行了。如果她只是一个普通的女人，也许就会像三丫那样，直接约会端方即可。偏偏蔓玲贵为支书，却是未婚女子，如何传达这份情感呢？几次刻意显示亲热的谈话都是无果而终，真是难为了蔓玲。然而，仅仅是两个人之间的擦肩而过的错失还不足以呈现出性别的错位感。混世魔王为了参军而以强奸为勒索，这完全击溃了蔓玲的女强人盔甲。她不得不为了自己作为女人的清白名声而噤声，将唯一的参军名额许给这个玷污了自己的男人。因为这一次的性暴力事件，掌握政治权力的吴蔓玲清醒地恢复了女性意识，不得不向在性别意义上占尽优势的混世魔王屈服，而她对于个人幸福前途的长远规划也就此呈现出幻灭的征兆。她只能屈尊俯就直接将话说明白了，端方却被吓着了，做了一场性别颠倒的结婚之梦：是吴蔓玲娶了端方，不是端方娶了蔓玲。端方头上顶着红头盖，被人捆到了结婚现场，蔓玲用开社员大会的办法讲话，让社员们鼓掌通过。这个梦做得压抑而恐怖。蔓玲的政治权威不仅妨碍了自身的爱情追寻，也严重压抑着端方对政治女性的爱的可能。

这里有必要看一个题材相似但情节走向却完全不同的文本——刘恪的《树的舞蹈》。夏姐可以视为一个当代胜利版的虎姐。同样是在政治地位上占据优势的女性，杀鱼婆夏姐（夏季雷）为了得到心仪的男子麦雨，非常巧妙地调动一切手段，以前途为诱饵将情敌兰萍友好送走，并且一直为后者提供有力的政治前途的帮助。丑陋的夏姐对麦雨展示出的是男性的豪爽气概，而不是小女人的柔情蜜意。她甚至为麦雨设计光明的大学之路,只提了一个条件:上一次床。麦雨不由答应了,他的男性潜意识中大概认为自己并不吃亏。以后在夏姐的提议下,又有过一次这样的经验。麦雨不知道自己完全跌进了夏姐的陷阱:"夏姐为你做那么多,不惜编谎话,说别人强奸她,你也不想想,怎么会有人强奸她? 她就是为你挑担子,把你的儿女养好,于是,你就会对她感恩。爱,也是一种武器。"①夏姐的成功就在于她知道自己丑,所以干脆不按常理出牌,无视传统观念对于女性的歧视,甚至利用这一点。夏姐逸出生活的正常轨道,假借被陌生男人强奸的幌子,先为麦雨生个儿子,培植麦雨的感恩、负疚感,让麦雨的道德良心做出娶妻的正确选择,最终完美实现了自己的婚姻目标。麦雨就这样被夏姐设计了一生。夏姐对麦雨的操纵以及麦雨的妥协是整个小说得以架构的基础。相对而言,《平原》则将爱情引向了令人绝望的方向。蔓玲有心而端方无意,蔓玲又始终不能像夏姐这样大刀阔斧地利用优势化解劣势,智取目标,所以她必然多受"折磨"。借助《树的舞蹈》反观《平原》,吴蔓玲的爱情就显得相当抑郁了。

三

米兰·昆德拉在总结自己的小说创作时,曾经归纳出一个非常重要的经验:"历史记录的是社会的历史,而非人的历史。所以我的小说讲的那些历史事件经常是被历史记录所遗忘了的。"②从《玉米》开始的"人性恶"的观照与群氓暴力的表达,发展为《平原》中的对人/畜禁忌的突破。《玉米》中的男性村民借群体之名对玉秀、玉叶施加性暴力,不能仅仅视为村民对王连方昔日罪恶的报复,在一定意义上是人类兽性的体现。在这样的群氓暴力面前,自是不必奢谈什么"人是宇宙的精华,万物的灵掌",更不必想到"人是一根会思想的芦苇"。放弃思想理性、撤退到动物本能的后果是人类高贵精神气质的失落。这种失落不仅仅是在少数极端事件中呈现,更是弥散在各类人物的生活处境中。在非常态的"革命"状态变成生活的常态之后,"革命"就会随时经由

① 刘恪:《树的舞蹈》,《北京文学·精彩阅读》2007年第1期。
② [捷克]米兰·昆德拉:《小说的艺术》,董强译,上海译文出版社2004年版,第47页。

王连方或吴蔓玲之口从高音喇叭中倾泻而出，冲击着普通人的生存。"革命"的威力也不仅是针对"被专政者"，普通民众甚至是政权的代表者也无法置身事外。被专政的"右派"顾先生执着自我改造的后果是个人精神的异化。而"革命"对于个人情爱的讳言不仅加剧了顾先生的异化进程，甚至让蔓玲与老骆驼处于人/畜之困境中。

与老"右派"顾先生的政治语录化相比，吴蔓玲显然要承担更多的叙事目标。毕飞宇不仅在蔓玲身上试验政治与爱情的冲突，而且试着寻找冲破人/畜禁忌的可能。由于混世魔王的深夜强奸之举，蔓玲感受到了身为女性的弱势与危险，于是饲养一条高大威猛的公狗以作防范之用。这条名叫无量的狗儿就是一个具有象征意味的符号。身为女性的蔓玲将安全与守护的重任托付给一条狗而不是一个可以依赖的男人，这是身为政治人物的蔓玲的悲哀。狗儿无量的欲望无遮拦地生长着，这就不停地提醒、诱惑着蔓玲，一点点地燃烧起她的女性欲望。蔓玲对狗儿也越来越亲热，心中涌起无数女性与母性的柔情。本该释放在男性与孩子身上的情感却由一只狗儿来承担，蔓玲失去的是与异性正常谈情说爱的机缘。女性的蔓玲到底是不甘心的，她终于在狂犬病发作之时咬住了让自己爱怨交加的端方，将端方一起带向死亡的路口。只有在彻底疯狂之后，蔓玲才挣脱了压抑的绳索，得到了想要的男人。而小说意味深长的一笔是就在端方去解救疯狂的蔓玲之前，养猪场的母猪发狂了。饲养员老骆驼一直对母猪有着不伦之恋，此番老母猪突然发疯吃了自己刚生下不久的小猪，端方不得不将之毙命于扁担之下。端方可以比较冷静地处理疯狂的母猪，却不能防备疯狂的蔓玲。从母猪之疯到蔓玲之疯，《平原》建构起比较完整的疯狂之喻：疯狂也许是另一种不为常人所理解的清醒。母猪咬死自己生的小猪也许是对并非同一物种的老骆驼的厌倦；蔓玲在疯狂之时唯一要做的事情就是逮住端方，再也不让他溜走。

当《平原》用大量的笔墨描摹人与畜之间的不伦之情时，自然不只是为了取得惊世骇俗之效果，相类似的情节在贾平凹的小说《五魁》中已经出现。憨厚的驮夫五魁忠实地守护着柳家少奶奶，始终不曾逾越封建传统秩序所规定的上下尊卑之别。只因为所谓身份之差异，五魁就压抑着心中的爱恋，努力做一个勇敢而富有道德荣誉感的骑士。女人因为一直得不到正常的男女之恋，发生了变态心理而移情于狗。五魁愤而杀狗，美丽的少奶奶则自杀身亡。

这造成了五魁巨大的心理落差。所以在女人死后,五魁就成了一个暴虐的土匪,抢的压寨夫人达十一位之多。因为自卑而极度自尊的五魁走上了极度放纵与堕落之路。"他以这种极端的反叛行为,完成了对自卑心理的超越,实际上也是一种堕落,堕入黑暗的本能中。男性的原始本能,终于随着童贞状态性崇拜幻觉的破灭而爆发出来,且造成极大的破坏性。"①这部发表于1991年的小说,虽有着特别的民间土匪轶事的幻想,却以对男性心理的细腻分析取胜。

柳家少奶奶的自杀与蔓玲的疯狂而死都在传递悖离传统伦理(封建道德或革命道德)的无出路之感,死亡只是解脱不堪重负的手段。自90年代以来,文学对于人与畜之间关系的表达显然在增加,甚至会超越正常的伦理观念,挑战读者的接受限度。这主要得益于早期先锋文学的实验,尤其是拉美魔幻现实主义小说的影响让中国作家更勇敢地突破道德的限制,可以在人/畜、古/今等方面做出自由的转换。这样打破物种与时空界限的结果是对人性深层次的探究更为丰富。

与贾平凹、毕飞宇以较为写实的手法正面冲击人/畜禁忌的做派所不同的是,莫言与张炜则在民间传说式的写作中化实为虚,实现人畜混杂的方式,让小说呈现出混沌而奇异的美。莫言与张炜借助民间文化传统对现实世界进行夸张与变形,传达的还是现实的人世命题。即以莫言的《生死疲劳》而言,地主西门闹对在土改中死于非命倍感冤枉,因此一直在阴曹地府鸣冤叫屈,由此开始了民间传说中的生死轮回,转生为驴、牛、猪、狗、猴,直至怪胎大头婴儿蓝千岁。这个努力洗刷冤屈的鬼魂通过他的动物之眼看到了五十年人世沧桑。小说的叙事结构因此备受关注:"它的叙事结构是用两条生命链建构起西门家族的兴衰史,轮回隐喻的生命链连接了畜的世界、阴司地府;血缘延续的生命链连接了人的世界,人世间的社会;两条生命链的结合,构成了人畜混杂,阴阳并存的艺术画面。"②莫言让西门闹的转世动物驴、牛、猪、狗等依然保持着人的记忆,又对自己的畜类身份有明确体认,既对西门闹的亲人充满不舍之情,又与同类雌性牲畜相互爱恋交配。这个不停变换的肉身始终

① 季红真:《男性心灵的隐秘激情——读贾平凹的〈五魁〉》,《文艺争鸣》1993年第1期。
② 陈思和:《人畜混杂,阴阳并存的叙事结构及其意义》,《当代作家评论》2008年第6期。

保持着高智商与理性。在虚幻的世界中,人/畜之间的界限却是相对清晰且未能逾越。

张炜则比较善于弥合人/畜之间的界限,在《丑行或浪漫》中直接赋予人物强烈的动物本性,以此强调人类的退化:强娶蜜蜡的小油锉是"食人番"的后人,粗暴凶残,是伍爷(村子的帝王)最得力的武器;而伍爷在蜜蜡看来则是一匹大河马,令人恶心至极,甚至在被蜜蜡杀死后仍是腥臭无比。对动物性的强化显然来自作家对丑恶人性的判断与思考。在《刺猬歌》中,张炜有意识地借助民间传说的框架:"特别是'白蛇传'的主题原型似乎与张炜的《刺猬歌》联系更为密切……由刺猬精转化而生的美蒂深爱廖麦,也遭遇了唐童的诱惑和阻挠。"①因为已经是刺猬精,美蒂的爱情并不让人觉得难以接受。精灵的身份比较容易获得读者的好感,尤其是在赋予精灵美丽、善良的品行之后,人/畜之间的物种禁忌也不再是难以突破的界限。民间故事中大量善良可爱的狐狸精、螺蛳姑娘、白娘子等非人类的精灵传说的普及让刺猬精的故事也变得动人许多。借着这样的民间积淀,《刺猬歌》洋溢着浪漫的气息。

由莫言、张炜处理人/畜之间关系的方式以及其最终的现实指向来看,毕飞宇的设置应该说是比较朴实的一种。不过,朴实并不意味着没有力量。正是由于他的朴实,反而让人直接体验到压抑的生命质感。在不能遭遇精灵又不能借助生命轮回解脱生命痛苦的时候,直面生存之痛也是需要冷静与勇气的。在很久以前,毕飞宇就已经意识到了自己的书写责任:"我的书写对象至今没有脱离文革。我指的是大的路子,不能拘泥于具体的作品。可以这样说,在我的创作中,有关文革的部分更能体现我的写作。"②《平原》就是这份责任意识催生的果实。

(原刊于《山西师大学报》2011年第4期)

---

① 王光东:《意义的生成——张炜小说中的"主题原型"阐释》,《当代作家评论》2008年第4期。

② 汪政、毕飞宇:《语言的宿命》,《地球上的王家庄》,新世界出版社2002年版,第373页。

农具的隐喻:城市化进程中乡村的焦虑
——评李锐的"农具系列"小说

李锐的小说常常给人出乎意料的感觉,自从站在吕梁山的"厚土"之上,李锐就成了乡土中国的一个书写者,因为他"在吕梁山获得了一种天长地久的悲情"[①]。二十余年过去了,新世纪的中国乡村面临着从未曾有过的剧变,不变的则是这一种"悲情"。作为一个清醒的书写者,李锐无法只是奉献单纯的乐观。

20世纪末中国城市化进程明显加快,尤其是步入21世纪以来,城市化对乡村的影响日渐明显,甚至可以说,城市化实际上就是传统村落解体的过程。在文学上,自90年代中期以来随着年轻写手们的成长,都市对写作者们的诱惑远甚于乡村,乡村渐渐成为背景。然而,乡村又岂是可以忘怀的? 也许,现在的乡村面临着比城市更深刻的内在危机。从2004年下半年至今,李锐从长篇实验撤退下来,以一组"农具系列"的短篇小说表达自己对当下乡土经验的新发掘,完美地衔接上他对农民生涯的一贯关注。不可否认的是,黄土地上的农民在现代化、城市化的进程中有着自己特殊的追寻现代的方式。

---

① 王尧:《"本土中国"与当代汉语写作——李锐论》,见李锐《无风之树》,春风文艺出版社2003年版,第212页。

主体性农民的建构

在考察中国现代文学传统时,李锐对启蒙立场是充满怀疑的。

> 作为启蒙者的叙述主体,是一个高于叙述的外在的他者。我想做得比他们更进一步的是,我想让那些千千万万没有发言权的人发出声音,我想取消那个外在的叙述者,让叙述和叙述者成为一体。于是,我就创造了一种他们的口语,我要让他们不断地倾诉,我要让那些千千万万永远被忽略、世世代代永远不说话的人站起来说话。正是在这个意义上,我认为我是在做近代以来的知识分子一直在做的人道主义的努力,把人道主义坚持到底,坚持到每一个人。①

农民在几千年的历史中一直地位卑微,但是这并不意味着他们可以被忽视,他们没有发出自己的声音也不是因为他们没有发言的欲望。因为改变了中国现代文学中惯常站立的启蒙立场,李锐在"去描写"的过程中建构起当下农民的主体性。从《厚土》到《无风之树》,李锐尝试用各种各样的手段让农民自己发言。而到了"农具系列"里,李锐回到了自己最得心应手的短篇样式上,不动声色地让农民自己活动起来。

农民无论是守望乡土还是离开乡土进入城市漂泊都是为了个人价值的实现。把整个系列贯穿起来读,我们看见的是黄土地上农民的生活剪影。费孝通在考察中国农村时曾经指出"乡土社会的一个特点就是这种社会的人是在熟人里长大的。用另一句话来说,他们生活上互相合作的人都是天天见面的。在社会学里我们称之作 Face to face group,直译起来是面对面的社群"②。在由亲戚、本家、熟人构成的乡村中,李锐的乡村世界完整而鲜明。《连枷》中农村少年在日益衰微的乡村教育中接受现代教育,由于教师工资的不能保证,教师通过开垦荒地自给自足,但是却耽误了一代少年。于是《桔

---

① 李锐、王尧:《李锐王尧对话录》,苏州大学出版社 2003 年版,第 166 页。
② 费孝通:《乡土中国》,上海观察社 1949 年版,第 10 页。

榇》中大满还接受了中学教育，而在大满眼里聪明伶俐的弟弟小满小学都没毕业，小满因此还唾弃学业。这样的一群少年渐渐成人后，不甘心留在村庄的农民进城打工了（《残糖》、《樵斧》、《扁担》），不愿离开家乡的小满打算着将来儿子的新房（《桔榇》），而有来则等待着渺茫的公正（《袴镰》）。无事的时候也许会去镇上看一场偶然路过的荒诞不经的马戏团表演（《牧笛》）。而年华老去的农民成为土地最坚定的守望者，热爱牲口如同自己（《耕牛》），把伺候土地当作一生的享受（《残糖》、《锄》）。

在这个乡村世界中，李锐采取反启蒙的立场，摒弃道德的说教，在既不俯视也不仰视的平等角度上勾勒农民。"如果真的承认生命的平等，那么就该给卑微者同样的发言权。在'被描写的'转变成'去描写的'同时，所谓的精神指向也发生了截然不同的转变。"①有的农民只要有老婆孩子热炕头就足矣，有的农民总是希望稍微富裕一些，自认为比别人聪明一些。他们的人生理想不能说是宏大的，但却是人性的自由表达。李锐不会指责有来的错误（《袴镰》），不会评论大满的发家致富的方式有何不妥（《桔榇》），也不会评价西湾村村民出卖良田百亩的行为，毕竟农民有农民的经济账，只要合算就可以了，即使是世世代代的良田也可以放弃（《锄》）。农民们用自己的方式思考、生活、做出选择，这样的写作角度对于李锐来说已经足够了。

但是我们不能说李锐因此放弃批判，平等的视角并不意味着零批判。如实地不加隐瞒地去表现农民的每一个细微生活场景，就是一种深切的关注。字里行间透露出的是李锐在建构农民主体性的同时存在着的焦虑。通过整个系列，我们可以发现李锐的一个核心焦虑：谁在坚守着这个农业大国广袤的乡村大地？中国的农村将向何处去？中国的农民又将向何处去？

虽然有小满这样的青年暂时留守村庄，但是更为根本的现实状况是："原来热热闹闹的一个村子，如今冷落得就像块荒地……去北京的，去太原的，去县城的，实在不行也要去河底镇、去黑龙关。住不进城里宁愿在城边上凑合，也不回来住。""满村里的年轻人都走得光光的啦，满村子就剩下些老的小的，就剩下些没用的人守着些空房空院。""不能走的只有这三幢院子，只有自己

---

① 王尧：《"本土中国"与当代汉语写作——李锐论》，见李锐《无风之树》，春风文艺出版社 2003 年版，第 233—234 页。

和老伴儿。有这几十亩地拴着,人就成了树,就成了生根的庄稼,永辈子也挪不动了。"(《残碌》)

年轻的农民向往城市的繁华,在城市化进程中义无反顾地进城寻找新的生活方式,力图改变自己的社会身份,成为新的城里人。这样的大地上只剩下了一群老人执着耕耘。而老人们则成为乡村最后的背影。这群老人在年轻时代不曾遭遇今天青年农民的处境,在他们的青春岁月里,梦想是经典式的农民之梦:"青砖灰瓦一字排开,每年春天,院子里的粉红、雪白热热闹闹连成一片,就像一幅好画,就像一个美梦……"他盖起了一连三幢院子也就意味着他完成了历代农民最大的心愿:有几十亩地,有自家的庭院还有一家三代其乐融融地生活。也因此,这一代农民就如费孝通所说:"从土里长出过光荣的历史,自然也会受到土地的束缚,现在很有些飞不上天的样子。"①

年轻的/年老的、城市/乡村形成了强烈反差。年轻与活力是属于城市的,年老与衰败则归属乡村。在这个对比中,我们无法做出简单的价值判断,判断孰是孰非。中国农村已经走在"现代"的路上,与城市结伴而行。但是有一点则是直接明了的:如此广袤的乡村不能仅仅由这样一群老人做最后的守望者。

在20世纪20年代至30年代由于各种危机接踵而来,中国农村问题相当尖锐地凸现出来,梁漱溟、晏阳初等知识分子相继投入到解决乡村问题的实践中去。梁漱溟在山东邹平进行"乡村建设",晏阳初在河北定县展开"中华平民教育促进会"的工作。作为小说家,李锐也许没有这样的实践才干,但是提出了问题的李锐以小说家的方式介入了21世纪的乡村问题。我们自然不能认为今日乡村问题是昨日乡村问题的直接翻版,但是昨日的经验依然是今天的重要参照。

从乡村到城市的路

在面对20世纪上半期中国乡村的衰落时,费孝通就敏锐地发现"中国都市的发达似乎并没有促进乡村的繁荣。相反的,都市的兴起和乡村衰落在近

---

① 费孝通:《乡土中国》,上海观察社1949年版,第2页。

百年来像是一件事的两面"①，20 世纪 20 年代至 30 年代沿海地区大批农民离开土地进城谋生，在都市日渐繁华的背面是乡村的衰落。20 世纪 50 年代至 80 年代由于计划经济的作用，农民一直被牢牢地禁锢在土地上，只有极少数人能够离开土地变成城里人，这也导致了普遍的农民对城市的向往。90 年代以后随着市场经济的深入发展，农民又可以自由进出城市了，在不自知的状态下参与了城市化的进程。由此造成的后果是农村的沉寂。在农民由乡村向城市流动这一点上，90 年代续接上了 20 年代至 30 年代。身处 21 世纪的贾平凹这样表述眼中当下的乡村："但这几年回去发现，变化太大了，按原来的写法已经没办法描绘。农村出现了特别萧条的境况，劳力走光了，剩下的全部是老弱病残。原来我们那个村子，民风民俗特别醇厚，现在'气'散了……"他因此感叹"以前的观念没有办法再套用"②了。乡村的沉寂对于李锐这样的乡村书写者来说又是一种难得的乡村经验。

　　从 20 世纪 70 年代末开始农民逐渐解决了温饱问题。然而，解决了温饱问题的乡村不一定是农民的乐土。对此，李锐一直保持着高度的警惕。他警惕自己将文学变成单纯的赞颂。也许一两个短篇是显示不出多重意蕴的，然而，当它们以一个系列的姿态排列在一起时，我们便会看见一个活生生的乡村世界。李锐将笔触伸到了当下乡村的主干神经。乡村民主法制、乡村婚姻、乡村教育、乡村文化建设、占用耕地以及农民发家致富的新途径等都成为李锐关注的中心。

　　有来(《袴镰》)的特殊杀人事件直接拷问的是乡村民主法制问题。给有来的一生做了悲剧陪衬的是南柳村其他农民的生存状态。一个村长可以侵占集体财产，普通百姓敢怒而不敢言，甚至有许多人争相巴结。有来的哥哥因为发现问题而提出控诉，结果却不明不白意外身亡。有来意外地以袴镰了结了这桩公私纠葛的恩怨。在此问题上李锐继承了他的前辈赵树理，与赵树理站在了相似的民间立场上："赵树理作为农民的代言人，他本能地发现，在农村，对农民最大的危害，正是'基层干部是混入了党内的坏分子'(周扬语)……他的小说的矛盾冲突大都是围绕这样一批农村旧势力和新政权结合

①　费孝通：《乡土重建》，上海观察社 1948 年版，第 17 页。
②　贾平凹、郜元宝：《〈秦腔〉和乡土文学的未来》，《文汇报》2005 年 4 月 10 日。

的坏人而展开的,这是站在农民的立场上才会发现的问题。"①虽然历史前进了五十年,农村基层干部问题并没有因此而消失。无法想象,乡村中的公平正义还需要用古老的"替天行道,为民除害"杀人方式来维持。乡村民主法制的建设日益迫切,否则它将成为中国乡村现代化的第一个瓶颈问题。

郑三妹(《青石碾》)既是被拐卖者又是拐卖者的奇特经历其实是乡村婚姻中的一大景观。郑三妹的身份变换缘起于当下的乡村婚姻状况。中华人民共和国成立以后买卖婚姻就被废弃而且被判定非法。20世纪80年代末以来贫富悬殊的日益扩大导致部分乡村男青年的婚姻成为难题。巨额的结婚费用常常使贫困男子望而却步。于是,作为一种行当,人口贩子在绝迹多年以后再度出现并且声势见长。而中国人的传统观念又给解救被拐卖妇女带来难题。其他的村民不会去告发甚至帮助那个丈夫,于是,警察只能用几乎是绑架的方式才能救出这些妇女。乡村婚姻中的买卖现象成为乡村现代化的悖论因素。

乡村教师王光荣(《连枷》)的尴尬处境则是乡村教育捉襟见肘的折射。因为拖欠工资,乡政府同意教师开垦荒地自给自足,王光荣便把心思放到种黑豆上,让学生给自己劳动造成学生学习成绩大幅度下降,最终导致这个羊圈小学被解散、自己被解雇。乡村教育是提高国民素质的最重要的环节,然而,也是最容易被忽略的环节。我们可以想见,在这样的教育下,新一代的农民会怎样的成长。难道农民只能做一个农民吗?不安守本分的农民即使进城打工了也只是城市的边缘人(金堂《扁担》),甚至根本失去了飞翔的梦想(小满《桔槔》)。

由20世纪50年代以来建构起来的文学乡村在李锐这里经受了一次颠覆。单纯、明朗、乐观、美好之类不是李锐乡村世界的主要色调。在李锐眼里,农民不只是淳朴、善良的代名词,乡村也不是田园诗般的静谧幽美,而是充满了各种各样的无奈与悲剧。如果我们回看《厚土》,可以发现这是李锐多年来的一个基本立足点。他从不曾去做中国乡村田园诗的现代继承人:"虽然我的《厚土》充满了对吕梁山劳苦苍生的悲悯,但是在我的小说里一直有对于他们身上某些黑暗东西的批判。民间不是一个可以被美化的诗意的理想

---

① 陈思和:《中国当代文学史教程》,复旦大学出版社1999年版,第42页。

境地，民间是一个藏污纳垢之地。对此，我的批判从来没有停止过。把民间美化成'大地母亲'，那是一个浅薄的诗意化的泥淖，在这个诗意化的泥淖里淹没了太多的作家。"①馍妮儿（《连枷》）对范成大《秋日田园杂兴》一诗中"笑声歌里轻雷动，一夜连枷响到明"的说法提出质疑：做农活是这么累的事儿，怎么会高兴得唱歌？仅是这样的一个细节，就足以显示李锐与范成大的区别：范成大以一种理想化的文人的田园境界去描摹农民，而李锐则让小小的农民馍妮儿自己说话。

对于富裕的向往是人的天性，无所谓对错之分，但是实现富裕的方式却有合法与非法之分。《桔槔》则是对农民发家致富手段的合法性提出质疑。七曲河两岸的农民致富的捷径是在铁道旁守候过往的运送焦炭的火车，趁着火车上山的时候扒下焦炭，再转手倒卖。当地农民用这种损人利己的方法迅速致富，盖新房娶媳妇。这在当地农民眼里是天经地义的"靠山吃山，靠水吃水"的事，却是非法的。农民的自私自利不计其他的品格也就一展无疑。而大满的悲剧就在于他学过一点杠杆知识，想把这点知识用到扒焦炭的具体致富过程中去，从而扒得更多的焦炭。贪心的大满也因此死在自制的桔槔之下。

如果说农民通过各种手段尚有可能在物质上富裕起来的话，那么乡村文化是李锐提出的另一个尖锐问题。中华人民共和国成立以后，乡村文化建设一直是新政权的重点之一。对民间艺术形式尤其是戏曲的改造，送戏下乡等具体工作的实行，使得乡村文化生机勃勃。然而，随着剧团等文艺团体的衰落以及电视的普及，乡村文化建设几乎成为空白。而电视、电影等能够贴近农民生存状况与欣赏趣味的作品又日见其少。于是，庸俗的甚至是黄色的文化开始在乡间流传。《牧笛》中的传统说书艺人无法与马戏团相敌，甚至也去一饱眼福，只因为马戏团有火辣的脱衣舞演出。一个拥有数亿农民的国家，却不能为如此多的农民创造属于农民自己的文化，甚至固有的传统文化都处于渐渐消亡的状态，这难道不是一个巨大的社会问题吗？拓展乡村文化空间成为乡村现代化路途上不容忽视的问题。

在人多地狭的中国乡村，农民可以获得温饱，然而乡村不太可能实现农民所有的梦想，城市对农民来说充满了深不可知的诱惑。李锐真切感受着农

---

① 李锐、王尧：《李锐王尧对话录》，苏州大学出版社 2003 年版，第 84 页。

民的特殊心境:"那世世代代被绑在黄土地上的人对贫困的恐怖,希望挣脱黄土地的渴望,我是真的看见了,我也真的体验了。"①即使是不愿意走出家乡的小满(《桔槔》)面对通向外部世界的铁路也有一种自发的感叹:"眼前的这条铁路,不知道到底看过多少遍了,这一辈子也不知道到底要看多少遍……"而对现代文明一知半解的大满则毫不掩饰自己对城市的向往,劝说弟弟好好读书,争取做个城里人。于是,村庄中的青壮年想尽各种办法进城去(《残糜》)。

在其他几篇小说里,李锐是将城市隐隐作为乡村的参照,落笔仍在乡村,说的都是村子里的事儿。《扁担》、《樵斧》则是正面农民进城后的遭遇。没有了 20 世纪 80 年代陈奂生上城式的轻喜剧,金堂(《扁担》)一进城便落入了漫长的悲剧之中。金堂曾经是个健康的而又小有名气的木匠。偶然的机会他与一群人相约到北京打工。因为自负有手艺,到北京后他很快就与伙伴们分手了。孤单的他遭遇了车祸从此失去了双腿。不久,更糟糕的是,一直承担着车祸责任的张老板也意外去世了,金堂没有了任何依靠。于是,身处绝境的金堂决定返回家乡。没有钱没有腿的他用扁担和轮胎为自己量身定做特别的行动器械。一路上被"无数的人可怜过,同情过,嘲笑过,辱骂过"。依靠这特殊的行走方式金堂终于回到家乡。了断和尚(《樵斧》)在城里打工失去了四根半指头,既讨不到公道,也无以为生,愤激之下遁入空门,可是身在空门仍无处排遣悲愤之情。当地发生凶杀案,警察将了断和尚作为排查重点,虽然最终洗清嫌疑,但是警察们的预感却昭示出农民工进城后带来的治安压力和城市人对民工的歧视。金堂与了断和尚的不幸指出了农民工进城后可能遭遇到的种种保障问题。农民工为城市化作出了巨大的贡献,但是享受着城市化成果的却是城市人。难道城市人的幸福必须建立在农民的牺牲之上?金堂回到家乡又会怎样呢?也许是在漫长的静坐中等待死亡吧。然而,他的特别遭遇不会阻挡其他农民进城的脚步。还会有无数的金堂进入城市,寻找乡村无法实现的梦想。

---

① 李锐、王尧:《李锐王尧对话录》,苏州大学出版社 2003 年版,第 46 页。

历史的天空与农具的隐喻

李锐的"农具"系列可以视作对"厚土"系列的一个回应。当年的"厚土"不仅是作品的背景，更可以说是小说中沉默的灵魂人物。无言的群山厚土岂不就是无言的农民？对农民生命状况的体察使得李锐痛彻感受到中国农民的沉默无言。李锐在《生命的补偿》一文中就曾经描述过中国农民手中的器物："他们手里握着的镰刀，新石器时代就已经有了基本的形状；他们打场用的连枷，春秋时代就已经定型；他们铲土用的方锨，在铁器时代就已经流行；他们播种用的耧是西汉人赵过发明的；他们开耕垄上的情形和汉代画像石上的牛耕一模一样。"时隔多年以后，李锐将农具作为小说的代码，代替土地，显然有他的内在关联。土地、农具、农民是三位一体的，对土地与农民的关注必然会牵引着李锐关注到农民手中的家什。就是这些农具，一旦被发明出来，便与农民休戚相关。几千年来的农民就如几千年不变的农具一样，处在所谓历史的暗影里。中国的农民只是以群像背景的姿态在历史长河中影影绰绰，主角永远是帝王将相之流。所以，对李锐而言，他以怀疑的态度看待文人编撰的历史。但是李锐也并不因此而取新历史主义的立场：

> 我不大知道新历史主义有什么样的主旨和特点，我所想表达的是在无理性的历史中种种生命的悲情，这种地久天长的悲情是中国文学传统中千百年来被诗人和作家们反复咏叹的情怀。作为一个中国作家，作为一个使用方块字的后来者，我希望自己的创作能接续这个中国文学的深厚传统。……在《银城故事》的叙述上，我希望能把自己的写作和中国悠久的诗歌传统相衔接。我用《凉州词》的四句诗来统领全篇不是随意的，我希望能把《凉州词》古老苍凉的意境贯穿到自己当下的叙述中来，希望能完成一次当代汉语和中国传统文学资源的衔接。①

① 李锐、王尧：《李锐王尧对话录》，苏州大学出版社 2003 年版，第 163 页。

相信历史是"无理性"的李锐没有因此否定真实发生过的历史,尤其是他试图连接起文学的历史,在这里他找到了"悲情"传统,在悲情传统中寻找自己的立脚点。从《厚土》开始李锐便注重悲情的蕴积,经过了《银城故事》的以《凉州词》布局,到了"农具系列",越发显示出历史互文的古老苍凉。

如果说群山厚土是农民沉默的表达,那么农具便可以视为农民度过煎熬生活的凭借,没有农具与土地的农民将无以为生。在农业社会,农具的改进暗含着给农民带来较高收获的可能,进而带来改善生活的希望。中国农民的历史太悠久了,农具的历史一样的悠久,渐渐地,二者相伴而生。"农具系列"的每一篇正文前都有一段有关农具历史记载的引子,这些引子初看上去与小说情节的关联不是很大,其实是伏下历史的暗线,留下悠远的历史天空。几千年传承下来的农具在今天农民的手中依然不可替代,有些农具两千年来竟然没有什么改变,这是不是让人觉得农民的时空并没有改变太多? 如果我们以农业机械化作对比,这种感觉将更强烈。

但是中国农村终于开始走上渐变之路,乡村不再是以前的乡村,所以农具与农民一样也会面临新问题,农具不仅仅是农民手中的器物,还是一种生活方式的象征。在农具系列中,袴镰、残耧、锄、连枷、耕牛仍然安守农具的本分,而青石碾、樵斧、牧笛、桔槔、扁担则在新的生活状态下开始发挥奇特的功用。但是,无论是安守本分还是越出本分,这些农具都是小说中不出声的灵魂。因此,袴镰成为有来发泄仇恨、终结无言历史的选择,袴镰古老的灵魂悄然呈现:"因时杀物皆天道,不尔何收岁杪功?"残耧成为老农民落寞心情的寄托,而垂垂老矣的"他"与残耧有着相同的结局:在土地上终其一生。六安爷通过锄地而心情愉悦,只是再优良的农具与再辛勤的劳作也无法阻挡土地的被收购。连枷是王光荣老师让学生带到学校帮自己干活的农具,他通过这样的方式才可以补助一下自己的贫穷,可是学生却被置于知识贫乏的境地。在农民红宝眼里耕牛黄宝俨如亲人一般,宁愿与它一起逃离家乡,直至与它共眠于坍塌的窑洞之内。

青石碾、樵斧、牧笛、桔槔、扁担则在新的状态下获得了异形生存。由于村子里通了电,村民们都改用电磨了,这古老的青石碾几乎从此成为被遗忘的器物,然而,农民拴柱发现了它的新用途:锁捆他的买来的老婆。对其他农民来说几乎无用的东西对这个女人来说就是无法挣脱的桎梏。樵斧则成为了断和尚怨恨于人世而了结尘缘的利器。牧笛也不再是牧童手中的"太平之风物"，而是流浪艺人逐渐落伍的谋生之物。经过大满设计的变形桔槔成为他和弟弟扒焦炭的便捷用具，也成为大满丧命之物。金堂挑着扁担进北京，却又是扁担使得他在城市中的行动不便以致失去双腿，扁担终于成为他回到家乡的重要支撑。

当李锐以《王祯农书》、《中国古代农机具》作为小说的引子从而布置整个系列时，他便是在整个系列中传递历史的分量。为此，他又特地在农具系列之一的结尾附上"《王祯农书》注"，介绍王祯其人其文，强调"两任县尹期间他积极提倡农桑，重视农业生产的发展。公余之暇研究、编辑、整理有关农业生产的资料和经验，于皇庆二年（1313 年）写成《王祯农书》……"。作为封建时代的知识分子与官吏，王祯以编辑农书的方式表达知识分子的关切情怀。《王祯农书》的记载成为"农具系列"历史互文的源头。由此，李锐便在农具的本色与今天的变幻之间构筑起了隐约的历史通道。

为了强化小说的历史互文，李锐避开了现代化的农具，而完全以传统农具作为连接古今的桥梁。一些传统农具在乡村日常生活中静静闪光，传递出的是乡村生活恒常的一面，而另一些农具在乡村生活中渐渐被淡忘，传递出的则是乡村生活变化的一面。以避开现代化农具的方式，李锐自然地找到了中国传统文学中的悲情传统，"完成一次当代汉语和中国传统文学资源的衔接"。在完全放弃现代化农具的层面上，农具系列成功地承继了文学悲情传统，但是问题也显而易见：现代化农具对中国农民来说已经不再陌生，甚至成为农民田间耕作的新工具，这些新工具对于乡村的意义又在哪里？至少，由于现代化农具的投入使用，农民正在被现代技术从土地上解放出来，农民进入城市的可能性则大为增加。当然，现代化农具给农民带来的不一定都是益处，即使农民可以从土地脱身，农民与乡村的未来也不是可以轻松预言的。

李敬泽注意到了乡土经验的复杂性："现在写农村、农民或民工的小说那么多，我认为绝大部分作者都严重低估了这个时代乡土经验的复杂性。实际上已经不存在什么纯粹的乡土了，一个农民或民工的经验也是混杂的、未经命名的,可是作家对此看不到、很隔膜,很少有人能够进入对象的内部,大多不过从外面、甚至在高处的书斋里想象而已。"①当下,城市化进程破坏了我们心目中的乡村,把它变得不那么纯粹,农民也不再是那样简单的农民。在农具系列呈现出斑驳的乡村的时候,我们又有什么理由要求乡村停留于田园想象里?

（原刊于《小说评论》2005 年第 4 期）

---

① 李敬泽、洪治纲、朱小如:《艰难的城市表达——关于当前文学创作中的"城市叙事"三人谈》,《文汇报》2005 年 1 月 2 日。

变调:叙事的强度与难度

——评余华的小说《兄弟》(上)

余华对于暴力的偏爱使他成为 20 世纪 80 年代作家中的一个异数,以至于有评论说余华"血管里流淌的不是血,而是冰渣子"①。在 90 年代的三部长篇中,我们可以感觉到余华用温情逐渐瓦解暴力。暌违了十年之久,余华又有长篇《兄弟》问世,衔接的依然是 90 年代《活着》与《许三观卖血记》的温情写作轨迹,但同时又有所变异。引人注目的是,《兄弟》的人性人情之美达到了余华小说中从未有过的明亮。但在余华力图实现新的攀援时,王德威当年的追问依然存在:"他书写暴力与伤痕,似乎已逐渐挪向制度内合法化的暴力,合理化的伤痕,而且不再排斥一种疗伤止暴的可能——家庭。回首十年创作的过程,余华俨然借《许三观卖血记》作了盘整。他是变成熟了,还是保守了?"②

一

在《活着》与《许三观卖血记》中余华以灵巧叙述解决了原本应当相当复杂的小说框架,小说也就显得既轻盈又丰润。因为叙述灵巧,所以小说的叙事格调是相当统一的。《活着》的简单朴实与《许三观卖血记》的幽默都获得了读者的认同。《兄弟》中的叙事出现了相当多的变调:"《许三观卖血记》是

---

① 余华:《内心之死》,华艺出版社 2000 年版,第 2 页。
② 王德威:《伤痕即景　暴力奇观》,《读书》1998 年第 5 期。

舒缓的,像民歌一样,而这部是跌宕起伏的。"①《兄弟》的叙事格调是不统一的,这种不统一不仅是在上半部存在,而且将延伸到后半部。如果以《活着》、《许三观卖血记》的阅读经验来对待《兄弟》,试图从中得到相似的体验,我以为这种期待必然会落空,同时,这也是无视作者创作变革的一种消极懒惰的阅读期待。余华是一位重视创新的作家,他认为作家源源不断的生命力在于经常的朝三暮四,一成不变的作家只会快速奔向坟墓。②

余华在接受媒体的轰炸式采访时,一直提示着读者《兄弟》的特别。在我看来,《兄弟》的特别即在于余华似乎融合了自己二十余年的小说创作,融合的结果则是荒诞与严肃并存、悲剧与喜剧交集、血腥与温情同在,造成了"泪中有笑,笑中有泪"的阅读效果。

《活着》与《许三观卖血记》是余华试图改变暴力写作的结果。在这之前,热衷于暴力的余华对于亲情持冷漠与怀疑的心态,对于温情的否定一直让他的写作处于痛苦而焦灼的状态之中。从《活着》开始,余华开始改变自己的写作状态:"我一直是以敌对的态度看待现实的。随着时间的推移,我内心的愤怒渐渐平息,我开始意识到一位真正的作家所寻找的是真理,是一种排斥道德判断的真理。作家的使命不是发泄,不是控诉或者揭露,他应该向人们展示高尚。这里所说的高尚不是那种单纯的美好,而是对一切事物理解之后的超然,对善与恶一视同仁,用同情的目光看待世界。"③这两部小说成为余华摒弃暴力写作回到温情写作的标志。这种温情写作,也可以视为优美人性的写作。在奉献了太多的凶残恶毒的面影之后,《活着》通过第一人称"我"的讲述,福贵及其家人的不幸——娓娓道来,于简单朴实中蕴藉着深厚的情感。《许三观卖血记》则以许三观的家常生活为中心,没有太悲剧的故事,有的只是小户人家的欢乐哀怨,再加上主人公的幽默生活方式,着实让人对余华的转变刮目相看。

经过十年的沉寂,《兄弟》在接续家庭温情的写作上显然是更进一步。首先,他选择两个破碎家庭重新组合以后的小家庭作为家庭亲情的发生地,这样的家庭挑选应该是出于对人性人情的信任。在这个家庭中,没有所谓继父后母的狠毒,也没有孩子对于继父后母的仇恨,有的只是相依为命的温暖与

---

① 术术、丁立华:《余华:"正面强攻"我们的时代》,《新京报》2005 年 7 月 22 日。
② 余华:《我能否相信自己》,人民日报出版社 1998 年版,第 154 页。
③ 余华:《为内心写作》,见其著《灵魂饭》,南海出版公司 2002 年版,第 222 页。

宽容。在常人眼中，不可能出现爱的家庭，爱出现了。这爱虽然遭到世界中的恶的揶揄，但是这并不恐怖，因为他们相亲相爱，并没有因为恶的存在而否认爱的价值。于是，我们看到了新婚的第二天，宋凡平带领全家逛街去。面对众人不怀好意的笑声，宋凡平不仅要求妻子抬起头来，而且要一家人快快乐乐的。这时，我立刻想到鲁迅所说的"如入无物之阵"。相信了爱，人便可以面对庸俗的流言讥笑。其次，余华以两个本来没有血缘关系却成为兄弟的孩童作为小说的核心人物。如果说，父母的夫妻之爱是源于男女性别之爱，那么，两个孩子的兄弟之情显得更加纯洁动人。余华在1988年曾经发表《现实一种》这部充满暴力血腥场面的小说。出于对亲情的否定，整个小说中的暴力血腥都来自兄弟间的相互残杀。年幼的堂兄摔死尚在摇篮中的堂弟，亲叔叔踢死小侄儿，哥哥亲手整死弟弟，弟媳不仅要让哥哥领受死刑，而且要让他被医生大卸八块……《兄弟》中的宋钢与李光头间的两小无猜的纯真情感就像是在纷乱时代里开出的一朵野花，清新怡人。这种孩童之间兄弟情义的书写恰恰弥补了《活着》、《许三观卖血记》中这部分描写的薄弱。因为它们太关注成人的世界，传达成人的情感，而《兄弟》则以对儿童世界的关注发掘出一个人性的新视角，尽管兄弟俩性情相异，而彼此的情意又成为各自性情的一个生动组成。

二

现在的余华显然已不满足于仅仅延续温情写作的层面，如果他继续《活着》与《许三观卖血记》的写作轨迹，这对他来说是驾轻就熟的，但同时也就存在复制自己的嫌疑。于是，《兄弟》开始了新挑战，而我们则重新见到久违了的暴力场面。

在《活着》中有各种各样的亲人的死亡，但是余华都采取了侧面传达的方法，落脚点在福贵怎样承担亲人的死亡，这也是相对温情的处理。《许三观卖血记》中的死亡都是配角的死亡，处理起来更加简洁。可是，十年之后的《兄弟》中却再次展现了余华对于暴力与死亡的偏爱：宋凡平的悲壮之死、孙伟的无辜悲惨的死、孙伟父亲的刚烈的自杀。相对于这三个人的死亡，李兰的死亡显得温柔忧伤，李光头生父的死亡则显得无耻。余华在十八万字的篇幅中描绘了五个人的死亡和一个人的疯狂，宋凡平、孙伟父子的死亡又是重墨描摹的血腥。在这里，我们好像看见了《一九八六年》、《现实一种》时冷酷、嗜血、迷恋于暴力的余华。余华究竟怎么了？《兄弟》难道就这样成为一道余氏拼盘，五味俱全？

如果这三个人的死亡场面成为单个短篇的话，那么几乎可以肯定余华在简单地重复"先锋派"时期的自己，这样的写作了无新意。但是，长篇小说的魅力就在于它们是从属于一个庞大的整体，前前后后血肉相连。表面上看起来，这些血腥、死亡与温情是截然对立的，但是，当余华把它们勾连在一起时，《兄弟》便有了特别的效果，更何况，经过余华的细致描摹，一切又显得那样的合情合理。这应当就是《兄弟》叙事中的难度：在冷酷中含有温情，在温情中又有冷酷，悲喜交加。

为了成功地越过这难度，余华在小说中采取了"强度叙述"："作家达到了某个高度后，面对叙述突出的不再是才华，而是性格决定他选择的方法，有的人性格就是勇往直前，而有的人就会选择讨巧的方法。选择了正面强攻的叙述方法以后，我感觉自己是勇往直前的，面对叙述是不退缩，不绕开，也坚决不用聪明的办法去处理。《兄弟》连一些不经意的地方也是这样处理的，因为不这样写就感觉不舒服。"①

宋凡平之死是《兄弟》中的第一个血腥场面。如果按照《活着》的处理方式，那么小说会推进得很快。但是余华仿佛在这里进行电影画面的特写，慢枝细节的宋凡平之死占据了小说将近1/5的篇幅。我以为最初的几乎是令人窒息的血腥场面是为后来的种种场面做前导。在宋凡平死后两个孩子尚未到来的时候，宋凡平的尸体并未引起众人的围观，而孩子的哭泣引起了众人看热闹的欲望。如果不是苏妈的仗义相助，根本没有人会主动帮忙，陶青也是因为被孩子抓住脱身不得又被苏妈劝说才硬着头皮答应下这桩差事。余华在写尽了人世间的冷漠后，又写出了人性的复苏。陶青与熟人打架既是由于陶青对众人好奇心态的恼火，又是陶青同情心的转折点：从这里开始，他不再将这事看作倒霉窝火的差事，而是对这家人充满了同情。而陶青的转折又意味着残酷的气息渐渐转变为温情的伤痛。当余华将血腥场面引向对人灵魂深处的考察时，这血腥场面就成了人性的测试纸，而不再是早期余华的炫技。

---

① 术术、丁立华：《余华："正面强攻"我们的时代》，《新京报》2005 年 7 月 22 日。

　　从这个层面上看,孙伟父子的死亡也有着相似的功效。孙伟悲惨无辜地死于自己的一头长发,只因为长发在世俗的眼光里是"不学好"的标志,而在孙伟心里是美的。不仅没有人为此负责,当孙伟父亲追寻当事人时,另一群红袖章制服了他。一个失去爱子的父亲不仅不能为儿子报仇雪恨,还不能为儿子收尸。孙母的疯狂与孙父的自杀都是源于对孩子、家人的深爱。而在这一家完全毁灭的过程中,又有几人表示同情呢? 绝大多数的人都是将之当作谈资罢了。只有苏妈为疯狂的孙母穿上了衣服,李兰理解了孙父的心情,李光头、宋钢兄弟流下了眼泪。

　　即使是成人在回想童年的经历时,童年时没有记清楚的事情也依然无从想起。不过,他会记住最传神的东西。于是,在关于宋凡平与孙伟的死亡场景中出现的打手永远是几个"红袖章"这样的集体名词。其实,即使是知道是某个具体的个人也是无济于事的,更何况,这些真的是集体行为呢? 在"文革"这样一个常规失去的年代,暴力借着"革命"的名义而合法化,批斗、殴打甚至死亡是再寻常没有的了。《兄弟》中的暴力经典就是宋凡平、孙伟父子的死亡细节,而余华童年所见的刑罚则用在了孙伟父亲的身上,童年的记忆在偶然中复活。

　　余华以一种不再灵巧的方式进行正面的强度叙事,让小说充满了在场感。但是,对于余华来说,仅仅是写实的在场感远远不够,当他用久违的暴力血腥来测试人性人情的时候,他总是让温情那么柔弱但是从不缺席。这不能不让人想起刘再复和林岗对《日瓦戈医生》的评价:"帕斯捷尔纳克笔下的日瓦戈医生和拉莉萨其实也是人类心灵在社会巨变时代的象征:渺小的生命无力脱离苦难,柔弱的心灵抗击不了现实,但是,苦难也夺不去人类的希望,现实也磨灭不了心灵的良知。永远的希望不是在一个感官可以感触的现实世界,而是在一个柔弱而高尚的心灵世界。"①余华没有随意施舍廉价的乐观,而是赋予了宋凡平、李兰、苏妈等人"柔弱而高尚的心灵世界"。现实生活中的头破血流为这个"柔弱而高尚的心灵世界"做了最好的衬托。

---

① 刘再复、林岗:《罪与文学——关于文学忏悔意识和灵魂维度的考察》,香港牛津大学出版社 2002 年版,第 104 页。

三

余华在《兄弟》中实现了温情与暴力的交响,同时遭遇了自己的创作瓶颈。这就是《兄弟》所面临的"文革"叙事问题。

"文革"叙事对作家来说有着莫大的吸引力,却也是个深不可测的陷阱。余华自然也不例外。整个 20 世纪对于中国人来说是个跌宕起伏的世纪,而"文革"又是其中最特别的一章。生于其中是一种不幸,但对于作家来说又是难得的幸运,正所谓"江山不幸诗人幸"。在"文革"结束之后的 80 年代,大量的相关文学作品出现,如古华的《芙蓉镇》、张贤亮的《绿化树》等以它们所能达到的人性深度培养了读者对于这类题材作品的阅读心理。所以二十多年之后的余华如何介入"文革"成为《兄弟》中的一个叙事挑战。由《活着》、《许三观卖血记》的写作,余华经历了创作心态从紧张到温和的调整过程,现在,他终于可以平静面对这个巨大的叙事诱惑了,然而当他用兄弟俩的孩童经历作为叙事的切入口时,他能够避免跌入常见的"文革"叙事吗?

为了突破以往"文革"叙事的控诉与悲情,余华以荒诞为《兄弟》的悲情打上一层别致的色彩。开篇即以一种荒诞幽默的笔法展开了长达三十二页的李光头及其生父偷窥女厕的故事叙述。然而真正深刻的荒诞是"以荒诞感超越荒诞,固然生活世界仍是荒诞,但在荒诞的超越中,可以获得生命的欢乐和自由,并证实了人的唯一的真实的力量,荒诞由此变成了人的存在的真实价值"[1]。如加缪的《局外人》等,以荒诞显示人的精神深处与痛苦的灵魂。当余华以幽默戏谑与琐碎单调的重复让李光头频频游荡在刘镇的大街小巷时,李光头灵魂深处的游荡却没有能够传达出来。外表轻松的李光头精神上是单薄的,作为小说的主人公,他的生存还未能传递更深的历史感。我想,这与余华的"文革"观密切相关。

对于"文革",余华曾在文中多次提及自己的童年印象,他对"文革"的整体性记忆就是恐怖、死亡、压抑、无聊。余华"文革"观念的形成一方面是来自

---

[1] 刘再复、林岗:《罪与文学——关于文学忏悔意识和灵魂维度的考察》,香港牛津大学出版社 2002 年版,第 104 页。

童年记忆,另一方面则来自他对有关"文革"资料的阅读。在我看来,后者的影响显然更为有力,在他成长的过程中童年时模糊不清的印象不断地被后者强化。在回答《中国新闻周刊》的记者提问时,余华谈到了《兄弟》中有关暴力细节的问题:"是我从一些文革资料中看到的,当时红卫兵、造反派们发明了很多酷刑。我所写的只是文革期间用得最多的几种而已,把猫放进裤子里和肛门吸烟是我们小时候都亲眼见过的。"①其实,资料也好,亲见也好,无非是为了说明事件的真实性。"文革"曾给成千上万个家庭或个人造成苦痛不堪的一段经历,这点已是不争的事实,无须回避。余华的童年与少年都在"文革"中度过,他当然有资格作为那个时代的见证人与叙事者。他煞费苦心地以回忆的方式重绘兄弟俩的童年岁月,期望将读者拉回历史现场。但我们必须警惕的是:我们是否真能由此触摸到"文革"的真实?触摸到的又是怎样的一种"真实"?一次回忆就是一种叙事角度的选择,就是对"事件"本身的一次加工处理,其中有增加,也有遗漏;有弱化,也有强调。余华的"回忆"虽然摆脱了早期写作时的冲动与愤怒,却摆脱不了长期以来形成的对"文革"的批判立场。因而,他的"文革"故事,与其说是回忆,毋宁说是对记忆深处某些伤痛的片面强调与重构。米兰·昆德拉曾言:"昭示洞察它们的太阳沉落了,人们只能凭借回想的依稀微光来辩解一切。"②当那"革命"的年代成为回忆的资源时,我们的叙事是否只能进行沉重的书写,而没有其他可能?我们在追求"片面的深刻"的同时能否兼顾叙事的丰富性与复杂性?

作为一个优秀的作家,余华是很有历史责任感的,生于 60 年代就意味着对于"文革"可以进行亲历叙事,以后的作家们只能凭借文字或其他二手资料去揣摩那个时代。但也正因为如此,当余华开始正面"文革"的时候,他尚未能拓展已有的"文革"观。在《兄弟》的人性人情之美显得明亮的时候,也许更要考虑的是触及灵魂的深。《兄弟》不由自主地沿着已有的"文革"叙事传统前进:尽管不再是简单的控诉,批判的立场却是一以贯之的。在荒诞戏谑一番之后,余华还是延续了悲情传统。也就是在这个意义上,《兄弟》表现出了

---

① 戴婧婷:《余华:作家应当走在自己的前面》,http://news. sohu. com/20050818/ n226713255.shtml。

② [法]米兰·昆德拉:《生命中不能承受之轻》,韩少功译,作家出版社 1992 年版, 第 2 页。

令人惋惜的局限。

　　这样的评判,对于只出版了《兄弟》上半部的余华来说或许并不公平。余华试图让《兄弟》在整体结构上呈现出对比:"如果单单正面写文革,我觉得没有太大价值。或者正面写今天的时代,如果没有特别好的角度,也没有很大价值。但是把这两个时代并列在一起,就突显出价值了……我就是要形成这种强烈反差。"①幸好还有尚未出版的下半部,但是整部小说能否给读者这样的对比?《兄弟》能否成为余华与读者共同认可的"大"小说? 真希望《兄弟》(上)存在的问题能够在下半部中得到弥补,我们期待余华带给读者的是惊喜而不是失望。

　　　　　　　　　　　　　　　　　　(原刊于《文艺理论与批评》2005 年第 5 期)

---

① 戴婧婷:《余华: 作家应当走在自己的前面》,http://news. sohu. com/20050818/n226713255.shtml。

精神拯救与责任担当

——由陆天明的《高纬度战栗》说起

在这个被文学史家称为"无名"①写作的年代,文学呈现出多元共生的状态,然而就其与意识形态的关系来说却不外乎两大类:一是"纯文学"写作,即保持对意识形态的疏离感,甚至刻意强化这种距离;一是"主旋律"写作,即介入社会公共话题,有时与主流意识形态持相似立场。反腐小说是当下"主旋律"文学中的热点之一,其积极参与社会的姿态引发了大众对它的热情关注。近十年来,反腐题材的小说创作蔚为大观,陆天明则被视为其中的领军人物。从《苍天在上》、《大雪无痕》到《省委书记》,"反腐"已成为陆天明的一张重要"名片",上海文艺出版社新近推出的《高纬度战栗》仍以"反腐"为"标签",便是一个明证。

在阅读《高纬度战栗》的过程中,我一直在追问它和其他反腐小说的生命力究竟在于何处? 它们究竟要"说"什么给我们听? 一个充满悬念的故事还是一种"邪不压正"的乐观信念? 它们又是以怎样的方式完成它们的"言说"?

《高纬度战栗》以一个资深警官为了调查腐败真相毅然脱下警服,以卧底的特殊身份开始了冒险历程,终于踏上了不归之路为小说的情节线索,这线索有着很强的侦破小说的味道,但我以为这不是小说具有生命力的真义所在。陆天明显然无意于在这个层面上苦苦纠缠、耗费才智。在《高纬度战栗》

---

① 陈思和:《试论 90 年代文学的无名特征及其当代性》,见章培恒、陈思和主编《开端与终结——现代文学史分期论集》,复旦大学出版社 2002 年版,第 155 页。

中，副市长祝磊可以说就是对《大雪无痕》中的副市长周密的拷贝。他们都是知识分子出生，为官也算清白，然而由于在职工股票问题上的不够慎重，终于导致失手杀人，自己也因此万劫不复。更为巧合的是，死于他们手下的都是秘书。由于祝磊只是本篇小说的一个配角，小说对他只是简单带过，而没有进行深刻描摹。不仅如此，在陆天明设置劳爷去做卧底的细节上也没有符合一般人的侦破常识：劳爷是一个声名赫赫的警官而非无名小卒，这就注定了他几乎不可能在完成任务后平安归来。劳爷所扮演的角色很容易让人想到中国当代文学中最著名的卧底——杨子荣。杨子荣能够成功进行身份置换，有一个重要前提：座山雕等人对胡彪都是久闻其名但素未谋面。如果没有这样的前提，杨子荣根本无法获得信任，更不用说顺利完成任务了。劳爷就像是一个身份已经暴露的杨子荣进入土匪窝一样，周围充满了敌意与戒备的目光。这样的触犯兵家忌讳的设置，显然不是一个高明的侦破小说家所为。当陆天明将最能吸引读者眼球的侦破情节放在幕后时，侦破已不再是这部小说的重心，在《高纬度战栗》中，侦破故事就像一根穿上了线的针，等待着串联起更深刻的东西。

当陆天明将更多的才智花费在讲述劳爷故事的方式以及将更多的精力花费在对劳爷灵魂的剖析时，我们发现这其实是一部注重精神分析的小说。尽管陆天明说《高纬度战栗》是特别好看的一部小说，然而习惯了《苍天在上》《大雪无痕》的读者一定会有一些失望。虽然情节依然紧张，但是支撑文本的明亮单纯的理想与激情却变得驳杂起来。准确地说，这是一个纯净的灵魂遭遇现实时产生"战栗"的精神分析之作，并且由于绝大多数人的庸常心态而显得更加令人悲哀。这种理想情结上的变动似乎也在隐约传达着反腐小说的困境与突破的新可能。

作为一个理想主义者，劳爷在执行这最后一次的特殊任务时，他毕生的理想、信念都在经受着非常的考验。在劳爷以辞职为代价接受这个秘密指令时他便进入了无法回头的绝望之境。发出指令的人并非法律的直接体现者，甚至也并非权力的直接拥有者，而是已经退隐却仍在幕后发挥作用的退休官员。这样的指令无论是从法律还是权力结构上来说都是不合常规的。这就导致了劳爷很快陷入荒诞的境地。当劳爷以一生为赌注投入其中时，他却发现自己被抛弃了。发出指令的人不久于人世了，于是指令自动终止了，没有人能够为劳爷的举措负责,更没有人能证明他的合法性。一夜之间,劳爷的理想与使命都变得很可疑。继续调查对于劳爷来说已经没有了任何工作形式上的意义。在痛苦中挣扎的劳爷虽然将调查继续下去,但是更加举步维艰,最终还付出了生命的代价。一个法律的执行者需要绕过正常的法律途径接受体制外的任务,这本身就是中国反腐进程中的一个奇特现象。法治的欠缺需要用人治去弥补,而且是一种非正常的隐形程序去弥补,当陆天明做出这样的布局时一定是有其无奈之感的,劳爷的战栗便是最好的说明。

如果说指令的"合法性"与朋友的出卖让劳爷在个人层面感受到战栗的话,那么在调查过程中对于腐败原因的深入思考则让劳爷在社会层面充分感受到自己的虚弱,这对他的社会理想几乎是致命的解构。在调查过程中,他发现自己无法对腐败分子做简单的道德评价,先前的判断出现了紊乱。更令他意外的是,当他将调查视线转向腐败现象周围打量时,他发现了自己的势孤力单:

> 从表面上看,现如今好像大伙都在骂当官的,但一到各自的实际生活中,可以说没有谁不是在围着当官的转的,也很少有人不是去哄着当官、宠着当官、媚着当官的,同时也拼命地利用当官的。[①]

> 由于许多根本问题没得到解决……许多普通人从寄希望于反腐败,转向也跟着能捞就捞。从行政权力腐败,蔓延向行业腐败。各行各业堵不住的乱收费,教师、大夫、知识分子的腐败,还有那压不下来的药价,一个一个,都是明显的例子。[②]

先知者永远是寂寞的,当他面对失去了道德信仰的腐败群体时,个人显得那样的单薄无助。腐败就像瘟疫一样四处蔓延,结果则是共同的堕落,于是达成了群体的腐败默契。劳爷试图打破这种心照不宣的腐败,然而这样的现状使他感到了无力与悲哀,原来未有腐败之前,整个社会就已经有着良好的滋生腐败的"土壤"。鲁迅在《捧与挖》中曾提到过一则笑话,说一个属鼠的

---

① 陆天明:《高纬度战栗》,上海文艺出版社2005年版,第270页。
② 陆天明:《高纬度战栗》,上海文艺出版社2005年版,第362页。

知县过寿辰,属员们便集资铸了一个金老鼠去作贺礼。知县收受之后,另寻了机会对大众说道:明年又恰巧是贱内的整寿;她比我小一岁,是属牛的。在讲完这则笑话后,鲁迅很幽默地说:"如果大家先不送金老鼠,他决不敢想金牛。一送开手,可就难于收拾了,无论金牛无力致送,即使送了,怕他的姨太太也会属象。"①鲁迅以笑话的方式解释了"贪官是怎样炼成的"这一命题,而陆天明则以小说的方式延续着鲁迅的思考。十年前他在《苍天在上》中提出要反腐败,而在《大雪无痕》中开始强调社会监督也就是体制与法制的问题,《高纬度战栗》则揭示出产生腐败的"土壤",即国民性中的极浓厚的攀龙附凤的势利心态与奴性问题。从《苍天在上》到《高纬度战栗》,陆天明对腐败的思考步步深入。普通民众对于官员的巴结追捧让官员们很快放弃了试图保持的正气,顾立源在被宣布为市委书记兼市长的那个晚上,登门祝贺的人一直川流不息到天明。在这样的包围中,顾立源如何才能保持清廉?有些特权并非领导们伸手要的,而是大伙主动给的,当劳爷发现这一点时,他陷入了深深的精神战栗之中。《高纬度战栗》在劳爷的精神战栗中挣脱了以前反腐小说所未能超越的个人性格原因的揭示,攀爬到了国民性的高度。在腐败形成的过程中,普通民众应当承担怎样的责任?这是以前反腐小说未曾深入探究的话题,自然成了《高纬度战栗》的一个亮点。当然,陆天明并未就此将腐败的责任归咎于普通民众,其真正用意在于警醒民众的责任意识。在思考国民性的同时,他并没有忽略《大雪无痕》中已经提出的法律制度问题:

在我们的社会中,没有一个法条在强硬地保障和保护下级和普通民众可以对当官的说"不"字的。没这样的保护和保障,谁敢说不字?谁又敢不下跪?一个当权者,听不到不字,而眼前的人膝盖和脖梗又都那么软。这种情况延续一年可以,两年可以,十年八年下去,他怎么不发生根本的变化?②

对腐败原因的深入探究,使《高纬度战栗》达到了反腐小说的新高度,这

① 鲁迅:《鲁迅全集》(3),人民文学出版社1973年版,第140页。
② 陆天明:《高纬度战栗》,上海文艺出版社2005年版,第315页。

是作家的社会责任感使然。陆天明曾表示："要做一种'参与文学'，或者说要做一种'带着强烈参与意识的作品'。也就是说，要用自己的作品去参与当下的社会生活，参与当下的社会改革。在当前中国这场历史性的大变革中，我作为一个作家，必须'到场'，也应该'到场'，甚至傻瓜般地一直走到漩涡中心去。"[1]在《高纬度战栗》问世后，他说"希望它能参与到广大民众当下的生活变革中，起一点它能够起的和应该起的作用"[2]。无论是"到场"还是"参与"都体现了反腐作家的"公共立场"，即当他们以小说文本介入社会探讨公共话题时，都表现出鲜明的现实批判精神和担当道义的勇气。自古以来，"代民立言"是一个优秀的创作传统。然而，这种文学立场在 80 年代中期以后遭到了"纯文学"的有力抵抗，反腐小说则因此渐渐被置于一种比较尴尬的文学境地。"纯文学"观念的盛行已经导致了一种并不乐观的文学创作状况的出现，即使是当年提倡"纯文学"写作的李陀等人也对此进行了全盘清点[3]，因此，对于反腐小说也到了必须客观对待的时候了。

　　文学是纯粹的个人经验书写，还是一个介入现实的社会性文本，抑或是二者完美的结合？答案是显而易见的。但在 20 世纪中国文学生产的场域内，作家们常常做出非此即彼的选择。"问题小说"、"社会问题剧"是文学革命发生时作家们介入社会话题的方式（在此意义上，反腐小说也可以被视为当下的社会问题小说）。而周作人所倡导的"美文"以及废名、沈从文等人的诗化小说，则开始了"纯文学"的跋涉历程。如果说此时的文学选择具有自由意愿的话，那么，中华人民共和国成立后的十七年的自由选择度显然要小了许多，在确立了"现实主义"甚至是"社会主义现实主义"为基本创作方法的同时，"纯文学"的创作倾向受到了压抑。经过 80 年代文学的复苏与生长，"纯文学"的概念被明确提出并渐渐掌握了 90 年代的文学话语权。"纯文学"的倡导具有"革命性意义"："它对传统的现实主义编码方式的破坏、瓦解甚而颠覆"，并使"写作者的个性得到了淋漓尽致的发挥，从而获得了一种真正意义上的内

---

① 陆天明：《在中国社会变革中的"到场"——我写〈大雪无痕〉》，《文汇报》2001 年 2 月 17 日。

② 陆天明：《好的作品要让读者灵魂"战栗"起来》，《中华读书报》2005 年 10 月 18 日。

③ 参阅李陀《漫谈"纯文学"》(《上海文学》2001 年第 3 期)、韩少功《好"自我"而知其恶》(《上海文学》2001 年第 5 期)、南帆《空洞的理念》(《上海文学》2001 年第 6 期)等文。

在的创作自由"。① 然而,当文学卸去附着其上的意识形态,沉迷于欲望、性、自由等概念时,在"自我"与"审美"意识的支配下,文学开始追求私秘与精致。对"自我"的过分强调使文学缩进私人空间远离社会现实,对"审美"的刻意追求则使文学远离普通大众,成为象牙之塔把玩的艺术品。"纯文学"的写作逐步成为一种孤傲的与社会大众绝缘的写作姿态。当下文学的问题也因此而产生:难道"纯文学"的写作范式应当成为一种普遍应用的范式?"介入社会"的写作范式是否也应当为现在的作家们所考虑并且做出选择? 对主流意识形态刻意远离的动机是要保持文学的自主性,但这姿态本身就是一种政治态度。阿尔都塞认为文学完全可以看作国家意识形态机器的重要组成部分。李陀也不得不承认提倡"纯文学"的代价:"它削弱了甚至完全忽略了在后社会主义条件下,作家坚持知识分子的批判立场,以文学话语参与现实变革的可能性。"②只要我们采取一种理性务实的态度,就不难用"纯文学"这面镜子映照出反腐小说的意义与价值。

与"纯文学"的拒绝公共话题的倾向不同,反腐小说一开始便以介入公共话题吸引公众视线为己任。这一点是得到主流意识形态鼓励的,也是它常常受到"纯文学"冷眼的原因。虽然反腐小说的介入现实是有限度的,但其积极介入现实的态度是值得弘扬的。在这个激烈变革的时代,作家不应该成为面对时代沉默失语的群体。如果采取这样的沉默,只能是造成一代作家的集体耻辱。在"纯文学"作家沉默于腐败这个社会性话题的时候,反腐小说家出来发声了,也许这声音不够动听,但毕竟是作家在"守望自己的良心"③。不过,既然介入现实,就不应该仅仅满足于此。"代民立言"的可贵便在于能够说出别人不敢说、不能说、没想到的话。如果只是重复别人对于社会问题的思考,那么反腐小说的价值就可虑了。在这一点上,陆天明无疑有着充分的体验,他的一步步逼问腐败的根源便是不停思考的表现。而我以为他的思考还可以继续下去,比如,在追问到普遍的国民性的时候我们是否还可以从文化传统来观照腐败问题? 陆天明认为是法律保障的缺乏导致民众不能够承担反

---

① 蔡翔:《何谓文学本身》,《当代作家评论》2002 年第 6 期。

② 李陀:《漫谈"纯文学"》,《上海文学》2001 年第 3 期。

③ 贾海红:《陆天明:守望自己的良心》,《人民教育》2005 年第 1 期。

腐败的监督之责,我认为对当下的普通民众而言,即便有了法律的保障,他们也未必愿意(能够)承担起这样的重任,因为传统的等级观念、尊卑意识并未完全消除,而这严重阻碍了现代民主精神(中国文化传统缺乏的恰恰就是这一点)的培育与建立。

在我看来,真正能够让反腐小说家不能完全自信的还是在艺术表现方面。在写作了《苍天在上》、《大雪无痕》等反腐之作以后,陆天明对"通俗"的标签感到愤怒,为了撇清自己与通俗的关系,他特意创作了《黑雀群》等符合"纯文学"标准的小说。其实,这样的举措并无必要。通俗也好,先锋也罢,说到底都是一种文学趋向而已,无法完全分出高低的。与此相对,在关于《高纬度战栗》的访谈中他强调:"我一直在努力写这样一种小说:既非常文学,又非常大众;既非常严肃,又非常好读;既非常现实,又非常深刻;既非常通俗,又极有内涵。"①此种强调的背后是他对于以往反腐小说缺陷的深刻认识,即表现方法的单一化、情节设置的模式化,如"清官"模式、"大团圆"结局等。在《高纬度战栗》中,陆天明放弃了简单的线性推进故事的叙述方法,而采取了多声部的叙述。在劳爷被谋杀后,为了探寻他的心灵世界,陆天明安排了曹月芳、曹楠、寿泰求等人对劳爷的多次讲述,即便是"劳爷的第一次讲述"(也是他最后一次的讲述)也是通过曹楠的追忆来完成的。这些讲述尽管时有矛盾,却形成了众声喧哗中的相互质疑与求证的局面。这种方法带来了透视劳爷灵魂的多个角度,使得小说就像是多棱镜一样,镜像缤纷。但这种多声部叙述并不能全然消除"受限视角"的缺陷,比较而言,它还是不如"全知视角"或内心独白更便于剖析人物的精神状态。而且多人叙述容易破坏对劳爷内心分析的完整印象,让人有拼凑割裂之感。这个问题的出现恰恰是因为陆天明太渴望这部小说"非常文学"了。叙事方式上的复杂变化是可以增加艺术性的,但这并非文学的必然追求,一心寻求突破的陆天明在这一问题的处理上似乎有点偏重形式了。

反腐小说以介入社会生活为基本立场,这是文学选择的自由之一,无论持怎样的文学观念,都应当有着平等的表现权利。进入现实是文学的一个选择路径,目前并不缺乏反映现实的作品,问题是这些作品在揭示社会新的矛

---

① 陆天明:《好的作品要让读者灵魂"战栗"起来》,《中华读书报》2005 年 10 月 18 日。

盾时,如何体现出"一种对现实的深刻的洞见和把握"。当然,文学还应当是艺术的,因为文学的最终目的"仍然是如何通过一定的审美形式来'再现'现实"。① 《高纬度战栗》虽非完美之作,然而由它开始,我们能够看到迈向这种完美的努力。

(原刊于《文艺理论与批评》2006 年第 1 期)

---

① 蔡翔:《何谓文学本身》,《当代作家评论》2002 年第 6 期。

剪不断,理还乱
——评《无字》三部曲

如果说《爱,是不能忘记的》(1979)是一个纯美的精神之爱的宣言,那么将近二十年之后的《无字》则可以被视为张洁对当年爱情神话的解构。《无字》尽管是以吴为一家三代女性的命运为中心进行叙事,却并非纯粹的女性主义作品,作者以个性化的描述展示了 20 世纪风云际会中各色人物的命运并进而传达出她对历史的深入思考与理解。《无字》人物众多,谱系复杂,吴为则是人物的连接点,作者以吴为的眼光来审视作品中的人物,读者则可以透过吴为的眼睛看到《无字》折射出的多个问题。

一、崇拜之爱与"精神寻父"

吴为对于男人的爱源于崇拜。她之所以爱上革命老干部胡秉宸是因为他有着不平凡的革命经历,昔日的荣耀经过岁月的洗礼使得胡秉宸在女作家吴为的眼中更像是一部传奇,更何况胡秉宸还是她的文学知己。秘密相恋时胡秉宸身上弥散着的革命气息与绅士气息令吴为心动不已,她一次次地感叹胡秉宸是个优秀的男人:他的工作是出色的,他还会写让人脸红心跳的小曲……对于吴为来说,爱上胡秉宸是天经地义的。可是吴为忘记了这不过是"距离"产生的"美",笼罩在胡秉宸身上的光环只适宜远距离地欣赏,一旦走近,光晕消失,美也开始变形了:"太近了,太近了,胡秉宸再不是远看时的样子。太远了,太远了,原来他们的距离如此之大。"(《无字》第三部)于是吴为对胡秉宸的种种非绅士行为失望了。而胡秉宸已经习惯了吴为的崇拜。当他发现吴为不再崇拜自己时,他愤怒了,婚姻终于破碎得不可收拾。对吴为而言,崇拜是她与胡秉宸婚姻的精神联结,这实际上隐含了她精神上"寻找父亲"之倾向。吴为自幼年起便与母亲相依为命,而与父亲处于尖锐对立中。父亲的遗弃、虐待使吴为更加渴望父亲般的爱。可是完美的大智大勇的父亲何在呢?年长的胡秉宸恰好弥补了吴为心理上的缺憾。"吴为太把胡秉宸当神,分配给他的责任太大了……"(《无字》第三部)胡秉宸本不是神,又怎能成为神?一次次的恶斗,一次次的出卖,吴为终于渐渐接受胡秉宸比较真实的一面,尽管结果和当初的设想是如此的不同。她仿佛第二个亚瑟,"流亡出走之前,在曾无上信仰的上帝塑像面前,仰望许久,然后一锤子将它砸了"(《无字》第三部)。在万念成灰之后,吴为否定了"精神寻父"的冲动。

二、亲情的制约与习惯的力量

吴为以母亲叶莲子的爱作为终生的精神依托。虽然叶莲子在与胡秉宸争夺吴为的过程中一败涂地,但是拘谨压抑的婚姻又将吴为逼转身来寻求母亲的关爱。在维持婚姻的过程中吴为陷入巨大的紧张之中,并且趋于疯狂。母亲活着的时候,吴为舒缓紧张的途径是母爱。当婚姻无法挽回时,吴为却终于明白:"我们的婚姻,真不只是你我两个人的事情,当中有太多的力量在把我们扯向相反的方向,而且都是我们无法抗拒的力量,甚至可以说我们对它还有一定的亲和力。"(《无字》第一部)这个无法抗拒的力量就是亲情。对吴为来说,亲情与爱情也许是无法并存的。在吴为的心目中母爱与对母亲的爱是最珍贵的,这种念头将吴为置于孤立的母女城堡中。"她从不能把对哪个男人的情爱,放在叶莲子或是禅月的血缘之上。""她对胡秉宸的爱,只能是一种可以交出生命,却无法交出完整的心的爱。"(《无字》第一部)

胡秉宸也面临同样的困惑,他对吴为并没有血肉相连的亲情之爱。尽管已与白帆离婚,但是几十年的生活已经形成一种强大的习惯力量,胡秉宸的根是扎在白帆这儿了。胡秉宸在与吴为婚后的日子里常常没有"家"的感觉。"或是半夜翻转身来,搂着吴为叫白帆的事,也时有发生。"(《无字》第一部)女儿芙蓉对于吴为的态度则直接决定了这对半路夫妻的婚姻时限。在无数次的零零碎碎的争执中，他们都明白了一个基本真相：他们两个人没有真正建立起一个家。胡秉宸的家仍在白帆、芙蓉那里。而吴为发现叶莲子的家才是自己的家。"无家"的感觉将这两个人分开并把他们拖回原来的轨道。

三、女性的雄化

也许是骨子里将人生进行一场豪赌的浪漫，吴为对于胡秉宸的爱充满了悲剧意味。相识之初胡秉宸只是将之视为一个很小的插曲，未曾当真。然而吴为是认真的。当吴为终于深陷情网时，她不能接受情妇的身份，她的爱必须有合法的依据。在胡秉宸与白帆的离婚事件中，胡秉宸把她当作冲锋陷阵的卒子，这让她饱受伤害。在漫长的苦恋中，吴为包揽一切的作风显示出的是男性的气魄。真是造物主犯了错，吴为"本是男儿汉半路上变做女儿身"。吴为的稿费不是用来贴补叶莲子的家用，却投资在副部长胡秉宸的身上。真正的家庭重担压在母亲和女儿身上。硝烟四起的离婚过程一点点地消磨掉吴为的热情，时间给了她渐趋清醒的理智，隐约感到婚姻的不可靠，但终于还是与胡秉宸结婚了。多年来交往中的照顾/被照顾、爱怜/被爱怜的性别置换，使得他们的结婚感觉也掉了个儿：

> 总觉得是胡秉宸嫁给了自己，而不是自己嫁给了胡秉宸。
> 哪个男人不娇宠嫁给自己的女人？所以偷偷留下一些稿费，算是聘礼，于结婚的那天晚上送给了胡秉宸。
> 胡秉宸像是被吴为催眠，也认为是自己嫁给了吴为，而不是吴为嫁给了他。（《无字》第三部）

女性在爱情婚姻中到底应该处于何种角色？尤其是已经独立自主的知识女性？也许娇媚的弱者角色更容易保持婚姻的美满，正如胡秉宸抱怨吴为不会撒娇一样？一旦女性张扬自己的个性，男女的相处是否必然以悲剧结束？《祖母绿》中的曾令儿也是因为太富有慷慨牺牲的精神反倒让情人失去了爱的感觉。作者不无悲愤地发现女性的强大是任何男性都难以接受的，有才情有胆识的胡秉宸与懦弱的左葳（《祖母绿》）一样厌恶着女性的强大。在他们的潜意识中，女性只应该是依附者。

四、精神之恋的外衣脱落之后

脱落的工作从底层开始。童话中的王子娶了灰姑娘，是否会快乐永远呢？"有情人终成眷属"之后会是怎样的局面？女作家吴为与高干胡秉宸经过二十年的苦恋之后，排除万难，结婚了。然而结婚正是葬送爱情的开始。性格、年龄、阅历、地位的差异现在开始慢慢侵蚀爱情的楼阁。也许是对《爱，是不能忘记的》灵魂之爱的一种刻意弥补，《无字》对于吴为与胡秉宸的性生活给予了相当的关注。但是对他们来说，性生活不仅没有使得爱情更美满，相反，恰恰成为婚姻解体的生理基础。吴为只是在结婚后才发现胡秉宸并非只是欣赏她的灵魂，而是对自己有着更多的风情期待，原来自己用生命爱着的男人并没有比别的男人特别："胡秉宸对于她，和任何一个男人对任何一个女人的心态、模式别无二致。偏偏没有什么是特别为着她的！"（《无字》第一部）胡秉宸对于吴为的期待正是源于一个不能公开的猜想：吴为的所谓"乱搞男女关系"的记录应该是她风月无边的证明。可是他没有想到吴为是一个可以为所爱的人下地狱却不会调情的女人。吴为小心翼翼地护持着胡秉宸的男性自尊与自信，可是胡秉宸对于比自己年轻了二十多岁且比自己高的吴为充满了戒备甚至是恶意的讥讽，并且进而毁灭了吴为对任何男性伴侣的热望。多年的精神苦恋只有在日常婚姻的光照下，才能显示出神秘高贵面纱下的真相，吴为的精神遭受猝不及防的重创。于是吴为从真心真意变为曲意逢迎，再转化为勉强直至推挡拒绝。

如果说性生活的令人沮丧是婚姻破裂的生理基础的话，那么个人尊严的被践踏则是吴为彻底放弃婚姻的深层原因。吴为不是以寻求性爱为根本目标的女人，如果在精神层面能够获得自由自在的话，她仍然会是胡秉宸的好妻子。但是胡秉宸在与白帆离婚后坚持与吴为结婚而不是保持情人关系的动因是他希望有"货主"的感觉，吴为必须以他的一切为中心，成为全心全意的仆人，她的自主自尊受到了胡秉宸以爱的名义的挑战，这是富有牺牲精神的吴为最终无法接受的。早年的大家子弟的身份与多年的高干生活使胡秉宸视吴为的伺候牺牲为当然，一旦吴为有所异议，胡秉宸就心痛入骨："难道这就是那个叭儿狗一样，总是用一双巴巴的、望着主人的目光，望着他的女人吗?"(《无字》第一部)而吴为的精神在丈夫的高压下渐渐歇斯底里。知识女性的独立意识使得吴为开始打量这场来之不易的婚姻，她的婚姻理念最终未能扭转胡秉宸平庸的人生定位。

张洁用将近二十年的时间完成了渴盼灵魂之爱的实现到解构这种理想的过程。随着吴为婚姻的破灭，二十年前的空中楼阁轰然倒塌。废墟中，依稀可见吴为绝望的身影，对于爱人的失望，使得吴为发现自己最后的伴侣是狗。此刻又浮现了"人是孤独的"的永恒命题，吴为在经历了种种坎坷之后于平静中疯狂，似乎是必然的归宿。

（原刊于《当代文坛》2004 年第 1 期）

一个人的乌托邦

——徐则臣小说论

对于像徐则臣这样的小说家来说，生于 70 年代末似乎有点平淡，既不像 60 年代人那样穿过了"文革"时代，在历史的拐角处展示锋芒，又不能像 80 年代人那样率性登场，将青春的梦幻与伤痛一一张扬，生于 70 年代似乎就有了点"前不着村，后不着店"之感。在这个热闹喧嚣而又转瞬即逝的世界上，平淡的历史坐标也许让他不能先声夺人，不过，倒也让他有了坚持到底的领悟。一篇一篇的短篇小说，由短篇而中篇、长篇，从石码头、花街、小葫芦街、尚庄到北京，徐则臣的小说世界丰富起来了，不经意之间划出了自己的轨迹。安静而坚韧的写作因此有了不可小觑的力量。如果说小说的价值是保护人的具体生活逃过"对存在的遗忘"[1]，那么徐则臣就在用小说烛照世界并且建构了自己的乌托邦。

发现者的秘密视角

每个小说家在营建自己的小说世界时都会有一些得心应手的特殊视角，这视角带来的不仅是技巧上的改观，而且暗含着一种机密的态度。希区柯克在电影《后窗》中通过后窗的窥视娓娓叙述了一个令人震惊的真相。陈思和在阅读王安忆的《长恨歌》时，则发现王安忆之所以具有反思眼光是由于"站

---

① 米兰·昆德拉：《小说的艺术》，上海译文出版社 2004 年，第 6 页。

一个至高点看上海"①的。如果将徐则臣的小说进行通读,就会发现一个叫作木鱼(穆鱼)的少年依稀成长的身影。这个少年带着不可知的神色,或爬在他最爱的老槐树上,或孤身站在小楼上,眺望远方。在徐则臣的小说中,登高远眺的视角不仅具有结构、调整的功能,而且制造了始料不及的氛围。沿着少年登高远眺的视线,想象顺利展开了。先来看一段长篇小说《午夜之门》中的文字:

> 也许站在高处我可以看得更远,所以我爬上院子里的那棵老槐树。一树雪白香甜的槐树花,在夜露里味道正好。我爬到那个被我屁股磨得溜光的树杈间,顺手捋了一串槐树花塞进嘴里。从那个地方可以看清四周各个方向。隔壁叔叔家的屋里黑灯瞎火,人影都没有,叔叔的呼噜声很响。再远一家也如此,狗都静静地伏在地上。母鸡们站在丝瓜架上,做着悬在半空里的梦……②

婆婆半夜死亡,少年木鱼不知该向谁求助而爬上了树,因此看到了夜色中的街道与石码头,小说由此开始了对于运河旧事的叙述。运河边的街道与人家构成了徐则臣小说的精神故乡,也是小说人物回眸时的精神附着点。爬在树上的少年木鱼获得了俯瞰世界的基点,同时,这也是他解决困境的出发点。在静夜中散发芬芳的老槐树是木鱼解脱困顿心情的寄托,也是整部小说发现秘密的"天眼"所在。正是因为这样一个视角的存在,木鱼得以窥视整个世界。在树上的木鱼看到了叔叔一家的归来,看到了叔叔与花椒之间的暧昧,发现了婶婶的私情,少女茴香则借学习爬树之名试图流露一丝情意。……对于少年木鱼来说,槐树是延伸的腿脚,帮助他走进纷扰混乱的成人天地。满足了窥视欲望的槐树自然是不能随意放弃的,更何况,它是成长的媒介呢!相对而言,不是所有的少年都有这份幸运。铁豆子在深夜的树上偷袭母亲的老情人马图,没想到却被马图一枪惊魂并因此殒命。原来,大人之间的恩怨是不能让孩子参与的,这个孩子有意识地借助树木的高枝介入成人世界,却犯了禁忌。

---

① 陈思和:《中国现当代文学名篇十五讲》,北京大学出版社 2003 年,第 384 页。
② 徐则臣:《午夜之门》,山东文艺出版社 2007 年版,第 5 页。

因为登高而导致的空间的开阔似乎无助于时间的细腻伸展。因此,《午夜之门》的时空呈现出混沌与清晰的交融。在细致勾勒小镇地理情状的同时又抽离了具体历史阶段,这是小说家的苦心之处。在小说中,历史既是一段时间过程,更是一段感官之旅。对于懵懂的木鱼来说,他又怎会知道自己所处的是何历史阶段呢? 他唯一能做的就是在毫无准备的状态下开始一段段猝不及防的生活。这就好像是一场清醒的梦境,心灵体悟远甚于外部的事件。又像是一幅流光溢彩的现代派画图,人物的轮廓是清晰的,周遭景致却模糊了。在历史时间变得不那么重要的时刻,木鱼的流浪生涯变得诡谲莫测。

如果说《午夜之门》中的木鱼是徐则臣其他小说中的木鱼(穆鱼)的前生,那是大致不错的。不管木鱼生在何世,对于高处的想象与热爱似乎是木鱼长久保留的爱好。虽然家中开了一个饭馆,小主人木鱼(《失声》)并没有忘记在苍茫时分眺望一下自己生活的人间:"离吃饭还有一阵子。我爬上楼,和往常一样,我喜欢在黄昏和傍晚时分站在楼上,向四处张望……在花街这地方,只有站在高处才能发现它的妙处。"[1]木鱼这一站就有了一点渺茫的心情。虽不能给予不幸的姚丹母女实质性的帮助,但是木鱼同情的神色却是掩盖不住的。因为站在楼上,所以木鱼眼睁睁看到了姚丹的辛苦与走投无路。迫于生计而又自尊的姚丹从卖身到出卖声音("哭丧"),终未能挽回厄运:丈夫因为忍受不了对她的担忧而越狱身亡。姚丹因此失声。除了木鱼母子之外,谁又能窥知姚丹的心灵深处呢?

在《镜子与刀》中,失声的不是别人正是少年穆鱼。一场病症之后的穆鱼失去了语言表达的能力,从而失去了正常交流的手段。听信了仙人指点的父母将穆鱼关在自家的小楼上。饱受无语之苦的穆鱼唯一的快乐是追逐手中镜子反射的光点。渔夫老罗之子九果用杀鱼刀与他对上了话。两个同样寂寞的孩子用"光之语"代替了正常的语言交流。镜子与刀的"物语"从单调变得丰富。没有语言的生活有时所揭示出的真相却是极其残忍的。一直待在楼上的穆鱼发现了老罗的秘密。在穆鱼"光之语"的指引下,九果挥刀刺父,穆鱼则因目睹这一意外而发出了声音。

登高远眺的少年木鱼并没有"揭秘"的初衷,却在无意识的状态下屡屡撞

---

[1] 徐则臣:《鸭子是怎样飞上天的》,作家出版社 2006 年版,第 207 页。

破生活的秘密。在层层叠叠的生活弯道面前,花街的真面貌也一点点地复杂暧昧起来。如果说,花街复杂暧昧、悠远绵长的前世今生因为木鱼的窥视而得以呈现的话,那么,都市生存的无奈与压抑惶惑则在异乡人走进北京之后更加清晰而明朗。边红旗(《啊,北京》)喜欢站在高处(立交桥或天桥)看底下永远也停不下来的马路,每次都有写诗的冲动,却总也不能完成。终于在某一个夜晚,醉酒之后的边红旗诗兴大发,站在了天桥之上:

> 都市的夜景看上去很美,车辆从脚底下穿过,拖曳着流动的灯光,车显得很小,人站在桥上觉得自己也很小。对面不远的地方是夜间的北大校园,那些雍容的建筑伏在大地上,安静而又庄重。校园里灯光稀疏,一副沉醉不知归路的样子。边红旗双手撑在栏杆上,嘴里叽里咕噜地响,我以为他要吐,谁知道他竟作起了诗。一共三句:
>
> 啊,北京
> 我刚爬到你的腰上
> 就成了蚂蚁①

花街的木鱼只要爬到树上或者二楼便可以纵览河水人家,领略天地茫茫之感。对于一头闯入都市的边红旗来说,即便是这样古老的情怀也是难得一觅的。现代化的都市在令他神往之余并没有增加他的自信,北京有着说不出来的好,令人绝望地要粉身碎骨待下去,于是带来了沉重感。站在天桥之上,看着脚下流动的车辆,感受一种真实的渺小。于是,边红旗发现自己是一只爬不到北京顶端的蚂蚁。诗句自然不算优美动人,却另有一种粗野质朴之感。醉酒之后的边红旗分明感受到了在北京的生存之痛,这也是许许多多边缘人共同的痛。对于边红旗来说,立交桥不是培养自信之地,而是又一次证实生存惶惑之地。古老的苍茫忧伤被都市切割,“人”也成了散落的碎片。

---

① 徐则臣:《天上人间》,新星出版社 2009 年版,第 69 页。

生活在别处

  在徐则臣的小说世界中,花街与北京是两个集中的故事发生地。作为古老小城的一条街,花街联系的是影影绰绰的运河旧事,而北京联系的是当下的流动生涯。不过,无论是何种指涉,对于流浪的叙事从未停止过。在有关"花街"及其相邻村庄的叙述中,徐则臣喜欢通过少年视角开始故事的讲述,古老、沉默而又充满灵性的河流、土地缓缓呈现出来,从容、悠远的格调一点一点地堆积起来,《花街》、《失声》、《鸭子是怎样飞上天的》、《鬼火》等作品中都充分表明了这一点。相对说来,花街的情致韵味甚于纷扰的人间故事。

  靠在运河边的花街因水而兴盛,聚集了来自各地的女人们。这些女人硬是把一条窄窄的小巷变成了运河上著名的一条街。从水上而来的女人们自然有着各种各样的故事,但目标是大同小异的:在这条街上活下去。花街成了逐水而居的女人的栖息地,也成了水上男子放纵身心的所在。这样的一条街和这样的一群女人很容易让人想起湘西吊脚楼中的女子,简单明确的生活表象之下有着坚忍的生命尊严,原始而不失情意。

  当年清清爽爽的、做着身体生意的麻婆带着生父不明的婴儿来到花街,不曾想就此嫁给了豆腐店的蓝麻子,和和美美地度过了大半时光。孤独的老默死了,留下一笔存款给麻婆的儿子蓝良生。平静如水的生活被搅乱了,麻婆终于选择了死亡,在死亡的拥抱中解脱了痛苦的灵魂。其实,《花街》讲述的何止是一个名字叫作麻婆的女人的故事,更是一个曾经的风华小街甚至是一座安静的运河小城的前尘往事。曾经的风尘夹杂着艳丽与灰暗辗转于时间隧道中,终于还是不能完全不留痕迹。随着木鱼、茴香的流浪,关于花街的流浪想象在《午夜之门》中变得无与伦比。失去婆婆爱护的木鱼爬上了一条船顺水而去,从一个地方到达另一个地方,经历着人世间的尔虞我诈与莫名其妙的战争。在茫然对付的关口,木鱼感到了花街的可亲,他开始怀念花街了。花街对于木鱼来说是遥远路途上的一个较长久的停泊点,是心中的一枚朱砂痣,永远难以忘记。纵然已经没有了最亲的人,那条街还是让人感到温馨。木鱼启程回家了,于是随水而下,直到遇上茴香。当年喜欢捉弄木鱼的女孩子心中原是藏着别样心思的,然而木鱼无从解读这份爱意,转身逃走了。

失落的茴香不得不开始了运河上的漂流,做着皮肉生意寻找心中认定的丈夫木鱼。他们相逢在水上,一起回到了花街。见证了无赖叔叔的死亡,木鱼与茴香从此放弃了花街上的家园以船为家。一条船上的一对夫妻行走于运河之上,既有着流浪的意味,又暗含着从陆地上自我放逐的意思。《午夜之门》至此完成了一次午夜时分的流浪梦幻。

从少年到成年,穆鱼将花街与北京勾连在一起。所不同的是,穆鱼(木鱼)不再是懵懂、单纯的主角,而是站在一边做起别人的配角。身为北京无数漂流小人物中的一个,穆鱼既奔波在都市,又旁观这都市。作为中国现代化都市的象征,北京承担了太多的现代想象。高耸的建筑、车水马龙的街道、熙熙攘攘的人群、流光溢彩的夜晚都在向每一个中国人解释着什么是“现代”,什么是“都市”。对于原本淳朴的无数乡村小镇居民来说,北京的首都气质更是深入人心。这就难怪边红旗、敦煌、子午一旦踏进北京城就要做这城市的一棵草,扎根在这水泥森林。徐则臣无法漠视大量的异乡人进入北京成为边缘人的生活状态。边红旗(《啊,北京》)、子午(《天上人间》)、佳丽、小号(《三人行》)、姑父(《伪证制造者》)等一群人诠释着“边缘”的意义。与逐水而居的花街漂流者不一样的是,这些身在北京的异乡人漂流在茫茫人海而非安静地奔向远方的河水之上,这就注定了人群碰撞中的疼痛。出于原始而朴素的致富愿望,这样一群人离开家乡走进北京,而北京远不是想象中的天堂,在都市的生存也许并不比在沙漠之上更容易。他们以蚂蚁筑巢的精神顽强地生活。因为不是土生土长的北京人,也不具备社会精英的气质与条件,这些来自四面八方的外地人只有通过各种各样的手段寻求生存下去的可能,制作假证、零零碎碎地做各种各样的短工都是生存的方式。原本单纯的心地在都市风沙的打磨下变得混沌、粗糙。从花街的流浪者到京城的游走者,徐则臣的现实关怀显然越来越强,对于这个“亚文化圈”的关注为北京增添了野性的另类色彩。

有关漫游的话题并不因为时空的转换而失去魅力。本雅明在他的杰作《发达资本主义时代的抒情诗人》一书中分析了波德莱尔笔下巴黎街头的城市漫游者。这些漫游者与巴黎的关系既投入又疏远:他们迷恋城市的丰富与繁华,而同时他们又处于城市的边缘位置。巴黎的漫游者最爱的是拱门街、广场和百货公司,尤其是拱门街在漫游者的生活中占据了相当重要的位置。

带着这样一个 19 世纪巴黎漫游者的印象来看 21 世纪北京街头的漫游者,情境自然大不相同。

曾在家乡做过教师的边红旗(《啊,北京》)放弃了清贫安谧的家乡生活,在北京困顿了一段时间之后不得不做起假证事业。此后他在北京有了一份艳遇:北京姑娘沈丹爱上了这个外地汉子。问题随之而来:沈丹要求婚姻,而家乡的妻子是一个标准的贤淑女人,温柔恬静得让边红旗无法说出"离婚"两个字。怎样化开这个症结呢? 值得注意的是这篇小说异常清晰的时间背景:2003 年的 SARS 肆虐横行。边红旗两次离开北京有着相当特殊的原因:一次是因为 SARS,另一次是因为牢狱之灾。北京对于边红旗来说是永不满足的欲望与未知的凶险,是不忍放弃的恋人;而家乡则是平淡的满足与清澈见底的平安,是相濡以沫的妻子。牵着妻子衣角离开北京的边红旗流下了眼泪。其间滋味又怎是羞愧、感激、留恋等词可以概括的?

相对于边红旗的游走于北京与家乡、情人与妻子之间的窘迫而言,子午(《天上人间》)显然要单纯一些。干干净净走进北京的子午首先失去了他要投靠的表哥,表哥正好被警察抓住了,子午因此而落魄了半个月,这是一个不妙的暗示。找到表哥之后的子午顺理成章地以办理假证为生。子午苦追北京女孩闻敬,初衷却不是爱,待的时间久了,爱情也渐渐长成了一棵树,情意越来越深了。为了保持这份弄假成真的爱情,子午不惜铤而走险敲诈以往的顾客,终于招致杀身之祸。

无论是边红旗、子午还是敦煌、夏小容(《跑步穿过中关村》)都不是 19 世纪的巴黎漫游者。巴黎漫游者之所以漫步于城市,"并不是出于日常的实际需要,而仅仅是为了追求漫步于人群所带来的刺激:不断遭际新的东西,同时又不断对之做出快速反应"[①]。边红旗们或是伪证制造者或是贩卖盗版、黄色光碟者,在路边、立交桥下、天桥之上搭讪,所以不可能超然而疏离地注视身边的世界。他们带着赚钱的目标与强烈的融入都市的愿望游荡于城市的灰色地带,却被这个都市排斥:随处可见的警察时常逼迫他们奔向逃亡之旅甚至是监狱。

---

① 本雅明:《发达资本主义时代的抒情诗人》,王才勇译,江苏人民出版社 2005 年版,第 8 页。

梦的召唤

布鲁姆曾经说过想象不会甘于受字面的限制,一个优秀的小说家自然要任由想象飞翔,到达一切可以到达的地方。如果只注意到花街的悠远与北京的喧腾,那显然忽视了徐则臣在《西夏》与《养蜂场旅馆》等作品中的尝试,或许我们可以将之视为先锋性的写作,因为先锋的真义是永远不放弃探索的可能性。

《西夏》的故事框架是在北京边缘人的范畴内,但事实上它是北京系列中的异类:"最初我只是想看看一个人被改变到底需要多久,写完后才发现,情感的力量竟如此之大,在北京我们都强烈地需要温暖地相依为命。"①小人物王一丁靠经营小书店勉强度日,平静的生活却因为"天上掉下了个林妹妹"而改变。美丽的哑巴少女西夏不知从何而来,却成了重要存在。按照正常的生活逻辑,追问西夏的来由是最重要的事情,但是第一步就卡住了,除了眼前这个活生生的姑娘,找不到任何相关的信息。当王一丁终于接受这个美丽姑娘的时候,我们看到的是一个男性白日梦的实现。这是一个现代版的七仙女的故事:小人物王一丁得到了仙女的垂青,只是这位仙女是位哑巴。西夏秉承了神话传说中仙女的优点:美丽善良、温顺体贴而又一往情深。在这个意义上,只有失去了语言能力的西夏才能出演这出青春梦幻剧。在现实与梦境的交融中,王一丁为西夏预约名医,试图让她开口说话。但在医院的电话响起之时,王一丁的第一反应是否认与挂断电话。活在梦中的王一丁并不愿意醒来,而宁愿在梦一般的人生中守住现在平静的幸福。小说最终没有解开谜底而仍保持着最大的悬念。由此可见,《西夏》不是要讲述一个边缘人在北京的故事,而是在做一个人性试验:半途相遇的两个陌生人到底能相亲相爱到何种地步,不爱前生也不要来世,只要求此时此刻的相依相偎。

如果将《西夏》视为都市中小人物的一场春梦,那么《养蜂场旅馆》则是梦醒后令人匪夷所思的现实。"我"是一个喜欢漂泊的男人,在前女友的指引下住进了陌生的养蜂场旅馆。似曾相识的房间让"我"充满了好感,而老板娘不

---

① 徐则臣:《跑步穿过中关村·自序》,重庆出版社 2008 年版,第 3 页。

经意的一瞥则让"我"看到了某种熟悉的东西。老板娘的亲切暧昧让"我"疑窦丛生。在老板娘对往事的追忆中,一个令人震惊的秘密就此揭晓:"我"是她儿子的生父。不可思议的是,"我"对八年前的这段往事竟然毫无记忆。然而,当年的录音带铁证如山。这是一个聊斋志异式的故事,在怪异陆离中自有一番恍惚之感。追究真相变得不那么重要,重要的是闪烁与含糊其词的故事讲述的技巧和方式。在这里,我们分明能感受到作者的"故弄玄虚",又心甘情愿地受着他的诱导与蛊惑,体会着阅读的乐趣。

有评论者认为这样的作品"致力于小说意蕴模糊性的开掘","体现了强烈的怀疑精神和对形而上的兴趣"。① 这样的看法是很有见地的。这正是徐则臣长期以来的创作追求。他认为好的小说应当具备多种阐释的可能性,而这可能性"主要得益于它的遮遮掩掩,有的说了,有的不说,说在不说之中,不说在说之中,就像是一个吞吞吐吐的人,每一个字都是清晰的、明确的,整个表达却笼罩在不确定的云雾中。好的小说拒绝意义的平面和单一"②。毫无疑问,徐则臣一直在探究小说的叙事艺术,这体现出了一个优秀小说家可贵的探索与创新精神。《西夏》、《我们的老海》、《养蜂场旅馆》等作品在提供人生的多面镜像时,所表现出的高度的叙事智慧与丰富的想象力以及由此形成的文本的巨大的张力让人感到由衷的欣喜,这显然不是传统现实主义的叙事方式,在某种意义上,这样的小说更像是神话抑或传说。在他的孜孜以求中,我们分明地感受到了米兰·昆德拉所说的"梦的召唤":"小说是这样一种场所,想象力在其中可以像在梦中一样迸发,小说可以摆脱看上去无法逃脱的真实性的枷锁。"③

（原刊于《艺术广角》2009 年第 6 期）

---

① 何志云:《"京漂者"及其故乡》,见徐则臣《鸭子是怎样飞上天的》,作家出版社 2006 年版,第 1 页。

② 徐则臣:《创作谈:吞吞吐吐》,《西湖》2004 年第 10 期。

③ [法]米兰·昆德拉:《小说的艺术》,董强译,上海译文出版社 2004 年版,第 21 页。

假面背后的真实

——评魏微小说《化妆》

　　童话故事里贫穷的灰姑娘终于赢得了爱情,灰姑娘也因之成为一种文学原型,感动人们多年。可是当哈代将笔下的苔丝推上绞首架时,人们也终于明白:灰姑娘并不总是有好运,贫穷也不见得能成就爱情。人世间有无数的可能,灰姑娘们也便幻化成无数的故事,演绎着各种各样的悲喜人生,魏微的《化妆》(《花城》2003 年第 5 期)提供的便是其中一出,小说的结局也许让人黯然神伤,但富有戏剧性的人生原本就是一种真实。十年前,贫穷的女大学生嘉丽在实习期间遭遇了自己的初恋,然而灰姑娘遇到的并不是王子,而是一个已婚男人。实习结束后,嘉丽的初恋也随之结束。尽管嘉丽明白这个懦弱而吝啬的男人只是想跟自己睡觉而已,心中却总是难舍一丝牵挂。十年后,嘉丽已经是一个小有资产的白领丽人。接到初恋情人的电话后,嘉丽开始精心设计十年后的首次会面。当她假扮为一个下岗女工出现在情人面前时,奇迹依旧没有出现,相反,她心底的最后一丝幻想也被摧毁。蔷薇色的梦幻是美丽的,然而真实却往往残酷。魏微在有节制的叙述中撕毁了温情的面纱,绘出了人性底色,给出了她对爱情与人生的一种思考。

一、贫穷:爱情杀手

　　《化妆》讲述的是爱情,出现频率较高的词汇却是"贫穷"。对嘉丽来说,贫穷一次次地揭示给她爱情的真相。如果不能给予贫穷相当的重视,我们就会觉得小说第二部分对嘉丽约会前的打扮、伤感、路上的惊遇、逃票以及第三部分关于嘉丽与宾馆服务生的纠纷纯属拖沓偏题之举。然而,也正是在这里,我们可以获得解读小说的入口。

从女孩子变成女人的关键是心情。女孩是梦想的,即使是不美好的东西也能暂时忽略,记住美好的那个部分。所以嘉丽尽管贫穷,却毫无功利地爱上了张科长,不是因为他的钱财、地位,只因为他的痛苦。"她爱他是因为他身上有一些别的,那细微的、很多人都不注意的……""那天晚上,嘉丽才明白她爱的是这个男人的痛苦,那谁也不知晓的他生命的一部分。"嘉丽单纯地爱上这个男人,只因为她以为只有自己才能发现的特别,而这些特别竟无人知晓。

张爱玲说"生命是一袭华美的袍,爬满了蚤子"(《我的天才梦》),对嘉丽来说,这一段爱情本来也不乏可圈可点之处,可是贫穷,就如爬上生命的华美的袍上的蚤子一样可恶,在她以为最美丽的时刻偷偷钻出来,刺痛她的神经。贫穷几乎与嘉丽相伴而生,"她不能忘记她的穷,这穷在她心里,比什么都重要。她要时刻提醒自己,吃最简单的食物,穿最朴素的衣服,过有尊严的生活。有时嘉丽亦想,她这一生最爱的是什么?是男人吗?是一段刻骨铭心的情感?不是,是她的穷。"即使是突如其来的爱情,也是与穷紧密相连。张科长是可爱的,可是他也并不富裕,更让人尴尬的是"他舍不得钱"。即使是在无望的爱情之中,他也很少买礼物,虽然他明明知道嘉丽不富裕,需要钱来打扮。他只给嘉丽买过一次衣服,而且是最低档的衣服。还有什么比这更让嘉丽伤心的呢?即使加上那只不知真假的戒指,也无法与嘉丽的爱情相比,所以嘉丽忍不住要将自己与娼妓相比较,"她的价位还不及一个娼妓"。尤其是最后的分别让嘉丽看到了这场爱情的实质:他只是爱她的年轻的身体罢了。他因此主动为此付账。贫穷并不一定是爱情的对立物,然而,贫穷成了嘉丽的爱情杀手。

十年过去了,张科长借出差之机来再续前缘。如果说十年前嘉丽的贫穷是无法掩藏的,那么十年后嘉丽则借贫穷掩藏了自己的富裕。十年前的爱情仍令今天的嘉丽有些迷茫,虽然当年就已经发现了张科长的真实心态,但是总有些让人放不下的东西吧,毕竟在十年前她就已经觉得"这是她生命中最美的一段,她二十二岁,有着枝繁叶茂的正在开放的身体,很多年后,她一定会记得这一段,记得这个男人,因为他曾陪她一起开放过"。于是,在通电话时嘉丽"这才发现自己很残忍,他们都老了。她最年轻的一段是给他的,她竟不留恋!"。嘉丽决定见见这个男人。甚至"她估计今晚和他上床是免不了的,既然他们十年未见,况且她又是离过婚的。总之,上床是一定的,要不,太说不过去了"。显然,对现在的嘉丽来说,她在感情上已经与过去妥协,尽管这男人不完美,毕竟是自己曾经以生命爱过的人呀。此外,她还有另一个潜在的心理优势:她已经跟贫穷分手了,现在物质生活不错。她可以平心静气地看看这个男人了。但是,女人的心理像六月的天气说变就变,原本准备亮丽出场的嘉丽在一瞬之间改变主意,将自己改扮成一个穷愁潦倒的女人。变脸后的她好像抹杀了十年来的奋斗与光彩,完全是一个穷人了。又一次陷入了贫困心境的嘉丽开始了她的约会之旅,甚至是恢复了十年前的单纯:"现在,她要迫不及待地去见一个人,只有他能认出她,哪怕她老了,丑了,衣衫褴褛,沦为乞丐——只有他会相信她:只要她站在他面前,哪怕不说一句话,他就知道:她是她。"可是见面后,嘉丽将谎言编造得更为真实,于是张科长带她去吃饭,嘉丽此时"感激涕零",她想"这个世界上,不会再有像他这样的好人了,他瞧得起她,他爱她"。嘉丽再一次延续了十年前的爱意,她几乎要重新恋爱了。然而让她无法想到的是张科长对她在贫困中生存的方式发生了怀疑,不仅怀疑她成了妓女,还白占了她的便宜。又是贫穷,嘉丽的重拾旧情的梦想被击碎了。

二、两个人的战争:爱情之梦的建构与解构

魏微并不刻意宣扬自己的女性立场,正如上文所分析的那样,对嘉丽来说,她不仅处在与男性的爱恨纠葛中,更是处在与贫穷的对立状态。这正是魏微的聪明处。但是小说的女性立场又是天生的。作者当然无意做简单的道德判断,但是在嘉丽与张科长之间,渐渐地形成真情/假意的分野。张科长真的爱嘉丽吗?是一种什么样的爱?愿意付出一切还是贪图嘉丽的年轻?因为小说的叙事视角是受限制的,文本从嘉丽的心理体验出发而不是直接描摹张科长的心境,一切都要读者通过嘉丽去猜想,而嘉丽又是单纯的、宽容的,于是原本不复杂的感情变得复杂起来。追忆的叙事策略虽然拉开了小说

叙事的时间距离,但似乎并没有将嘉丽变成一个阅历丰富的女人,她还是一个有梦的女孩。小说的叙述者却具有女人的机敏,于是嘉丽与叙述者之间的心态差距形成了小说特有的魅力。在冷静的叙述中,嘉丽一次次地建构爱情之梦,张科长则不停地对嘉丽的爱情梦进行解构:

> 嘉丽不能忘记,有一次她跟他说起结婚时,他脸上放出的黯淡难堪的笑容,他软弱地抚着她的头,坚定地说,他……他不能离婚,他得顾忌到自己的仕途。她是个好孩子,理应明白这一点。他老婆纵有千般不是,然而——然而嘉丽迅速地擦掉眼泪,更多的眼泪掉下来。她为她伤心。没有人会像她那样爱他,视他若生命……他只想跟她睡觉。

而在分别之际,嘉丽与张科长的心理与举措又是咫尺天涯:

> 嘉丽也迷糊了。她恍惚觉得他们是爱着的,他身体满足了,他知道爱了。现在,嘉丽宁愿相信是自己错了,她冤枉了他。从前,她不懂男人,她太小心眼,她对不住他。男人是最奇怪的物种,他动作凶猛,他不擅长表达……然而他是爱着的。

张科长则在嘉丽的陶醉中掏出钱来:

> 她没想到他会来这一招,她刚跟他睡过觉,他就给她钱!

如果他没有拿出三百块钱,只是温柔地待她,也许嘉丽的这段爱就会在她的宽容中完美了,偏偏他拿出钱来! 嘉丽投入的是真诚的爱,而对方考虑的是物质价值。两个人完全是背道而驰了。

即使是十年的时间也不能改变两个人当初的心态。而嘉丽突发奇想,扮作穷困潦倒的女人,一方面是对张科长偷情之想的颠覆,另一方面也是对十年前心态的回归。在张科长的想象中,嘉丽应当是光彩照人的:

他愿意看到她事业有成,家庭幸福。他来看她,或许是念旧情,然而更多的还是找乐子——有几个男人是为了女人的落魄来看她的?

嘉丽在欺骗了张科长的同时,也在骗自己。她以为自己扮作穷人恢复到十年前的状态,可以让他怜悯与爱,却不知这是试金石,一下子试出了张科长的情意。十年前不知真假的金戒指所留下的最后的温柔想象全都破灭了。也许在嘉丽看来,今天的一出戏是出于自己的主动"化妆",而其实质是在男女的交往中,男性通常是处于优势地位的。十年前的嘉丽已然看破张科长,却仍然用真情相对。十年后,拥有了见面主动权的嘉丽在表面上一直引导着见面的进程,可是她仍然是用真情做基础的。而张科长带着美妙偷情的念头来找嘉丽,梦虽然破了,情却偷成了,并且可以理直气壮地不付钱。嘉丽虽然毁了张科长的美梦,对他来说显得残酷,可是嘉丽何尝不是毁了自己十年前的梦?"机关算尽太聪明,反误了卿卿性命",嘉丽不是太聪明,只是在偶然之中得到了最厉害的判断他人的方法,而这方法对她自己来说尤显残酷:十年前还能留下一些爱情的影子,现在则一点都没有了,剩下的只有灰烬。

三、日常生活的诗性提炼

《化妆》虽然短小,却是精致的,在幽雅的笔调中传达出清冷之感。与 90 年代以来流行的女性小说不太一样的地方是《化妆》对性描写的矜持。这矜持不仅没有妨碍《化妆》的成功,相反却有助于蕴藉含蓄的表达。在以写性为时尚的年代,出现这样一篇小说,姑且不论其他,单是这样的含蓄就足以使人神清气爽了。在将性描写转变为大众文化消费的时代,相关的小说几乎成为文化快餐,一次次地惊爆读者,但是同时也就变成了媚俗的写作。《化妆》在这一点上显然是避开了性描写的文化陷阱。这倒是魏微一贯的立场:

我至今也未写过一篇像样的爱情小说,我是有顾虑的。一旦涉及两性关系描写,我总是犹豫再三。不为别的,只因为我是我父母的女儿,我曾经在他们的眼睛底下,一天天清白地成长。我愿意为他们保存一个完好的女儿形象。我不想撕破了它，这出于善良。

也许有一天我还会结婚生子，也许很多年后，我将是别人的祖母或姥姥，我希望他们在读我小说时，不至于太过难堪。羞耻心一词于我，主要是针对和我有血缘关系的人，我的父母，弟弟，叔叔……这其中有一种很微妙、暧昧的关系，作用于我的小说。①

"善良"、"羞耻感"作用到创作中，使得小说避开无顾忌的两性描写，虽然显得"不合时宜"，却颇有张爱玲的含蓄之风。魏微在《一个年龄的性意识》中这样谈及 80 年代至 90 年代林白、陈染等人的女性写作："她们是上一辈人，长我们约十岁。她们至今仍在乐此不疲地写同性恋、手淫、自恋，带有强烈的女权主义倾向。"这种写作倾向当然遭到了批评，魏微对此却显得宽容："她们是激情的一辈人，虽疲惫、绝望，仍在抗争。我们的文字不好，甚至也是心甘情愿地呆在那儿等死，不愿意尝试耍花招。先锋死了，我们不得不回过头来，老实地走路。"

这样看来，魏微是无意用女权主义来一鸣惊人的。魏微以女人的心态"老实"地交代嘉丽十年来的经历，按照正常的生活逻辑，这应当是嘉丽从女孩子变成女人的历程，但是嘉丽在十年前就离开了简单的婚姻轨道，而在爱情方面则是一个拒绝长大的女孩子，她并没有吃一堑长一智。魏微耐心地等待嘉丽十年后与情人的重逢，用众多琐碎而必不可少的细节渐渐地揭示真相。同时，这种务实的、贴近生活的女性写作方式又是与魏微的时代观紧密相连的。在《1988 年的背景音乐》一文中，魏微曾坦言自己"喜欢有用处的东西，物质的，看得见的，日常生活的"，因而与"八十年代是格格不入的"，她说："我在九十年代长大成人，形成了那个年代里所特有的重实利，自私，靡顿。有一些道德良知，要面子，做起事来优柔寡断。"

对 90 年代有这样判断的魏微，自然而然地不会给予主人公大悲大喜的结局，他们注定要继续挣扎下去。让我们对嘉丽的十年做一个大致判断，就会发现嘉丽大学毕业的时间应当是 90 年代初期的某一个年头，所以张科长虽然

---

① 魏微:《通往文学之路》,《青年文学》2002 年第 4 期。

爱恋嘉丽年轻的身体,却不会有单纯的想法,不会为嘉丽牺牲什么,甚至一直在索取;嘉丽从一开始就已经明白爱情的无望,因而她没有纠缠不休。务实的创作心态并没有造成生活的诗性消解,相反,因为有了时代做隐隐约约的背景,因为她对直承袒露的性描写的避让,《化妆》以精练的叙述营造了清冷的诗意空间。

（原刊于《名作欣赏》2005 年第 1 期）

坚持一种对美好的信仰
——我们的文学批评

　　从一个纯粹的文学爱好者转变为一个批评者,我们用了比较长的时间。之所以如此,是因为一直有所畏惧。文章诸多美好,又如何才能尽言? 真正步入批评之途,则是在 21 世纪了。慢慢地阅读,慢慢地写作,十多年下来,也算是在探究文学史之外另辟了一条观看文学的路径。此次命题,正好是自我清点的一番回眸了。

　　21 世纪科技突飞猛进,影视文化的兴盛让人恍觉读图时代已经到来。但是,文学作品,这古老的汉语承载者,始终闪烁着灵性智慧与美丽的光芒。在数字化时代,没有准入门槛的网络空间为文学提供了新的无尽的生存世界。文学,这个文字精灵依然蛊惑着一代又一代的书写者。书写者搜肠刮肚、耗尽心思创造一个想象的文学世界娱己悦人,读者则在观赏之余尽情点赞或吐槽,于是批评诞生了。无论是书写者还是批评者,都是文学的信徒。

　　我们始终相信的是,文学的力量首先来自对美好的向往。文学批评的意义就在于提示、挖掘这种对美好的信仰。但我们必须明白的是,美好绝不是浅显可见的,更不是单向度的傻白甜。在混沌无序甚至压抑、令人窒息与恐惧的生活状态之中,发现被包围、被遮蔽的美好是一件很有意义的事情,创作如此,批评亦如此。就此而言,张洁的《无字》激发了批评的欲望,我们开始了批评的旅程。《无字》的激越愤激与宏大的历史结构能力深深吸引着我们,尤其是当意识到张洁在百年中国的历史巨变中穿针走线,将家族女性命运牵系于性别/国家的经纬网线时,你会发现在丰富厚重的历史地毯上分明站立着一群令人惊异的女性。她们构成了绵延的打量男性与国家的世纪眼光。

从《无字》开始，对新世纪文学的关注成为自然之事。在持续的阅读中，我们渐渐形成两个批评兴趣中心。

1. 乡村叙事

对于乡村叙事作品的兴趣几乎是天然的本能。自身的乡村生活经验以及由鲁迅开创的中国现代乡土文学传统都在不断提醒着乡村叙事的重要性。这一百年来，乡村与农民一直是绝大多数作家用心创作的焦点，村子里的事儿也同样成为读者与批评者用心之处。从90年代开始，虽然城市在文学中的存在感日益增强，但乡村并未因此而失去在文学中的地位。

从90年代开始，中国现代化、城市化步伐显著加快，与之相伴随的是农民群体性的进城现象。中国经济高速发展带来的大规模人口迁移已经发生且一直在发生。在这个空前可能也是绝后的自觉人口迁移现象背后，引发了一系列的城市与农村问题。相对而言，农村是这一人口迁徙的埋单方，正承受着人口大规模流失之痛。面对这一和平状态下的社会变迁现象，作家们一直在努力观察并形诸笔墨。在这一变迁过程中，绝大多数作家对于农村正在经历的"空心化"过程表示无限忧思。李锐的"农具系列"是比较惹人注目的集中关注新形势下农村新问题的作品。"农具系列"由《袴镰》《残摩》《青石碾》《连枷》《樵斧》《锄》《耕牛》《牧笛》《桔槔》《锄》《犁铧》《扁担》等短篇小说构成。通过这一系列，新的农村问题一一清晰浮现：农村基层政治、买卖婚姻、基础教育失落、土地流转与守望、传统民间文化的衰落、农民进城之后命运的改变，等等。在一个个震撼人心的精悍短篇中，无法遏制的焦虑与深深的忧伤弥漫在农民进城的两难困境中。没有经过选择的自由，就将农民禁锢在土地上显然不公平而且违背了人的天性。在农村与城市之间，出于对较好生活的渴望，"进城去"是绝大多数青壮年农民的自由选择。而这一选择一旦发生，进城后的农民就要面临冷酷的城市选择。谋生之道何在？为此付出的可能不仅仅是个人尊严，更可能是健康乃至生命。而在农民进城之后，逐渐现出颓败之相的土地家园又该如何守护？如果只是如现实已经表现出来的那样，由老人与妇幼留守乡村，这显然不是自然健康的农村状态，更何况乡土中国不仅是中国的安身立命之根，也是整个民族精神所系之所。

因为对"农具系列"的阅读与批评，我们试图为当下的农村叙事回溯一个比较清晰的传统,并借此之力,去寻找比较核心的关键词贯穿六十余年来的当代文学中的农村书写,"身体政治"与"乡村政治生态"就是这寻找的结果。在由赵树理、柳青、李准、贾平凹、张炜、莫言、毕飞宇、孙惠芬、周大新等人建立的农村叙事传统中,"身体"与"乡村政治生态"影响着整个文学世界的走向。

在50年代革命与劳动话语的操控与规训下,"身体"获得了异形生存的可能。社会主义农村理想新人梁生宝面对改霞的爱慕,不由地为其寻找政治合法性:"正是她的这种意志、精神和上进心,合乎生宝所从事的社会主义革命的要求!"在80年代至今以来的乡村叙事中,"身体"不仅逐渐成为它本身,而且在去政治化之时,又走上了欲望化的叙事。《秦腔》、《吉宽的马车》等可窥一二。

相对于身体而言,乡村政治生态的六十年变迁同样具有强烈的现实警示意义。在政治强势的50年代,农民或钻营或避让,导致乡村基层政权发生问题,赵树理是最早注意到这一现象的人,并不断书写提醒读者。90年代以后,经济大潮席卷一切,"富人"、"能人"取代根正苗红的政治精英治理乡村是一种普遍性趋势,但我们应该警惕的是在将村庄还给村民实现自治的美好初衷时,在充分实践的基础上是否会带来新隐忧?

生存在21世纪和平崛起的中国,住在城市中的人们忍不住回头去看已经归不去的农村,千言万语也仍旧道不尽心中的踯躅与缠绵。文学创作与批评的交响也将一直为此而持续下去。

2. "文革"叙事

在与新世纪文学创作同步的阅读中,我们注意到"文革"叙事热点的逐步形成,王安忆、贾平凹、阎连科、林白、余华、东西、毕飞宇乃至70后魏微等都为之奉献了新作。由这一热潮可以发现,一个看似已经过去的历史大事件其实一直潜伏在作家心中,等待着发芽的时机。这一波写作潮的可贵之处在于:完全出自作家个人对历史的省思而非来自某种外在力量的暗示。创作者以经历过"文革",对之有深刻记忆的50后、60后为主。通过他们的重新叙述,形成的不仅是对"文革"历史的再现,而且是与80年代伤痕文学、反思文学作家的对话。在经过了改革开放初期文学的蓬勃发展之后,作家的思想与表现手法都发生了显著的变化,他们对"文革"的观察书写有着鲜明的个人化特征。余华《兄弟》(上)在小镇上演惊惧恐怖、粗鄙夸张与柔弱温暖,王安忆在《启蒙时代》中对都市青年思想刻痕的探索,林白《致一九七三》重返少女时光的温柔叹息,魏微则以《一个人的微湖闸》描摹一个懵懂女童记忆中的单调平静……相对而言,贾平凹与毕飞宇致力于乡村"文革"叙事。在丰满、繁复的细节中,贾平凹的《古炉》展现他的"法自然"之功,毕飞宇的《平原》则显示出一贯的灵动想象,在苏北平原之上有着放纵与压抑的欲望。

在细读众多文本之外,对这股"文革"写作热潮进行观察与总结是必然之事。《新世纪"文革"叙事的三种倾向》就是这一尝试之作。我们意识到,21世纪以来的"文革"叙事在延续"伤痕"、"反思"式的写作传统之时,又格外在思想写作(《启蒙时代》、《如焉@sars.come》)、怪诞写作[《坚硬如水》、《兄弟》(上)、《后悔录》]与回忆抒情型写作(《致一九七五》、《一个人的微湖闸》)这三个方向上用力。这三个值得重视的楔入"文革"的写作向度分别指向了青年启蒙思想资源的分析、先锋精神的延续以及创作心态的变化。

在批评的过程中,众多文本中呈现出的日常生活、民间信仰、群氓暴力、身体欲望、权力欲望甚至具有象征意味的和谐动物世界常常令我们倍增阅读的兴奋感。在十年"文革"噩梦逐渐远去的新世纪,作家获得的不仅有与日俱增的表现能力,更有开放性的冷静与忧思。新世纪丰富的"文革"叙事以无比的耐心表现出整个民族的复杂的精神肌理,在悲哀、荒凉中发现温暖的光亮。这光亮或是人类与生俱来的善良天性,或是经思索而得来的现代理性。作家就用这柔弱的一点光照亮荒诞岁月,直抵当下。这些正是文学动人之处。

在这两个较为集中的兴趣点之外,女性书写与主旋律写作也会出现在我们的批评视野中,魏微《化妆》、王安忆《天香》与陆天明《高纬度战栗》也曾是我们个案分析的样本。

批评虽不是我们最重要的主业,但也已坚持了十余年。在此过程中,我们深感有一些可以加强的批评点。

1. 加强对江苏作家以及70后作家的批评,建立个人化的批评时空坐标

在清点来路的过程中,我们发现对于江苏作家以及与自己同时代作家的批评仍然是相当不够的。在江苏作家中,毕飞宇、魏微与徐则臣是我们曾经关注过的作家,相对而言,对徐则臣的批评是比较持久的。徐则臣早期的京漂系列与花街系列以及最近的《耶路撒冷》都是我们的批评对象。但这一批评状况与江苏活跃而丰富的创作状态并不相符。关注本地作家作品并不意味着故步自封,而是通过对自己身处的"此地"文学的批评,确认自我的地理空间坐标,发现地方文学乃至文化的特质。与之相关联的则是对自己同时代

作家的批评有待加强。由于此番清点,我们发现自己注目的作家多数是文坛常青树,以 50 后、60 后为绝对主角,而对于同为 70 后的许多作家并未太多关注。这既与当下文坛主流状况相对应,也反映出挖掘新人新作之功急需提升。批评的重要功能是"发现",发现文学新人,推荐文学新作,尤其是要警惕强大的话语权可能带来的对一部分作家作品的遮蔽。在面对的是前有高峰、后有新锐突起的文学形势之时,70 后作家正以坚实、诚恳的写作在中国文学之河中留下标识,批评者,尤其是 70 后的批评者没有理由无动于衷。

2. 在持续关注传统纸媒文学之外,加强对网络文学的关注

现代出版的兴起导致纸质文学的兴盛,报纸副刊、文学杂志、文学书籍是现代文学的重要承载与传播方式。这一纸质媒介在新世纪遭到了网络的挑战,尤其是近年来网络文学之兴盛、受众之多、影响力之强已经远远出乎想象。在新的传播手段出现并带来文学创作方式改变的新状态下,批评需要对此做出及时反应,而不是闭目塞听。纸媒文学与网络文学之间的关系究竟如何? 网络是否将取代传统的纸媒? 在网络时代,文学已经发生,将会发生哪些变化? 随着数字时代原住民的成长,批评需要对网络文学做出更多、中肯、有预见性的评价。

3. 在强大的小说评论主潮之外,要加强对散文、诗歌与戏剧的批评

在回顾旧作之时,我们意识到我们的批评全部是以小说为对象。这几乎是自然选择的结果。就文学创作的主要体裁而言,小说尤其是长篇小说在这一百年中是绝对主角,文学史叙述的对象七成是小说家。这种状况的形成自然是诸多因素共同作用的结果。但对于批评者而言,需要保持的恰恰是一种不从众的独立状态。散文、诗歌与戏剧是往日批评的空白,也是将来值得期待的突破之所在。

与文学史研究不同,批评是立足当下的事业,充满了发现新人新作的意外。我们深信,无论文学的创作方式与传播方式发生怎样的变化,无论作家采用了怎样的体裁与手法,文学始终承载的是一种对美好的向往。用一颗纯真、勇敢的心去体悟这种对美好的向往,发掘重重文字迷雾背后的真相是批评最快乐也最有意义的事。

(未刊文,写于 2016 年 10 月)

下编

文学史写作

批评的错位

——兼论学衡派的文化重构理想

1922年《学衡》杂志的问世使新文化运动与文学革命遭遇到自发生以来的第一次有组织、有计划的批判。《学衡》创刊号上发表的梅光迪的《评提倡新文化者》与胡先骕的《评〈尝试集〉》等文矛头直指新文化运动。然而《学衡》甫一启齿，即遭新文化倡导者的迎头痛击。周作人率先发表《〈评尝试集〉匡谬》一文，逐一批驳胡先骕文中的四个论点。鲁迅随后发表《估〈学衡〉》一文，指出"夫所谓《学衡》者……实不过聚在'聚宝之门'左近的几个假古董所放的假毫光；虽然自称为'衡'，而本身的称星尚且未曾钉好，更何论于他所衡的轻重的是非。所以，决用不着较准，只要估一估就明白了"①。鲁迅的反击尖锐有力，犀利的剑锋直指《学衡》软肋，他"随手拾来"《学衡》第一期七篇文章中的八处谬误，令《学衡》同人尴尬不已。《估〈学衡〉》也由此成为评价学衡派的一个"经典"。其实《学衡》创刊号上的诸多谬误并不代表学衡派成员的整体水平，何况鲁迅的文章只是专就第一期立论，其"只攻一点不及其余"的批评战术对学衡派并不具有多大的说服力。而且，学衡派对提倡新文化者及白话诗的批判并不意味着他们对五四新文化运动的全盘否定。当他们依傍东南大学以《学衡》为阵地挑战新文化运动时，他们否定的实际上是新文化倡导者们在文学革命中的偏激主张以及在文化建设中独断的文化取向。他们对新文化运动所借鉴的思想资源的质疑与批判，实际上是对中国文化重构的多维

---

① 鲁迅：《估〈学衡〉》，《晨报副刊》1922年2月9日。

之思。

　　本文无意对学衡派的思想文化观念作整体性探究,也无意对学衡派与五四新文化派的论争作详尽描述,只想通过对学衡派主要成员梅光迪、胡先骕、吴宓等三人与五四新文化派的论争之间的错位关系的考察,指出学衡派的文化观被遮蔽的一种可能,进而探讨学衡派的中西文化整合观念。

一、批评时间的错位

　　《学衡》创刊时,新文化运动已从高潮走向尾声,经过几年的理论倡导与引进,理性而审慎的新文化建设正在展开。1921 年新文学社团的涌现与新文学作品的纷呈,展示了新文学百花园的勃勃生机,《女神》的出版足以证明白话诗的成功,新诗的发展已步入自由体诗的高潮阶段,胡先骕却于此时提出探讨"文言白话用典与诗之关系"、"声调格律音韵与诗之关系"①,确实有点不合时宜。郑振铎说,学衡派"是来得太晚了一些。新文学运动已成了燎原之势,绝非他们的书生的微力所能撼动其万一的了"②。看到胡先骕的《评〈尝试集〉》,胡适实在缺乏回应的兴趣:"现在新诗的讨论时期,渐渐的过去了。"③对于胡、梅等人的批评,胡适不屑一顾:"学衡的议论,大概是反对文学革命的尾声了。我可以大胆说,文学革命已过了讨论的时期,反对党已破产了。"④

　　学衡派对五四新文化运动与文学革命的进程并非无知,他们也并非有意挑一个不恰当的时间发动进攻。胡先骕的《评〈尝试集〉》早就写好,然而,"历投南北各日报及各杂志,无一愿为刊登,或无一敢为刊登者"⑤。实际上,学衡派对五四新文化运动的不满由来已久,只是一直未能找到合适的时机出击而已。

---

① 胡先骕:《评〈尝试集〉》,《学衡》1922 年第 1 期。
② 郑振铎:《中国新文学大系·文学论争集·导言》,见赵家璧编《中国新文学大系》,上海文艺出版社 1936 年版,第 13 页。
③ 胡适:《〈尝试集〉四版自序》,见耿云志编《胡适论争集》,中国社会科学出版社 1998 年版,第 299 页。
④ 胡适:《五十年来中国之文学》,《胡适全集》(第 2 卷),安徽教育出版社 2003 年版,第 342 页。
⑤ 吴学昭整理:《吴宓自编年谱》,生活·读书·新知三联书店 1995 年版,第 229 页。

　　学衡派与五四新文化派的分歧最早可追溯到 1915 年梅光迪与胡适在美留学时期。当年梅、胡二人就曾围绕"诗文统一说"展开辩论,胡适认为文学革命的突破口在诗歌,因而提出"作诗如作文"的主张,梅光迪"颇不以为然",他说:"足下为诗界革命家,改良诗之文字(Poetic diction)则可。若仅移文之文字(Prose diction)于诗,即谓之改良,谓之革命,则不可也。……吾国求诗界革命,当于诗中求之,与文无涉也。若移文之文字于诗,即谓之革命,则诗界革命不成问题矣。以其太易易也。"①这一次论争,后因梅光迪主动提出"至于'诗之文字'问题,迪已不欲多辩"②而暂告结束。1916 年 7 月,因为任叔永的一首四言长诗,梅、胡之间就"死文字与活文字"展开新一轮论争,梅、胡二人通了几次信,论争中梅光迪继续坚持诗文不可用白话的观点,梅光迪在给胡适的信中对"文学革命之法"提出了四项改良措施:一、摈去通用陈言腐语;二、复用古字;三、添入新名词,如科学、法政诸新名字,为旧文学中所无者;四、选择白话中之有来源,有意义,有美术价值者之一部分,以加入文学。③ 梅光迪的意见促进了胡适对文学革命的进一步思考。到了 1917 年,当胡适在《新青年》上发表《文学改良刍议》吹响文学革命的号角时,梅光迪则在自己主编的《留美学生月报》上先后刊出《我们这一代的任务》、《我们需要关切国事》、《中国的新学者——学者的为人》等三篇文章,对胡适及《新青年》的文化激进主义进行抨击。由于梅光迪的文章都在美国刊发,对国内几无影响,这让梅光迪萌发要回国与胡适大干一场的想法,据《吴宓自编年谱》记载:"梅(按光迪)君正在'招兵买马',到处搜求人才,联合同志,拟回国后对胡适作一全盘之大战。"④

　　梅光迪非常清楚,五四新文化运动之所以迅速兴起,一是有《新青年》作为舆论阵地,二是因为北京大学的鼎力支持,三是依赖新文化统一阵线的集体力量。因而,如欲与已经蓬勃发展的新文化运动抗衡,除了要依靠一个大学作为实现宏图的场所以外,还需有一个能传布思想的杂志与一群志同道合的友人。可时机一直不够成熟,虽说 1920 年秋梅光迪即与中华书局有办《学

---

① 耿云志主编:《胡适遗稿及密藏书信》(第 33 册),黄山书社 1994 年版,第 125—126 页。
② 耿云志主编:《胡适遗稿及密藏书信》(第 33 册),黄山书社 1994 年版,第 131 页。
③ 耿云志主编:《胡适遗稿及密藏书信》(第 33 册),黄山书社 1994 年版,第 144—152 页。
④ 吴学昭整理:《吴宓自编年谱》,生活·读书·新知三联书店 1995 年版,第 177 页。

衡》杂志之约,但由于对任职的南开大学非常生疏,加之回国之后一时又未结交到"知友",尚无法组建反对新文化运动的同盟大军。所以他不久即改就南京高师兼东南大学英语兼英国文学教授。

1921 年东南大学的重组,为梅光迪实现反新文化运动的理想事业提供了契机。不仅此地已聚集了一批新文化运动的反对者,而且在他的力劝之下,他最为看重的吴宓也前来东南大学聚首。至此,反对新文化运动的条件才刚刚成熟。于是筹划、约稿、创刊、发动批判。然而"时过境迁",新文化倡导者们对中国传统文化的激烈批判与情绪化的全盘否定之声已经消隐,新文化统一阵线业已分化重组。当年的敌人胡适也已经开始提倡"整理国故"了。尽管学衡派雄心勃勃地准备与新文化倡导者们大战一场,却无奈"时势已非"。本文并不想夸大《学衡》批评时间的错位对其命运的影响,但《学衡》创刊的滞后显然影响了胡适等五四新文化派对学衡派的判断,学衡派对五四新文化运动的批评因姗姗来迟而被不屑一顾,其逆潮流而动的举措,也终于被视为"反动"之证明。

二、批评对象的缺席

学衡派以批判五四新文化运动为要务,但就个人而言,矛头主要刺向胡适。

《学衡》第一、二期连续刊发胡先骕的《评〈尝试集〉》,这篇长达两万字的论文洋洋洒洒,思路明晰、有理有据。胡先骕以一个植物学家的眼光,采用科学的统计分类法将胡适的《尝试集》一一肢解,全面予以否定。胡先骕说:"以172 页之小册,自序、他序、目录已占去 44 页,旧式之诗词复占去 50 页,所余78 页之《尝试集》,似诗非诗似词非词之新体诗复须除去 44 首。至胡君自序中所承认为真正之白话诗者,仅有 14 篇,而其中《老伯伯》、《关不住了》、《希望》三诗尚为翻译之作。"剩下的 11 篇"弟平心论之,无论以古今中外何种眼光观之,其形式精神,皆无可取"[①]。梅光迪则在文章中表示要揭穿提倡新文化

---

① 胡先骕:《评〈尝试集〉》,见孙尚扬、郭兰芳编《国故新知论——学衡派文化论著辑要》,中国广播电视出版社 1995 年版,第 292 页。

者"工于自饰,巧于言语奔走"之假面,并"缕举而条析"其真相有四:"一曰:彼等非思想家,乃诡辩家也;二曰:彼等非创造家,乃模仿家也;三曰:彼等非学问家,乃功名之士也;四曰:彼等非教育家,乃政客也。"①梅光迪的批评对象是提倡新文化者,当然包括胡适在内,其批评用语多为与胡适通信时所操之言辞,针对性可谓极强。同文中关于"白话诗"的批评则是专指胡适而言:"所谓白话诗者,纯拾自由诗 Verslibre 及美国近年来形象主义 Imagism 之唾余,而自由诗与形象主义,亦堕落派之两支。乃倡之者数典忘祖,自矜创造,亦太欺国人矣。"对《学衡》的批评胡适心知肚明:"东南大学梅迪生等出的《学衡》,几乎是专攻我的。"他很留意各方面的反映,他在日记中写道,《学衡》"出版之后,《中华日报》(上海)有赞成的论调,《时事新报》有谩骂的批评,多无价值。今天《晨报》有'式芬'的批评,颇有中肯的话,末段尤不错"②。

对于学衡派的批评,胡适的公开回应只有两次:一是1922年3月10日,他在《〈尝试集〉四版自序》中对胡先骕的讽刺,他说初读了胡先骕《评〈尝试集〉》的话,"觉得很像是骂我的话;但这几句是登在一种自矢'平心而言,不事谩骂,以培俗'的杂志上的,大概不会是骂罢? 无论如何,我自己正在愁我的解放不彻底,胡先骕教授却说我'卤莽灭裂趋于极端',这句话实在未免过誉了"③。二是1922年3月撰写《五十年来的中国之文学》时提到:"今年(1922)南京出了一种《学衡》杂志,登出几个留学生的反对论,也只能谩骂一场,说不出什么理由来。"④胡适对《学衡》的印象实在不好,他曾戏作一首打油诗题《学衡》:

老梅说:

"《学衡》出来了,老胡怕不怕?"(迪生问叔永如此)

老胡没有看见什么《学衡》,

---

① 梅光迪:《评提倡新文化者》,见孙尚扬、郭兰芳编《国故新知论——学衡派文化论著辑要》,中国广播电视出版社1995年版,第71—75页。

② 中国社会科学院近代史研究所中华民国史研究室编:《胡适的日记》,中华书局1985年版,第258页。

③ 胡适:《〈尝试集〉四版自序》,见耿云志编《胡适论争集》,中国社会科学出版社1998年版。

④ 胡适:《五十年来中国之文学》,《胡适全集》(第2卷),安徽教育出版社2003年版,第340页。

只看见了一本《学骂》! ①

对《学衡》的"谩骂"式批评,胡适认为根本不值得批驳,他曾对钱玄同说:"我也想出力来打他们,但我不大愿意做零星的谩骂文章,这种膏肓之病不是几篇小品文字能医的呵。……老兄,不要怪我的忍耐性太高,我见了这些糊涂东西,心里的难受也决不下于你,不过我有点爱惜子弹,将来你总会见我开炮的,别性急呵!"②然而胡适的"炮"始终未开,大概是他觉得学衡派不配做对手而"爱惜子弹"的缘故。

然而对于胡适的沉默,学衡诸公并不领情,梅光迪、胡先骕、吴宓继续撰文批判五四新文化运动与胡适,文章主要有:梅光迪的《评今人提倡学术之方法》(《学衡》第 2 期),胡先骕的《论批评家之责任》(《学衡》第 3 期)、《评胡适〈五十年来中国之文学〉》(《学衡》第 18 期),吴宓的《论新文化运动》(《学衡》第 4 期)、《论今日文学创造之正法》(《学衡》第 15 期)、《我之人生观》(《学衡》第 16 期)等。其中胡先骕的《评胡适〈五十年来中国之文学〉》更是直接叫阵胡适,但胡适却再也不公开回应了(胡适写《逼上梁山》已是多年以后的事了),倒是周作人、鲁迅、茅盾等人冲锋在前,积极参与论战,批驳学衡派的错误言论。五四新文化派反击学衡派的主要文章如下:鲁迅的《估〈学衡〉》、《"一是之学说"》,周作人的《〈评尝试集〉匡谬》、《思想界的倾向》与《恶趣味的毒害》,沈雁冰的《评梅光迪之所评》、《近代文明与近代文学》和《驳反对白话诗者》。论争的文章很多,一时间煞是热闹。可是,通过细读双方的文章,我们发现作为这一场论争的"在场者",学衡派与新文化派都存在明显的批评对象的"缺席"现象。在学衡派的批判对象中,胡适是被批判的靶心,靶心的周围还可以加上陈独秀与钱玄同,然而胡适、陈独秀、钱玄同基本没有直接回应《学衡》的文章。而作为鲁迅、周作人、沈雁冰的批判目标,学衡派大体上也未予理睬。所以尽管论争的文章不少,形成直接交锋的却几乎没有。应该承认,在新文化运动的敌手中,学衡派确实是最有文化修为的一个群体,他们的观点也颇

① 中国社会科学院近代史研究所中华民国史研究室编:《胡适的日记》,中华书局 1985 年版,第 258 页。

② 耿云志、欧阳哲生编:《胡适书信集》(上),北京大学出版社 1996 年版,第 360—361 页。

多可取之处。但由于一开始的相互攻讦与带有意气式的"骂评",终于使双方错失心平气和的论争氛围,而这种"你批你的,我批我的"共同"在场"却又"对象缺席"状况,使得论争无法在同一层面进行从而出现批评的错位现象,造成真正有效的对话未能充分展开的憾事。

三、文化重构的理想

学界目前对于学衡派与五四新文化之间的关系仍有不同的看法:有学者认为学衡派是反对新文化运动和文学革命的①,也有学者认为学衡派并不反对新文化②。周作人当年也曾说过,学衡派"只是新文化的旁支,决不是敌人",可学衡派照样被新文化派批了个"遗臭几十年"。实际上,学衡派反不反对新文化运动并不是一个简单的"yes"或"no"问题。前文说过,《学衡》创刊的缘起是反对新文化运动,然而梅光迪说:"夫建设新文化之必要,孰不知之?"③似乎又主张新文化运动。我们之所以常常在这里产生困惑,一个重要的原因就是,我们在提及学衡派对新文化运动的态度时,往往未能对"新文化"这一词语的内涵作出辨别。吴宓在《论新文化运动》中的一番话有助于我们的思考,他说:"新文化运动,其名甚美,然其实则当另行研究。"今日"所谓新文化者,似即西洋之文化之别名,简称之曰欧化",且"所谓新文化运动者焉,其持论则务为诡激,专图破坏"。所以他决定"指驳新文化运动之缺失谬误,以求改良补救之方"。又说:"今有不赞成该运动之所主张者,其人非必反对新学也,非必不欢迎欧美之文化也。若遽以反对该运动之所主张者,而即斥为顽固守旧,此实率尔不察之谈。"④可见,学衡派并不反对在中国进行一场新文化运动(指自己理想中的文化运动),因为他们同样深知中国传统文化的痼疾已

---

① 刘炎生:《中国现代文学论争史》,广东人民出版社 1999 年版,第 96 页。
② 孙尚扬:《在启蒙与学术之间:重估〈学衡〉(代序)》,见孙尚扬、郭兰芳编《国故新知论——学衡派文化论著辑要》,中国广播电视出版社 1995 年版,第 11 页。
③ 梅光迪:《评提倡新文化者》,见孙尚扬、郭兰芳《国故新知论——学衡派文化论著辑要》,中国广播电视出版社 1995 年版,第 77 页。
④ 吴宓:《论新文化运动》,见孙尚扬、郭兰芳编《国故新知论——学衡派文化论著辑要》,中国广播电视出版社 1995 年版,第 78—80 页。

到了必须革除的时候。可他们对当前新文化运动（指五四新文化运动）的"全盘欧化"之倾向确实不满，对新文化倡导者摧毁中国传统文化的偏激态度更是无法坐视，因而准备匡正谬误，以图补救。然而，学衡派"昌明国粹"的主张使得新文化派一开始就将其视为"敌人"而不是"净友"，他们对五四新文化运动的激烈批判之声掩盖了他们的文化重构诉求，他们的文化重建理想也无法得到时人的认同。

学衡派的言论清晰地描绘了他们的文化建构蓝图。关于文化的定义，吴宓比较认同英国文学批评家马修安诺德的看法："文化者，古今思想言论之最精美者也。"那么何为文化之精华？吴宓认为世界文化的精华有四："孔教、佛教、希腊罗马之文章哲学与耶教之真义"[①]。梅光迪也认为"吾之文化……必有可发扬光大，久远不可磨灭者在……而欧西文化，亦源远流长。自希腊以迄今日，各国各时，皆有足备吾人采择者"。但是他们提出："改造固有文化，与吸取他人文化，皆需先有彻底研究，加以至明确之评判，副以至精当之手续，合千百融贯中西之通儒大师，宣导国人，蔚为风气，则四五十年后，成效必有可睹也。"[②]他们反对"近不知中国之情，远不察欧美之实，以所拾尘芥，罗列人前，谓鈎爪锯牙，为国家首事"[③]之举。学衡派主张从中国的实际情况出发，在改造中国传统文化的同时，对西方文化之发展源流进行全面而彻底的研究，然后由少数融贯中西的通儒大师、文化先驱决定取舍并传播。学衡派以"昌明国粹，融化新知"为宗旨，追求文化重构的双重维度：兼取中西文明之精华而加以熔铸贯通。他们既有吸纳优秀传统文化的民族意识，又有放眼精美欧西文化的世界眼光。他们在介绍、研究中外文化时，注重文化的历史传承性，追求文化价值的永恒魅力。应该说，这是一种比较全面而合理的文化建设思路，有学者甚至认为学衡派的文化观已经超越了东西方文化界限而具有普遍的永久价值[④]。

---

① 吴宓：《论新文化运动》，见孙尚扬、郭兰芳编《国故新知论——学衡派文化论著辑要》，中国广播电视出版社 1995 年版，第 88—89 页。

② 梅光迪：《评提倡新文化者》，见孙尚扬、郭兰芳编《国故新知论——学衡派文化论著辑要》，中国广播电视出版社 1995 年版，第 77 页。

③ 胡先骕：《论批评家之责任》，《学衡》1922 年第 3 期。

④ 张运华：《吴宓与新人文主义》，《郑州大学学报》1993 年第 3 期。

　　重新审视学衡派与五四新文化派的新文化观念,我们发现他们的文化建构思想有其一致性:谋求一种有利于中华民族崛起的"新文化",使中国早日走上现代化进程从而重振中华文明的辉煌。然而,由于他们对所谓"新文化"的理解不同,新文化派展开的是一场急风暴雨式的文化运动,而学衡派则憧憬一种和风细雨式的文化整合。新文化派对传统文化的激烈批判给学衡派留下了"否定传统、全盘欧化"的印象,而学衡派对新文化派的攻击以及"昌明国粹"的主张则使新文化派给他们扣上了"反动"与"复古"的帽子。这影响了他们对对方的评价与定位。平心而论,无论学衡派还是新文化派,其文化观都有历史合理性,但也同样存在着缺失与偏误。新文化派的实用主义与功利主义偏向使他们无视学衡派的存在而陷入激进主义的泥淖,学衡派则为争夺话语霸权而落入"欲置对方于死地"的窠臼。

　　学衡派与新文化派之间的论争在本质上是中国文化保守主义与文化激进主义在 20 世纪初的对峙,他们之间本该有一场有深度的思想交流与文化对话,存在着使双方更趋理性地审视自己文化观的可能,但由于批评时间的错位、批评对象的"缺席"以及双方对文化重构的想象差异,使得他们之间的全方位对话终于未能实现,这在一定程度上遮蔽了学衡派的文化重构理想。

(原刊于《新疆大学学报》2004 年第 4 期)

灵魂的错位

——论现代知识女性书写

　　20 世纪的中国文学史再也无法忽略女性的特异存在,五四文学革命的功绩不仅在于发现了"人",更重要的是刺激了女性——这个历史上处于边缘沉默状态的人类的另一半的觉醒。如果说作为群体的女性已经成为社会与文学关注的重点,那么知识女性则是重中之重。在五四的洪流中男性启蒙者向女性指出新的路,女性也以为这是真理,于是勇敢上前了,在前行的路途中却发现荆棘密布,甚至必须重新校正方向。知识女性就是这样的前行者与校正者。因此现代知识女性是女性现代灵魂的标尺,标示着女性前行的脚步。现代知识女性书写可以理解为对现代知识女性的书写和现代知识女性对内外世界的书写。本文无意只从女性主义文学角度出发考察中国的现代知识女性书写,因为"女人写"与"写女人"并不就是女性主义文学。坦白地说,在 20世纪上半叶中国缺乏严格意义上的女性主义文学作品,中国现代文学中对女性的书写还没有时髦至这般境界。本文主要论及的是书写知识女性的作品,不管这些作品是否出自女作家之手。与大量描摹现代知识女性作品同步出现的一个文学现象是:中国现代女作家最初出现在文坛时并非零星的天才显现,而是一个群体的姿态。从庐隐、凌叔华、冯沅君等到丁玲、萧红再到张爱玲、苏青,现代女作家们辉映了现代文学的天空。

一

女性的敏感与社会的动荡都不足以解释女性写作的春潮,其深刻的思想根源是妇女解放运动。从 19 世纪中期开始中国的近代妇女解放运动就有了一定的氛围。19 世纪 60 年代至 90 年代资产阶级维新派知识分子如康有为、严复等,受到西方人权思想的影响最先提出妇女权利问题。辛亥革命时期中国女性真正开始觉醒。五四新文化运动在继承与总结先前经验教训的基础上进行了一场彻底的除旧布新的思想革命,将妇女解放运动带入一个新阶段。五四前后,《新青年》、《妇女杂志》、《觉悟》、《民国日报.妇女评论》等杂志蜂起,纷纷展开对妇女问题的大讨论。其中《新青年》因其特殊地位起到了无可替代的中坚宣传作用。妇女解放的思想布道于是轰轰烈烈地展开,得益者则是无数的女性。这一时期整个社会对妇女问题的关注集中于婚姻家庭、贞操与解放、女子教育与经济独立等方面。知识分子用文字书写的方式记录了这一段历史,阐述了他们的观点与立场,表达了他们对这些问题的重视。

五四思想革命既然是以西方民主思想来反对封建道德伦理,所以对于西方当时的妇女解放思想采取了横移的办法。但文化背景的不同、社会结构的差异,决定了中国妇女解放的特殊性。这也使得在这一思潮引导下的中国现代女性书写与西方女权主义文学有着诸多不同。首先,相较于西方女权运动的女性倡导者而言,在中国最先为妇女呼吁人权的则是一些男性知识分子。周作人是这一时期颇为典型的女性问题言论者,他认为必须"使女子有了为人或为女的自觉"①。但究竟什么是"为女"的自觉? 这些男性引路人给出的答案令人怀疑。在"天赋人权"的基础上提出男女平等主张的男性启蒙者们,针对中国女性的现状,将中国女性解放的基点指向"人的解放"。但他们在着力强调女人与男人是同等的人的时候,似乎忽略了"'女性的发现'应包含两个方面:一方面,女子和男子是同等的人;另一方面是,女子和男子是不同样

---

① 周作人:《妇女运动与常识》,见舒芜编《女性的发现——知堂妇女论类抄》,文化艺术出版社 1990 年版,第 351 页。

的人"①。因而,五四时期旨在以确立男女平权的中国妇女解放思潮在理念上与西方女权运动的宗旨不尽相同。西方女权运动的"目的在于提高妇女自身对自我地位和潜力的认识……通过分析女人从属地位的形成原因,提高妇女对自身和现实的认识,从父权制对她们的精神奴役中解放出来"②。很显然,西方女权运动是很自觉地以反对性别歧视为起点,并逐渐要求更高意义上的平等,因此西方的女权主义写作是一种抗拒性写作。中国的现代知识女性书写并不抗拒男性,而是抗拒男性所暗示出的封建宗法制等社会性话语。中国的现代知识女性书写在这个层面上与西方女权主义写作有了区别。其次,中国的妇女解放运动一直与国家危亡、阶级斗争紧密关联,始终不曾是一场独立的运动,可以说,妇女解放只是 20 世纪中国大变革中的附属产物。这使得中国的女性书写只能与主流意识合流,独立的抗拒性的女性书写几乎不可能。如果有,也会被主流拒绝,最终被遗忘。但是在这样的艰难中,真正的女性的声音仍然存在,隐隐约约,时断时续。在五四反对封建的总标题下站着一群奇异的女子,她们新剪了短发,刚学得人权的思想,便开始发声了,这呼喊混合着其他更为雄壮的声音,许多时候她们学着这雄壮的声音,加入这大合唱,无论怎样,她们发出的是人的声音。偶尔,在合唱的间歇,我们听到了特别的女性的声音。从五四到 30 年代再到 40 年代沦陷区,中国的现代知识女性书写有着分明的演变。

二

五四时期是现代女性意识的初起时期。在经历了太久的奴役之后中国女性突然有了一定的自由空间,她们迫不及待地享受五四清新的气息,因此知识女性书写的重要主旨是爱与自由。冯沅君的《隔绝》、《隔绝之后》是其中的代表。但爱情的甜蜜并不曾蒙蔽智慧的眼睛,很快这些聪明的女性发现了自由恋爱的中国式问题。石评梅在《弃妇》中愤激地说:"自由恋爱的招牌底,

---

① 舒芜:《〈女性的发现〉导言》,见其编《女性的发现——知堂妇女论类抄》,文化艺术出版社 1990 年版,第 6 页。
② 张岩冰:《女权主义文论》,山东教育出版社 1998 年版,第 29 页。

有多少可怜的怨女弃妇践踏着！同时受骗当妾的女士们也因之增加了不少！"在除去枷锁的时候，女性却未做好应有的准备，天真单纯的女子除了上当的悲剧之外，还能奢望更多吗？这样的悲剧也是男性启蒙者们没有预料到的，因为他们是从人的角度提出妇女解放，至于深入的细致的性别差异却必须由女性自己来重视。知识女性体验这悲剧，书写这悲剧，她们因此发现了自由民主的空气与脚下大地的区别。她们更深刻地体会到了男女间的不平等。在形诸文字时知识女性困惑于三个问题。

第一个问题是情感与宗法家族制度的矛盾。当礼教是一个抽象的名词时，知识女性反抗的决心是坚定的，然而，宗法家族的形成依赖于家庭，父亲母亲常常是具体的体现者。即使父母不够慈爱，违背父母对中国人来说已经很难，更何况是慈爱的父母？苏雪林、冯沅君正是面对这样的困惑。在她们的小说里母亲是那样的含辛茹苦，女儿盈注新思想的灵魂已经完全理解了母亲，因此更爱母亲。但是母亲却要阻止女儿自由的爱。母亲的阻止温柔而坚定，何去何从？在母亲面前，苏雪林发现爱情有点不合情理，带着一丝侥幸的幻想，为了母亲的爱，醒秋向母亲屈服了，抑制心中微微泛起的情感波澜（《棘心》）。这屈服的结果并不妙，终于是"撒了一个美丽的谎"[①]。冯沅君的态度相对激越些，情人与母亲是对立的，却难分高下，选择任一方都令人不堪承受，所以隽华只能以死亡做解脱（《隔绝之后》）。

第二个问题是情感与道德的矛盾。凌叔华被视为"画出了高门巨族的精魂"（鲁迅语），她的小说最特别之处在于对女性心理的描绘。若是只写心理欲望，那也并不出奇。其小说关注点是女性的多情与婉约的克制。《酒后》中采苕为子仪的俊美与不幸打动，爱与怜悯并存的复杂心态使她产生了去吻子仪的冲动，并且当着丈夫的面。丈夫犹豫了一会，答应了妻子，但是采苕没有去吻子仪。采苕的聪明处就在于此：寻常的西方礼节并不能适用中国的大地。传统道德的力量是不可以忽略的。《春天》中的霄音亦如此。在春天百无聊赖心境中的霄音虽然拥有丈夫甜蜜的爱情，但是无法遏止对君健（婚前追求者）的挂念，君健的病中来信使霄音产生了悲楚与微痛，她决定回复以示

---

① 苏雪林：《〈绿天〉自序》，见于青选编《绿天——苏雪林作品经典》，群众出版社1999年版。

怜悯,丈夫出乎意外地回来了,霄音不动声色地"抓起桌上写开的信纸搓成团子,擦桌子"(《春天》),丈夫的归来打断了霄音的精神越轨,一次潜在的爱情风波顿时消失于无形。凌叔华刻写出了大家闺秀的灵魂深处:爱的躁动在不经意间透过礼仪的束缚张望外面的世界,但只是偷偷的一望,便如蜗牛的触角迅急收了回去。

第三个问题是如果对爱情绝望了,放浪形骸是否是一种解脱?坎坷的生活使庐隐格外怀疑人生。在庐隐的知识女性群像中纫菁(《归雁》)与沁珠(《象牙戒指》)颇引人注目。庐隐认为她们是尤三姐式的女性。她们因为受过伤害,所以在愤恨中采取游戏人间的态度,自以为游戏了人间,实际上仍被人间戏弄。沁珠因为初恋遭受挫折,被男子欺骗,所以愤而转向放纵。其实醉酒与放浪并不能掩埋她善良的精神底子,面对真挚的爱情沁珠虽然不能接受,却也无法无动于衷。沁珠的悲剧在于一枚象牙戒指禁锢了她重新求爱的可能,在悔恨负疚中而不是对爱人的怀想中度过一生。放浪的结果是伤己更深。

这一时期的知识女性书写有着相当的共同之处。精神的痛苦是书写的重点,女性的社会身份以教员学生居多,因此精神的探讨有着浓厚的象牙塔的色彩。这种浪漫的书写一直持续到 30 年代。

三

30 年代是知识女性的徘徊与"被塑造"时期。现代知识女性经过了五四的精神洗礼,既然在理论上被赋予了同等的权利,女性怎么会放弃自由行走的权利?她们已经不满足于做现代家庭主妇或是小教员,她们开始渴望激越的社会事务,尤其是革命。茅盾是这一时期颇有影响的现代知识女性书写者。他以一个异性同路人的眼光描摹了 30 年代的知识女性。女性通常被分为两类:圣母型(贤妻良母类)、魔女型(荡妇类)。《幻灭》中居家的方太太符合了男性对贤妻良母的渴望,但是方先生却有爱上他人的危险。孙舞阳、章秋柳、慧女士共同构建了茅盾的魔女型女性世界。庐隐笔下愤激放纵的女性到了茅盾这里变成了秀色可餐的对象。这些知识女性事实上走向了尤物现代化的歧途。借着自由的名义回避道德的约束,男性则观赏这些所谓的现代女性。《虹》是比较注重女性独特感受的一部作品。梅行素虽然不愿意被观赏，但我行我素的她仍旧逃脱不了被观赏的命运。茅盾的作品显示了现代知识女性的悲哀：居家不是女性的理想所在，走向社会未必就能给女性带来希望。在父权制社会，女性对自由的渴望被普遍地误解为轻率的两性交往，其实，这只对男子的观赏有利。

　　丁玲则因自己是女性而艰难立足社会的经历，用女性视角对女性的心路历程进行性别意义上的揭示。莎菲（《莎菲女士的日记》）对凌吉士的意乱情迷以及对苇弟的怜悯不满显示了女性的困惑：到底要求什么？凌吉士俊美的外形让莎菲怦然心动，但是庸俗的灵魂又使莎菲失望，苇弟的懦弱让莎菲感觉不到男性的强悍有力的爱，莎菲像一个钟摆无法停在一端。如果莎菲出现在茅盾笔下，将是又一个颇有诱惑力的孙舞阳，丁玲则以女性的视角还原莎菲清白的品性与困惑的错位感，这种同性同情的视角源于丁玲"对社会的鄙视和个人孤独灵魂的倔强挣扎"[①]。茅盾的男性视角加强了现代知识女性的尤物感，丁玲的性别意识则使她成为中国现代女权主义文学的先驱。尽管丁玲稍后的红色社会生活使她在小说中显示出社会意识的加强，其作品中的性别意识与社会意识开始此消彼长，或隐或显，但二者并不均衡。从1929年秋到1930年冬丁玲的《韦护》、《一九三〇年春上海》（一）、《一九三〇年春上海》（二）三部小说宛如一根枝条上的三朵花，茎干是一致的，内里却各不相同。三部小说可以说是掉进了"光赤式的陷阱"，但是丁玲是女性，又是从《梦珂》、《莎菲女士的日记》起步的，这使得丁玲终于无法完全压抑个人的女性表达。《韦护》中韦护与丽嘉的爱情是一个经典的矛盾故事。《韦护》的故事原型是瞿秋白与王剑虹的爱情悲剧。"我要写剑虹对他的挚爱。但怎样结局呢？真的事实是无法写的，也不能以她一死了事。所以在结局时我写她振作起来。"[②]丁玲的矛盾显而易见：描写真挚的爱情固然是其写作的初衷，为爱而死却并非爱情表达的极致；"真的事实无法写"背后隐藏着丁玲鲜明的女性观，而不是要为尊者讳。丁玲理想的女性是强有力的、能够不断奋起的女性，因

①　丁玲：《一个真实人的一生——记胡也频》，《丁玲选集》（第三卷），四川人民出版社1984年版，第203页。
②　丁玲：《我所认识的瞿秋白同志——回忆与随想》，《丁玲选集》（第三卷），四川人民出版社1984年版，第259页。

此她不愿接受柔弱无助的结局。在韦护离去之后,将爱视作全部的丽嘉的重新振作虽说有些勉强,但我们分明看到了丁玲对现代知识女性的期待。丽嘉在独立与柔弱之间的徘徊印证了西蒙·波娃的判断:"女人不是天生的,而是被塑造成。"①在积极的改变与被动的适应之间,中国女性更易接受后者。丁玲虽然加强了社会意识,但她仍然强调女性的独立性。在《一九三○年春上海》中丁玲显然注意到了在革命话语的背景下女性的独立与抗拒附庸意识的独特存在。韦护(革命、男性)离丽嘉(附庸、女性)而去,革命话语与男性强权意识获得胜利。而在《一九三○年春上海》(一)中美琳(女性、革命)告别子彬(男性、文艺家)而去,显示出在革命话语下美琳的女性独立意识获得足够的精神支持。在《一九三○年春上海》(二)中玛丽(女性、个人享乐主义者)走出望微(男性、革命家)的简陋小窝,表现出的是女性追求享受的独立精神超出了男性引导女性参与革命的热情。姑且不论其价值趋向是否合理,至少有一点值得注意:作为女性,美琳与玛丽做出了自己的抉择,而不是依靠她们的男性伴侣,甚至是背叛自己的男性伴侣,尝试自己迈出人生的脚步。相较于丽嘉的没有选择与被动接受,美琳与玛丽的抉择无疑是勇敢的女性自己的行为。

茅盾与丁玲的作品共同构成了现代知识女性的歧途观照。茅盾的女性模式在丁玲这里被解构。茅盾的男性视角与丁玲的女性视角互相补充,互相映照,反映出一个真切复杂的 30 年代知识女性世界。

四

40 年代的沦陷区使女性性别意识的异常集中抒写成为可能。战争与沦陷不仅剥夺了作家们的政治自由,也完全隔绝了作家思想意识自由飞翔的天空。在一个不能谈国事又不愿做违心之论的地方,饮食男女之事成为创作的主要取材方向。女性的性别意识因此凸显出来。在沦陷区的一批才情并胜的女作家中,苏青的性别意识最为高扬。谭正璧觉得"以前冯沅君、谢冰莹、黄白薇诸家的作品……都向着全面的压抑作反抗","是社会大众的呼声",而

---

① 〔德〕爱丽丝·史瓦兹:《拒绝做第二性的女人——西蒙·波娃访谈录》,顾燕翎等译,中国友谊出版公司 1989 年版,第 15 页。

苏青、张爱玲则"为了争取属于人性的一部分——情欲——的自由","仅是单方面的苦闷"。①

五四新文学发展至今,现代知识女性书写常常与社会、革命等话语紧密相连。无疑地,在民族危亡、阶级斗争的大背景中,单纯的评说女性自身是不能与宏大的历史叙事相提并论的。但是,战争、撤退与沦陷所造成的文化真空必得有人去补充,于是"在时代鲜血的润滑之下,五四之女的历史狭隙尽头的第二扇门终于艰涩地开了一道缝,从那里传来苏青的清朗的语流,这就是《结婚十年》"②。苏青以一个知识女性而度过十年主妇生活,感受了世俗生活的真相,她将"饮食男女,人之大欲存焉"的标点轻轻前移,变为"饮食男,女人之大欲存焉"。只此一变,中国女性生活的实质全部显露出来。她的自叙传式小说《结婚十年》以怀青的中西合璧的婚礼开始,以离婚终止。怀青痛彻地感受到做家庭主妇的不独立的悲哀,丈夫的压制、粗野的耳光以及他的三心二意让向往平等与爱的怀青绝望,怀青走出家庭了,但这并非她所乐意。怀青以笔谋生,能够独立了,可她并不幸福,她也无意做独身的女强人。苏青是一个爽快的女人,她的小说与散文是互通的,她的散文集中讨论女性问题。苏青不是天生的女权主义者,她也从未曾想过成为女权主义者。虽然经历了十年"几乎不曾合理的生活"③,但是凭借着自己"简单健康的底子"和"对于人生有着太基本的爱好"④,苏青在不能谈国事而又要活命的地方无意中完成了对现代知识女性的批判性总结。

首先,苏青对五四以来所谓"妇女解放"与"男女平等"提出了严正的批评。"妇女解放"与"男女平等"的呼声已经发出许久了,现代教育制度已经建立,那么妇女真的幸福了吗?苏青遗憾地发现:没有。苏青立论的出发点是:女人与男人是不一样的人。男女平等应是在区别对待意义上的平等。在《我

① 谭正璧:《论苏青与张爱玲》,见静思编《张爱玲与苏青》,安徽文艺出版社 1994 年版,第 44 页。

② 孟悦、戴锦华:《浮出历史地表》,转引自李伟《乱世佳人——苏青》,上海书店出版社 2001 年版,第 182 页。

③ 苏青:《〈结婚十年〉后记》,见于青、晓蓝、一心编《苏青文集》(下),上海书店出版社 1994 年版,第 433 页。

④ 张爱玲:《我看苏青》,见静思编《张爱玲与苏青》,安徽文艺出版社 1999 年版,第 211、212 页。

国的女子教育》一文中苏青指出我国根本没有所谓女子教育,她针对教育现状大胆质疑五四男女平等的真意。基于此,苏青对所谓女性创作强调用女性自己的意识去判断:"置身在从前的男人的社会中,女子是无法说出她们所要说的话的。至于第二类所谓新文学作品呢? 对不住的很,也还是男人写给男人们看的,因为现在仍旧是男人的社会呀。虽然他们也谈妇女问题。提倡男女平等,替我们要求什么独立啦,自由啦,但代想代说的话能否完全符合我们心底的要求,那可又是一件事了。所以我敢说,读这类文章读出来的女生,她们在思想上一定仍旧是男人的附庸。"①苏青在沦陷区的特殊氛围里发现了现代女性的思想困境:既然现代女性的新思想仍是来源于男性,那么女性并没有发现自身。对于沦陷期的苏青来说,女性性别意义上的独立意识高于其他意识。其次,苏青对现代婚姻与贤妻良母进行了剔透的分析。在苏青的理想中,现代婚姻以爱情与性为基础,夫妻应是平等的。在《论红颜薄命》、《谈性》等文中苏青提倡灵肉和谐的爱情与婚姻。但问题并不如此理想。《结婚十年》中怀青在新婚之夜便发现丈夫的三心二意,丈夫对自己是尊敬的但却不是爱。在男女平等基础上的婚姻带来了意想不到的新问题:与旧式婚姻相比,现代婚姻中的女子承受更大的离婚风险。现代知识女性的尴尬在于:回到家庭的最后退路业已断绝。与夫妻地位的改变相连的是,现代女性已经张望了外面的世界,做贤妻良母不再是她们人生的至乐,对于享乐情绪与开放式生活的追求显然降低了为人母的热情。在《现代母性》与《科学育儿经验谈》中苏青讽刺了所谓现代母性,认为在享乐面前母爱是要打折扣的。再次,苏青对离婚问题给予了特殊关注。夫妻反目给苏青留下了终生无法抚平的创伤,《结婚十年》、《续结婚十年》、《歧途佳人》三部小说都触及离婚,散文《论离婚》与《再论离婚》是其重要篇什。离婚对于苏青来说并不是什么浪漫的事情,她认为离婚"是必不得已的,痛苦的挣扎。不挣扎,便是死亡;挣扎了,也许仍是死亡。人总想死里逃生的呀"②。男人们看苏青"新式女人的自由她也

---

① 苏青:《我国的女子教育》,见于青、晓蓝、一心编《苏青文集》(下),上海书店出版社 1994年版,第 6 页。

② 苏青:《再论离婚》,见于青、晓蓝、一心编《苏青文集》(下),上海书店出版社 1994 年版,第 124 页。

要,旧式女人的权利她也要"①,这可能是所有女性共同的奢望吧。

现代知识女性的人生终极目标是什么? 在封建时代女性等待"之子于归"将来"宜其室家"的日子里,婚姻是其终极目标。现代知识女性虽然有了理论上的权利,但是女性的独立并不令人乐观。丁玲的小说还在书写现代知识女性的社会之梦与浪漫之爱,传达出的是狂放不羁的女性精神。张爱玲等人则将爱情婚姻的迷人光环与神圣剥离,还原一个世俗的真相,而苏青是"在极度苦闷与极度窒息的时代的低压槽中涌出的低低而辛辣的女性诉说;只是在一种男性行为的压抑之下,在一种死寂的女性生存之中,道出的一种几近绝望的自虐自毁性的行为"②。

从五四追求个性解放、恋爱自由、婚姻自主开始,中国的知识女性走上了一条漫长而崎岖的征途,在这之中有呼号、震颤甚至暂时的退缩,但是知识女性从没有完全放弃自己的努力,仍跋涉在忽隐忽显的路途中,现代知识女性书写因此而变幻多姿。

(原刊于《思想战线》2003 年第 5 期)

① 张爱玲:《我看苏青》,见静思编《张爱玲与苏青》,安徽文艺出版社 1999 年版,第 212 页。
② 孟悦、戴锦华:《浮出历史地表》,转引自李伟《乱世佳人——苏青》,上海书店出版社 2001 年版,第 167 页。

乡村政治生态与中国当代文学

一

中华人民共和国的成立绝不是改朝换代这般简单。在新生政权确立合法性的过程中,中国乡村关系的变化最为深刻:

> 在历代王朝由国家政权、地主士绅和农民三角结构所形成的多元关系中,最重要的是地主和农民的关系。与地主无所不在的影响相比,国家政权在广大社会中的作用相形失色。然而,随着解放后国家权力的扩展,最重要的关系已改换成国家政权与农民的关系。今天社会领导阶层对党政机构的依赖远远超过了往昔的地主士绅。在分析解放后的中国时,我们必须比分析中国历代王朝更多地集中考虑国家政权所起的作用。①

中华人民共和国通过土改消灭了地主士绅阶层,原来的三角结构不复存在,古老的"王权止于县政"的政治格局被彻底打破,国家政权与农民构成复杂的双边关系。国家政权下沉的后果是乡村政治生态的巨大改观,乡村日常

---

① 黄宗智:《长江三角洲小农家庭与乡村发展》,中华书局 2000 年版,第 194—195 页。

生活与国家政治之间的关系变得更加紧密。无处不在的政治话语不仅在表面上进入乡村,而且逐渐沉淀为乡村的基本生活记忆:

> 国家新政治话语逐渐地嵌入农民的日常生活,并且在日常生活话语中占据着越来越重要的位置。"毛主席"、"共产党"、"工作队"、"干部"、"土改"、"开会"……一些传统话语逐渐淡出村落场域。这些变化标志着在以土改为契机的社会动员中,一个由国家支配与规划的村庄生活模式逐渐形成,新国家不仅有效地克服了传统农业社会中国家行政力量的话语论说相对有限,无法有效地达至基层民众层面的局限,而且开始形成了国家对底层社会从权力结构到话语文本的连接。[1]

农民对国家新政治话语的接受意味着国家政权对村庄传统自在生活的强大渗透力。乡村政治生态的巨大变化自然吸引了急于传递新时代新气息的当代作家。中国当代文学的发生情境不仅与中国古代文学不同,甚至与1949 年之前的中国现代文学也有着根本性的区别:政治成了无法忽略的最重要的指针。广袤的乡村与总数惊人的农民一直是新政权重视的对象。对于乡村农民的关注一直是新文学的重点。无论是现实的政治需要还是继承新文学的传统,当代作家都不会无视乡村。更何况,在国家政权的明确要求下,背负着解释新生政权合法性重任的中国当代文学从一开始就已经注定了要对乡村生活做出及时的反映。50 年代的作家开始了解说"乡村巨变"的尝试,《"锻炼锻炼"》、《创业史》、《山乡巨变》、《李双双小传》等对土改、合作化、"大跃进"等政治话题及时跟进,传递出与现代文学中不一样的乡村景观。经过"文革"时期的《金光大道》等作品的强化,文学与政治之间的关系几乎是如影随形,文学的自由灵敏度严重缺失,过度的政治干预让文学作品沦为简单的政治宣传品。"文革"之后的文学获得了表达的自由,终于可以对中国当代乡村政治生态做出比较丰富多彩的书写。张炜的《古船》,贾平凹的《浮躁》、《腊月·正月》、《秦腔》,莫言的《生死疲劳》,毕飞宇的《玉米》、《平原》,阎连科的

---

[1] 吴毅:《村治变迁中的权威与秩序——20 世纪川东双村的表达》,中国社会科学出版社2002 年版,第 110—111 页。

《坚硬如水》,孙慧芬的《上塘书》、《歇马山庄》,周大新的《湖光山色》等构成了当代六十余年乡村政治生态变革的多面视图。更有意味的是,作家们对于这六十余年的乡村历史有着不停言说的冲动,由此,对不同观念影响下的文本进行差异比较有了实现的可能。

二

在新生政权的强力领导下,1949 年之后的中国乡村首先进行了土地改革,并在 1952 年开始了农业互助组的尝试,1954 年之后先后出现初级农业合作社与高级农业合作社,1958 年"政社合一"的人民公社体制由上至下进入中国乡村。这是一条很典型的从传统乡村向现代乡村转换的中国之路。它与毛泽东对中国乡村的思考密切相关:"个体农民,增产有限,必须发展互助合作。"①毛泽东敏锐发现了小农经济的脆弱性,倘若没有政府的干预与帮助,刚刚通过土改获得土地的农民很可能再次失去土地而陷入新的贫困中,还会有另一些农民利用劳力、智慧等成为新的地主阶层。因此,合作化成为他所选择的彻底解决乡村贫富不均问题的最佳途径。这也是李准在《不能走那条路》中所注意到的问题。有意思的是,作家的思考与政治家的观点一致:必须放弃个人发家致富的思想而要走共同富裕之路。虽然以后的事实将证明这种理想面临着现实的挑战②,但是这相对于绵长的中国封建秩序下的乡村统治来说真称得上是翻天覆地的变革。经由土改,新中国通过强行剥夺地主阶层的土地与财产,让农民第一次感受到了政治身份的优越,从而对新生政权充满感激之情。再通过合作化与人民公社运动,将绝大多数农民放在相同的地位上,充分感受"平等"之意义。在此过程中,国家对于农村基层政治体制进行了彻底的改造,通过阶级划分以及确立新的农村精英的方式建立了合乎新生政权要求的基层政治生态。在明确农民与地主之间阶级对立的乡村矛盾基础之上,在各个村庄建立了行政与党务组织,村长、支书是村庄权力的核心,其他行政人员与党员成为村庄政治的精英阶层,普通农民则成为最基本

---

① 毛泽东:《毛泽东选集》(第 5 卷),人民出版社 1977 年版,第 117 页。

② 徐勇:《徐勇自选集》,华中理工大学出版社 1999 年版,第 26 页。

的支撑力量。

如果说丁玲的《太阳照在桑干河上》与周立波的《暴风骤雨》为后来的作家做出了极佳的政治示范的话,那么柳青的《创业史》与赵树理的《三里湾》都不约而同地试图对土改和合作化进行现场式描写。无论是赵树理还是柳青都意识到了乡村权力阶层的改变,他们努力地将新的政治体系与话语传递给普通读者。相对而言,《创业史》以其鸿篇巨制备受评论界的关注。它的"新人"塑造与"史诗"品格极富有政治标本的意义。在《创业史》中,柳青着力塑造了一个农村理想青年——梁生宝。梁生宝出生贫苦,是一个精通庄稼活、勤劳而又富有智慧的乡村青年人,但是在土改之前总是无法实现发家致富的理想。新政权给了他土地,于是他满怀激情地将自己献身于乡村的建设事业中,呈现出可贵的值得颂扬的品质:对集体富裕道路的坚定信仰与大公无私、吃苦耐劳的精神。为了突出他的"社会主义新人"气质,柳青苦心设置了他的周边人群:(1)贫农群体继父梁三老汉、高增福、任老四等构成了梁生宝的出生背景,也是他的服务对象与最可信赖的依靠者;(2)蛤蟆滩的能人:郭振山、富裕中农郭世富、富农姚士杰。郭振山是村庄的代表主任(相当于村长),在土改中有很高的威望,也是梁生宝的顶头上司,土改之后奔向个人富裕之路。郭世富与姚士杰有惊无险地度过土改,现在气势复苏,盖新房,私自屯粮并高价卖粮,对抗政府组织的"活跃借贷"。这样的设计明显地流露出阶级理论的痕迹:贫苦农民即使不能理解互助组,也不会去破坏与为难互助组,郭振山则显示出干部思想的混乱,富农(包括富裕中农)则在恐惧过后怀着破坏与报复的欲望。这种乡村政治形势的预设符合50年代的政治理念,因此得到了政治批评的认可,但是它的局限也显而易见:阶级的眼光遮蔽了其他的可能视线。

如果用后现代主义的历史学观念来看,则可以得到一个新的副文本,因为任何历史著作与小说作品都只是一个带有许多副文本的文本而已。① 在《创业史》中我们则在合乎主流政治要求之外看到乡村精英变动这一具有历史意味的重要现象。梁生宝与其他青年人是作家面对土改乡村时的重要发现:新的乡村精英出现了。随着国家政权深度进入乡村,权力的下沉带来了

① [美]彼得·盖伊:《历史学家的三堂小说课》,刘森尧译,北京大学出版社2006年版,第144页。

乡村精英评价体系的改变与新的精英的诞生。中国传统乡村的精英分子主要是地主士绅,他们在经济、教育、仕途等方面显示出优于普通大众之处,如果还能展示出一定的服务地方意识与较高的道德水准,那就比较容易为地方民众认可,成为一方名望人士。在新的政治生态中,地主士绅是主要的打击对象,新的精英主要出自贫苦阶层,于是穷人不仅获得了土地而且获得了政治权力,并依靠政权而获得了威慑力。代表主任郭振山对富农姚士杰消极抵制的威胁很可以解释这一点:"你的问题儿,看起来,五村的群众解决不了!交给乡上,看政府咋办!蛤蟆滩锅小,煮不烂你这颗牛头!"①在郭振山身边的是愤怒的"全体群众",身后则是一个令人畏惧的"政府"。于是姚士杰的脸煞白,他的老婆急忙表态支持粮食收购政策。

与柳青的《创业史》相比,赵树理的《三里湾》则以"温情的坚持"取胜。一方面,赵树理认同主流政治的乡村理想;另一方面,他的农民立场又让《三里湾》充满了政治与民间日常生活的较量。在三里湾,"旗杆院"的政治心脏功能非常强大,在乡村生活中占据了最为重要的位置。它不仅需要负责解决乡村政治问题,还要解决农民的日常生活问题。婚姻、大家庭分家等问题皆进入政治中心并以政治利益计算的方式得到解决。玉生在与妻子小俊发生纠纷之后一怒之下去了旗杆院:

> 这时候,套间里已经挤满了人:除了党支书王金生、村长范登高、副村长兼社内小组长张永清……这几个本村干部之外,还有县委会刘副书记、专署农业科何科长和本区副区长张信同志三个人参加。秦小凤又是村妇联主席,魏占奎又是青年团支书。玉生正在气头上,一进门见了这些人,也不管人家正讲什么,便直截了当讲出他自己的问题来。他说:"这可碰得巧,该解决我的问题!我和小俊再也过不下去了!过去我提出离婚,党、团、政权、妇联,大家一致说服我,叫我教育她,可是现在看来,我的教育本领太差,教育得人家抄起我的家来了!这次我是最后一次提出,大家说可以的话,请副区长给我写个证明信,我连夜到区上办手续……"魏占奎说:"你这话像个青年团员说的话吗?"玉生说:"我也知道

---

① 柳青:《创业史》,中国青年出版社 2005 年版,第 473 页。

不像,可是我有什么办法呢?"魏占奎说:"你逃走的时候要不要团里给你写组织介绍信?"玉生没话说了。①

在旗杆院中,不仅聚集着本村的政治精英,还有着从上面下来的各级干部。上级干部的出现并非偶然现象,而是50年代的常态,反映出新政权对乡村的重视。在这样的乡村政治中,玉生的离婚不再只是个人事件,而是富有政治含义:玉生一心为公,小俊则在母亲的教唆下在家中无事生非,试图掌控丈夫。玉生要求离婚,但是参与调解的党、团、政权、妇联干部都让玉生以"教育小俊"为主旨,而一旦玉生感到难以胜任这个政治任务之后,魏占奎则用"团员"的政治评价体系置玉生于无话可辩之地。

虽然"旗杆院"里的政治精英很容易赋予日常事务以政治意义,但是他们之间并非具有完全一致的政治认知。在社会主义农村合作化的过程中,高企的政治诉求与传统的乡村生活方式之间发生了极为强烈的碰撞。杜赞奇认为,合作化"使征税单位、土地所有和政权结构完全统一起来,合作化从政治和经济上均实现了'政权建设'的目标"②。"参加合作社"是三里湾众多事件的引线与终极政治目标,赵树理的敏锐之处就在于他发现了同是乡村政治精英的范登高(村长)与其他人之间的不同:范登高在土地改革时积极开展工作并由此获得一片好地,由此积累了发家致富的基础,甚至能够雇人赶上骡子做买卖,因此范登高一直对合作社持消极态度。范登高的所思所想与《创业史》中的郭振山极为相似,但是二者思想嬗变的因素并不相同:郭振山作为梁生宝的陪衬出现了,上级领导的教育让郭振山走上"合作化"之路;范登高则最终接受本村党、团的批评与帮助,尤其是年轻人的帮助。赵树理对范登高的心理揭示极为真切、细腻,但也显然踌躇于如何对范登高思想转变做出具有说服力的描写,于是让灵芝(范登高之女)充当中介。灵芝要求进步,在村党团支委大会上,将父亲视为一个"思想有病的人":"她觉着她爹的思想、行动处处和党作对,发展下去是直接妨碍村里工作的。她早就说过她要给她爹

① 赵树理:《三里湾》,《赵树理文集》(第一卷),人民文学出版社2005年版,第135—136页。
② 杜赞奇:《文化、权力与国家——1940—1942年的华北农村》,江苏人民出版社1995年版,第241页。

治病,现在看着她爹的病越来越重,自己这个医生威信不高,才把这病公开摆出来,让党给他治。"①赵树理将之定位为"需要帮助的对象",特意花费大量篇幅表现众人对范登高的批评与帮助,甚至在此演绎了一出比较温和的父女分歧故事。范登高的发家致富方式让灵芝觉得羞愧并将之作为严重问题提交村党团大会讨论,此举虽有些"大义灭亲"之意,却非决裂之举。温情的赵树理从不曾将人伦逼向绝路,即使是有心进步的团员有翼也始终不会与父母(自私、精明的糊涂涂与常有理夫妻俩)公开决裂。《三里湾》的文本张力就在于当赵树理真诚地将宣传"合作化"作为目标时,又维护着绵长的人伦亲情。如果将《三里湾》与《小二黑结婚》相比,那么灵芝、玉生等青年人获得了比小二黑、小芹更广阔的施展空间,乡村青年成为赵树理关注的中心。青年人的"社会主义新人"的气质是赵树理着重强调的方面,正是在这一点上,青年人的爱情与婚姻更多的与社会主义的农村建设相联系,时代的政治需求就此在个人日常生活中留下印痕。

三

就当代中国六十年的历史而言,"文革"是非常特殊的一段,对"文革"时期的乡村进行书写是新时期以来许多作家的长项。相对于城市来说,乡村并不是"文化大革命"的中心,自然有点"山高皇帝远"的味道。不过,乡村一样受到"革命"的冲刷,而且成为"藏污纳垢"之地,凡是被城市清理出来的各类分子的最后归宿就是乡村,秦书田(古华《芙蓉镇》)以"右派"之名下放到芙蓉镇,在最卑微的时刻与胡玉音相濡以沫;张思远部长(王蒙《蝴蝶》)宦海沉浮,"文革"之时落脚山村,深刻反思人生;许灵均则被流放到草原之上,在劳动中祈望得到救赎(张贤亮《灵与肉》)。多数农民则在长期的"革命"话语之下逐渐丧失了最初的参与热情,虽无力拒绝"革命",却自有逃避之法,以冷眼观政事颠倒,周克芹的《许茂和他的女儿们》可视为其中代表。许茂历经各种乡村变故,有了独特的人生经验与判断:

---

① 赵树理:《三里湾》,《赵树理文集》(第一卷),人民文学出版社 2005 年版,第 224 页。

　　说实话，现在的许茂不喜欢那些被称作"工作组"的人，不是没有原因的。他已经见过各式各样的工作组了。在他看来，土地改革时，把地主的田地白白地分给他，使他不费吹灰之力就实现了年轻时拼命也没法实现的理想，那样的工作组才是工作组呢！……后来，单干户的许茂家里孩子小，没有劳动力，拿着土地没有法子耕种，眼看着就要破产的时候，互助合作运动来了，工作组让他入社，及时地解救了他的困难，那样的工作组，多么值得他许茂感激和尊敬！……至于这几年，葫芦坝也来过不少的工作组，但多数时候，他许茂不但没得到好处，却总得吃一点亏，惹一肚皮气……好像他们存心不让庄稼人过日子似的，把老汉气得害了一场病……说真的，向来都以自己的神圣利益为重心，去判断事物的好与坏、真与假、美与丑、善与恶的许茂老汉，这些年来，对于"工作组"早就不感兴趣了。①

　　用"文革"时期的乡村政治动荡来做参照，许茂自然对土地改革与合作化运动充满感激与留恋。这情感一方面是源自作者周克芹自身的政治经验，另一方面也是来自许茂贫困农民的生活体验。毕竟，在土改与合作化运动中，贫困农民是获益阶层，因此"个人实际利益"成为许茂评价政治的出发点。当政治变动有益于自身时，许茂就是一个优秀社员，但是"文革"中的各种极"左"政治作风让老汉越来越怀疑甚至背道而驰。遵循现实主义原则的周克芹特意让许茂的两个女婿之间进行政治换位：大女婿金东水本是大队支书，却在"革命"年代被批判停职；劣迹斑斑的四女婿郑百如乘机上台，玩弄村庄政治于股掌之上。周克芹与古华一样继承了赵树理的一个发现：一批本性恶劣、带有流氓气息的农民会在革命的过程中抓住机会获益匪浅。因此，郑百如与《小二黑结婚》中的金旺兄弟、《芙蓉镇》中的"运动根子"王秋赦共同构成了农村中的"政治投机者"系列。过度的政治破坏了日常生活的秩序，如何约束政治话语的无上权威呢？周克芹在工作组长颜少春身上寄托了调整政治的意愿与力量，让这个中年女干部集公平、正义、智慧、体恤之情于一身，但小说的吊诡之处就在于颜少春其实是很无力的：政治风云之多变岂是她所能预

---

① 　周克芹：《许茂和他的女儿们》，人民文学出版社 2004 年版，第 70 页。

料与掌控？由此可见，许茂老汉的挫伤经验虽不能见容于政治，却是生存的有力法宝。

由赵树理、柳青、李准、周克芹等人的当代乡村叙事可以发现，随着当代乡村政治生态的改观，新的政治话语霸权在乡村全面确立起来并且基础稳固。无论是"十七年"时期还是新时期以来的乡村叙事，都无法脱离政治话语的强势，而不得不与之深深纠结。同是州河边上的渡船与老船夫、柔情的女子与勇敢的后生，大不同的是唯美的《边城》（沈从文）与务实的《浮躁》（贾平凹）。贾平凹在《浮躁》中以金狗、小水的曲折感情历程为线索，勾连出的是乡村政治权力谱系。乡党委书记田中正、县委书记田有善、地区专员巩宝山等人构成了错综复杂的权力网络。普通百姓金狗、大空则试图挑战乡村旧有政治权力秩序。韩文举（小水的伯伯）是《浮躁》中的隐士，虽只是渡口船夫，却有点卧龙之气："不是夸口，伯伯在这两岔乡上，是肚里有文墨的人，虽然伯伯是瞎学了，学了没用场，还在渡口上撑船，但伯伯是看得清这天下形势的！现在看来，田家倒不了，巩家也倒不了，好不容易出了个金狗，金狗也被招安了，做了人家的女婿……"①金狗退了田家英英的婚事之后，韩文举心中好不惬意："一个是乡里书记，一个是州里记者，两方合二为一起来，外人就一辈子别活得有心劲了，他韩文举也别嘴上没龙头地说话了！现在看来，金狗真的是不怕田家了，田家、巩家、韩家三家对峙，这不是三国时的形势吗，这洲河上或许更要乱起来的，也或许反倒要安静下来！"②同是船夫，韩文举与翠翠的祖父（《边城》）大不一样，祖父唯一牵挂的是翠翠的归宿，韩文举心中所想却是乡村政治。与不谙世事的翠翠相比，纯真的小水也常常参与到金狗等人的政治谋划中。为了挑战既定的权力秩序，金狗对田家、巩家虚与委蛇，利用二者之间的矛盾寻找各个击破的机会，但是在成功之时亦付出沉重代价：大空惨死，记者生涯也被迫终止。金狗回归州河之举看似无奈实为必然：他在破坏权力秩序之时已经成为权力体制的他者，怎么可能融入已有权力体制呢？重新获得了"民间"身份的金狗对此自有一番乐观理想的解释："之所以没继续留在报社，停薪留职回到州河来，是那几个月的监狱生活激醒了我，知道了在中

① 贾平凹：《浮躁》，作家出版社2005年版，第168页。
② 贾平凹：《浮躁》，作家出版社2005年版，第225页。

国,官僚主义不是仅仅靠几个运动几篇文章所能根绝得了……如今咱们合股,要干就先取消那些不着边际的想入非非,实实在在在州河上施展能耐,干出个样儿来,使全州河的人都真正富起来,也文明起来!"①金狗显然是贾平凹情有独钟的人物,寄托着 1986 年的他对中国社会改革的设想:先从经济上富裕起来,再图谋政治与文化的变革。显然,金狗的终极目标不是单纯的物质富裕而是实现政治抱负。这个"先经济后政治"的设想在 90 年代以后的市场经济大潮中得到了部分印证。

四

即使是在 90 年代以来的市场经济背景下,经济话语似乎一时之间占据重要位置,但不可否认的是,"政治"依然是乡村叙事的关注焦点之一。2000 年以来的李洱的《石榴树上结樱桃》、周大新的《湖光山色》、孙慧芬的《歇马山庄》等不约而同地注意到村干部的更迭问题,甚至将之作为观察当下中国问题的特别视角。与此前的梁生宝等人是由组织发现、培养、任命不同,市场经济的发展与村民自治的逐步实现让普通村民开始积极参与村长竞选。就社会学层面的研究来看,村民自治"具有现代民主的制度外形,是乡村社会不曾有过的。但国家实行村民自治的重要目的是试图增强乡村权威与秩序的草根性,使其具有更广泛的社会基础。这对于意识形态的约制愈来愈松弛的乡村干部来说,显然有着特殊的意义"②。在此过程中,村民自治也意味着农民政治意识的初步觉醒:在具有了一定的经济基础之后,农民不再冷漠旁观,而是渴望通过竞选获得政治地位与实现抱负的机会。而"能人治村、富人治村成为双村村庄范围内继革命化的精英政治之后的又一种精英政治类型"③。"能人"与"富人"取代了根正苗红的政治精英评价体系。更为重要的是,"富人"常常与"能人"混为一谈,因为唯富者能,经济实力成为最重要的评价标

① 贾平凹:《浮躁》,作家出版社 2005 年版,第 437 页。
② 徐勇:《序》,见吴毅《村治变迁中的权威与秩序——20 世纪川东双村的表达》,中国社会科学出版社 2002 年版,第 8 页。
③ 吴毅:《村治变迁中的权威与秩序——20 世纪川东双村的表达》,中国社会科学出版社 2002 年版,第 333 页。

准。但是"富人"、"能人"与普通大众所不一样的地方便在于：他们可以通过经济优势获得政治话语权，从而继续保持各种优势，政经合作的益处将会以几何级数增加。因此，小小的村长竞选就会牵动各路英豪。

现任村主任孔繁花（《石榴树上结樱桃》）谋求连任，谁知村中政局诡谲，其他候选人各显神通，她只得退避三舍。正是所谓小乡村亦是大世界，处处皆政治。周大新曾言："村，是中国政治链条中的最末一环；村干部，是站在干部队列最后边的那位。别看他站在最后一名，别看他不拿正式的工资，可他只要是一个管理者，只要手中握有权力，他就具有执掌权力者的所有特点，就可以成为我们一个观察和分析的对象。《湖光山色》中的旷开田，就是这样一个对象，解开他变化变异的密码，不仅对改造乡村政治有益，而且对我们正确捡拾民族文化遗产有意义。"①《湖光山色》注意到市场经济之下乡村走上现代之路时的种种变异。聪明而富有决断精神的暖暖不仅勇敢地自主出嫁，而且能够把握难得的旅游机遇成为富裕阶层，追求富裕本无可厚非，但是物质的富裕却带来了暖暖无法预料的问题：丈夫旷开田从穷人变成富人，又在暖暖的鼓动与策划下顺利登上村主任宝座，不久就释放了权力欲望，变成了暖暖的陌生人。通过演出"楚王离别"剧，旷开田忽然领悟自己就是楚王庄的"王"，从此"王者"意识牢牢掌控了这个现代村主任：

> 开田就又吼道：在楚王庄，我是主任，是最高的官，我就是王！这最后一个字，让暖暖的心一激灵，使她忽然记起，在她没演楚王妃之前，在他们结婚之后，开田是从没有和她这样高腔大嗓吵过架的，他这是怎么了？……②

开田对于楚王的模仿从演戏开始，至现实中化身楚王，以帝王的权力欲治理村庄，拥有女人。从受压抑的普通村民变成称霸一方的乡村干部，在自己的小世界里为所欲为，旷开田俨然是古代楚王复活，演绎一出"王者归来"的悲喜剧，始终守护古典情感的暖暖自然只有"被伤害"一途了。

---

① 周大新：《我写〈湖光山色〉》，《人民日报》2006年5月25日。
② 周大新：《湖光山色》，作家出版社2008年版，第244—245页。

与旷开田需要暖暖的激励与帮助相比,林治帮与买子(《歇马山庄》)则更为自觉地去寻找掌握政权的机会。林治帮在赚了钱之后即回到家乡谋求村长职位,六年后买子又登门表明竞选之意。面对新生代的出现,林治帮选择急流勇退:"林治帮对自己特别满意,他不想让年轻人看到自己对山庄上流社会的留恋。六年以前,唐义贵退位时的可怜相留给他太深的印象……林治帮想起唐义贵上台,有十几年革命家史的铺垫,自己上台,在歇马山庄酒馆花掉几千块钱,而轮到买子,竟只是几瓶酒启动的念头,三代讨饭出身的人走上歇马山庄上流社会的历程,一个比一个简捷通达,一代一代大不一样的光景使林治帮充满感慨。"①主动让贤的林治帮表面通脱,内心却有着深深的英雄暮年之憾。识时务的他处心积虑地规划着儿女的前程,试图与山庄政治结成千丝万缕的联系。在得知女儿与买子离婚的消息后,重病缠身的他要求买子给自己当干儿子,原因即在于他不能接受村长买子与自己已经毫无关系了。

《秦腔》并非立意传达乡村政治变革之作,但依然沿袭了《浮躁》对于乡村政治的关注。老支书夏天义的政坛失意与继任者夏君亭的崛起隐然透视着乡村政治的转换。早年的夏天义是"共产党的一杆枪,指到哪儿就打到哪儿。土改时他拿着丈尺分地,公社化他又砸着界石收地,'四清'中他没有倒,'文革'里眼看着不行了不行了却到底他又没了事。国家一改革,还是他再给村民分地,办砖瓦窑,示范种苹果……他想干啥就要干啥,他干了啥也就成啥"②。经历无数政治风浪的夏天义故意撂挑子要挟乡政府,没想到给了夏君亭上台的机会。相对于旷开田、林治帮、买子以"富人"的经济身份攫取政治身份不同,夏君亭是"能人治村"的代表,他智勇并用、恩威并施地治理乡村,顺应着经济大潮的冲洗,成为清风街新的掌门人。与夏天义旋转于政治气候转换不同,夏君亭更多面对的是经济至上时代里的权力纷争,所以他的政治是权谋式的,颇得传统政治的精髓。

(原刊于《中国现当代文学研究丛刊》2011 年第 7 期)

---

① 孙慧芬:《歇马山庄》,人民文学出版社 2000 年版,第 101 页。
② 贾平凹:《秦腔》,作家出版社 2005 年版,第 23 页。

新武侠小说与大众文化

在中国武侠小说是相当古老的文学样式,司马迁的《史记》中就有了《游侠列传》,唐传奇则记录了红拂女、虬髯客、聂隐娘等侠肝义胆之士,此后的明清小说则逶迤而下,侠客不绝。但是武侠小说的流行则始于 20 世纪 30 年代,经过平江不肖生、还珠楼主、王度庐等的努力,再加上现代电影的成功媒介,武侠小说创作形成历史上的一个高峰。1949 年之后,由于文化政策的调整,武侠小说仿佛一夜之间失去踪影,与大陆甚至台湾读者一别数年。武侠小说在大陆、台湾的再度流行则是在 70 年代末至 80 年代初,并从此一发不可收。

武侠小说在整个华文世界的流行滥觞于 20 世纪 50 年代香港新武侠小说的崛起。武侠小说之所以能在现代中国乃至华文世界大受欢迎,与其作为大众文化符号的身份紧密相连。本文拟从大众文化角度解读武侠小说风靡华文世界的主要原因。

一

武侠小说的兴起有其特定的文化背景。中国在 19 世纪末至 20 世纪初开始现代转型,20 世纪 30 年代的上海、北京等大城市则是古老中国向现代社会转变的集中缩影,现代意义上的市民、大众应运而生。与知识分子对于精英文化的热衷相比,市民也在寻求适合自己的大众文化,言情与武侠小说理所当然地凭借古老的传统获得了一席之地,因为这样的文学极大地满足了大众的娱乐需要。因而解读武侠小说我们首先应将其放置在大众文化的层面上。"大众文化直接诉诸人们的现代日常生活的世俗人生,它是工业社会背景下与现代都市和大众群体相伴而生的,以大众传播媒介为物质依托的、受市场规律支配的、平面性、模式化的文化表现型态,其最高原则是极大地满足大众消费。"①50 年代的香港曾经被视为"文化沙漠",这主要是针对其精英文化的不够发达而言的,若论及大众文化,则迥然不同,香港当时实际上是产生、传播大众文化的中心。

50 年代的新武侠的崛起于香港看似偶然,实则有其必然性。1952 年在澳门举行了一场擂台赛,太极拳掌门吴公仪对白鹤派掌门陈克夫,虽然比赛只是几分钟的功夫便决出了胜负,但是整个香港都为之震动,全城争说擂台赛。《新晚报》总编罗孚敏锐觉察到这个商机,当晚便要求梁羽生撰写武侠小说,并在报纸上进行预告,将梁羽生"逼上梁山"。比赛之后的第三天《龙虎斗京华》便开始连载。作为梁羽生同事、好友的金庸也不禁技痒难耐,开始了《书剑恩仇录》的创作。罗孚说这一打"打出了从 50 年代开风气,直至 80 年代依然流风余韵不绝的新武侠的天下"②。

从 30 年代至 50 年代,就大众文化消费的习惯而言,有这样几种主要方式:阅读、观看影视(主要是电影)、听唱片(或收音机)等。阅读是主要方式之一。在阅读中,对成年人来说,主要是文字阅读,而非图片阅读。现代报刊业的发达为大众的文字阅读提供了极大便利,而大众对于报刊阅读的兴趣则又刺激了现代报刊业的进一步发展。因此,作为吸引读者的法宝之一,武侠小说常常是先在报纸上进行连载,然后出书。平江不肖生、还珠楼主、梁羽生、金庸等皆如此。金庸则因为不满足于仅仅做一个武侠小说的写手而办起报纸,依靠武侠小说度过了艰苦创业时期,并发展至今天的"明报"集团。从这一点来说,报刊是催生新武侠小说的重要媒介之一。

现代社会里的普通民众经过了普遍性的启蒙民智之后,对于大众文化有了一定的判断力,并且提出了明确要求。在三四十年代能够流行的大众文本并不一定适合 50 年代的大众。30 年代宫白羽的《金钱十二镖》和还珠楼主的

① 邹广文:《当代中国大众文化论》,辽宁大学出版社 2000 年版,第 4 页。
② 刘登翰:《香港文学史》,人民文学出版社 1999 年版,第 256 页。

《蜀山剑侠传》、《青城十九侠》等很有读者市场,但是在1945年抗战结束后旧武侠的叙述模式与文化品位渐渐不能适应新一代读者的需要,即使是平江不肖生的作品也很难在大报刊上登载。尽管如此,武侠小说仍有着潜在的读者,毕竟现代都市生活已经创造了大量的消费者,这些消费者因为没有合适的文化消费品而颇感无聊,梁羽生因此将自己的小说比作"白开水":"没有养料,能给读者解渴也就于愿已足。"①也许,武侠小说正如梁羽生所言,在以后的大众生活中扮演了"解渴"的"白开水"的角色,受到众多读者的喜爱与追捧,后续效应连绵不绝。可以说,在梁羽生、金庸的新武侠小说出现之前,阅读期待已经隐然存在,只是在等待破土的时机。

金庸、梁羽生重新改写了武侠小说的低下地位,这主要得益于他们深厚的中西文化素养。50年代的香港,随着全球化程度的加深,大众文化消费呈现出"西化"特点,而香港作为自由港口,已经完全被裹挟,文化消费也在向西方模式看齐(大陆、台湾则由于政治的原因相对滞后),旧武侠模式不受欢迎是大众文化发展进程中的必然结果,而对于旧武侠的改造则必须借助西方文学与中国新文学。梁羽生并不讳言自己尝试着以弗洛伊德的心理分析学说来增强武侠的现代感(《云海玉弓缘》)②。严家炎则对金庸小说做如此概括:"如果说中国传统文化构成了金庸小说丰富的文化意蕴的话,那么,'五四'新文学和西方近代文学的修养造就了金庸小说的内在气质。"③

经过了报刊传媒、读者与作者的同构同谋之后,新武侠小说终于以不一般的面目登场了,并且成为"读者式文本","吸引的是一个本质上消极的、接受式的、被规训了的读者。这样的读者倾向于将文本的意义作为既成的意义来接受。它是一种相对封闭的文体,易于阅读,对读者要求甚微"。④

---

① 梁羽生:《著书半为稻粱谋》,见柳苏等编《梁羽生的武侠文学》,台北风云时代出版公司1988年版,第26页。

② 尤今:《寓诗词歌赋于刀光剑影之中——访武侠小说家梁羽生》,见柳苏等编《梁羽生的武侠文学》,台北风云时代出版公司1988年版,第73页。

③ 严家炎:《金庸小说论稿》,北京大学出版社1999年版,第182页。

④ 〔美〕约翰·费斯克:《理解大众文化》,王晓珏、宋伟杰译,中央编译出版社2001年版,第126页。

二

1952年《龙虎斗京华》的连载,使梁羽生就此成为新武侠小说的鼻祖,而金庸则后来居上,将新武侠小说操演得精练纯熟,引人入胜。其后,古龙另辟蹊径,将新武侠小说推向另一种令人心旷神怡的境地。而对这三位武侠小说家作品的改编,成功地激活了武侠片影视市场,并且直至今天都是大众消费文化中的热点。而武侠片《卧虎藏龙》则成功进军奥斯卡,更是令众多影视界人士神往,终于又有影片《英雄》与奥斯卡擦肩而过的悲剧。在这样显赫的文化现象之下,我们有必要探究新武侠小说在哪些方面与中国社会的文化消费相适应,终于造成这样的文化奇观。

第一,小说创作理念的迅速更新是新武侠小说能够在现代大众中备受欢迎的根本。

新武侠小说可以说是真正为大众娱乐服务的消费型文化,因为无论哪部作品无一不是以读者的阅读兴趣为旨归的,适于文化消费是其根本。正因为这样,金庸、梁羽生的出现才改变了武侠被冷落的局面,"港台星马的大小报刊争相重金相聘,甚至南洋的报纸提出一稿两登,与香港同步,当然稿费要高得多"[1]。从30年代开始,武侠小说逐渐跳出"为武而武"的束缚,走上了重侠/重情之路,新武侠小说将此推向极致。梁羽生曾经说道:"武侠小说,有武有侠。武是一种手段,侠是一个目的。通过武力的手段去达到侠义的目的。所以侠是最重要的,武是次要的。"[2]对于侠与情的注重看似简单,但是它却体现出现代文学的"人学"精神对旧武侠小说观念的改造。在成功地将现代人性观念引进武侠小说这方面,梁羽生借助浪漫主义的表现手法,使张丹枫(《萍踪侠影》)纵酒醉歌皆为情,伤感之余还有一些潇洒。金庸则大力倡导"侠"、"义"二字,郭靖天资愚笨,但是生性醇厚,终成一代大侠。古龙则是以侦探推理、恐怖小说的手法布置一个玄妙无比的小说天地,楚留香、陆小凤是

① 柳苏:《梁羽生的武侠文学·引言》,见柳苏等编《梁羽生的武侠文学》,台北风云时代出版公司1988年版,第2页。
② 柳苏:《侠影下的梁羽生》,见柳苏等编《梁羽生的武侠文学》,台北风云时代出版公司1988年版,第43页。

在任何陷阱中都能进退自如的英雄。自然,古龙处处强调的仍是"情"、"义"二字。与之相对的则是对于武艺细节的忽略与武艺的神化。梁羽生对于别人指责他"乱抄乱改"武打细节并不觉得太难堪,只当是"笑话"而已,甚至自揭"家丑"。[①] 而古龙笔下的武艺最高境界是无招胜有招,在倏忽之间杀人于无形,"小李飞刀,例不虚发",至于怎样发出的则从没有人见到过,因为能够见到的都已是死人。对于武艺的忽略与神化为人情人性的描写留下了巨大空间,武侠小说借鉴言情小说的笔法,对于各位侠士的爱情、亲情进行重点挖掘,武侠小说因此穿越武打层面进入情理层面,具有现代人文气息。

50年代以后的读者在整体文化素质上的提高也促使着武侠小说必须提高自己的文化品位,而中国武术的源远流长也为武侠小说历史感的营造提供深厚文化积淀。于是由梁羽生开始注重对于传统文化的借用,尤其是诗词歌赋与历史掌故、风土人情的借用。众多人物集风雅与武艺于一身,琴棋书画更是不可缺少的技艺。《笑傲江湖》曲谱贯穿整部小说,是爱情、友情的见证,更是小说意旨所在。新武侠小说经过这样的传统文化的包装,唤醒了人们对于传统文化的回忆。这是新武侠与旧武侠的一个显著区别。在旧武侠中,诗词歌赋常常是一种文言套式,而在新武侠中,诗词歌赋是人物性格的表现方式之一。大胆借用传统文化的结果是创造了成熟的具有传统文化底蕴的中国大众文化样式。

由上观之,我们可以发现新武侠小说的根本目标是流行,因此"并不对其他文化形态有什么心理设防,甚至说,只要能流行,大众文化可以无所顾忌地借鉴任何文化素材得以滋养自身,尤其是从精英文化中吸取各种成熟的文化成果来为我所用"[②]。

第二,民族集体的无意识之梦:英雄崇拜与女儿国的乌托邦理想。

武侠小说并不是向西方学来的大众文化样式,它的久远的历史对它而言既是一份财富,又是一份负担;既能够使它容易被接受,又使它容易被扬弃。旧武侠的没落与新武侠的崛起的关键是如何处理这份历史承继。

---

① 佟硕之(梁羽生):《新派武侠两大名家金庸梁羽生合论》,见柳苏等编《梁羽生的武侠文学》,台北风云时代出版公司1988年版,第126页。

② 邹广文:《当代中国大众文化论》,辽宁大学出版社2000年版,第5页。

　　因为是传统样式，再加上读者阅读心理的不容忽视，新武侠小说格外重视人物塑造和故事情节的编排。梁羽生、金庸、古龙的作品无一例外地塑造了众多英雄人物。托马斯·卡莱尔在《英雄和英雄崇拜》中这样说道："在我看来，世界的历史，归根到底是世界上耕耘过的伟人的历史。"可以肯定的一点是：读者之所以沉迷于武侠小说，主要是由于其中有着非同凡响的英雄人物。中国漫长的封建制与三次奴于异族的历史对于整个民族来说，产生了很大的心理压力，个人的渺小与无力常常使得中国人习惯于逃避现实，或者幻想英雄的拯救。而进入现代社会之后，生存的压力日甚一日，与现实全无关联的武侠小说成为最佳的消遣对象。而作者预设的"好人得好报"的结局又与读者的道德观念完全相容，英雄形象因此帮助读者获得一种精神上的放松。在金庸、梁羽生等人的小说中，读者始终会信赖某个英雄，因为总是有一个武艺高超、德行高尚的英雄解救众人于水火之中。陈平原曾经引用悉尼·胡克《历史中的英雄》一书中的观点，说明武侠小说受大众欢迎的原因：

　　　　一是"心理安全的需要"。"时代不太混乱，特别是教育又有利于启发成熟的批判力，而不把人们的注意力固定在无条件服从的幼稚反应上，在这种情况下，寻找父亲替身的需要就相应地减弱了。"反之，公众将努力寻找、祈求精神上的"父母"，以获得安全感和情绪上的稳定。二是"要求弥补个人和物质局限的倾向"……三是"逃避责任"。①

　　公众借建立英雄（侠客）形象来推卸每一个个体为命运而抗争的责任，自觉将自己置于弱者、被奴役者与被拯救者的地位，这才是真正意义上的"逃避责任"

　　《射雕英雄传》中的郭靖久战不败，令人倍感值得信赖。而郭靖固守襄阳数十年，成为襄阳百姓免遭异族奴役的救星。但是，在四周城池尽失的情形之下，他又能支撑多久？于是，为了平和读者的阅读心理，金庸始终没有正面描写郭靖夫妇的最终结局。

　　与英雄崇拜相连的是新武侠的作家们不约而同地喜欢塑造心目中的女

---

① 陈平原：《千古文人侠客梦》，人民文学出版社 1992 年版，第 9 页。

儿国。虽然在现实世界中不可能拥有,但是做梦又何妨? 更何况,多妻制对于中国的大众来说并不特别陌生,甚至在法律明令禁止之后的 90 年代,还有死灰复燃之势。在这样的现实背景下,新武侠小说中的女儿国理想就具有了现实隐喻的味道。这以金庸、古龙的小说最有代表性。郭靖在华筝、黄蓉之间两难,段誉遇到了一个个真假难辨的妹妹,韦小宝则只要是美人,俱收怀中,即使是忠贞不渝的杨过,亦是不断有美人倾慕,楚留香、陆小凤则是处处留情……以英雄(男性)作为主角,在其身边安排美女无数,这一方面增强了武侠小说的可读性,另一方面,它也反映出了新武侠小说的媚俗性,迎合了读者的潜意识想象:在幻想的武侠世界中过了一把妻妾成群的瘾。这迎合可以称之为"反现代的媚俗"。

新武侠小说在经过了金庸、梁羽生、古龙等人的发展、提升后,已经熔武侠、言情、历史于一炉,具备了老少皆宜、雅俗相通的品质,成为大众文化中的一个重要组成部分,甚至就影视消费来说,如果没有新武侠小说的成功突破,今天的影视会寂寞许多。

(原刊于《云南社会科学》2004 年第 5 期)

文化消费时代的文学写作

　　20世纪90年代，中国"市场经济"的推行宣告了"计划经济"的终结。在"计划"统筹下常因资源的无法均衡分配而饱受"饥饿"的消费者，开始充分享受"市场"可以"自主选择"与"各取所需"的优越性。消费者在"计划经济"时代曾被遮蔽或阉割的自主性、意愿性在"市场"中得到了充分尊重与满足，消费者成为市场生产的主宰与"上帝"：生产是为了满足消费者需求，而消费者的需求反过来则可以影响生产的规模与追求。随着经济改革的深入和国人消费活动的显著增长，生产与消费的关系发生了变化：生产是为了消费，也是为了制造需求、制造消费欲望，引导消费趋向。此种新观念打破了原先生产与消费之间单纯的交易关系，漫无节制的"消费欲望"或"消费趋向"开始取代特定而明确的"需求"，消费蔓延为生活的重心，商业活动渗入到生活的每个领域，对物的"商品性"的追求成为经济统领下的人的精神指向。

　　消费时代的来临，对于虽有着几千年物品消耗经验却缺乏现代商品消费体验的国人来说，意味着人性在物质层面上的深度释放，却也意味着人性在精神层面上的无所适从。习惯了"需要才消费"的国人，面对琳琅满目的商品，在赞叹惊羡之余，无法不升腾起无边的消费欲望，以至于深陷商品意识的泥淖。于是，在享受优越物质与体验自由价值的同时，消费者的内心深处也开始遭遇焦虑与迷惘，物欲横流所造成的精神迷失构成了消费时代的消费失衡。思想懈怠于物质边缘，人们开始经历前所未有的形而上的消费痛楚。

　　文学，作为心灵的家园、精神的先声，最先触摸到了这种痛楚。消费时代物质欲望的扩张对人的精神与心灵的蚕食,对于有着敏锐洞察力与杰出表现力的作家而言,他们比一般人的感知更为强烈。在经过"上帝已死"、"作家已死"、"主体已死"的层层批剥之后,作家身上原有的神圣光环开始黯淡。尽管他们依然思考着人类的终极命运,但他们已无法像古典文学和现代文学作家一样稳坐于象牙之塔,在汹涌的消费人潮中,他们只是一个普通的社会个体,他们同样要面对混乱、忙碌而又空虚的生活现实。对文学乃至文化的全面商品化,他们有点"找不着北",当他们还像以往一样将细密、柔软、灵敏的触角伸向社会生活的各个角落,去触摸去感知去思索,用情感与生命作审美表现的时候,他们的神圣与虔诚遭到了嘲笑与愚弄。当他们的睿智的洞见无法像快餐读物一样为读者爱不释手,孤零零地躺在打折的旧书摊上时,他们听到了响亮的耳光声。他们开始重新打量这个世界,重新定位自己的使命,重新厘定表达自我的策略。于是,在文化消费时代不能承受灵魂拯救之重的文学出现了"变声":许多作家放弃了崇高伟大的形而上的追求,或被迫或自愿地融进商品大潮中,沦为写作的机器,成为文学的生产者。文学的身份转化为作家的产品与读者的消费品,其商品性得到了充分确认,并开始受供求关系的制约。

当消费市场的需要被一部分作家奉为创作的圭臬时,他们也就成为文化消费时代最容易受到批评的对象。从 90 年代初贾平凹《废都》的"□□□□艺术"到 90 年代末莫言的《丰乳肥臀》与"宝贝"们的"身体写作",再到最近池莉的《有了快感你就喊》、毕淑敏的《拯救乳房》、所谓"美男作家"标榜的"卓越的情色写作",等等,作家的每一次叙事策略的调整都在指向(或激发)读者的阅读(或消费)欲望,为了获得传播的广泛性与快捷性,文学开始有意借助大众传媒进行"热炒",从而激起千层巨浪。每一次炒作中"很受伤"的总是作家:他(们)不仅会因与传媒共谋而遭鄙视,而且会因文学趣味的大众化、庸俗化在道德层面上备受指责,甚至可能遭到主流意识形态的封杀。(在中国,作家们的"性"趣盎然与"欲望化叙事"往往被视为庸俗、低级的趣味主义,被认为是道德良知的丧失与社会责任感阙如的证明。)但在事实上大大获益的也是作家(当然还有出版商):每一次"炒作"不仅会增加他们的"知名度",从而在读者眼中"混个脸熟",成为以后的"无形资产",而且大大促进了作品的销售,不管在被"封杀"之前,还是被"封杀"之后。① 许多学者由此哀叹"人心不古",认为"文学已经没落","文学已走向边缘",此种看法未免片面与悲观,其背后实际上是对文学的"神圣"、"宏大"与"高雅"品质的坚守和对文学的"通俗趣味"品性的排斥。

长期以来对文学的认识主要有以下两个方面:(1)文学必须反映现实并有用于社会,即文学的"反映论"与"有用论"。此种观念倡导文学的宏大叙事功能,密切配合国家当下的主流意识形态及文化政策,写作中注重树立崇高,坚持从正面引导读者对社会的认识。(2)拯救心灵。认为文学在本质上是人类精神的一种归宿,文学应超越物质生存、超越个体间对立、超越无尽世俗欲望,承担起使人类回归本真的使命。诚如铁凝与王尧在最近的一篇文章中指出的那样:文学不是万能的,但是一个民族一个国家,甚至小到一个城市,没有文学是万万不能的。它的作用再微小,但总还是有一点用。那么,文学最微弱的那一点作用在那儿? 铁凝认为"文学还是应该有一种勇气,应该承担一种功能,即使不谈责任,也至少得有捍卫人类精神的健康和我们内心真正高贵的能力"②。当然,在实际的创作中,以上两种观念时而相互交织,时而相互背离。相较而言,前一种观念因其与主流意识形态的紧密结合,始终被奉为文学创作的"金科玉律";后一种观念由于更接近文学之本原,成为精英作家追求的文学品格,但由于它将文学神圣化与理想化,在一定程度上疏离了现实,以至难以进入普通大众视野。以上两种认识,在事实上长期存在着对文学的大众品性的忽视,以及对文学的消遣娱乐功能的不屑。

20 世纪 90 年代以来,中国社会的经济转型使人们的思想观念产生了巨大变化,崇高的、神圣的、严肃的文学在其他大众传媒的冲击下,不再具有吸引读者眼球的巨大魅力,开始从读者关注的中心滑向边缘,于是出现了"文学被边缘化了"的惊呼声。实际上,被边缘化的并非文学之"全部",而且文学也

---

① 据说贾平凹收藏的盗版《废都》已达几十种,2003 年末更是传出《废都》再版的轰动新闻;《上海宝贝》是越禁越好销,一时间"洛阳纸贵",许多读者到处搜索地摊;《沙床》在谩骂声中一出手便是五万册,这在近年来的小说销售史上可谓空前,2004 年初已印至数十万册。

② 铁凝、王尧:《文学应当有捍卫人类精神健康和内心真正高贵的能力》,《当代作家评论》2003 年第 6 期。

不可能被完全边缘化。当我们坚持了多年的所谓的"雅文学"或"纯文学"滑向"边缘"的时候，我们看到以往一直被忽视并被长期视为"边缘"的"俗文学"或文学的"通俗"品格却在读者的青睐中挺进了"中心"，这种"中心"与"边缘"的置换让严肃文学界难以接受。当既定的规范与秩序被冲击或打破时，总会有人不知所措，哀叹"人心不古"、"世风不在"，斥责文学的"堕落"。其实大可不必悲观，因为文学依然活在读者心中，不论是创作还是批评，只不过是读者对它的阅读期待发生了变化，阅读兴趣与口味越来越"刁蛮"了。以往的"中心"走向了"边缘"，而以往的"边缘"走向了"中心"。这是文学应对当下现实的正常反应，也是文学发展的必然过程。文学的"雅"与"俗"、"中心"与"边缘"从来都是人为的认定，从来都是被强制化的，而这往往是深刻的社会变革的反映。不必追问《诗经》到底是雅还是俗，也不必追问唐诗宋词是中心还是散曲大赋是中心，如果忽略了时代因素，讨论这些问题近乎无聊。因此，应该问的是《诗经》何时为雅，又何时为俗？什么时代散文是中心，什么时候诗歌是中心，又什么时候词曲成了中心？漫长的文学史，一时间难以简洁梳理。也许简单回顾一下小说地位的变迁最能说明问题之症结所在。

近代新闻出版业的兴起，促成了小说在晚清时期的蓬勃发展，经过梁启超的倡导，小说从文学之"下流"逐渐成为"文学之最上乘"，到了五四时期，小说彻底完成了对以往命运的颠覆，从地狱走进了天堂，享受与散文、诗歌同等文学至尊的地位。五四新文学对"黑幕"小说、"鸳鸯蝴蝶派"小说的批判，在强调小说的社会功用亦即"启蒙"功能的同时，也将小说的消闲娱乐功能彻底排除在新文学创作及批评视野之外。1921 年 1 月，新文学史上第一个文学社团——文学研究会成立，宣称："将文艺当作高兴时的游戏或失意时的消遣的时候，现在已经过去了。"①随即，《小说月报》革新，从此将"鸳鸯蝴蝶派"小说打入新文学的冷宫。在新文学批评界，文学的"雅"与"俗"开始尖锐对立，俗文学渐渐淡出文学批评的话语之外，于是也就有了所谓的"中心"与"边缘"之别。此种状况一直持续到 80 年代末。这种二元对立的模式应该说更多是出于精英文学家的思想认同。90 年代的社会变革加快了国人的生活节奏，生存的压力、工作的辛劳、心灵的疲惫，使得他们需要一些轻松、娱乐、刺激和平庸

---

① 《文学研究会宣言》，《小说月报》第 12 卷第 1 号。

的消遣,而长期受冷落的俗文学或文学的俗性品格因能满足人们在文化消费时代的精神消遣需求,开始受到文学创作与批评的重视。

对文学而言,要想在文化消费时代冲出影视、网络等大众传媒,赢得读者,使自己的文学愿望/理想得以传布,调整书写策略已势在必行:虽不必放弃原有的文学价值观念,但走雅俗融合路线却不失为明智之举。在这个意义上,我觉得应该给文学多一些理解与宽容。当影视文化频频借助广告、网络大肆宣传并诱惑消费时,文学难道只应该继续沉默?当影视文化凭借强大的视觉冲击力与令人震撼的音响效果及其通俗的文化品质而抢走受众时,文学又怎能无动于衷?我倒以为这个时代的文学如果一味因循守旧、不求变通才是真正的危机。如果得不到传播,再好的文学理想也会被扼杀在褪褓之中。因此,消费时代的文学生产优先考虑的应该是文学的消费问题,而怎样激活读者的消费欲望(阅读的欲望),也当然地成为作家和出版商考虑的头等大事。《拯救乳房》、《丰乳肥臀》都是严肃探讨人性的小说,但是经过巧妙策划,标题颇为暧昧,迎合了众多普通人士的好奇欲望。《沙床》本来清纯感伤,却涂上"师生恋、群恋、派对恋"的"色"调招徕读者,在炒作方面颇有"青出于蓝而胜于蓝之势"。所谓精英品格的下移与经济利益上升之间存在的这种同谋同构关系正是文学现状的一个缩影。沸沸扬扬的文学炒作反映出了消费文化结构中的"权力"转移,原来操纵标准权力的精英们开始"失语"与"转向",将引导文化消费的职责让位于市场。而大众的文化消费趋向对精英文化的背离则引发了作家写作策略的调整,从而使得经济价值观念在当下创作中成为一种强烈的内在驱动力。因而,90年代文学写作策略的调整与其说是作家"媚俗"的表现,还不如说是知识分子为应对市场需求,在消费文化观念主导下从"精英"立场向"大众"立场的转变。

(原刊于《学术论坛》2004年第5期)

后 记

1995年大学毕业后,我们同时入职淮阴教育学院,成了同事,同轨教了两年写作。从大学生到大学教师没有过渡期,大学时代的广泛阅读积累了教学时的底气,授课虽不完美,却也自信自如。与一群年龄相仿的学生亦师亦友,相知相得,所幸未误人子弟。

1997年淮阴教育学院和淮阴师范专科学校合并升本为淮阴师范学院后,我们开始教中国现当代文学。教而知困惑,惑而思进取,两人先后到南京大学、华东师范大学攻读中国现当代文学硕士学位,2003年同时到华东师范大学攻读中国现当代文学博士学位,成了同学,举案齐眉三年,研究兴趣日渐趋同。

至2006年博士毕业,我们从事中国现当代文学教学与研究已近十年。我们的博士论文主要以期刊、书局为研究对象,探讨现代传媒与中国现代文学之间的良性互动关系,先后出版专著《北新书局与中国现代文学》(上海三联书店2008年版)和《上海沦陷时期文学期刊研究》(上海三联书店2009年版)。此外,还有两大兴趣点:一是新世纪文学批评,二是现代文学史写作,两人也联名发过一些文章。

日子一天一天过,博士毕业后又是十年。十年间,两人分别到复旦大学、南京师范大学博士后流动站两年,各自完成博士后出站报告《新世纪"文革"叙事研究》和《上海沦陷时期文学》,接着又先后到台湾大学访学一年。因为不脱产,读博后、访学期间,教书育人、社会服务,以及行政事务,一件事未少,每一件事都得全力以赴,学术研究、写作甚至阅读渐渐变得业余。然而岁月似乎不愿被我们蹉跎,不期然地,我们先后拿了三个国家社会科学基金项目和一个教育部项目,于是被裹挟着做课题,为了稻粱谋,也为了不让师友们失望,只得"焚膏油以继晷,恒兀兀以穷年"。被困于学术围城,左冲右突,完成了三部书稿,身心俱疲,却也收获了成长与自信。

回首初登讲台时的青涩木讷,到如今的喋喋不休好为人师,似乎也未曾虚度光阴,但日子却在不经意间溜走。白云苍狗,心事浩茫,再回首时,从事中国现当代文学研究已经二十年。检视二十年来的学术历程,除了两部专著、三部书稿外,也还有些零打碎敲的文字,自以为还有些价值,于是想结集出版。谈不上是学术总结,只是一次对两人过往学术之路的盘点,一次对两人心意相随相合的回顾,以资纪念。

感谢王铁仙老师、陈思和老师、朱晓进老师、刘勇老师、杨扬老师、钱虹老师、倪婷婷老师,在我们二十年学术之路上的引导、教导与指导。感谢淮阴师范学院文学院全体同仁的大力支持!

本著为江苏省教育科学"十三五"规划 2016 年度课题"中学语文教师学科核心素养提升策略与实践研究(项目编号:J－C2016/22)"、2017 年江苏省研究生教育教学改革项目"特级教师工作室和研究生工作站互惠培养策略与实践研究(项目编号:JGZZ17_071)"、江苏高等教育教改研究"重中之重"立项课题"人类命运共同体视野下汉语言文学品牌专业建设路径研究"(项目编号:2017JSJG008)阶段性成果。感谢宋明镜、陈淮高、江家华、赵道夫、陈年高、刘学飞、李凌云、宋灏江、唐锋卢等课题组成员,愿我们的精诚合作能结出更为丰硕的果实。

2018 年 4 月 2 日

图书在版编目（CIP）数据

　　通往经典之路：中国现代文学经典的重读与建构 /
李相银,陈树萍著. —南京：南京大学出版社，2018.8
　　ISBN 978 - 7 - 305 - 20785 - 3

　　Ⅰ. ①通…　Ⅱ. ①李…②陈…　Ⅲ. ①中国文学-现
代文学-文学研究　Ⅳ. ①I206.6

　　中国版本图书馆 CIP 数据核字(2018)第 181843 号

出版发行　南京大学出版社
社　　址　南京市汉口路 22 号　　　　邮　编 210093
出 版 人　金鑫荣

书　　名　通往经典之路——中国现代文学经典的重读与建构
著　　者　李相银　陈树萍
责任编辑　经　晶　荣卫红　　　　编辑热线　025 - 83685720

照　　排　南京紫藤制版印务中心
印　　刷　江苏苏中印刷有限公司
开　　本　718×1000　1/16　印张 18.75　字数 307 千
版　　次　2018 年 8 月第 1 版　2018 年 8 月第 1 次印刷
ISBN　978 - 7 - 305 - 20785 - 3
定　　价　76.00 元

网　　址：http://www.njupco.com
官方微博：http://weibo.com/njupco
官方微信：njupress
销售咨询热线：(025)83594756